百年小說研討會
論文集

文訊雜誌社◎出版
財團法人台灣文學發展基金會◎發行

目次

議題討論

專題演講紀錄

座談會紀錄

附錄

現代中國新小說的誕生

◎呂正惠*

辛亥革命推翻了幾千年的帝制，建立了共和制的中華民國。中華民國承載著中國人的期望：建立一個獨立而富強的現代國家，對外免於帝國主義的侵略，對內至少讓眾多的農民得以免於飢餓。然而，這樣的期望很快就落空。民國的失敗，導致新文化運動、五四愛國運動、和新文學的產生，這是大家都知道的歷史事實。

因此，新文學從一開始，就和對現代中國的夢想和期望密不可分的結合在一起。譴責新文學承載著太多的政治性，這是完全不了解中國現代史的不負責任的批評。當一個古老的國家面臨著亡國的危機，當眾多的中國農民辛辛苦苦種地都不足以糊口的時候，要求一個新文學家只描寫個人的希望和挫折、描寫個人的夢想和情緒，我們只能憐憫這種批評家的無知。

作爲新文學主要形式的新小說，自然地負擔起最沉重的政治責任。每一個重要小說家都想藉著小說這一更寬泛、更自由的形式，表達自己對於中國現狀的種種批評、對於未來中國的種種設想。小說家成爲中國最重要的公共知識分子之一，這不只是小說家的自我期許，也是一般讀者對他們的期望。

純粹從小說形式的構成來看，這就會讓中國的現代小說家從一開始就不得不面對「如何寫小說」這一本質性的問題。他們都熟悉舊章回小說，也都熟悉晚清各類小說，這些都不是可以借鑑的對象。理論上，他們學習的對象應該是西方小說，但西方各國國情不同，他們的

---

* 淡江大學中國文學學系教授。

社會小說也會因關注點的差異而有不同的書寫形式。我們都知道，魯迅決定改行從事文學時，最先是從事翻譯，他偏愛東歐各小國文學和俄羅斯文學。他這種偏愛是有針對性的，因爲東歐各國和俄羅斯的作家面對的是整個國家、民族的問題，而不是任何一個個人的問題，反過來說，他一定會覺得，西歐以個人爲描寫重心的小說，不論寫得多好，至少目前是較不適合中國國情。這個地方可以看出魯迅的敏銳眼光，所以他成爲第一個創造出中國現代小說形式的人，並影響了無數的後來者。

除了魯迅之外，還有兩個著名的例子，可以說明中國新小說家所面對的獨特問題，及其尋找形式的困難。第一個例子是郁達夫的《沉淪》。用我們現在的眼光來看，《沉淪》寫的是青年的性苦悶。但是，郁達夫卻選擇一個留日的中國青年爲主角，並且讓他窺視著異國（不是一般的異國，而且打敗了中國的日本）的少女。小說結束時的幾句話：「祖國呀祖國！我的死是你害我的！你快富起來！強起來罷！你還有許多兒女在那裡受苦呢！」恐怕會讓不少現代讀者覺得莫名其妙！這和男主角的性苦悶有什麼關係？然而，不懂得這一點，就不能理解郁達夫，這是很明顯的。

另一個例子是老舍的《駱駝祥子》。按西歐小說的傳統來看，《駱駝祥子》的主題是很常見的，寫一個出身下層的青年奮力要往上爬升。從西歐的觀點來看，這是階級小說，是中產階級興起的產物。但老舍卻不這樣寫。老舍最後讓這個好強的、體力好、私德好的祥子徹底墮落，因爲他要以祥子的墮落爲例，說明任何一種主張個人好、國家就好的看法完全不適於現代中國。小說隱含的主題是很明顯的：中國必須徹底改造。這樣，《駱駝祥子》成了一本寄寓國家前途的寓言式小說，完全不同於西歐的階級小說。

回顧一下西歐近代文學的發展，就可以發現，西歐那麼重視個人的發展，是有其獨特的社會背景的。當西羅馬帝國覆滅以後，西歐社會逐漸形成封建制。封建制下的每一個封建領主，實際上是領地內的暴君，享有法律上的無上權威。跟封建領土相配合的是教會，教會深入到居民的日常生活中（從出生、婚姻到死亡），而且還掌管人民的靈魂（教會是個人與上帝間的唯一媒介）。這樣的社會是完全沒有個人自由的。從這個角度講，西歐近代史就是一部個人追求自由的歷史。從文藝復興以降的西歐偉大文學，無不與這個主題相關聯。

反過來看，發展較晚的東歐國家，情況就與西歐差別甚大。以東歐的波蘭、匈牙利和捷克來說，它們內部本身也有封建制，但它們整個地區又受到異民族的統治（波蘭由俄、奧、德瓜分，匈牙利和捷克被奧地利的哈布斯堡家族統治）。19 世紀這三個東歐小國，擺脫異族統治的企求，要比擺脫內部的封建制強（當然，這並不表示後者並不重要）。在更東邊的俄羅斯，由於它已建立成一個大帝國，內部的封建制（具體表現爲殘酷的農奴制）成爲國家最重大的問題。但不管是東歐三小國，還是俄羅斯，由於它們必須面對更強大、更進步的西歐，整個國家、民族的問題要遠大於個人問題，所以，它們的近代文學，個人主義的成分要小於國家、民族問題。

中國社會早就沒有歐洲式的封建制。宋代以後，除了部分少數民族地區，以農業人口構成絕大多數的中國，主要是地主、佃農制，地主並不是封建領主，佃農更不是農奴，因此中國早就沒有歐洲人熱烈追求的個人人身自由問題。中國的個人是屬於血緣宗法制下的家庭的，個人的自由受制於宗法，也就是大家習稱的禮教。如果說，「禮教吃人」已經成爲事實，它也不是西方封建領主那種對個人權利的完全藐視。當中國在西方侵略和內部矛盾雙重衝擊下趨於解體時，重建的國家體制很難是以個人爲中心的社會體制，中國最初幾代的新小說家，看問題的方式也許會受到西歐思潮影響，但他們基於生活經歷的直覺仍然是敏銳的，他們必須在西方形式與中國經驗之中百般折騰，以便尋求適合表達他們的經驗與直覺的小說形式。

下面我想以魯迅、老舍、茅盾、沈從文四人爲例，分析他們在寫作小說時如何考慮這些問題。

魯迅寫作小說的動力，似乎主要來自於民國失敗的刺激。共和制實驗的失敗，以及其後袁世凱稱帝的企圖，讓魯迅深切了解傳統中國的各種勢力和根深柢固的宗法習俗決非一朝一夕所能去除。於是，他以從小熟悉的紹興生活爲基礎，寫了多篇的鄉土小說。他的鄉土小說，如果借用費孝通後來所用的術語，即是「鄉土中國」的象徵。魯迅認爲「鄉土中國」才是中國現代化的大敵，這個大敵無所不在，即使傾其全力攻擊，也未必能夠動搖其根本。魯迅筆下的小人物，如孔乙己、阿 Q、祥林嫂等，只有擺在鄉土中國的大環境下才能理解。魯迅小說人物的令人難以忘懷，其實導源於鄉土環境和人物命運的密切結合。

魯迅決定把他的小說的背景主要擺放在閉塞的鄉土，恐怕得益於他所閱讀的東歐和俄羅斯小說，因爲西歐小說以此爲題材的相對的少。在這個環境，他可以得心應手地使用他從小就熟知的生活經驗，同時，他的筆力又足以把這些閉塞地區的小人物的故事，提升爲古老中國的象徵。從這個角度來看，魯迅無疑具有十分出眾的藝術直覺能力。他的鄉土故事，不知影響了後來多少作家（包括台灣的賴和和楊守愚等），但可以肯定的說，沒有任何一個後來者在深度上可以和他比肩。

魯迅敘述故事的方式也是很有創造性的。在某些作品裡，如〈藥〉、〈肥皂〉、〈離婚〉等，他模仿了西方短篇小說全知觀點的敘述技巧，但他無疑更喜歡第一人稱的敘述方式，而且，使用起來更得心應手。中國文學本身就有強大的敘述文傳統，這種敘述文以簡筆爲主，強調簡約，留下很多空白讓讀者自己去想像。西方小說在敘述與描繪上常常極其詳盡，約略相當於中國傳統批評中的「賦」，這種方法，一般爲中國優秀的敘述文作家所不取。魯迅無疑更傾向於傳統的敘述方式，第一稱敘述方式更適於吸收傳統的長處。但在描寫和意象的選擇上，魯迅又吸收了東歐和俄羅斯小說強調灰暗或強烈色彩的特質，這使得他的小說，以及一些敘述、抒情散文，非常具有魅力，讓人過目難忘。

老舍從小生活於北京，他熟悉的是北京市民的生活。在英國教書時，他因想念家鄉而開始寫小說。他喜愛狄更斯的小說，因此早期三本小說都受到狄更斯影響。早期老舍和早期狄更斯一樣，都不重視結構，情節是由許多 episode（插話）連貫而成。他們小說的魅力主要來自語言和人物——以幽默的語言來刻劃一些有點可笑的人物。老舍和狄更斯不同的是，作爲現代中國人，他也忍不住想對國事　發表意見。於是，某些人成爲他的傳聲筒，某些人成爲他諷刺的對象。那時候，他不喜歡學生運動，他認爲每個人苦幹實幹才是救國之道。他不屬於新文化運動的主流。

回到中國以後，老舍的看法逐漸改變，最後幾乎走到早期自己的對立面去了。正如前文已說過的，他反對體面的、好強的、一心只想著改善自己的社會地位的祥子。由於中國社會本身存在著太多的問題，祥子式的人物不可能獲得成功，最後只會墮落。這樣，中國社會本身成爲小說關心的重點，許許多多的人物和故事都奔向這個同心圓。它的標本就是北京及其市民。如果說，魯迅藉紹興來描寫鄉土中國，那麼，老舍就是藉北京來描寫舊城市的中國（異於新興的洋化城市上海）。比《駱駝祥子》還能表現這種舊生活文明的是《離婚》。張大哥只做兩件事，做媒人和反對離婚，只要能湊合的就湊合，凡是能敷衍下去的就千方百計敷衍下去。這種老舊的生活態度如何能面對迫在眉睫的亡國危機？所以，《離婚》和《駱駝祥子》一樣，都是把國家、民族問題放在第一位的。老舍以他極其熟悉（甚至還有點喜愛）的北京市民生活爲基礎，表達了他深沉的憂慮。

老舍敘述藝術的主要來源是說書和古代白話小說，正如魯迅的工底是古典敘述文一般。因爲他們兩人不像其他作家那樣，一腦門往西方模式鑽，所以成就才能高出於他人。

老舍小說最突出的特色，是他那一口地道的京腔白話文，這就讓他完全不同於茅盾的歐化白話文。另外較不明顯的特色是，老舍並沒有刻意模仿西方小說的細節描繪和情節安排。他的敘述方式一般還是比較直線而爽朗的，其實這正脫胎於說書和古代白話小說。如果是對著聽眾說故事，你不可能進行複雜的心理分析，也不可能進行細膩的情景描寫，聽眾不可能接受。等到說書藝術文本化以後，文人就繼承了這種敘述模式。老舍熟悉各種民間曲藝，熟悉白話小說，性格又比較率直，這一切就成爲他敘述藝術的基礎，逃也逃不掉。如果一個人讀了許多極其複雜的西方現代小說，再來讀老舍，因而無法喜歡老舍，我一點也不感到奇怪。

茅盾是一個很難討論的作家。早在 1921 年，他就加入中國共產黨。1927 年蔣介石清共後，他和黨組織失去聯繫，一直到去世時，都沒有恢復黨籍，但一般還是認爲他和共產黨關係密切。他一直使用馬克思的階級觀點和經濟觀點來寫小說，是旗幟鮮明的左派小說家。這一切，都讓人很難客觀的討論他的作品。

茅盾出身於敗落的商人家庭。他父親很早就考中秀才，但由於不久就成爲「維新黨」，對科舉不再有興趣。父親不幸於 34 歲時病死，死前一直告戒茅盾要注意國際大勢、要關心國事。茅盾從小就成績優異，讀書極博，文章一直獲得師長讚賞（他能寫駢文）。由於家境困窘，讀了北大三年預科，就輟學就業。他進入商務印書館當一個小編輯，但其才華立刻受到矚目。當商務印書館的領導感受到新文學運動的不可阻擋，決定把《小說月報》加以改組，以呼應時代潮流時，他被選爲主編。他因此成爲新文學發展初期極重要的雜誌編輯和文學評論者。他可以直接閱讀英文，在《小說月報》報導外國文學動態、介紹外國文學潮流、撰寫新文學作品評論是他的主要工作。

就在茅盾成爲新文學運動的重要人物時，他決定加入中國共產黨，開始參加政治活動。國、共合作時，他到廣州工作一段時間，北伐軍打到武漢，他又到武漢工作，直到清黨。國、共合作時期的革命情勢，茅盾相當清楚。清黨以後，他蟄居上海，開始寫小說。因爲住在上海，他對國民黨當政時代國民黨與上海資本家的關係也非常清楚。可以說，從 1921 年開始，茅盾就一直處在中國政治、經濟的漩渦中心。他的小說一直企圖及時的反映時代，也因此，他的作品一直受到讀者歡迎，讀者可以透過他的小說感受到時代氣息，並以此思考自己該何去何從。

1932 年茅盾回顧了他五年來的小說創作，說：

因而一個做小說的人不但須有廣博的生活經驗，亦必須有一個訓練過的頭腦能夠分析那複雜的社會現象；尤其是我們這轉變中的社會，非得認真研究過社會科學的人每每不能把它分析得正確。而社會對於我們的作家的迫切要求，也就是那社會現象的正確而有為的反映！

如果沒有讀過茅盾的小說，很容易對這些話產生誤解，以爲這些作品類似社會科學的分析，而其目的是「正確而有爲的反映」這個社會，以便爲革命提供協助。只要讀過《子夜》，就不會產生這種誤解。《子夜》出版後，學衡派的吳宓寫了一篇評論，備加讚揚。他說：「蓋作者善於表現現代中國之動搖……此書則較之（指《蝕》三部曲）大見進步，而表現時代動搖之力，尤爲深刻。」可見吳宓認爲，《子夜》生動的反映了當時中國社會的狀態。吳宓又說：「此書寫人物之典型性與個性皆極軒豁，而環境之配置亦殊入妙。」這又稱讚茅盾刻劃人物極爲生動。吳宓是反對新文學的人，他的評論當然可信。這就說明，茅盾寫的並不是社會科學論文，也不是革命的宣傳品。

茅盾是非常推崇左拉的，他信奉自然主義的創作方法。然而，茅盾企圖反映當代中國社會的小說，卻和左拉的作品差距甚大。這裡無法仔細分析《子夜》在小說結構和人物描寫上的特殊技巧，只能把茅盾的自述和吳宓的評論加以對照，藉以說明茅盾創造了一種非常獨特的小說形式。茅盾的小說，比起魯迅和老舍來，可以說是純粹的「西化派」。然而，這卻是爲了配合中國現實而改造的形式，仍然反映了中國新小說家對整體社會的強烈關懷，與西歐小說頗異其趣。

最後討論沈從文。跟魯迅、老舍、茅盾相比，沈從文當然不是反映社會現實的小說家，他也因此備受自由派推崇，認爲他更具藝術性。這裡不想討論這個問題誰是誰非，而是要指出，沈從文和魯迅等人仍有其共同性。

試想想看，沈從文的最大成就在哪裡？是翠翠這個人物嗎？應該不是，而是生長了翠翠的那個湘西。沈從文小說的女主角，除翠翠外，還有蕭蕭、三三等，她們都是同一類人。沈從文的男主角呢？好像也沒有一個人的影像可以馬上出現在我們腦海中。可見沈從文並不以刻劃人物見長。沈從文創造了一個「湘西世界」，那裡的山水和生活於其中的無數小人物，構成一個審美形象，人們所欣賞的是這一個整體性的形象，而不是其中任何一個特殊的個人。

沈從文屢屢稱自己爲「鄉下人」，用以和「城裡人」相對照。「鄉下」是他喜歡的，「城裡」他是不喜歡的，常常在小說中加以諷刺。換句話說，沈從文聲稱，美的世界在湘西，現代的城他不要。這不是整體性的拒斥了許許多多的中國人夢寐以求的「現代中國」嗎？雖然他追求的目標和魯迅等人剛好相反，但他以「整體性」的方式思考中國問題的傾向，卻和魯迅等人類似。這證明，雖然他表面非常異類，但他仍然是中國的「現代小說家」。

1937 年，日本全面侵略中國，中國人爲了自己國家的存亡和個人的生存奮起抗戰。這個全新的態勢深刻影響了新文學的發展。1945年抗戰勝利，但國、共內戰的陰影籠罩全國，不久爆發的內戰，使得全體中國人陷入最艱苦的生活條件之中。還好內戰很快就結束，「新中國」誕生了，另一階段的文學史也開始了。因此，1917 到 1937 這 20 年，自然形成一個中國現代文學史的完整階段。按本文所論，這 20 年的小說，表現了中國人最大的關懷，「中國怎辦？中國往哪裡走？」這個問題制約了幾乎所有中國的重要小說家。從這個問題點出發，就能發現每一個小說真正的優、缺點，並對他們作出適切的評價。

2011/5/17

評論

◎倪　偉[*]

呂正惠老師這篇論文提出了一個非常重要的問題：中國現代小說爲什麼會和西方小說很不相同？他認爲，中國現代小說產生於中國面臨亡國的危機時刻，因此從一開始就自覺地承擔了沉重的政治責任。小說被中國公共知識分子用來「表達自己對於中國現狀的種種批評，對於未來中國的種種設想」。他以魯迅、老舍、茅盾和沈從文這四位作家爲例，充分地闡述了這個觀點，並指出我們在分析 1917 到 1937 這 20 年的小說時，應該緊扣住「中國怎麼辦？中國往哪裡走？」這個當時人們最關切的問題，這樣才能得出適切的評價。

呂老師的這個觀點對於大陸學者來說應該不算陌生，因爲大陸的文學研究一直非常強調文學與社會、與民族以及國家之間的緊密聯繫，但我們以往在談這個問題時，似乎不覺得這裡面有什麼值得深究的問題。呂老師的這篇論文在中西小說比較的視野裡來重新探討這個問題，從而得出了一些讓人感到耳目一新的看法。比如他說西歐近代以來的小說偏重於寫個人，因爲個人的解放和自由本身就是西歐近代歷史的發展主題，而中國沒有歐洲中世紀那樣的封建制度，近代中國面臨的主要問題又和東歐國家相似，是國家的真正獨立和強大，所以民族的問題、國家的問題就壓倒了個人的問題，成爲中國現代小說表現的主要內容。當中國現代小說家在使用小說這種來自西方的文學形式來表現中國經驗的時候，實際上是對小說形式進行了再創造。像老舍的《駱駝祥子》就是一個很好的例子。

我認爲「個人」的確是一個很好的切入角度，使我們可以清楚地

[*] 上海復旦大學中國語言文學系副教授。

看到中國現代小說與西歐小說之間的差異。關於西方現代小說和個人主義之間的關聯，伊恩・瓦特（Ian Watt）等西方學者已多有論述，但中國現代小說如何處理個人，這個問題卻沒有得到很深入的探討。按照本雅明在〈講故事的人〉中的說法，小說從根本上來說是一種孤獨的文類，它向我們描繪某個人的命運，給予我們從自身命運中無法獲得的溫暖。對個人命運的描繪構成小說的主要內容，這在西歐小說中已得到充分證實。中國現代小說當然也離不開對個人命運的描寫，像《駱駝祥子》寫的就是一個人力車夫的命運。但同樣是寫個人命運，中西小說卻大異其趣。在西歐小說中，個人居於核心，社會和世界則是他／她活動的舞台，一切都是圍繞著個人的命運來組織安排。當然，這並不等於說在西歐小說中只有個人，沒有社會，事實上，在優秀的小說中，個人命運的展開同時也是社會歷史的展開，兩者是彼此交融的。在中國現代小說中，個人卻從來不是第一位的，描繪個人的命運根本還是爲了揭示個人所生活其中的社會的基本狀況，這就決定了個人的生命軌跡是必定如此、不可更改的。所以，祥子的墮落是必然的，非如此，不能突顯中國社會的根本問題。從這個意義上說，中國小說家對於國家、民族問題的關懷，的確在根本上決定了小說人物的命運以及小說形態本身。

如果說中國現代小說對個人命運的描繪服從於對民族、國家問題的關懷，那麼這就引出了一個相關的問題，對個人的這種處理方式會對小說形式產生什麼影響？在這篇論文中，呂老師針對這個問題做了一些很有意義的開拓性工作。他是從敘述這個角度來進入的。他認爲魯迅的小說傾向於採用傳統的敘述方式，同時在描寫和意象上吸收了東歐和俄羅斯小說強調灰暗或強烈色彩的特質；老舍也沒有刻意模仿西方小說的細節描繪和情節安排，而是採用了脫胎於古代白話小說的直線而爽朗的敘述方式；即使是在中國現代小說家中最爲西化的茅盾，其小說形式也仍然爲了配合中國現實而進行了改造，因而與西歐小說頗異其趣。我們當然還可以舉出更多的例子，比如廢名小說的古典詩詞化的敘述，趙樹理的現代說書體敘述，等等。從總體上看，中國現代小說更傾向於動態的敘述，而有意識地減少了靜態的描寫，即使進行描寫，也往往採用類似於白描的勾勒，而不是採用類似於西洋油畫那種大塊的色彩堆積。這就與西方小說迥異其趣了。爲什麼會出現這種差異？一方面當然是因爲中國本身有著悠久的敘述傳統，從史傳到說書，綿延數千年，自然會影響到現代小說的敘述。但另一方面，強調動態的敘述，根本上又是與中國現代的小說觀念分不開的。從梁啓超開始，小說就被視爲「欲新一國之民」的工具，民族、國家的問題是小說關切的首要問題。對於小說，中國現代小說家從來都沒有本雅明那種想法，把小說看作一種給孤獨的個人提供慰藉和溫暖的文類，而是把它看作喚醒民眾、啓發民智的利器。這就要求小說敘述必須具有一種可供大眾分享的品質，明快、流利、樸實、生動，朗朗上口，易於口耳相傳，就是基本的要求。這種敘述風格構成了中國現代小說的主流，像老舍和趙樹理的小說對於敘述語言的口語化更是有著自覺的追求，他們這一派的小說有著最鮮明的中國特色。

除了敘述之外，我們還可以從其他角度來分析中國現代小說的特質，比如情節安排、意象等等。如果我們能從各種形式因素入手，來探討中國現代小說的觀念與形式之間的內在關聯，那麼就能對中國現代小說獲得更深入的認識，同時也能爲今天的小說創作提供一些可資借鑒的經驗。我認爲呂正惠老師這篇論文最有意義的地方就是在這裡，他啓發我們可以圍繞著這些問題進一步做深入的探討。

日治時期台灣小說的生成與發展

◎許俊雅*

一、前言

近年來日治台灣文學隨著新材料、新觀點的出現，學界對台灣文學史、小說史的詮釋有另種翻轉，比如「現代性」、「殖民主義話語」、「東亞漢文」等概念的強調，因而刺激重新思考台灣文學。而在東亞儒學、漢文跨界的研究趨勢下，日治初期漢文報刊小說，更成為闡釋近代「小說興起」的路徑，通俗小說成為建構日治小說發展史無法被忽略的一環，研究生以之為論文者頗多，研究焦點亦多在「漢文」通俗小說上（日文通俗小說相對較少）。這對於過去以探求台灣主體意識為重點的社會語境下，強調抗日、啓蒙的小說，有著明顯的差異，過去討論台灣小說多始自二〇年代中，但漢文通俗小說被強調之後，自然有著將台灣小說史提前 20 年之積極意義，不過也因過於強調台灣小說受日本漢文小說的影響，而忽略了中國小說大量引進遠遠超過日本漢文小說，台灣傳統文人對中國漢文小說摹仿學習及受影響的脈絡。有的研究者認為傳統文人如魏清德、李逸濤、謝雪漁等人，接受新學而具有文明氣息，他們譯介及創作的俠義小說、偵探小說雖然以傳統文學寫作，但為新文學提供了養分，是文學現代性移植、傳播來台的先行例子。任何文學的生發自然不可能一步到位，台灣新文學的

---

* 國立台灣師範大學國文學系教授。本文為筆者國科會專題計畫「重構兩岸文學的歷史記憶：日治時期臺灣報刊雜誌轉載中國文學之現象研探」（編號：100-2811-H-003-006-）部分研究成果，謹致謝忱。

萌芽發展必然也傳承了二〇年代之前的種種養分，做為兩種不同精神取向及審美藝術相異趣的雅（嚴肅）與俗（通俗）的文學，將是台灣小說史不可或缺的內涵，有如鳥之兩翼、車之兩輪。

本文將從漢文通俗小說如何進入台灣開始談起。這裡頭牽涉眾多中國文言、白話漢文之刊載（及部分日本漢文小說），這些作品放在《台灣日日新報》、《台灣文藝叢誌》、《台灣民報》、《三六九小報》、《孔教報》、《崇聖道德報》、《風月報》、《南方》時，不論是志怪或武俠、偵探、言情等作品，台灣在面對中國、日本文學角力時，是比較親日或親中？彼此的抗衡頡頏如何？日治時期漢文通俗小說問題，牽涉中／日／台之間的跨國文化流動，不同文化系統之間的抵制、協商、浸透、傳播、挪用、摹擬改寫等問題。總而言之，日治台灣文學的生成，從古典／現代、日本／中國、文言／白話／日文到官資報刊／民資報物雜誌、雅／俗等辯證及競爭，其內涵多元而特殊。

初時，台灣報刊編者轉載了日本及晚清以來的詩、小說，這些作品一方面提供從中汲取精神，重新加以詮釋改造，使之合乎現實的需要；另一方面也提供從外來文化中擷取適合的養分，加以融會貫通。然而中國文學本身就受到外來文化的啓迪與刺激，其內涵與面貌漸有所改變，而日本漢文學，事實上亦受中國傳統文學影響，在官方政策下的《台灣日日新報》，何以當時出現如此多的漢文通俗小說？而且轉手進來的中國文學之數量遠遠超過日本漢文，此間眾多訊息並未被揭出，本文將試著透過原始文獻揭示小說生成初期的摹仿借鑒現象，同時提醒讀者留意，在台灣總督府可能的操控外，文人其自我的能動性，彼此之角力，甚或是文人的追想懷舊，透過漢文小說找到一種歷史的位置與自我價值的肯定，尤其是才子佳人模式的比附過程中，對那些已經失勢、青雲路斷的傳統文人，可以從邊緣位置，重新尋覓到自我肯定的文化規範，因著種種因素而產出或改寫、轉刊的小說作品，有著微妙而錯綜複雜的現象。

另外是從刊載改寫的現象，提示或許可以與東亞各國及大東亞共榮圈下滿州國的文藝生產相比較，彼此間連結的關係密切度如何，值得進一步去梳理。比如台灣當時所刊載之作，與《泰東日報》、《滿洲報》、《盛京時報》上的作品：慕文〈一斧三頭〉、明道〈最美之妻〉、可着〈舊浪新潮〉、柯定盦〈伊死之晚〉、山陰〈漁俠〉等等重疊，這些現象或許反映了滿洲事變後以迄滿州國的成立，文藝生產與東亞共榮口號動員的效應。

二、「小說」觀念與小說的興起

日治「小說」的觀念起自何時？漢文通俗小說受日本文學影響多？還是中國文學多？或認爲明治 38 年（1905）《漢文台灣日日新報》「小說」欄的出現，具有指標性意義，它「標舉了台灣自身的『小說』文類觀念已然形成，與創作實踐的漸趨成熟，故可視爲小說發展史的重要里程碑。」[1]於此之前，《台灣日日新報》的「說苑」欄（1899 年 4 月～1900 年 3 月）刊有菊池三溪的〈珊瑚枕記〉、米刃山衣洲的〈幽婚〉、〈院本忠臣庫〉及 21 篇「紀○○○事」等漢文小說，此各類形態「小說」的刊出，「無疑具有提供台人認識小說與學習摹寫的示範意義。」[2]然而繼之「說苑」欄之後，仍有「雜錄」、「雜事」、「叢談」

---

[1] 黃美娥，〈從詩歌到小說〉，《當代》221 期，頁 156。愚意「最新小說」之出現，宜是梁啓超《新小說》之刊行（1920 年 10 月至 1906 年 1 月）的影響。「台灣自身的『小說』文類觀念已然形成」，似乎需要更多的論證。台灣小說轉載自《小說月報》者不少，而《小說月報》的短篇小說欄目設置一直處於變動之中。其先後開闢的小說欄目計有「短篇小說」、「瑣言」、「寓言」、「新著」、「說叢」、「妄言妄聽」、「傳奇」、「創作」等。從《小說月報》十年欄目的命名和設置，可以看出《小說月報》對短篇小說的理解尙處於探索階段。易言之，彼時的小說尙是一個多元概念，除了「說叢」、「新著」、「譯叢」、「小說新潮」這些泛稱外，其他名稱諸如「寓言」、「瑣言」、「傳奇」亦都是同一概念的解釋。甚至在 1915 年第四號有〈曾文正沈文肅軼事〉，是歷史人物的花絮之談。同年第六號有〈學生之尙武譚〉，類似一篇時議文章。1916 年第二號有〈海底危險之新防禦物〉，介紹的是無線電科技和聲納技術，1920 年第三號起連載易卜生名劇〈社會柱石〉，《小說月報》將之歸類於「小說新潮」欄目，而非戲劇。如果說《台灣日日新報》其時對小說的概念已然成熟，似乎未能盡意。1911 年 7 月 10 日《台灣日日新報》轉載了鐵冷〈五毒〉（第 3 版），標題即是「短篇寓言」，雖然此篇原刊 1911 年 6 月 6 日的《滑稽時報》，但其「寓言」用法同《小說月報》，與「小說」同一概念。換句話說，《台灣日日新報》亦將「寓言短篇」視爲「短篇小說」。凡此皆可見對「小說」概念仍然是處於模糊狀態。

[2] 同前注，頁 157。

等欄目，可見筆記小說的刊載。台灣報刊轉載自《小說月報》第一卷第二期「筆記」欄的內容，包括〈錢蓮仙〉、〈朱四芬〉等，古文大師與名旦並列，可見編者對筆記的概念是依循筆記小說之傳統，一種雜記似的小道知識的累積與紀錄，當時如《崇聖道德報》、《孔教報》、《三六九小報》所（轉）載小說，基本上有不少是屬於傳統的筆記性質，但當時是納入傳統上定義較寬泛的「小說」內容裡。在 1905 年之後所編錄的小說，其實還充滿各種疑義，當時對小說的意涵，包括新聞事件報導、史傳、叢錄、叢談[3]等。如以 1906 年所刊小說之作，如〈孝女白菊〉、〈薄命曲〉詩歌列入小說，因詩歌具有敘述功能，早期的敘事詩具故事者也會被視爲小說，日本〈孝女白菊〉詩即是如此，在《台灣日日新報》轉載後有一附記：「孝女白菊，……洵爲恰到好處之一短篇小說。巽軒此詩。尤筆力勁健。朗朗可吟。阿堵傳神。曲折道達。且說部亦有成以歌體者。因採入本欄。讀者幸勿與尋常之淫蕩猥褻小說。同一例視也可。」[4]類似新聞事件，歸之小說者，如〈鬼婚〉原刊 1927 年 11 月 20 日《申報》，僅一個多月《漢文台灣日日新報・夕刊》就轉載，題作〈小說　鬼婚不可背〉[5]，內容主要是談「花會之害」，沉迷花會賭博的少婦，至荒塚祈夢，思夢告大贏，並以鬼婚相誓，後果爲鬼所娶之事。文末云：「此爲數年前事，述者且謂目擊其事，殆爲實事，足供研究靈魂學者一種參考資料也。」花會也是一種賭博，

---

[3] 吳福助主編《日治時期台灣小說彙編》在第一冊「出版說明」，引用謝雪漁〈小說之價值〉，並以其「小說標準觀」，只編入冠以「小說」名稱者，「其餘『摭談』、『叢錄』、『叢談』、『軼事』『小談』、『小傳』類題作品，概不收錄。」但該叢書所收小說，尤其是最後幾冊的短篇小說，大都是中國報刊之新聞及一些轉載刊物的「叢錄」、「叢談」、「軼事」、「小傳」（傳記），後者基本上有不少是被視爲小說的，收在《明遺民錄》「釋道傳」的〈輪庵和尚〉即是，《台灣日日新報》即視爲小說，改題爲〈詩僧〉，1911 年 8 月 5 日。台中：文听閣圖書公司，2008 年 4 月，頁 5、6。

[4] 《台灣日日新報》明治 39 年（1906）5 月 6 日第 5 版。後來歌人落合直文（1861～1903）將井上巽軒漢詩此作譯寫成戀愛與冒險的浪漫抒情感傷敘事詩歌。劉崇稜，《日本文學概論》，台北：水牛圖書出版事業有限公司，頁 112。另，落合直文之作曾被《實業之台灣》68 期轉載，大正四年（1915）6 月 26 日，頁 48～50。

[5] 昭和二年（1927）12 月 16 日，第 9929 號，第 4 版。《申報》此則〈鬼婚〉，可見初旭、馬清福、許科甲等主編，《舊事重新聞——民國十大報文摘 申報（下）》，瀋陽市：遼寧教育出版社，1993 年 9 月，頁 67、68。

自各處花會設立以來，男女若狂妄想發財，求夢禱鬼迷信妖妄。因此盜竊及搶奪路劫綁架勒贖之匪案，迭出不窮，受打花會之害而投河上吊者，亦時有所聞，因此早期報刊時揭露花會之害，與提倡戒纏足、禁鴉片、破迷信用心同。《申報》刊載此事宜在強調「花會之害」，台灣報刊之轉載改寫時似乎是說明了鬼婚「不可背」，蓋當時台灣也有鬼婚（冥婚）之說，在強調或抨擊迷信上，態度並不明顯。此一轉載說明了台灣（記者）對上海《申報》的報導能立即掌握消息[6]。這篇作品特別標示「小說」，其實從強調「目擊、實事」觀之，完全是中國筆記（小說）痕跡，但此篇題材主要是社會新聞。又如《崇聖道德報》第 21 號（1940 年 11 月）載〈黑蝶申冤〉，以國外新聞時事敘述黑蝶破兇案之奇聞。此則故事宜是當時國際新聞，早在中國 1933 年 10 月《女子月刊》即刊載，標題〈奧國黑蝶申冤奇聞〉。《申報》早期將新聞小說化報導，眾多新聞以一種誇張、想像或者神怪迷信的方式出之，此類新聞爲《台灣日日新報》轉錄者自然不少。

此外，小說是如何興起的？小說的興起與儒教、亞細亞主義的關係又如何？明治 32 年（1899）8 月至 12 月，《台灣日日新報》「說苑」欄刊載了「忠臣藏」，日本有名的赤穗浪士爲主公復仇的忠義故事。〈院本忠臣庫〉也是直接轉刊自日本國內的「忠臣藏」相關演義作品。明治 32 年（1899）4 月起至明治 33 年（1900）8 月，《台灣日日新報》連載日本儒學家的生平傳記「儒林遺芳」，規模龐大、連載時間長，頗有將台灣的儒教認同納入日本儒教之企圖。其篇首云：「茲本館於先儒言行旁求博綜以登諸報端，益於國家崇文之化，似未嘗無小補，

---

[6] 對《申報》作品的熟悉，亦讓吾人得以了解當時台灣與上海往來似乎極密切，除了郵購圖書、出版外，有不少作品都從申報來。如《三六九小報》第 309 號（1933 年 7 月 23 日）刊天恨〈瘋人的損失〉，實則此篇原登《申報》1929 年 8 月 31 日第六張。〈某學究〉原刊同治 11 年（1872）6 月 10 日的申報，《三六九小報》第 258 號改寫刊載。可能是從 1927 年出版的《松蔭盦漫錄》間接轉載，此篇亦是新聞體小說。還有非小說的，如《風月》曾刊〈建築源流拾遺〉，此篇實《申報・自由談》所登，作者李文華。《風月》第 10 號的〈文字與遊戲〉，亦原《申報・自由談》（1935 年 5 月 10 日），作者稜磨。如果從吳漫沙〈追昔集一霧社喋血〉亦可明瞭，他提到家裡「長期訂閱《申報》、《東方雜誌》、《小說世界》、《紅玫瑰》等報紙和雜誌。」見《台灣時報》，1985 年 7 月 25 日。

豈特娛目之資云爾耶。」其文化宣揚和教化目的，顯然可見。「儒林遺芳」所刊載的文章，主要來自原念齋（1774～1820）《先哲叢談》（文化 13 年，1816）、東條琴台（1795～1878）《先哲叢談後編》（文政 12 年，1829）這兩本記述日本古昔儒者事蹟的著作。關於這兩本「叢談」著作，主要是收集每位儒者的傳記、逸話資料，再以年代先後爲序；形式上較異於「叢談」，而近於「列傳」。自明治 33 年（1900）1 月 16 日至 2 月 13 日止，以幾近逐日刊載的方式，刊出一系列「紀○○○事」等 21 篇（20 則）人物記事。這是轉載自福田宇中於明治 13 年（1880）所出版的《日本義烈傳–古今復讐》（上、下）一書，此書凡 32 則復仇記事，轉載時應是隨意挑選，並未依照先後次序。作者在〈日本義烈傳序〉云：「復讐之舉。出於臣子忠孝至情。聖人既垂弗共載天之教。而韓柳諸公之論。各得其當矣。胡康疾傳春秋。於復讐之義。悲憤髮指云。豈非義氣所感使之然乎。」易言之，這些復仇故事主要宣揚的道德精神，乃爲忠孝節義的儒教價值，而善盡忠義的對象已從中國的封建君王轉爲日本帝國天皇[7]。（另見下文，此一儒教思想與小說關係在日治末期亦呼應）

到了 1906 年《漢文台灣日日新報》出現較多取自菊池三溪（1819～1891）《奇文觀止本朝虞初新誌》[8]、依田學海（1833～1909）[9]《譚

---

[7] 陳建男〈清末日初台灣傳統文人的小說接受與創作——一個儒教視角的考察〉台灣師大台灣文化及語言文學研究所碩士論文（指導教授：許俊雅），2010 年 7 月，頁 86。「義烈傳」在中國亦極普遍，如張岱《古今義烈傳》，日本此書命名，宜其有中國文學影響痕跡。

[8] 李進益〈《虞初新志》在日本的流播及影響〉：「菊池純，……字子顯，號三溪，又稱純太郎，自號晴雪樓主人、三溪居士、三溪學人等。與名儒林檉宇習漢學，曾任江戶赤阪邸學明教館授讀，其後轉任幕府將桾侍講，長期擔任儒官。明治維新前夕，菊池純面對幕府內外紛亂，天下不穩，形勢日逼，因而萌生辭官歸隱之意，這種遁隱山林不過問紅塵俗事的心情，在慶應二年（西元 1866）他寫給友人秋場桂園的信中可得知。在辭官之前，菊池三溪閒暇之時，即已著手寫作漢文小說，同時，菊池三溪不但對中國和日本小說有興趣，而且他也對於戲曲有深入的研究。菊池三溪生前刊行著作數量不少，如漢文小說《本朝虞初新志》。」見 1993 中國古代小說國際研討會學術委員會編，《1993 中國古代小說：國際研討會論文集》，北京市：開明出版社，1996 年 7 月，頁 532。另見王三慶〈日本漢文小說研究初稿〉，《域外漢文小說論究》，台北：學生書局，1989 年，頁 11～13。

[9] 依田學海，名朝宗，字百川，雅號學海，幼時學過經史，雅愛文學。明治後做過六部的書記官。明治 18 年辭官，專門從事小說和戲劇創作。其劇本的基本主題是對英雄豪傑、忠臣節婦的讚頌，應受到中國儒家思想的影響，基本上沒有跳出勸善懲惡的思想範圍。

海》著作中的小說，但又要到 1910、1911 年，報紙才再次刊載菊池、依田等人的作品，且是譯寫之作，此後就幾乎不見日本漢文小說。菊池的作品有：〈珊瑚枕記〉、〈義偷長吉〉、〈臙脂虎傳〉、〈嬌賊〉、〈本所擒龍〉、〈五色蔦〉、〈丸山火災〉、〈離魂病〉、〈紀文大盡〉、〈離魂病〉、〈木屐入浴〉、〈幡隨院長兵衛傳〉，依田學海之作有：〈髏髗頭〉、〈伊賀復讎〉及尚無法確認之譯作〈法國演戲〉等。以篇數和連載時間長短視之，菊池和依田的小說是否能成爲台灣文人寫作小說的「範本」，仍有相當大的討論空間。《譚海》書中各篇，一般都採用史傳寫法，先交代所寫對象的姓名籍貫、家庭身世、性格嗜好，然後舉若干典型事件具體描寫，展現人物的性格風采，文末則多以某某氏曰議論作結。強調據實結撰，時以牽親帶故或訪鄰尋里，言明親聆所得，絕非杜撰而有。從中國筆記小說的傳統來看，作者常宣稱其作品據實而撰，強調勸懲警世爲本色，非憑空虛構。因此，很難從據實結撰的說法斷定台灣初期的漢文小說乃菊池、依田的小說觀之影響，何況菊池、依田等人的漢文小說的創作模式尚且未脫離中國傳統筆記小說的框架[10]。而日本漢文小說的量本來就不如中國多，要源源不絕從日本漢文小說轉載，自有困難，這或許是後來不見刊載日本漢文小說的原因之一，反而是兩三千篇的中國漢文小說，被以各種型態出現在報刊

後自認劇作無法勝過坪內逍遙，遂不再寫劇本，而轉到小說之創作。《譚海》首次刊行時間是明治 17 年（1884）鳳文館本，所記爲「畸人寒士，才女名妓，一言一行，一技一能，可喜可悲，可笑可泣之事」，這在日本也是所謂「正史不載，大人不語」的內容。《譚海》所記，正是「巧藝伎術、鉅賈良賈、俳優倡伎」中「曠世之英傑，絕代之奇才」？其實不只是依田氏，其他小說家也莫不如此，如菊池三溪，其所著《本朝虞初新志》，也是以記述市井人物爲其特色。見孫遜〈日本漢文小說《譚海》論略〉，原刊《學術月刊》2001 年第 3 期，收入王安憶、任仲倫編《上海作家作品雙年選（2001～2002）古典文學卷》上海：上海文藝出版社，2003 年 8 月，頁 358。

10 很多的日本漢文小說，由極高漢文學養的漢學者所撰，可看到其構思情節、主題及語言表現幾乎是中國小說似曾相識的影子，初期的日本漢文學對中國文學幾乎亦步亦趨的加以摹仿，在這樣的學習過程中，開啓了其文學發達的先聲。日本漢文小說自然有受中國小說霑溉之功，但日本式的故事內容、思想感情、審美情趣仍將彼此區別開來，從其文學內部漸漸發展出其獨特之處。台灣文士對小說的摹仿學習也是同樣的自覺接受的過程，大抵文學的產出都經歷此一路徑。

雜誌[11]，因此台灣傳統文人更多的閱讀學習來源恐是中國小說而不是日本小說。

那麼，摹仿學習之路程如何？連雅堂曾述其經驗，說：

> 今之所謂小說家者，多剿拾前人筆記，易其姓名，或敷衍其事，稱為創作。曩在滬上見某小說報，中有一篇，題目為「一朝選在君王側」，已嫌其累，及閱其文，則純抄過墟記之劉寡婦事，真是大膽！夫過墟記之流傳，知者雖少，然上海毛對山之墨餘錄曾轉載之。對山，同光時人，其書尚在。為小說者，欲欺他人猶可，乃並欲欺上海人耶？[12]

連雅堂不認同「剿拾前人筆記，易其姓名，或敷衍其事，稱爲創作」之舉，文中「今之所謂小說家者」，或許也包括對台灣文壇現象的批評。文中舉毛對山《墨餘錄》曾轉載過墟記劉寡婦事，而上海小報易題抄襲此故事。此一現象在上海、台灣極普遍，文中毛對山祥麟的《墨餘錄》多篇亦曾爲台灣報刊選錄刊登。大約從 1906 年開始，至 1934 年，《台灣日日新報》約刊載了三千篇漢文通俗短篇，其中大約有兩千多篇是中國小說（含筆記叢談、新聞故事）的直接轉載或改寫摹仿之作。台灣漢文小說的發展歷程裡，大量中國文言筆記小說、鴛蝴派小說幾乎充斥在各報刊雜志，但因未交代作者、出處，有時又做了各種隱瞞手法，因此迄今學界未悉這些作家、典籍曾如是廣泛被台灣人閱讀，進而產生摹仿借鑒學習之路程。筆者認爲文學中的摹仿

---

11 目前台灣學界多輕忽此一轉載改寫現象，或者不甚清楚，如黃薇勳云「因多數文本爲『不著撰者』，故較難查證小說出處。」實則多數可以查知。黃文見〈1906～1930《台灣日日新報》漢文短篇小說中家庭女性婚姻與愛情的敘寫〉，台北教育大學台灣文化研究所，2010 年 7 月碩論，頁 17。

12 原台灣詩薈餘墨，收入連橫著，《雅堂文集》，南投：台灣省文獻委員會，1991 年，頁 288。另，（清）毛祥麟撰，畢萬忱點校，《墨餘錄・孀姝殊遇》載：「近閱《紀載彙篇》，知曾采輯，則直目爲《過墟志》，並有野西逸叟序。……余以其非見聞所習也，因特芟繁就簡，且別其目爲《孀姝殊遇》。其間雖儘有點竄，而無失本真，將廣其傳，遂復鐫入是錄云。」上海：上海古籍出版社，1985 年 1 月，頁 80、81。

借鑒是文學發展必由之路，是文學自身規律所決定的一種普遍文學現象，無需采取片面否定的態度，而是應放到台灣文學脈絡的洪流中加以考察此創造性的自覺行爲，及其由借鑒學習到創新的重要表現。

台灣傳統文人如何改寫這些作品，此處僅舉若干篇以說明。1906年觀潮〈丹麥太子〉[13]一文，究其實，應是自林紓、魏易譯〈鬼詔〉[14]一篇而來，〈鬼詔〉譯法較特殊，今日多譯爲〈哈姆雷特〉。茲節錄〈鬼詔〉片段以與〈丹麥太子〉比對，即可知其中學習痕跡：

> 后大驚曰：爾敢於宮中行戮耶?太子曰：「濫殺固矣。然較諸自弑其夫，下嫁其夫弟者，不既勝乎！」。語出，自省其過，復變其詞，以為母之所為，殆上攖天怒，奈何父骨未寒，遂忘身事仇，以貽死父之羞。……然克老丢見太子益憾，乃佯撫之曰：「爾二人均號勇士，明日當以藝相角。乃以利匕首淬藥授來梯司，令乘間刺之。」
>
> 屆日，王備獎物至夥，陳之庭中。太子執鈍刃與格。格時來梯司佯卻，王偽悅稱太子勝。已而來梯司突出藥刃中太子，太子怒，奪而猛刺，來梯司僵。先是王患來梯司弗勝太子，隱儲鴆酒一，勞太子，然未示旨王后，后渴遽飲之，立斃，太子見狀甚疑。來梯司僵臥血中，呼曰：「是謀王授我者，然太子亦無幸，為時俄頃耳。」因極口詈王，遂死。太子知身死，仇且莫復，遂挺其傅毒未盡之刃剸王腹，王僵，太子亦垂斃。衛士霍雷旭大悲，欲殉太子。(《台灣日日新報》1906年6月5日。)

觀潮〈丹麥太子〉作：

---

13 《台灣日日新報》1906年6月5日。

14 （英）沙士比（Shakespeare）著，林紓、魏易譯，《神怪小說 吟邊燕語 第一編》，上海：商務印書館，1904年。

> 后罵曰：「爾於宮中行戮大臣耶？」太子曰：「濫殺固矣。然與自弒其夫，下嫁其夫弟者，比例差幾何乎！」。語出知過妄。復變其詞。以為母后所為。實攖天怒，奈何父骨未寒，遂忘身事仇，以貽死父之咎。……然克老丟見太子益憾，乃佯撫之曰：「二人均勇士。明日當以藝相角。陰以利匕首淬藥授萊梯斯，令乘間刺之。」
>
> 又恐太子勝，隱貯鴆酒以勞焉。屆日，即於庭中格。格時萊梯斯佯卻，王偽悅。稱太子能。少選太子誤中藥刃。怒奪而猛刺，萊梯斯僵。王欲以酒勞之。后渴遽飲，立斃。太子甚疑。萊梯斯僵臥血中，呼曰：「是謀王授我者，然太子命亦俄頃耳。」詈王不休，遂死。太子哭曰「仇且莫復，而身欲死。將何面目見吾先君於九京乎」頓挺其藥刃剚王腹。王立僵，太子亦垂斃。衛士霍雷旭見太子垂斃，欲殉焉。（頁 69-70）

畫線處是相異處，其中文字相同者不少，以行文脈絡及文字之雷同觀之，「觀潮」宜閱讀過林紓之譯文。從「觀潮」翻譯莎士比亞知名劇作〈哈姆雷特〉為〈丹麥太子〉一事看來，台灣小說對世界文學、翻譯文學的借鑒學習，也是一個相當重要的途徑，尤其是後期的日文作家，透過日文版的世界文學翻譯學習創作。類似觀潮的例子還有李逸濤改寫朝鮮名著〈春香傳〉、以及魏清德譯述日本故事〈赤穗義士菅谷半之丞〉、〈塚原左門〉、〈寶藏院名鎗〉、〈塚原卜傳〉[15]，謝雪漁的〈齒痕〉（1918）模仿莫理斯・盧布朗（Maurice-Marie-Émile Leblanc, 1864～1941）《亞森羅蘋探案全集》（Arsène Lupin）的《虎牙》（Les Dents du tigre）與〈百年夫婦〉（1925）改寫自丹尼爾・笛福（Daniel・Defoe 1660～1731）的《魯濱遜漂流記》（Robinson Crusoe）[16]，及譯寫小說

---

[15] 後二篇在《日治時期台灣小說彙編》第 12 冊，作者列為「趙雲石」。

[16] 李逸濤、謝雪漁等人之改寫，此為黃美娥提出，見《重層現代性鏡象：日治時代台灣傳統文人的文化視域與文學想像》，台北，麥田，2005 年。其中〈百年夫婦〉是否為《魯濱遜漂流記》之改寫，筆者存保留。因〈百年夫婦〉篇幅至短，與《魯濱遜漂流記》完

《小人國記》、《大人國記》[17]等等。

〈丹麥太子〉一文之後，我們很快看到《台灣日日新報》上有兩篇取材自李慶辰《醉茶志怪》的〈劉玉廳〉、〈愛哥〉(1906年)，但一如《點石齋畫報》，此二文刊出時是直接摘錄原文，僅作了極小的改變，如篇名〈劉玉廳〉改爲〈活閻摩之裁判〉，起首「劉玉廳，閩人」改爲「閣生渤海人」，而兩則故事僅取前半第一則，批判劣宰貪贓枉法，同時不錄文末醉茶子曰一段話。〈愛哥〉一篇易名爲〈易笄而冠〉，原「杜翁，直隸人」改爲「杜翁，龍州人」，「名愛哥」改爲「名淑兒」，兩篇作品都冠上不知何許人也的筆名：「拾夷」。這兩篇作品改寫不多，但已見編選者獨具眼光，尤其〈愛哥〉一篇，堪稱文學史上佳作，題材的獨特，複雜的思想內涵使得本篇散發出熠熠光輝。愛哥本爲富家女，父母盼兒，從小女扮男裝，形成驕縱不馴的性格。遣童代其入塾讀書，塾師多次隱忍，終難耐辭去。愛哥又賄賂考官，以他人代考。揮霍無度，殺雞數十，日以爲常。終日遊蕩，與誣賴徒奢侈鬥富，爭逐酒食。顛倒雌雄，日惟放浪的「紈絝子弟」，出入教坊，調戲優伶。後娶御史之女，納優伶爲「妾」，最終鑄成大錯，飲恨而終。愛哥是一個處境尷尬、性格複雜的悲劇人物。將男女錯位的複雜心理和行爲予人深刻的印象，題材甚是特殊。〈劉玉廳〉則對女性貞節的社會輿論及女性命運的悲情和盤托出。文中一段對話極精彩：

> 馬氏數世單傳，其父母破產賄通。宰暗使人言於馬氏，云：「若婦能以奸自認，便可設法減等。」馬母勸陳氏，氏初不肯應，母

全不成比例，只有一「漂流」他島相似，而「漂流」外島，在中外很多小說都有。愚意此作可能是多方面的影響而產生的作品，如《聊齋誌異》裡的〈羅刹海市〉，遇颶風，飄流至大羅刹國的情節、海盜藏寶爲題材的著名小說《金銀島》及因果報應、勸善懲惡模式的小說，數種來源的綜合體。另可參《大陸》1902年第1期起連載之〈冒險小說 魯賓孫漂流記〉，以章回方式連載，篇幅甚長，譯語爲簡易文言，〈百年夫婦〉之情節極簡，又未能若合符節。

[17] 此亦是中國翻譯文學的轉載改寫，林以衡文誤識臺灣傳統文人之譯作，筆者對此另有專文討論。

> 言:「夫死婦寡，且又何益？」氏云:「婦人所爭者節，節不失，寡何害？」母泣云:「婦之節，虛名也，夫之死，實禍也。貪虛名而受實禍，其何以堪？不如認奸，則夫婦完聚，僧為舅抵，足無憾矣。」氏泣從其請。

馬某因故意殺人待死，馬母希望兒媳陳氏自認與死者通姦，俾其子得以從輕量刑，陳氏不得不「污己自認」，親手摧毀自己所珍視的名節。未失節者尚且得面對外人的鄙夷排斥，無奈失身者所面對之輿論壓力之大，可以想見過半矣。

1907 年署名「蕉」的〈虛業學堂〉，又是一篇點竄改寫自包天笑的〈虛業學堂〉，此文刊 1906 年 8 月 26 日，《台灣日日新報》於 1907 年 5 月 8 日刊出。包天笑在 1906 年應邀入《時報》擔任編輯，兼寫小說，此時所寫小說題材大半與新學生、新式學堂有關，揶揄新式物背後的舊習俗、舊人物，還有拋棄舊道德的新少年，〈虛業學堂〉爲此類其中一篇[18]。「蕉」應該就是羅秀惠，署名蕉麓、蕉史氏，有〈鄭成功之海神討伐〉及〈報恩羊〉末之「蕉史曰」，及 1908 年起一系列改寫王韜文言小說之作，王韜作品在《台灣日日新報》及其他期刊被轉載、改寫現象相當明顯。爲了方便說明，筆者謹將相關篇目整理如下（編號 1-21 出自《台灣日日新報》，不另標示出處）:

編號	**作者、作品（時間）**	**王韜作品（出處）**
1	儀〈夢裡身〉（1908 年 5 月 8、10 日）	王韜〈三夢橋〉（淞隱漫錄）
2	儀〈燕歸來〉（1908 年 10 月 7、11、16 日）	王韜〈閔玉叔〉（淞隱漫錄）
3	儀〈吳深秀〉（1908 年 11 月 3 日）	王韜〈陸碧珊〉（淞隱漫錄）
4	儀〈顛倒鴛鴦〉（1908 年 11 月 7、8 日）	王韜〈鵑紅女史〉（淞隱漫錄）

[18] 如〈新黃粱〉、〈五煙先生〉、〈愛國幼年會〉、〈新儒林之一斑〉等作。

5	儀〈女劍俠傳〉（1911 年 2 月 23 日）	王韜〈潘叔明〉（淞隱漫錄） 王韜〈劍仙聶碧雲〉（淞隱漫錄） 王韜〈李四娘〉（淞隱漫錄） 王韜〈盜女〉（淞隱漫錄） 工韜〈劍氣珠光傳〉（淞濱瑣話）
6	儀〈學仙得妻〉（1911 年 12 月 21、28 日）	王韜〈仙谷〉（淞隱漫錄）
7	儀〈鳳仙夙緣〉（1912 年 1 月 29 日，2 月 1 日）	王韜〈白瓊仙〉（淞濱瑣話）
8	儀〈明季節烈女傳〉（1912 年 2 月 8 日）	王韜〈乩仙逸事〉（淞隱漫錄）
9	儀〈三生修到〉（1912 年 2 月 23～25 日）	王韜〈羅浮幻跡〉（淞濱瑣話）
10	儀〈狐女報德〉（1912 年 3 月 1 日）	王韜〈皇甫更生〉（淞濱瑣話）
11	儀〈花麗生〉（1912 年 3 月 17 日）	王韜〈徐慧仙〉、〈何華珍〉、〈三夢橋〉（皆淞隱漫錄）
12	儀〈鵑紅女史〉（1912 年 4 月 5～7 日）	王韜〈黎紉秋〉（淞隱漫錄）
13	儀〈水火幻夢〉（1912 年 5 月 3～5 日）	王韜〈金鏡秋〉（淞隱漫錄）
14	儀〈李代桃僵〉（1912 年 4 月 5～7 日）	王韜〈胡瓊華〉（淞隱漫錄）
15	不著撰者〈全璧美人〉（1913 年 12 月 26 日）	王韜〈海外美人〉（淞隱漫錄）
16	儀〈西廂公案〉（1914 年 7 月 19 日）	王韜〈徐希淑〉（淞濱瑣話）
17	不著撰者〈朱素芳〉（1914 年 9 月 7 日）	王韜〈朱素芳〉（淞濱瑣話）
18	不著撰者〈木元虛〉（1915 年 1 月 25 日）	王韜〈碧珊小傳〉（遁窟讕言）
19	魯民〈陸媚蘭〉（1918 年 2 月 11 日）	王韜〈悼紅女史〉（淞濱瑣話）
20	不著撰者〈劉淑芬〉（1922 年 11 月 13 日）	王韜〈劉淑芬〉（淞濱瑣話）
21	不著撰者〈楊秋舫〉（1933 年 2 月 19 日）	王韜〈楊秋舫〉（淞隱漫錄）
22	儀〈夢熟煨芋〉（1915 年 1 月 28 日），另李冠三〈煨芋夢〉（《台灣愛國婦人》1916 年 86 卷）	王韜〈煨芋夢〉（淞濱瑣話）
23	拋磚〈奇女子〉（1919 年 2 月 10 日）（臺灣文藝叢誌 第 1 年第 2 號）	王韜〈法國奇女子傳〉（甕牖餘談）

以上王韜作品在台灣刊出時，泰半已做了改編、移植，而少數保留原貌者，作者名字已被置換，因此台灣文學史上不見王韜的相關討論。台灣作者「儀」移植、改編王韜之作，普遍在故事一開頭將時空背景置換爲台灣或與台灣關係密切的福建。如儀〈燕歸來〉此文爲王韜《淞隱漫錄・閔玉叔》之改寫，原作即牽涉台島，述台灣紅毛赤嵌古蹟。王韜雖未到過台灣，但因岳父林晉謙寄籍台灣，寫作靈感或與此有關。由於王韜助譯西方科學，對天文、算學、西方文物等多所知曉，此篇小說以台灣紅毛赤嵌古蹟、歷史爲引子，虛構了閔玉叔的海外冒險故事，寫到操舟黑人、西人外婦、碧眼賈胡、檳榔嶼、鼓浪嶼等。此後《台灣日日新報》所載〈吳深秀〉、〈燕歸來〉、〈狐女報德〉、〈鳳仙夙緣〉等篇皆原非台灣時空，而是作者「儀」有意的改換時空。由於台灣本身是海島，當「儀」將作品時空置換爲台灣時，這些作品即將原是內陸題材的作品，搖身一變成爲涉海之作，易言之，改寫者在誤打誤撞情景下，形塑了台灣文言小說裡的渡海之作，與海洋題材關係密切。〈鳳仙夙緣〉，因七姬墳，而遙想到五妃墓，因而小說成爲演述與明末五妃殉難事相關者。其餘地點多改爲福建，閩粵移民來台拓墾的緣由，作者不加思索的習慣將地點如是抽換。小說改寫最奇特之處，也在文末「記者曰」一段，充分顯示了作者的企圖心。透過由文中駙馬事轉想陸鳳仙即雲屏之後身，雲屏又爲前明朱術桂義婢，因而衍伸出五妃殉國後，投胎酬其夙緣故事，將原本《淞濱瑣話》所述當代（清朝）事，轉換成寧靖王與五妃故事，且以酬夙緣之說，跳轉至日本殖民統治下的時空，凸顯「改隸初」玉笏出土，曾帶至內地（日本）。

至於〈花麗生〉一篇則是拼湊〈何華珍〉、〈三夢橋〉、〈心儂詞史〉、〈鵑紅女史〉等篇，其脈絡甚繁瑣。〈鵑紅女史〉改述王韜〈黎紉秋〉事，成爲一則發生在台灣的鬼故事。〈夢熟煨芋〉，此篇襲自王韜〈煨芋夢〉將人物家世改爲台南，地點亦都是台南相關寺廟。本文將原作前後文顛倒，以改頭換面。有意思的是，《台灣愛國婦人》1915 年 86

卷亦刊載了〈煨芋夢〉，署名爲「頂蔦松　李冠三」，全文一字不漏襲用了王韜之作。這種重複刊登兩次，而兩次內容略有不同的情況，尙見諸其他作家作品，如林紓〈崔影〉及蔡東藩編（琴石山人評點）《客中消遣錄・琴娜》，另一次的刊登則是刪除最後一段。〈李代桃僵〉一文亦是將王韜〈胡瓊華〉之作移動了敘述的次序。原作敘是胡瓊華略施法術，成就洛湘妍（洛凌波）與鄭蘭史姻緣，替換了她與鄭生親事（因此儀將篇名改爲「李代桃僵」），後來洛凌波無意間獲得絳珠，胡瓊華得知五百年前被竊走的寶珠下落，請洛凌波歸還，好回天宮，洛凌波不忍胡瓊華成仙離去，胡瓊華答應暫留人間三年。洛凌波欲使瓊華歸生，二女事一夫，同效娥皇女英，設計瓊華醉酒，破了色戒。最後瓊華仍索珠納之口中，騰身入空而去。但改寫之作，脫離神仙異事，呼應現實人事，遂刪去神仙絳珠一段。

此外，〈陸媚蘭〉、〈西廂公案〉兩篇之內容思想異於原作，署名魯民的〈陸媚蘭〉此篇出自〈悼紅仙史〉，因〈陸媚蘭〉不錄原作篇幅約兩頁 1,400 字，且強調是紀實小說，對於王作原文思想已有較大變動。〈陸媚蘭〉僅敘管君與妻媚蘭兩情燕婉，媚蘭死後成仙，管秋初亦得以與媚蘭重締仙姻於彼岸世界，成了歌詠死生不渝的愛情的頌歌。後半以不孝有三，無後爲大勸夫續絃，並認爲「大凡女子之懷嫉妒心者，都從禽獸道中來；妒則必淫，淫則必悍。」充滿對女子的偏見。此文將之刪去，或許也可視爲轉錄改寫者不認同此說法，讓堅貞愛情的描述更爲純淨。何以多達一、二十篇的轉載改寫，甚或游移抄襲邊緣，台灣讀者沒提異議，或許是如同面對翻譯、說書之態度，當時翻譯改寫者不少，有些也是沒交代譯自何人何書，台灣民間流行說書，很多故事一聽再聽，由不同的說書人一再傳述，有時將時空語境改爲閱聽人所熟悉者[19]，以此種說書情境、說書型態觀看這一系列的

[19] 以說書觀點來看小說的增刪改寫，是筆者討論王韜論文時，某位審查者的意見，筆者覺得此一提醒甚爲寶貴，於此謹致謝忱。又改寫者「儀」，根據相關材料，筆者的判讀是府城舉人羅秀惠其人，如果觀察當時府城台南說書風氣之盛，即以之衍生的《小封神》、《新西遊補》等說部，小說之產出與民間說書風氣確實有相當的關連性，異者不過是說

改寫增刪，或許可以解釋當時作者讀者對漢文小說的傳播所持的態度。

另外，如《台灣文藝叢誌》〈聾啞孝子〉在（清）宣鼎著《夜雨秋燈錄》卷一原作〈吳孝子〉，該篇描寫山東恩縣一位啞孝子，故事一開頭即言「孝子吳姓，忘其名，魯之恩縣東鄰人。」《台灣文藝叢誌》刊載此文時，因作者署名「鐵」[20]，又加一段前言，極易認爲「鐵」所作，此文云：「聾啞孝子者。吳姓，忘其名。某縣人。」只以某縣含糊帶過。考諸《重修恩縣志》所載：

> 吳德威，生而啞，家貧，行乞養母，每得錢則市甘旨以博母歡。夏月，母寢以扇驅蚊；冬則先時臥母榻，俟被溫暖始起請母就寢焉。邑令梅為請旌表。

對照宣鼎〈吳孝子〉一文，其姓氏里籍、人物事蹟，皆若合符節，如此看來，《夜雨秋燈錄》之撰述或有取材自方志者，乃是現實社會真實人事。不過〈吳孝子〉之點滴孝行，更鋪陳細膩，除了述及生活中種種孝行，並敘及恩宰梅公子厚贈孝子，吳母初時之誤解及後來誤解盡釋，梅公子題匾以及捻匪對孝子敬畏等故事。或許是曾幕游到山東的宣鼎採採了當地口耳相傳的吳孝子傳聞，使得本文記載更爲豐富可信。然而《台灣文藝叢誌》刊載時，確實的地名恩縣、姓氏吳姓梅氏及「捻」匪亂事都以「某」代替，讀者或將以爲其人其事發生在台灣。

〈聾啞孝子〉之後緊刊載的是〈烈女〉，此篇亦是改寫之作。鄭

書以口語進行，對未識字者尤能啓發，所講多是耳熟能詳的舊小說。而報紙雜誌以書面進行，即使要大眾化，也只能是識字階層爲主。筆者認爲書面刊行改竄之舉的容忍態度，讀書人較無法接受，如前述連橫《台灣詩薈》墨餘錄，即對此指責。

20 或謂「鐵」即鹿港蔡子昭。吳宗曄〈《台灣文藝叢誌》（1919～1924）傳統與現代的過渡〉，台灣師大台灣文化及語言文學研究所碩士論文，2009年6月，頁160。

昌時《韓江聞見錄》有〈烈女刃〉[21]記載畢烈女殺死姦淫擄掠的賊兵。鐵〈烈女〉，取相同題材，做了文字的更動改寫，將文末的詩作移前：「切齒親仇刃其肉，甘受一死從鞠育。三尺哀墳花山麓，英英嬋娟年十六。碧化草痕珠露綠。吁嗟乎！碧化草痕珠露綠。」之後略更易文字，云：

> 此某君吊畢烈婦詩也。烈女番禺畢村人，相傳前清康熙間。兵往花山剿匪。過村，一兵見女艷。計害女之父母，而陰挾女行。女知勢不敵。佯充其請。夕至山寨，故勸兵以酒。而強之醉。乘間抽兵所佩刃，刃兵喉。遂斃之，女素有膽略。旦富膂力，遂斷兵屍為數段。沉諸江。蓋兵謀婚於女。別擇寨旁小屋。不居營伍叢雜處也。天既明，有來查兵所在者，女詭應之曰。固在此，適樵于山耳。明日查者復至。則曰，已上山射生。女思次遁，則要隘皆有巡邏。又苦不認路徑。不逃，則池中屍且浮出。因自匍赴營前。號于帥曰，吾報雙親仇。且雪從來女子被掠恨，固備一在此。彼狠梟傑驁，弗遵主帥令。竟射殺女，土人為殮女。屍葬山麓。題其碑曰，畢烈女之墓。

然後加上自己的感慨：「每當殘陽在山。暮色蒼茫。行經是地者，未嘗不感慨流連。哀其遇而數其烈也。」原作僅云「人爲殮女」，作者鐵則有意加上「土人」，讓讀者以爲是台灣當代人事。

〈妓博士〉[22]寫姊喬裝爲美少年，爲弟娶得歌妓柳青一事。文字及內容則多襲自《清代聲色志・杏綃》，此文寫妻作媒，敷衍黃婦其人美而妬，喬裝少年以偵夫婿，未料杏綃不知少年爲女，因相思而舊疾復發，夫婿亦因夫人偵察不敢往，家居而病，夫人悔失計，因此更爲月老撮合夫婿。〈妓博士〉將空間移至美國紐約，姊爲弟設法。〈杏

---

[21] 見鄭昌時《韓江聞見錄》卷之四，上海：上海古籍出版社，1995 年，頁 101、102。
[22] 《台灣日日新報》，1927 年 2 月 11 日第 4 版

綃〉則夫人爲夫撮合姻緣，流露男性潛藏之欲想。

〈王大成〉此文未悉何人所作？但篇中若干文字「吳無子。僅有一女。年已及笄。擇婿良苛。低昂多不就。」即雷同於王韜《淞濱瑣話・顧慧仙》一作「早鰥，止生一女，並無嗣續。……年及笄，父爲擇婿，遴婿甚苛，低昂多不就」。文字襲用情形，在當時甚爲普遍，如不著撰者〈韻娟〉[23]云「同心倩女，至離枕上之魂；千里良明，猶識夢中之路。」此數句實從《聊齋誌異・葉生》一文原封不動搬過來。〈月英〉一篇（1913 年 7 月 21 日），點染敷衍玉魫生〈花國劇談〉[24]卷上，又如〈中州李生〉記夫婦於賊巢相見而不能相認的故事，因感動了很多人，在中國即有很多改編之作，甚至改爲戲劇，蔣瑞藻《花朝生筆記》記其父容甫據紀昀《閱微草堂筆記》卷十五改編爲《錯姻緣》，未脫稿即過世。總而言之，刊載中國作品之作極多，如林紓的自創小說多受自譯小說的影響，林紓的小說〈柳亭亭〉一若《茶花女》，寫貴介公子姜瓌與秦淮名妓柳亭亭的戀愛。〈陸子鴻〉以八國聯軍、義和團起事爲背景，以資助掌故，振發談藪。〈歐陽浩〉與《蟹蓮郡主傳》（大仲馬），〈陸子鴻〉之於司各德的《十字軍英雄記》都有「藕斷絲連」的照搬挪用的印痕。這些有意的模仿套用外來文學作品，台日新轉載林紓的短篇小說時，吾人可在原跋中看到其人有意識地進行內容或藝術比較，對台人理解小說的思想與藝術均有啓示，可謂比較研究的又一新的形式，是早期比較文學的一個收穫。

在台灣報刊上可以看到同一個故事在不同作者筆下或多或少的變異，有的踵事增華，奪胎換骨，有的點鐵成金，推陳出新，也有的點金成鐵，畫蛇添足。可以看出不同作者再創作的才能，怎樣在同樣的題材裡發揮自己的藝術水準，寫出別具特色的作品來，因數量極多，本文僅能舉若干事例說明。

---

[23] 《台灣日日新報》1918 年 7 月 30 日。

[24] 《中國香豔叢書》第 19 集亦收入。原文見頁李保民、胡建强、龍聿生主編《明清娛情小品擷珍》，學林出版社，1999 年 01 月，頁 1179。

三、漢文通俗小說創作群及儒教刊物

《台灣日日新報》、《三六九小報》都曾刊載了長篇小說，前者自然以李逸濤、謝雪漁、魏清德、佩雁（白玉簪）、黃植亭（霞鑑生）、李漢如等為主要，後者如恤紅生《蝶夢痕》、綠珊盦主（許丙丁）《小封神》、鄭坤五《大陸英雌》、情網餘生《香國落花記》，此外《台灣文藝叢誌》、《台灣新民報》、《風月報》也有不少作品，題材方面則包含「偵探」（如謝雪漁〈小學生椿孝一〉）、「言情」（如阿 Q 之弟（徐坤泉）《可愛的仇人》、《靈肉之道》）、「武俠」（如林秉鈞《台灣奇俠傳》）、「諷刺」（如植歷〈易妻記〉）、「社會」（如浚南生《社會鏡》）、「歷史」（如林述三〈鴨母王別傳〉）、「神怪」（如洪鐵濤〈續聊齋〉）、「公案」（如閒雲〈奇獄〉）及吳漫沙《黎明了東亞》（後改名〈大地之春》）、鄭坤五《大陸英雌》、《鯤島逸史》等。日文通俗小說如林輝焜《争へぬ運命》（《命運難違》）、賴慶《女性の悲曲》，日本人作家方面則如中島利郎教授所說：受到明治時期「探偵實話」以及翻譯西洋福爾摩斯的「探偵小說」的影響，當時的台灣文壇也有趣味本位、娛樂為主的「偵探小說」。作品都發表在《台法月報》、《台灣警察協會雜誌》及其後繼刊物《台灣警察時報》上，讀者對象為司法與警務關係者。其中如大正時期座光東平在《台灣警察協會雜誌》上發表的 15 篇「犯罪小說」以及林熊生（金關丈夫）〈船中の殺人〉（〈船中的殺人〉）等[25]。

就筆者目前初步之整理，可發現三千多篇漢文文言之作，即使至 30 年代末，仍有為數不少的中國文言筆記小說被刊載，方之台灣新文學的蓬勃發展，這現象又說明了甚麼？文言通俗小說在台灣的發展，透過刊載脈絡的清理，將可發現中國文學的影響可能遠超出我們的想像。而日治時期儒教與小說的關係也是討論時難以跳過的。除了日本

---

[25] 參台分館專輯對日治台灣通俗小說之介紹。中島利郎，〈日本統治期台灣文學台灣探偵小說史稿〉，《岐阜聖德學園大學外國語學部中國語學科紀要》，第 5 號，2002 年 3 月 31 日，頁 1~30。

統治初期的儒教利用，台灣在清末以來，宣揚孔教的團體與個人，逐漸崛起，活動日多。早中期與宣講、鸞堂關係甚大，到了皇民化運動前後，漢文遭到打擊、壓抑，但推揚孔教的活動，卻未受禁止，反而鼓勵其進行，出版漢文雜誌，最有名者如施梅樵主編的《孔教報》[26]，及其後的《崇聖道德報》。甚至《風月報》都轉載刊登了丁寅生《孔子演義》[27]，自第 90 號（1939 年 7 月 24 日）起連載至《南方》188 期 1944 年 1 月 1 日停刊止，百回之作連載至 93 回，即使《風月報》改爲《南方》仍繼續連載，未嘗中斷，不能不說是相當特殊的現象。這與三〇年代末刊行的《孔教報》、《崇聖道德報》對儒家孔子的宣揚，必然有密切關係。而在蘆溝橋事變爆發後，台灣進入皇民化時期，何以特別對孔教重視宣揚？且不禁漢文。兩刊物刊載極多的孝子、節婦等筆記小說，如果再合觀《崇文社文集》相同內容的徵文，不能不謂是極特殊現象。此似乎不僅與日本明治儒學之推動有關，亦與台灣總督府爲緩和 1915 年（大正 4 年）西來庵事件帶來的衝擊及宣揚儒道價值有關，事件後緊急於 1916 年 2 月出版鷹取田一郎編輯的《台灣孝節錄》。列出受褒揚者的照片，並採用傳記寫法，記述孝子、節婦、篤行及義僕的基本資料、事蹟、受褒揚時間、地點及獎項。前述日治初期儒教在《台灣日日新報》的引進，可觀知明治儒教的內涵特徵即在於其被納入以天皇爲中心的日本國體中，是以天皇國體爲根幹的儒教道德倫常思想。〈教育敕語〉在經過眾多版本，而終以井上哲次郎之衍義爲宗後，確立了以天皇家族國家爲根本的「忠孝」觀——以家族血緣爲連繫，強調盡忠孝、移孝作忠於家族、國家之首的天皇，此

---

[26] 翁聖峯曾提醒研究者留意《孔教報》上的小說，云：「《孔教報》所刊載的傳統詩學或是小說都未曾被以往的研究者注意過，因此，除了傳統想之外，在日據時代的文學研究上，《孔教報》也能提供我們另一個參考面向。」氏著〈日據末期的台灣儒學——以「孔教報」爲論述中心〉，台南市文化中心，第一屆台灣儒學研究國際學術研討會論文（上），頁 46～47。

[27] 此書一百回，敘孔丘出身故事，民國 25（1936）年上海大通圖書社鉛印本，四冊。今有山東人民出版社鉛印本，一冊。全書約 21 萬 8,000 字。著者丁寅生，虞山人。生平不詳。

乃成爲明治儒教的核心價值。這一核心價值正也是日本統治者，所援以嫁接中國儒教、移植到殖民地台灣的新的支配性價值觀。換言之，殖民者所用以拉攏士紳，取得士紳階層認同的儒教精神，已不單純只是強調個體道德修養和倫理維繫的傳統儒家教化價值，而是融以日本國體，強調效忠於天皇的儒教思想[28]。

游勝冠曾檢視漢詩文文化統合複雜的內涵性，這一觀點的重要性是指出傳統漢文人對殖民者移植儒教價值的認同，並進而援以進行詩歌、小說的創作。如此，這些以殖民者國體精神爲價值中心、以殖民者報刊爲載體的近代文學創作，勢必深含著日本帝國儒學教化的精神[29]。此外，其時傳統道德觀念之保守，累見各報刊，如對文明、戀愛自由之說，台灣傳統文人有很多不大能接收受，洪炎秋寄啓明（周作人）書[30]，令人訝異，可以想像《崇聖道德報》借小說人物之口發牢騷，並非著書，而是爲了教化。其中錄自《勸誡錄》、《坐花志果》、《太上感應篇》不少。在科學與迷信、真實與虛妄交織的那個年代，轉載這些作品，以廣見聞，以增趣味，客觀上也保存反映了當時台灣人的文化心理和精神狀態。

需留意的是，在《風月報》、《孔教報》、《崇聖道德報》，殖民者與受殖民者以漢文小說、文化生產爲媒介，各種中國文學作品再次刊登，這與漢文知識階層的閱讀趣味與文化消費自然有其關連，但在官

[28] 〈明治儒學的意識型態特徵：以井上哲次郎爲例〉，劉岳兵主編《明治儒學與近代日本》，上海：上海古籍出版社，2005 年 4 月，頁 48～93。井上哲次郎（1855～1944）即前述（井上）巽軒〈孝女白菊〉之作者，該作出自《巽軒詩鈔》，但被視爲小說（如前述），內容正是體現《明治孝節錄》思想。

[29] 如同游勝冠所質疑的，在這樣的文化背景下所塑立著的儒教，實已非傳統中國儒教，而是帶有皇國歷史、民族性和高揚天皇價值的儒教。游勝冠〈同文關係中的台灣漢學及其文化政治意涵—論日治時期漢文人對其文化資本「漢學」的挪用與嫁接〉，《台灣文學研究學報》第 8 期，2009 年 4 月，頁 275～306。

[30] 此信標題「台灣的禮教」爲編者所加，信件云「昨閱《台灣新聞》，發見有關世道人心之妙文一篇，素知先生對於此種文章，樂爲宣佈，亟爲剪下送呈，煩爲登諸語絲，俾海妹賢豪知吾台灣雖淪於夷狄者垂四十年，尚能力挽狂瀾，維國粹之聖道於不墜，洵可使聖道會諸公，手舞足蹈，嘆同志之大有人在也。……洪櫆寄自台灣。」此文標題「深閨少艾與男子私約　並肩攜手狹褻備至　因有傷風化即被拘捕訊問。」以失貞、無恥、不孝三者責之。見《語絲》第 148 期，頁 157～159。當時小說反對自由戀愛者亦不少。

方壓力下，自主或半自主地生產、傳播各式文學，其背後恐怕都難逃殖民統治、戰爭侵略的介入，因此在殖民統治與戰爭動員的氛圍下，台灣小說不論白話、文言、日文的生產，都展現了現代／殖民／通俗／嚴肅／戰時精神動員等錯綜複雜的辯證。

或許如是，當時刊載之作多未註明出處，甚或改換原作者姓名，或改易篇名，或兩者皆更易。如《孔教報》刊未署名的〈復仇女〉，實爲姚鵷雛的〈風颭芙蓉記〉[31]。《崇聖道德報》〈還前生債〉、〈酷吏滅門〉、〈借物勸善〉等皆出自袁枚《子不語》。清末雷君曜編的《繪圖騙術奇談》[32]卷一，記述了乞丐合夥謀騙當鋪的又一案例，題爲〈質庫受騙〉。又如《昔柳摭談》中的〈秋風自悼〉。這些蒐奇志怪、談狐說鬼的文言小說，其因果報應懲惡勸善之思想或許有一些，但經過台灣傳統文人的增刪，幾乎觸目皆講因果，成爲善書之文本。

四、台灣「現代」小說的誕生及發展

1924 年，張梗在《台灣民報》發表〈討論舊小說的改革問題〉一文，云：「現在台灣某報上，還是天天不缺登著那些某生某處在後花園式的聊齋流的小說。」又說「台灣哪裡有小說可言。不過是那些中國流來的施公案彭公案罷了。」[33]當張梗批判台灣文壇仍刊載舊小說時，如統計之前的作品數量，確實如張梗所言，極其之多。後來新舊文學論戰起，《台灣日日新報》文言小說刊登明顯有減少，而改以大陸報刊時事新聞社會故事爲多。但之後由《三六九小報》、《風月》、《風月報》、《南方》接續時，轉刊的中國之作，白話文言皆有，且白話小說漸多。較特別的是《崇聖道德報》、《孔教報》刊載了不

[31] 原刊《小說叢報》1916 年 7 月。又見《姚鵷雛文集・小說卷（上卷）》。

[32] 《繪圖清代騙術奇談》，原名《繪圖騙術奇談》，是清朝末年出現的一部社會諷刺短篇小說集。該書由上海掃葉山房於本世紀初年石印出版，從書中「玄」字仍避清聖祖廟諱來看，具體時間應在辛亥年（1911）之前，確切點說，應爲宣統已酉年（1909），這從該書原圖的部分題記上可知。

[33] 張梗，〈討論舊小說的改革問題〉（一），《台灣民報》31 號，1924 年 9 月 11 日。

少文言小說。[34]

另外，二○年代刊物《台灣文藝叢誌》有很多小說不再使用文言文，而是完全白話文小說，如〈征夫之心〉、〈情彈〉、〈原來如此〉（皆是轉載）或許正因如此，與之不少成員雷同的《台灣民報》架起了白話文學的橋樑。朱惠足〈越界書寫：1920 年代台灣現代小說的誕生〉[35]以 1920 年代初期兼具現代語言、形式與內容的小說文本爲對象，探討了小說敘事在傳統／現代、外來／本土之間的流轉樣態，以及現代印刷資本主義和中產階級讀者，如何在初期台灣現代小說的形構過程中產生影響作用。論文的另一個意圖，在凸出台灣現代小說生成的複雜面貌——「在政經文化上處於從屬地位的台灣，其傳統與現代小說敘事均來自於台灣島外，歷經多重的翻譯與移植；具有現代意義的小說的誕生過程，與複數空間共時的文化狀況息息相關」，探討了台灣小說敘事形式從傳統跨越到現代的空間流動意義，其敘述詳明而具說服力，篇幅所限，本文不再多著墨於此。另外，陳建忠〈差異的文學現代性經驗——日治時期台灣小說史論（1895～1945）〉[36]從殖民現代性與文學現代性討論了日治小說的書寫語境與時代命題，對於啓蒙、左翼、都市、皇民化主題等小說類型及多重現代性做了深刻討論。

進入二○年代的台灣小說，在《台灣民報》張我軍點燃的新舊文學論戰，轉載世界文學、中國文學佳作：魯迅〈故鄉〉、〈阿 Q 正傳〉、

---

[34] 台灣漢文小說刊載情形實讓人難以想像之多，如前述之《台灣愛國婦人》刊了不少文言小說，其他非關文學的刊物也一樣刊登，如《實業之台灣》17 卷 9 期，曾刊程善之〈鸞姑〉一篇，作者僅署「善」，大正 14 年（1925）9 月 30 日，頁 89～91。小說，其他非關文學的刊物也一樣刊登，如《實業之台灣》17 卷 9 期，程善之（1880～1942）名慶餘，號小齋，別署一粟。南社社員，治文學，聲韻訓詁學造詣亦深。少年時意氣縱橫，早負才名。生平留下之文學作品主要有五種：《駢枝餘話》、《倦雲憶語》、《小說叢刊》、《漚和室文存》、《漚和室詩存》。《小說叢刊》收錄短篇小說十八篇，此書在當時頗有影響，如〈機關槍〉選入《近代文學大系》。

[35] 原刊《台灣文學傳播全國學術研討會論文集》，國立中興大學台灣文學研究所，2006 年。後經改寫收入氏著，《「現代」的移植與翻譯：日治時期台灣小說的後殖民思考》「第二章」，台北：麥田出版社，2009 年 8 月。頁 68～105。

[36] 陳建忠等合著《台灣小說史論》，台北：麥田出版社，2007 年，頁 15～110。

〈犧牲譔〉，冰心〈超人〉、楊振聲〈李松的罪〉、徐志摩〈自剖〉、胡適〈終身大事〉、郭沫若〈仰望〉等中國作家之小說、散文、戲劇、新詩作品（殖民者之作有日本作家藤武雄的小說〈鄉愁〉、武者小路實篤的劇作〈愛慾〉及美國作家傑克・倫敦的小說〈影と閃〉、法國作家莫泊桑的小說〈二漁父〉、都德的小說〈最後一課〉、印度詩人泰戈爾的詩作與俄國作家愛羅先珂的童話等，均促使台灣新文學有著不同於通俗文學的風格。域外的文化思潮和小說的迻譯刊載，爲台灣小說的演變提供了意識、創作上的變革動力[37]。此時台灣小說開始體現了土地與人民的結合，爲低階層農工發聲；推動婦女自覺、改革婚姻與家庭、女性地位，這種種很明顯可以感受到傳統文人與新文學作家作品的差異性。1925 年，台灣真正較邁向成熟小說之路，在賴和的〈鬥鬧熱〉及〈一桿『稱仔』〉等作品體現。1925 年，也是台灣社會相當關鍵性的一年，日本資本主義在台灣的擴張大致宣告成熟；台灣總督府對殖民地社會的掠奪體制完成了階段性的架構。象徵著剝削性格的台灣製糖會社，從 1925 年開始進行大規模的土地兼併與沒收，此種瘋狂性的侵奪，終於刺激台灣農民意識的覺醒，從而也促成近代式農民運動的展開。賴和〈一桿『稱仔』〉以經濟、警察、司法爲批判對

[37] 但到了 30 年代，台灣文壇在現代小說方面，對轉載作品有時以很苛態度對待，如賴明弘曾批評道：「台灣 XX 報文藝欄到中國剽竊的茅盾的『騷動』昨已登完了。其後總不見再登小說、台灣的小說稿件如果太貴、中國既成本的小說很多、請再剽竊一二篇來登好吧、際此經濟恐慌時代、要買稿是太不經濟、不如將他國之便書盜來敷衍就算了、這豈不是很便宜的嗎？」按、茅盾的〈騷動〉刊 1933 年 8、9 月的《台灣新民報》，目前僅見第 17 回至 19 回（完），第 17 回刊登時間是 1933 年 9 月 2 日。〈騷動〉原作刊於《文學月報》1932 年第 2 期，二者時間很接近，因此賴明弘一眼看出是中國茅盾之作，或許是因台灣作家作品已漸臻成熟，又缺乏發表園地，生活處於飢餓線上，賴氏不免多發牢騷，視轉載之舉爲「剽竊」。賴文僅署名「弘」，〈文藝春秋〉，《新高新報》第 391 號，昭和 8 年（1933）9 月 15 日，18 版。然而《台灣新民報》竟然在刊登茅盾的〈騷動〉之後，又緊接著在 9 月 23 日起刊登了吳劍亭〈一對夫婦〉八回，此作則確爲剽竊之行徑了。此作將葉紹鈞〈平常的故事〉換了題目，又更動主角「仁地」名字爲「烏江」，作者換上了不知何許人的「吳劍亭」。此舉與《台灣民報》1920 年代中的轉載之動機已完全不同。〈平常的故事〉原刊於《小說月報》1923 年第 5 期。不僅此也，10 月 25 日又刊載蔡建成的〈窮〉（上、中、下），此文作者是張友鸞，原刊於《東方雜誌》第 22 卷第 6 期，1925 年，「新語林」。1934 之後數年的報刊無法再看到，但想必此種情況累見，做爲「台灣唯一言論機關的報紙」，似乎文藝欄日趨不振。

象，便是因為目睹當時台灣社會之客觀現實後所產生的文學思考。

二〇年代末，台灣文藝團體漸有左傾現象。施淑在〈文協分裂與三〇年代初文藝思想的分化〉及〈書齋、城市與鄉村——日據時代的左翼文學運動及小說中的左翼知識份子〉[38]二文認為：自 1927 年台灣文化協會分裂，改組後的新文協，在左翼思想主導下，將民族主義啓蒙文化團體的形態轉變為無產階級文化鬥爭的組織，並於修改後的新會則中，明確訂立「普及台灣之大眾文化」為總綱領。此後，「大眾文藝」和「大眾文學」的觀念及要求，成了二〇年代末到三〇年代間台灣文藝團體的普遍努力方向。1930 年由台灣島內人士創辦的《伍人報》、《明日》、《洪水》、《赤道》、《台灣戰線》等刊物，首先開啓了普羅文學運動的序幕。這些刊物的成員，包括共產主義者、無政府主義者、民族主義者，與 1928 年在日本成立的「全日本無產者藝術聯盟」（簡稱「納普」NAP）及日本的社會主義運動組織者有聯繫。施氏並舉《赤道》報第二和第四期中有一篇題為〈我們要怎樣去參加無產文藝運動〉的文章，引述了普烈漢諾夫說的：「藝術家是為社會而存在的。藝術必須成為幫助人類底發展和社會締造底改善的物事」作為結論。由《赤道》報的這篇短論，大致可證成台灣知識分子對左翼文藝理論接受的情況，及當時普羅文學已興起。這一期的前後狀況很明顯可看出殖民地台灣知識分子因殖民地的政治、社會等現實因素，從之前的文化啓蒙轉向社會革命實踐，但文學文化領域卻一反政治立場的左右對立，在文學創作中，社會主義思想與資產階級啓蒙思想同時並存的現象，一直是台灣新文學的特殊情態，這在三〇年代文學可以更清楚看到[39]。

---

[38] 前文收錄於李瑞騰編，《中華現代文學大系 貳：評論卷》，台北：九歌，頁 103～134。後文收錄彭小妍編，《認同、情慾與語言》，台北：中研院文哲所，1996 年 6 月。《兩岸文學論集》，台北：新地文學出版社，1997 年 6 月。

[39] 需說明的是《赤道》第二號〈我們要怎樣去參加無產文藝運動〉一文主要以華漢〈文藝思潮的社會背景〉為主，再加上黃藥眠、王獨清之文，綜合整理而成之文。施淑曾視此文為「萌芽期台灣左翼理論的代表」雖然施淑並未察覺到此文是中國左翼作家的作品，但此文既為《赤道》所轉載，也一定程度說明了台灣知識界對左翼理論的認識及理解。

1931年台灣政治運由盛轉衰，此後台灣新文學路線受到重視，知識分子傾其心力於新文學的創作，台灣新文學運動反而走向自主之路。他們透過文學社團相互結盟，創辦刊物，有《福爾摩沙》、《南音》、《第一線》、《先發部隊》、《台灣文藝》、《台灣新文學》（1935～1937）等等文學雜誌的出版，但也受制於逼仄的空間力圖生存。根據施淑的研究，1932年起，以大眾文藝爲立足點的雜誌，到處是一片「碰壁」之聲。此時「分別接受來自中、日訊息的台灣左翼人士，因爲中、日兩國理論發展的時間落差，加上日本「納普」的改組（1931）及普羅文藝運動的退潮（1933），使得台灣的左翼文學思想在1934年「台灣文藝聯盟」成立後，出現了上引蘇聯無產階級文化派、拉普、青野季吉、藏原惟人及其他普羅文藝理論家的主張雜然紛陳的現象。這情形反映在「文藝聯盟」的機關刊物《台灣文藝》，以及1936年由它分裂出去的《台灣新文學》上。」[40]後來二者之分裂，正是對「文藝大眾化」的不同路線及詮釋的結果。

二○年代，台灣作家以白話文創作居多，但小說中的日文、台灣話文的使用也常見；到三○年代上半葉，以日本語創作的比例逐步升高此時期小說，隨著殖民教育逐漸普及，嫻熟日文的台人增加，台籍作家漸以日文創作小說。1933年日文雜誌《フォルモサ》（福爾摩沙）創刊，台人日文作家正式登場。隨後，楊逵（1905～1985）〈新聞配達夫〉、呂赫若（1914～1951）〈牛車〉、龍瑛宗（1911～1999）〈パパイヤのある街〉（植有木瓜樹的小鎮）等作品陸續刊載於日本的雜誌上，顯示台灣作家的日文小說在文字技巧及內容上都達到日本文壇的水準。〈送報伕〉展現了一種超越民族國籍、反抗資本主義的階級意識，以及對社會運動的終極希望和遠景，使得台灣新文學運動，成爲全世界被壓迫的所有農工和弱小民族的抗議運動的一環。呂赫若巧妙

〈書齋、城市與鄉村——日據時代的左翼文學運動及小說中的左翼知識分子〉，《兩岸文學論集》，台北：新地文學出版社，1997年6月，頁58。

40 李瑞騰編，《中華現代文學大系 貳：評論卷》，台北：九歌出版社，頁120。

的將牛車業者的沒落，指陳日本殖民統治之下台灣社會的強制變遷，具體反映現代化所帶來的物質文明的進步與傳統思想的衝突，庶民生存空間被擠壓到毫無生存的條件。〈植有木瓜樹的小鎮〉則標幟著台灣新文學在主題表現上的重大改變。呂正惠認爲在這篇小說之前，台灣新文學的重要主題是：批判封建社會的制度與陋習、抗議日本殖民統治的壓迫與不公，以及揭露日本統治者和台灣地主階級對農民的剝削。而該作並沒有繼承這樣的傳統，而是另外提出了三個問題：台灣小知識分子在殖民統治下社會上升管道的困難；他因此產生一種性格上的自我扭曲，藐視自己的民族與文化，仰慕統治者的「文明」與「進步」；因而找不到精神上的出路，最後走上墮落、頹廢之道。該篇成功之處即在於：它把這三個問題有機的結合在一個小知識分子身上，從而呈現了日治末期台灣小知識分子的典型處境與典型性格。[41]

龍瑛宗作品人物的蒼白無力，或王詩琅對左翼青年的遲疑苦悶，三〇年代的台灣左翼文學思想，仍通過文藝大眾化的討論，觸及了文學與意識形態問題，同時自三〇年代以降，如賴和、陳虛谷、楊逵、朱點人、王詩琅、蔡秋桐、呂赫若、龍瑛宗等等，都以小說對殖民論述及其現代化論述展開或強或弱批判與抗拒，而「轉向」題材則在王詩琅〈沒落〉、〈十字街頭〉、張文環〈父親的要求〉等少數參與過左翼運動的作家筆下閃現，這種種都爲創作帶來了新視野和新人物類型的出現。

日治時代的台灣小說，到了翁鬧手上有獨樹一幟的表現，開啓了另一個文學藝術的新領域，以三〇年代中期而言，他所走的純文學新感覺派的路線，與楊逵所走的無產階級的普羅文學路線，正是兩個極端。張恆豪說：「在觀點及表現上，翁鬧對於人類內心世界探索的興味遠甚於外在現實世界的觀察，小說充滿了現代主義的敏銳感

41 呂正惠，〈龍瑛宗小說中的小知識分子形象〉，《第二屆台灣本土文化學術研討會—台灣文學與社會》，台灣師範大學國文系、人文教育研究中心主辦，1996 年 4 月，頁 129～137。

覺、心理分析和象徵手法。」[42]後來論者時以新感覺派的劉吶鷗與翁鬧相提並論，劉氏原是台南柳營人，他身處二〇年代的上海，各種新文藝潮流薈萃之地，又是座華洋雜處的大城市，現代主義此時掀起了高潮。其作品對上海舞廳及下層社會、都市文化、資本主義的描寫，表現突出，有獨特的藝術魅力，對都市扭曲人性的虛僞生活和機械文明，隱含一種文化批判和挑戰，進而引領中國「新感覺派」風潮的興起。二、三〇年代的台灣作家多半都在日本求學期間接受了現代主義的洗禮，但是，在面對現實的社會的緊張壓力之下，卻又逐漸放棄了現代主義對心靈幽微的探索，而試圖直接透過文字尋求解決現實的的途徑[43]。1937 年日本發動侵華戰爭，直到 1945 年日本投降爲止，台灣新文學的發展受到重挫，1940 年日本國內成立「大政翼贊會」之後，在各殖民地推行戰時新體制運動，如朝鮮組織「國民總力聯盟」，關東州組織「興亞奉公連盟」，台灣則於 1941 年 4 月 19 日成立「皇民奉公會」，總裁即台灣總督。利用報紙、雜誌、廣播、電影、「皇民化劇」的巡迴演出等各種媒介，推動「皇民化」政策。日本殖民當局一方面利用殖民地台灣部分人士的民族劣等感、自我厭憎感和對於自己民族文明開化的絕望感，另一方面則在皇民化運動中開啓「內台一如」、「皇民鍊成」之門，宣傳只要人人自我決志「鍊成」、「精進」，便可以成爲「真正的日本人」，從而擺脫作爲殖民地土著的劣等地位。這種軍國主義法西斯式的精神洗腦促使部分台灣人不自覺走上「皇民鍊成」之路。1942 年 6 月日本成立「日本文學報國會」之後，更積極推動台灣文學皇民化的工作，首先將「台灣文藝家協會」改組，所定工作計劃爲：編纂台灣文學史、舉辦文藝演講會及文藝座談會、派遣報告文學作家、刊行文藝年鑑、派遣大東亞文學者大會代表等。1943 年由於日本擴大戰區，時局更爲緊

---

42 張恆豪，〈幻影之人一翁鬧集序〉，《翁鬧 巫永福 王昶雄合集》，台北:前衛出版社，1991 年 2 月。

43 巫永福即是其中一位，初期之作，如〈愛睏的春杏〉其現代主義手法純熟，作品極好，後來多爲寫實之作。

張，隸屬「皇民奉公會」的文學團體「台灣文學奉公會」成立，與「日本文學報國會」台灣支部共同為台灣皇民文學而攜手合作。「文學奉公會」的成立即在組織台灣的文藝作家肩負起精神動員的文藝工作，台灣作家因而或自願、或被迫寫作呼應國策的文學作品。1943 年 11 月 13 日台灣文學奉公會主辦的「台灣決戰文學會議」於台北市公會堂召開，其中心議題為「本導文學決戰態勢的確立、文學者的戰爭協力」，當時總督府保安課長謂：「對決戰無幫助的都不需要。文學作品也是，只有在決戰下不可或缺的作品才可發表」，由此可知當時台灣作家所處的環境為何。而在會議中西川滿數度發言，為了「文藝雜誌的戰鬥配置」要將所屬的《文藝台灣》獻出，因此《文藝台灣》及張文環等台灣作家所組的《台灣文學》同時廢刊，而於 1944 年由台灣文學奉公會發行《台灣文藝》。

《文藝台灣》原由西川滿任主編兼發行人，刊載之作品以日人為多，其中台灣人之作有龍瑛宗的小說〈村姑娘逝矣〉、〈白色的山脈〉、〈不為人知道的幸福〉及葉石濤〈林君寄來的信〉、〈春怨〉，與陳火泉〈道〉和周金波〈水癌〉、〈志願兵〉、〈尺子的誕生〉。《台灣文學》由張文環主編，其成立主要是由於外地文學引發的寫實主義與浪漫主義之爭，及台灣文學定位問題，和在民族立場及政治立場上的差異性等，張文環等人遂脫離《文藝台灣》，另組啓文社，發行《台灣文學》。成員以台灣作家為主，有黃得時、王井泉、張文環、陳逸松、林摶秋、簡國賢、呂泉生，有少數日籍旅台作者如中山侑、中村哲等人。發表的作品有張文環〈藝旦之家〉、〈論語與雞〉、〈夜猿〉、〈閹雞〉，呂赫若〈財子壽〉、〈風水〉、〈月夜〉、〈合家平安〉，楊逵〈無醫村〉，巫永福〈慾〉，王昶雄〈奔流〉等，皆一時之選。由於此時思想箝制日益嚴厲，在作品裡，正面反抗日本殖民統治已成不可能，於是，作家著力描寫台灣人之現實生活，民族固有之風俗習慣，以與皇民化運動消滅民族色彩的企圖相抗衡。然而，在文壇與文化界高度活躍的台灣作家，也因而遭到皇民奉公會網羅，奉命從事戰時宣傳工作或參與東亞文學者大會或撰寫文學報告等，如呂赫若〈鄰居〉、〈山川草木〉、〈玉蘭花〉、〈清秋〉、陳火泉〈道〉、周金波〈志願兵〉及楊逵、張文環若干作品等等。因而挑戰了研究者抵抗／傾斜二元評價模式的不足及評價皇民文學的困擾，根據陳建忠研究[44]，日治歷史上的皇民文學一詞是在戰爭末期才被日本人特別標榜，具有「讚賞」的意味。但日後我們習慣以「皇民文學」一辭所指稱的作品，卻是由台灣的立場出發，帶有對協力殖民戰爭與皇民化運動者的作品的「蔑視」。如描繪志願從軍或歌頌、預祝戰爭勝利、描繪南進、增產、團結、日華親善等作品。另外，在決戰時期下，吳濁流 1942 年返台，發表了〈南京雜感〉，並開始撰寫長篇小說《胡志明》（後改爲《亞細亞的孤兒》）道盡日治時代台灣人的處境，以及身分認同問題。而第二代日人文學也在此文學背景下，蓬勃登場。此與之前以台人爲中心之文學活動大異其趣，有不少是「灣生」（台灣出生的日人）作家，日人作家在台灣生根，作品也集中描繪台灣的自然和生活。如西川滿《台灣縱貫鐵道》、庄司總一《陳夫人》、濱田隼雄《南方移民村》、坂口れい子《鄭一家》及野上彌生子、真杉靜枝、窪川稻子等，通俗小說的作者，還有大野倭文子、花房文子、柴田杜夜子、清香その子、大庭さち子、鳥居榕子等刊載在《台灣婦人界》雜誌上，大多描述女性的悲哀。另又有旅台之作，佐藤春夫〈女誡扇綺譚〉、〈霧社〉、大鹿卓《蕃婦》、中村地平《長耳國漂流記》等[45]。台灣人女作家，有黃鳳姿、楊千鶴和葉陶、陳華培等也是另一特色，值得留意。

---

[44] 陳建忠，〈未癒的殖民創傷：再論台灣文學史上的「皇民文學」議題〉，《現代學術研究〈專刊 XI〉》9：11（2001）。及〈所謂「皇民文學」評述〉資料來源：第一屆賴和大專生台灣文學營 http://club.ntu.edu.tw/~Tai_Lit/camp_1/schedule.htm

[45] 有關日本作家如何想像、書寫台灣，另見王德威、黃英哲編，《華麗島的冒險：日治時期日本作家的台灣故事》，台北：麥田出版社，2010 年 1 月。另請參見楊智景〈解題——帝國下的青春大夢與自我放逐〉一文，同書，頁 234～284。

五、餘論

本文主要梳理日治台灣小說宜包含通俗與嚴肅小說兩類，而漢文通俗雖受日本、中國兩方面的影響，但從很多跡象，可以證成日治台灣通俗小說的學習摹仿借鑒，多半是從中國方面而來，且漢文（文言、白話）通俗小說在日治五十年裡沒間斷過，即使新舊文學在二〇年代、四〇年代期間爭論，甚至皇民化運動開始，古典小說依舊充滿於《台灣文藝叢誌》、《三六九小報》、《風月報》、《崇聖道德報》、《孔教報》、《南方》。由於所刊登及改寫之作，除了《台灣民報》外，其餘刊物幾乎不交代出處，以致眾多的文言、筆記小說及上海小報、鴛蝴作家作品，像是隱形人一樣，消失不見了，使得吾人在文學創作的辨識上產生了困難：究竟是台灣作家的作品？還是轉載改寫中、日的作品？甚或是翻譯摹寫的作品？這是討論日治台灣文學必需先確認的基本工作，為了更清楚掌握實際的情況，筆者近年努力追索作品原始來源，大約一半已查得出處，所徵引的典籍範圍十分廣泛，篇目亦極為豐富。刊登作品包括清前期乃至當代人的小說選集、小說著作。觸及的作家有：干寶、牛僧孺、馮夢龍、王士禎、和邦額、紀昀、袁枚、毛奇齡、薛福成、劉獻廷、馮起鳳、許奉恩、吳北江、徐昆、李澄、俞樾、樂鈞、吳熾昌、李慶辰、雷君曜、王梅癯、吳趼人、吳虞公、徐珂、湯用中、古與江、毛祥麟、印南峰、汪道鼎、吳曾祺、李定夷、胡樸庵、劉鐵冷、李涵梅、王韜、林紓、錢基博、潘綸恩、吳北江、薛福成、劉獻廷、李定夷、吳訒之、貢少芹、姚民哀、黃花奴、王西神、顧明道、許廑父、王漢章、吳覺迷、吳綠綺、（劉）民畏、伊耕、纘翁、黃賓虹、孫學勤、李涵梅、淦女士（馮沅君）、夬庵（孫少侯）、郭沫若、楊振聲、張資平、洪學琛、世荃、劍秋、何卜臣、屠紳、梅郎、陳小蝶、陳學昭、黃仁昌、愛聾、姜希節、吳貢三、徐蔚南、陳雪江、姚鵷雛、朱鴛雛、徐枕亞、周瘦鵑、張枕綠、葉楚傖、嚴芙孫、陳西禾、徐綺城、王無為、荊夢蝶、蔚文、鄭逸梅、張碧梧、羅韋士、吉樂、汪劍虹、顧醉萸、畢倚虹、包天笑、張慶霖、程善之、包醒獨、鄒弢、俞亮時、葛虛聲、徐卓呆、江南小草、許地山、趙眠雲、歐陽予倩、包柚斧、嚴芙孫、張菊屏、王漢章、金君珏、徐公達、劉恨我、范煙橋、柯定盦、俞采子女士、俞牖雲、江紅蕉、曹夢魚、謝鄂常、吳雲夢、張聞鈴等人。可知中國前代小說遺產及當代小說作品，均在日治台灣文人的閱讀範圍內，這爲他們提供了豐富的可資借鑒的材料。本來文言小說即是一種繼承性很強的文體，最顯著的現象即是題材的沿襲，日治台灣文言小說摹擬及改寫前人故事十分普遍，而且往往不明言[46]。從《三六九小報》、《風月》所選白話小說，可知亦在傳統文人閱讀視野之內。

這些報刊雜誌、選集就如同一個文本聚合的舞台，舞台上的眾多文本，以不同的方式，從不同的側面共同言說著異域世界，如同磚瓦一樣，如果把它們傳遞的資訊組合起來，將會構建出一個非常獨特的中國形象，當晚明、晚清的歷史追憶一再被提起，走進作家（編輯、漢文記者）的視野，是否也是一種經過言說主體的意識及言說策略的層層過濾之後所映射出的中國影像。日本漢文小說在 1911 年之後就不再看到轉載之作，台灣大概也只有較親日謝雪漁、魏清德作品以日本人事物爲題材，量其實不多。這是一個相當有趣的現象：何以官資的《台灣日日新報》、《台南新報》不刊登日本漢文小說，反而是中國文言小說？甚至到了四〇年代，中國文言、白話通俗小說仍佔了一定篇幅，如《風月報》、《崇聖道德報》刊登了極多文言筆記小說。1940 年代《南方》也刊載了一系列《夜譚隨錄》，如 1942 年 6 月起的〈崔秀才〉、〈香雲〉、〈蘇仲芬〉、〈蕭倩兒〉、〈余白萍〉、〈三官保〉、〈韓越子〉、〈設計欺人〉、〈邱貢生〉等。在歷經日本統治三、四十幾年後仍有此類作品出現，而且爲數不少，則其間中台關係的互動似乎較台日關係更値得玩味。

殖民地漢文小說生產的機制與意義，在官資的《台灣日日新報》、

---

[46] 題材踵步前人之作，但所以未說明擬自何作，或許是作者本身並無明確的擬作意識。

《台南新報》顯得疑點重重，當所有論述重點朝向官方統治力量對漢文媒體、漢文生產機制介入及操控時，中國文化（文學）與殖民主義之間的複雜現象，或許與「亞細亞主義」、漢文同文的論述及日華親善的策略容許有關。「亞細亞主義」與其後來所延伸的「東亞論」，都在闡明「東洋是東洋人的東洋」之概念，而日本必須肩負提攜東洋的使命（實以東亞領導者自居），甲午戰爭的爆發即是日本亟欲「提攜」中國的結果。這種本質上對外侵略的思想，卻因爲包裝著「東洋一體」、「尊崇中國文化」的糖衣，致使台灣傳統文人無意間接受了此一意識型態。正因如此，翻讀《台灣日日新報》或政府單位的其他刊物，我們感受不到中台日三方漢文的緊張關係，也無法明顯看出台灣必須接受日本文化並且割除切斷與中國文化的牽絆關係。這麼多的漢文作品似乎不是「文體與國體論」就可以解釋的，我們或許可以用另一個詮釋的視點「東亞論」來討論。東亞論的存在，使得台灣「新附民」的文化身分在「國體論」中所造成的矛盾得以紓解，台灣人民對於中國的想像與認同也得以透過「提攜中國」與「改造中國」的實際作爲得到實踐[47]。而且當時的「漢文性」在大部分傳統文人的認知裡亦包括了通俗、消費性等話語，也可做爲一種相對日本殖民話語的對抗，因而漢文小說自始至終的產生，在殖民統治下扮演了另類共容的想像，各自的自我表述。此外，日治末期的《風月報》在 69 期復修訂主旨，第一條爲：「因本島上有許多老年之輩不解國文（日文）者，故以漢文提倡國民精神。」第二條：「養成進出大陸活動之常識，研究北京話、白話文、對岸之風俗習慣。」第五條：「提倡東洋固有之道德。」亦可理解台灣總督府特別通融漢文書寫之緣由，與殖民地「國民精神」內涵的陶冶，鼓動台民投入聖戰，效忠天皇有關。

---

[47] 如 1906 年李逸濤翻譯田原天南之〈救俄策〉，他認爲他翻譯的重點並不在於如何讓俄國國勢起死回生、對症下藥，他感興趣之處在於，如何提供與俄國相似政體結構之清朝吸取經驗，所以李逸濤翻譯〈救俄策〉背後最重要的母題之一即是對中國前途的關心，想要探索積弱的中國如何向現代國家過渡的重要議題，中國成爲〈救俄策〉中一個強而有力的潛在文本（subtext）。又如 1920 年代的「中國改造論」論戰及其餘波。

漢文通俗與新文學運動以來的小說，固然也都有對社會問題、人民命運的關注，但通俗文學還捨不下讓讀者從閱讀中獲得樂趣的目的及消費的考量，而新小說是直扣社會政治經濟問題之存在，激發讀者之義憤，其力度有所不同。因之，殖民政府對新文學的雜誌多加管控禁制，甚且曾取締《台灣新文學》的「漢文創作特輯」[48]，以「內容不妥當，整體空氣不好」禁止發行，這些被禁的小說，觸及了弱勢的農工族群及台灣人遭受差別、歧視對待，和殖民統治下扭曲的文化認同心理過程。這是漢文通俗小說較不碰觸的殖民地社會現況題材及寫實主義批判精神的寫作技巧。在殖民地台灣社會，知識分子對於帝國主義與資本主義的統治本質認識得特別清楚。作家們對文學的理解，創作的目的、創作的心態多半帶有強烈的實用性，他們或把握住殖民統治下台灣社會的發展脈絡，呈現當時的階層矛盾和種種問題，帶有明顯的左翼色彩及寫實主義的傾向。但也有作品是表現個人（尤其是知識分子）內心世界和情感波瀾的描寫，呈現了平凡的日常生活中個人欲望、情感、精神狀態的題材。國族與性別議題，也是新文學作家最爲關切的。主要原因在於他們生活在強勢的教育與宣傳之下，因此文化認同與國家認同往往無可避免受到考驗，自覺性較高的作家，在面對日本資本主義所挾帶而來的現代化有所思考，在鼓吹啓蒙之際，同時不忘抵抗日本殖民者的霸權論述，有策略地抗拒各種威脅利誘，維持自己的文化主體。但有些作家在長期的殖民教育薰染下，不由自主失去了警覺。做爲殖民地的文學，即是作家與殖民地政權不斷對話的過程。

[48] 特輯總共有 8 篇小說：尙未央（莊松林）〈老雞母〉、朱點人〈脫穎〉、廢人（鄭啓明）〈三更半暝〉、王錦江（王詩琅）〈十字路〉、一吼（周定山）〈旋風〉等。

評論

◎朱惠足*

許俊雅教授的論文分別針對漢文通俗小說如何引發「小說」觀念與小說在台灣的興起、漢文通俗小說創作群及儒教刊物、以及台灣「現代」小說的誕生及發展等，富有條理地勾勒日治時期台灣小說生成的歷史脈絡與發展過程。論文透過報章雜誌等原始文獻，揭示小說生成初期的摹仿借鑒現象。同時藉由與先行研究的對話，深入探討日治時期台灣小說如何受到中國、日本、台灣之間跨文化流動下「不同文化系統之間的抵制、協商、浸透、傳播、挪用」等相互作用之影響。

更進一步地，本論文釐析日治時期台灣小說作爲殖民地文學，呈現何種「作家與殖民地政權不斷對話的過程」。論文中生動捕捉台灣傳統文人與現代知識份子在異民族殖民統治的限制與操控下，如何發揮知識份子的能動性，透過小說的書寫實踐，回應日本殖民者的同文論述與儒教價值、左翼思想、現代主義、戰爭意識形態與軍事動員等歷史情境，從中尋找歷史位置與自我價值。

除了透過紮實的原始文獻爬梳與發掘，分析世紀初漢文小說在海峽兩岸的挪用與轉譯，本論文更以「跨文化流動」與「東亞論」這兩個詮釋架構，帶出跨時空、跨文化與跨文類的宏觀視野。藉由這兩個富有空間意涵的詮釋架構，本論文試圖超越殖民者／被殖民者、外來／本土、傳統／現代等既有二元對立概念，以更具生產性的方式，理解日治時期台灣的殖民地處境與文化。

閱讀這篇論文，促使筆者重新回到日本殖民統治下的台灣，西方、日本、中國與台灣的互異文化，在權力關係下進行的跨時空的交

* 國立中興大學台灣文學與跨國文化研究所副教授。

混、協商與翻譯。筆者進而延伸想像，日治時期台灣小說所呈現的文化特質，並沒有隨著殖民歷史的結束而消逝，而是作爲殖民歷史的文化遺產，跟隨著我們進入了後殖民與全球化的時代。一方面，日治時期台灣小說如羊皮紙般層層疊寫的性質，預示了後殖民歷史與文化中，過往歷史痕跡與文化遺產作爲記憶的亡靈，不斷輪迴復返於現代性的時空，與當下議題進行的隔世對話與共鳴。另一方面，日治時期台灣小說當中，西方、中國、日本等不同種族、國家與文化的抗拮與協商痕跡，也標誌著台灣作爲海洋樞紐與轉運位置的蕞爾海島，在西方與東亞帝國主義、國族主義夾縫中的早期全球化經驗。因此，本論文回溯台灣小說「混種起源」的實踐，在我們藉由捕捉台灣文化的繁複脈絡與流動性質，思索台灣在過去、現在與未來的定位與走向之際，也成爲不可或缺的考古掘脈之旅。

轉折與再轉折的文學年代(1940～50)
台灣當代小說傳統的形構

◎陳建忠*

一、序言：「轉折」與當代小說新傳統的形構

本文試圖討論一個「轉折」年代的台灣小說史問題[1]。一九四〇年代，台灣小說的發展如何從被殖民處境下的戰爭時期，「轉折」進入行政長官公署接收的戰後初期階段（1945～1949）。繼而，1949 年後，五〇年代的台灣小說，更「轉折」進入一個匯流具有殖民記憶的省籍作家與流亡經驗的外省作家之「當代」。最後，沖積、形構出一個台灣當代小說的新傳統，影響既深且遠。

轉折與再轉折，乃成爲認識四〇與五〇年代台灣小說史的基本框架。限於時間與能力，本文則僅能縮小關注範圍，將問題更聚焦在五〇年代的台灣小說史上之「當代」（或可說是台灣文學的「民國時期」[2]），是如何在接受了四〇年代的「遺產」後，形構出五〇年代小說獨

---

* 國立清華大學台灣文學所副教授。

1 本文關於「轉折」一語的使用，除受到洪子誠教授的啓發，更進一步想呼應其說法，強調文學史書寫面對「轉折」，不能以結論性的方式處理，而要重視其間不同文學規範的交錯與重組過程。當然，台灣現代文學的轉折問題與中國現、當代文學的脈絡不同，正有待重新梳理。關於中國現、當代文學，特別是 1949 年前後的轉折問題，參見洪子誠，《問題與方法：中國當代文學史研究講稿》（北京：三聯書店，2002.8），頁 129-136。

2 近年，中國大陸學界亦開始討論取消現代、當代的區別，正視中華民國時期文學存在的事實。如丁帆便建議將新文學的發展在 1912 至 1949 年的原「現代文學」時期說法取消，改以「民國文學」來指稱。而 1949 年後中國大陸部分以「共和國文學」來表述（不稱「當代文學」），台灣部分則仍以「民國文學」來表述。筆者認爲這是較合於中國史實的新文學史框架。不過，筆者所謂的台灣文學的「民國時期」，則是延續前一階段「日治時期」的提法，依據的是台灣歷史自身發展的脈絡，而非中央－地方、正朔－偏安的格局；當然，也不是國府自稱的「自由中國」這樣的框架。相關討論請參見丁帆，〈給新文學史重新斷代的理由：關於「民國文學」構想及其它的幾點補充意見〉，《中國現代文學叢刊》2011 年第 3 期（2011），頁 25-33。

特的轉折年代之風貌？甚而，台灣五〇年代小說因「轉折」而重新發展出迥異於被殖民時期傳統的當代小說傳統，又當如何解釋、總結這種「轉折」的意義？

二、殖民、接收／劫收、後殖民：省籍小說家的當代「轉折」

在此，請容筆者先引述一段不免冗長但極其抒情的論述文字，那是葉石濤先生當年因白色恐怖牽連，沉寂 15 年後，復出未久所寫的〈吳濁流論〉(1966)：

> 當歷史的洪流，以排山倒海的巨大力量，席捲這海島而去的時候，曾經在台灣文學的舞台上活躍一時的旗手一個個慘然地倒下去，而且似乎未曾蘇醒過來。嘹亮的歌聲已不復聽見，光芒殞滅，繼而一段闃而無聲的黑暗降臨。在此黑漆漆的暗夜裡，為了尋覓一絲絲微光，有人在地上拾起被丟棄的旗幟，以微弱的聲音搖旗召喚；召集夥伴，緩緩地起步，蹣跚地踏上旅程，追尋往日的光輝。果然這些人的心血沒有白費；散落在各地孤零零的靈魂，聽到了召喚聲欣喜雀躍，一個個地加入這隊伍，最後形成了一隊雄壯的隊伍。…他應該睡在歷史的墳墓的，他是屬於過去的一個世代，但他並沒有睡去，以較前堅定的步伐向前走去，似乎歷史之手未曾把他擊倒。他決心再在台灣文學史上寫下新的一頁。[3]

葉石濤與吳濁流在暗夜中召喚殘餘夥伴的回音，於今聽來還是顯得戚惻。於是，就觸及到是怎樣的「歷史洪流」，竟把文學旗手們一個個席捲而去？

台灣文學的「當代」自何時開始？如果勉強劃分，「當代」此一

[3] 葉石濤，《葉石濤全集 13》（評論卷一）（台南：國立台灣文學館、高雄：高雄市文化局，2008.3），頁 97-98。

概念恐怕仍脫離不了時代巨變與政治因素所導致的作家經驗的變異。因此，五〇年代自然可以視爲一個較整齊的切口，一個轉折，由那時刻起台灣作家進入了人力無法扭轉的新命運裡。

然而，進入五〇年的作家，卻又都是帶著上一階段的書寫記憶而來，如何評估他們在「當代」以前的經驗，自然成爲重新端詳五〇年代小說無法逃避的問題。這就觸及到五〇年代小說與四〇年代文學傳統的關係。

眾所皆知，1949 年後的兩岸分治，族群遷徙、混雜，使台灣出現了具有殖民記憶的省籍作家與流亡經驗的外省作家兩大群體。我們談轉折，自當留意到其實存在著兩種轉折的狀態。

台灣小說家，自 1937 年進入戰爭期以來，舉其重要者有如楊逵、呂赫若、張文環、龍瑛宗等，而陳火泉、王昶雄、周金波、葉石濤等則剛剛崛起。台灣小說家面對皇民化運動與戰爭體制，深陷「認同文學」（Identity Literature）的泥淖。無論是書寫民俗、回歸田園，亦或是表態從軍、追求變身（同化），再再顯示了台灣人受到現代性、本土性、殖民性等諸問題纏繞的困境。

這些具有殖民記憶的台灣作家，卻在 1945 年至 1949 年經歷了第一次轉折的經驗。他們從戰爭結束那日起，必須承受另一種文化轉換帶來的不適，甚至不堪。四〇年代的日本經驗與中國經驗的劇烈轉換、混雜，使台灣小說家從語言與文化資本貶值，到祖國熱望的幻滅（以「二二八事件」爲例），當然還有繼續發出的「我是誰？」的天問。四〇年代中葉的戰後第一次轉折，對台灣省籍小說家的影響，誠然極其深遠。

戰後初期發表的作品中最先提及台灣人「原罪」負擔的是吳濁流（1900～1976），不過《胡志明》（日文書名，中譯後改名爲《亞細亞的孤兒》）係寫於戰爭末期，而在戰後發表（於 1946 年陸續出版）。小說中對身處於中、日、台三地，不知戰爭勝利誰屬而備感困惑的主角心態來看，流露的「孤兒意識」，實際上便是種「原罪意識」，足以和戰後的小說連繫成一個「傳統」。龍瑛宗（1911～1999）亦發表〈從汕頭來的男子〉（1945）與〈青天白日旗〉（1945）兩篇日文小說[4]。前者以戰爭時期的台灣為背景，寫台灣人置身祖國與日本兩個敵對國家夾縫中的卑微心態；後者則寫戰後台人對祖國光復台灣的擁戴心情，不無刻意呼應時代之意。

呂赫若（1914～1950）則發表了四篇中文小說，分別是〈故鄉的戰事（一）：改姓名〉（1946）、〈故鄉的戰事（二）：個獎品〉（1946）、〈月光光：光復以前〉（1946）、〈冬夜〉（1947）[5]，「二二八事件」之後卻完全停止創作，轉而投入共產黨的在台地下組織，企圖以革命來尋求台灣的再解放。從他的戰後小說創作歷程來觀察，最能看出台灣知識分子戰後初期的心態轉變。

關於「二二八事件」後台灣文學界的發展，最大的變化有三：一是日治以來台灣本土作家的隱退；二為主要的發表園地由外省的文學工作者來主控；三則台灣新一代的作家的短暫崛起[6]。而真正在事件後主導台灣文學發展的重要園地，則是 1947 年創刊的《台灣新生報》「橋」副刊。「橋」副刊由歌雷（原名史習枚）主編，其文學信條是具有反映現實、改造現實理想的「新現實主義」，也由於他的眼光與台灣作家的意念有相合之處，台灣作家與外省作家可以合作繼續推動文學活動。

當時，青年葉石濤的小說創作成為許多日治以來前輩作家「隱退」後，產量最多的台灣新世代作者。他近九成的小說都由人中譯（包括潛生（龔書森）、林曙光、陳顯庭等人），多半發表在「橋」副刊上，

---

4 龍瑛宗，〈從汕頭來的男子〉（日文），《新新》1（1945.11）。〈青天白日旗〉（日文），《新風》1（1945.11）。

5 呂赫若四篇中文小說的發表時間及刊物：〈故鄉的戰事（一）：改姓名〉，《政經報》2：3（1946.2）。〈故鄉的戰事（二）：一個獎品〉，《政經報》2：4（1946.3.25）。〈月光光：光復以前〉，《新新》7（1946.10.17）。〈冬夜〉，《台灣文化》2：2（1947.2.5）。四篇小說已結集於《呂赫若小說全集》，林志潔譯（台北：聯合文學，1995.7）。

6 參見陳建忠，《被詛咒的文學：戰後初期（1945～1949）台灣文學論集》（台北：五南，2007.1）。

「二二八事件」後可得者有 12 篇。例如〈三月的媽祖〉（1949）裡，寫到「三月」的清鄉與槍聲，人人都被捲進了時代漩渦，充滿革命的浪漫主義激情。逃亡的律夫在飢餓與疲憊中，幻覺裡不斷出現「媽祖」的意象，象徵渴望母性的慈愛撫慰與救贖。

至於「二二八事件」後，能以犀利的寫實之筆爲戰後台灣社會雕像，復能以台灣人立場嚴正地批判劫收政權者，吳濁流允爲第一人。他的〈波茨坦科長〉因此有著特殊的時代意義，堪稱是最具後殖民批判意味的小說。

而在短暫的數年裡，戰後來台的歐坦生（1923～，本名丁樹南）是少數有創作實績的外省作家，其〈沉醉〉一作主題在譴責外省男子拐騙台灣女子感情，不過當作者描寫台灣女郎爲何會愛上外省人時，卻又顯現某種外來者會有的隔閡感（女性乃被虛榮所惑）[7]。透過這些具有左翼觀點的外省作家之眼，我們看到的是另一種視角下的台灣。

不過，緊接而來的還有第二次的轉折。進入五○年代年代「自由中國時期」的日治時期重要省籍小說家的「集體失蹤記」，當是以他們的「缺席」、「瘖啞」，說明了台灣文學在二戰之後，當代小說傳統誕生的苦澀。

楊逵的綠島十年、呂赫若的鹿窟夭死、朱點人被槍決街頭、龍瑛宗與張文環的折筆不語，這些本該是當代小說史第一章無法迴避的問題[8]。而繼起的鍾理和、吳濁流、鍾肇政、李榮春、文心、廖清秀等小說家，則在「地下化」的同仁刊物裡展開他們有關台灣方言書寫，及如何進軍文壇的秘密討論。換言之，五○年代吳濁流與鍾理和帶有後殖民意味的鄉土書寫，以及新生代小說家鍾肇政等人的文壇求生錄，將是當代小說史上必須首先敘述的五○年代小說經驗。

---

[7] 歐坦生，〈沉醉〉，《台灣文學》，第二輯（1948.9.15），頁 16。歐坦生相關作品已由曾健民等人收集爲《鵝仔：歐坦生作品集》（台北：人間，2000.9）。

[8] 誠然，外省籍文藝人士受難者亦如木刻美術家黃榮燦、詩人雷石榆之例，但整體來說數量較少，此處暫不列論。

特別值得一提的是，李榮春（1914～1994）在1952年發表的《祖國與同胞》，以及1957年發表的《洋樓芳夢》，1959年《海角歸人》則於《公論報》開始連載。這些作品，裡面都有一位執著於文學創作的主角，總是以成爲作家爲畢生職志。但是，無論是緣於時代的乖舛、感情的糾葛、或性格的不合時宜，總之這些堪稱台灣的「藝術家成長小說」的長篇，連同它的作者，卻像隱形一般，在台灣小說史中默默浮沈至今。

鍾理和（1915～1960）的《笠山農場》是一部將背景設置在日治時期的小說，其中沒有反共、抗俄的情節，更多的是超越啓蒙與原鄉視野後的一種充滿抒情性格的鄉土氣息。《笠山農場》獲1956年文獎會長篇小說獎第二獎（第一獎從缺），甚至還贏過文壇得獎常客[9]。這部小說家謳歌美濃山園之美的長篇，絕對是五〇年代不可多得的作品，卻尚未被公認爲經典。筆者認爲，因爲有這部小說，我們乃能知道台灣作家如何能在貧窮與病苦中，如何藉由美麗山河的撫慰，寵辱皆忘，死而不死，而能夠逐漸卓然成家。如同那個小說中一輩子巡山的老人雖死，但陽光依然，春意正鬧，在彷彿黑暗的時代裡仍饒富生命希望：

> 饒新華死了！
>
> 默默地看著他的老鄰居，想了一會兒心事。
>
> 在他的腦袋上，那無偏私的太陽明晃晃地照著，把寶色的光輝大海洋似地掩蓋了大地和山野，梯田四週，那些野生的不知名的山花，紅白相映，向著暖和的春風翩翩起舞。斑鳩在竹梢山坳咕咕地有節奏的叫著，由兩個地方相互唱答，春天是牠們下蛋孵子的時候，牠們要在這季節裡把子孫延續下去。這是生的季節，繁殖成長和化育的季節。[10]

9 彭歌《落日》和王藍《藍與黑》，當年獲獎名次都在《笠山農場》之後。

10 鍾理和，《鍾理和全集4》（高雄：高雄縣文化局，2009.3），頁280。

作爲後殖民主體的台灣小說家，於是也在生死自如（自生自滅？）的情境下，在五〇年代後逐漸化育、成長起來。

三、抗戰、內戰、流亡：外省籍小說家的當代「轉折」

> 我流亡了三輩子。
>
> 我流亡了三輩子。軍閥內戰、抗日戰爭、中日戰爭、國共內戰。逃，逃，逃。最後，逃到台灣。逃到愛荷華。
>
> ——聶華苓[11]

當代台灣小說的另一個四〇年代傳統，當然是台灣外省籍小說家所繼承的文學傳統。但，這恐怕是台灣當代小說研究極其貧乏的一部分。

如果上溯中國大陸現代文學史上的四〇年代，如今台灣五〇年代小說史上出現的重要小說家如：陳紀瀅、王平陵、孫陵、趙滋蕃、張秀亞、謝冰瑩、林海音等，幾乎完全不見於四〇年代的《現代文學史》中[12]。缺乏「民國文學史」觀念下的現代文學史寫作，滲透著建構新中國史觀的視野，可能是其中一個原因。當然，更令人難於斷言的是，他們在四〇年代是否沒有寫出足以留名的小說經典？

要究明五〇年代的外省籍小說家在渡台前的小說創作，當然就必須開啓有關中國現代文學史中至少是抗戰以來的文學研究。若依照目前中國學界的劃分，1937 年以來所區分的國統區、解放區、淪陷區文學概念，我們無法不追問：在國統區裡，張道藩、陳紀瀅等小說家，

---

11 聶華苓，〈個人創作與世界文學〉，《三輩子》（台北：聯經，2011.5），頁 626。

12 至於蘇雪林、臺靜農、黎烈文等，或許是少數 1949 年前中國現代文學史上的知名者，但來台後小說創作無多。當時曾在文壇活動的來台作家，可以覆案司馬長風的《中國新文學史》（板橋：駱駝，1987.8）及尹雪曼編，《中華民國文藝史》（台北：正中書局，1975.6）。

究竟是如何以小說來抗戰救亡與剿共救國？那些左派作家與自由作家，爲何絕大多數都選擇不與國民黨同行？[13]但，目前我們顯然極度缺乏有關中國大陸四〇年代文學研究的視野[14]。

循著歷史演變的軌跡，外省籍小說家當然也經歷了兩次的轉折。由抗戰以迄結束的四〇年代前半，如果中國文壇還處於抗戰文學階段，則 1945 至 1949 年間，台灣的外省籍小說家究竟在內戰期間，在接收台灣之際，在倏忽戰勝又戰敗的心理轉折下，他們究竟寫下了什麼？

至於第二次的轉折，當然就是他們流亡台灣的經驗。筆者認爲，如果在白色恐怖年代，省籍小說家是屬於後殖民情境下的境內流亡者。那麼，外省籍小說家的流亡台灣，則無疑是外部流亡的代表。他們所帶來的中國現代文學傳統之一支，以及他們出於花果飄零之命運所書寫的流亡者小說，正是二次轉折所帶來的新產物[15]。

但如同上一節所論兩種經過轉折與匯流的當代新傳統的觀點所指出，當代小說劇場一揭幕，首先是一陣長長的寂滅之音，隨後才有陸續出現的幾張省籍作家的臉孔。這小說史第一章，當是鍾理和與吳濁流等，如何寂寞撐起台灣當代小說的本土傳統之旗。這個後殖民，乃至於內部殖民處境的小說現場，正是描繪五〇年代小說的第一個圖像。而唯有在這種「寂滅」與「寂寞」的後殖民情境下，形同清場後

[13] 另一個難堪的事實是，中國的重要作家留在大陸者多，部分作家流亡的去向，亦沒有隨國府至台，而是選擇英國統治下的香港，如徐訏、徐速、張愛玲、曹聚仁、司馬長風、李輝英等都是顯著例子。

[14] 中國大陸學界的討論則日漸增多，重要者有如：陳青生，《年輪：四十年代後半期的上海文學》（上海：上海人民，2002.1）、倪偉，《「民族」想像與國家統制：1928-1948 年南京政府的文藝政策及文學運動》（上海：上海教育，2003.9）、賀桂梅，《轉折的時代：40-50 年代作家研究》（北京：山東教育，2003.12）、趙凌河主編，《國統區文學傳播形態》（瀋陽：遼寧人民，2006.12）、錢理群，《1948：天地玄黃》（北京：中華書局，2008.12）、傅學敏，《1937-1945：國家意識型態與國統區戲劇運動》（北京：中國社會科學，2010.8）、張大明，《主潮的那一面：三民主義文藝與民族主義文藝》（北京：中國社會科學，2010.11）。

[15] 關於將外省族群視爲「流亡主體」，在理論定義與社會學層面上的討論，可與本文補充。請參見，趙彥寧，〈國族想像的權力邏輯：試論五〇年代流亡主體、公領域、與現代性之間的可能關係〉，《戴著草帽到處旅行》（台北：巨流，2001.11），頁 149-198。

的新舞台，此時再談台灣外省籍小說家的登場，方見其必然與實然。

關於台灣五〇年代小說之研究，應鳳凰教授較早便提出過許多饒富新意的觀察。在〈第二章 「反共＋現代」：右翼自由主義思潮文學版：五〇年代台灣小說〉一文中，應鳳凰便將當時小說家分爲與國民黨黨政機構相關的「黨政軍作家陣營」，與以學院爲根據地的「現代文學作家陣營」來描述。並認爲反共戰鬥文學仍是最值得注目的現象，歸納了五種想像「萬惡共匪」的方式，最具典型性群魔亂舞型外，尚有女性成長與覺醒型、苦難大地型、「言情＋反共」型、見證歷史型。當然，還有具備現代主義風格的小說出現。這些小說現象的描繪，足以點出本文未及申論之處[16]。

關於當年反共文學的解讀，王德威教授較早便提出將反共文學視如「傷痕文學」的觀點，也指出反共不只是一種國家大敘事，也是個人顛沛流離的傷痕史的事實。王德威認爲：

> 重思反共小說，我以為它應被視為近半世紀以來傷痕文學的第一波，為日後追憶、記述文革創傷，二二八事件、白色恐怖、兩岸探親、乃至天安門大屠殺的種種文字，寫下先例。[17]

不過，視反共文學爲傷痕文學，猶恐偏重以暗合中國大陸當代文學的脈絡來詮釋，易與後出之中國七〇年代末，後文革時期的傷痕文學混淆，也無法聯繫上戰前台灣被殖民文學中的傷痕書寫（王文中並未提及殖民地的傷痕與二二八事件等傷痕）。流亡文學一說，當更能直指這些傷痕的由來，也能釐清與台灣殖民傷痕經驗、戰後黨國文藝

---

16 應鳳凰，〈第二章 「反共＋現代」：右翼自由主義思潮文學版：五〇年代台灣小說〉，陳建忠等著，《台灣小說史論》（台北：麥田，2007.3），頁 111-195。

17 王德威，〈一種逝去的文學？：反共小說新論〉，《如何現代，怎樣文學？：十九、二十世紀中文小說新論》（台北：麥田，2008.2），頁 154。

體制間的關係。

筆者認為，由於這些反共文學是一個流亡者的歷史與心靈創傷的再現，當然具有「傷痕文學」的性質；但，其實更接近於「流亡文學」（Exile Literature）、「離散文學」（Diaspora Literature）的特徵[18]。甚且，流亡也是現代主義者，以及女性小說家共有的心理創傷，有助於我們據以解釋五〇年代小說中，何以大量出現對主體認同與生存意義等主題的探索，惟本文已無力細論。

本文強調由「流亡」或「離散」等視角來解讀五〇年代小說的重點更在於，這些小說容或寫盡共黨之惡，但更令人怵目驚心的則是，無論這些受虐與創傷是流亡者在台灣所「追憶」或「想像」出來的。在此過程中，所見盡是流亡者當年的血淚記述，而他們竟都處於孤立無助、呼告無門的境地。他們的反共於是時常成為「個人的反共」，無奈的控訴。但也唯其是如此的書寫，才能夠或多或少地得到寬慰或救贖[19]。

梅家玲教授在討論陳紀瀅《荻村傳》時的提問，亦質疑反共未必盡與黨國政策亦步亦趨的可能性：「正由於他既是反共文藝政策推動者，又是實際從事寫作的作家，則其人與其文的相互映照，自然也就成為研探國家論述/文藝創作之辯證實況的極佳實例——究竟，『國家論述』將如何藉『文藝創作』而完成（或消解）？因之而成的小說，會是政治理念的表態宣示？是血淚傷痕的見證反思？抑是尚有可供

[18] 所謂「離散文學」（Diaspora Literature），其中的「離散」，依李有成教授指出，就是離鄉背井，散居各地的族群，而可以溯源到亞當、夏娃之被逐出伊甸園，與猶太人之出埃及記。本文雖認為，反共文學亦具有「離散文學」的特徵，但，因為構成離散之因素很多，故「離散文學」一詞在漢語字面上只能描述普遍的狀態，而不若「流亡文學」能夠直接指出包括普遍（離散）與特殊（國難出逃）的情境，故本文選擇使用「流亡文學」來討論相關問題。關於「離散」之相關探討，請參見李有成，〈緒論：離散與家國想像〉，李有成、張錦忠主編，《離散與家國想像：文學與文化研究集稿》（台北：允晨文化，2010.6），頁 13。

[19] 此處部分文字參酌了筆者先前的論點：陳建忠，〈流亡者的歷史見證與自我救贖：由「歷史文學」與「流亡文學」的角度重讀台灣反共小說〉，《文史台灣學報》2（2010.12），頁 9-44。

玩味的其他面向？」[20]。就中，已點出一個文藝政策推動者如陳紀瀅者，其創作也未必全然與國家主義完全合轍。

由這個「流亡文學」、「個人反共」角度來重讀反共小說，我們也就比較能夠看清，究竟哪些作品是純粹國家文藝政策下的產物，而哪些更具有反映時代、自我救贖意義的反共文學。

在後殖民小說家群體後，接著登場的便是流亡的小說家群體；甚且，他們才是主導五〇年代文壇的主流小說家。

流亡者，在國共內戰與亡國離散的歷史上，究竟曾扮演過什麼角色？反共的流亡文學，又如何獨自地面臨世紀創傷，而留下倖存者的心靈災難記錄？台灣五〇年代流亡文學實爲來日（新）移民文學之先聲，而理當成爲書寫台灣文學史一個關鍵辭的可能性。

其中，被視爲流亡文學的反共文學，其最重要的敘事特徵，便在於文本中大量有關心理與身體創傷的書寫，特別是關於虐待、刑求、強暴、饑餓的各種人間奇觀。這些反共的流亡文學，或說是流亡的反共文學，其實存在著萬惡共匪面目下，其他尚未被挖掘出來的，關乎流亡者自身對死亡與流亡的恐懼。

那些描寫身體與心理創傷的反共小說，更能顯示流亡者回望那段國共鬥爭史的怵目驚心。虐人、受創的奇觀，相信不只是因應反共之需要所製造出來的虛構性文本，毋寧說，那是一種對紅潮魔影的極端憎恨與恐懼情感交混下，流亡者寫給自己的鎮魂書、安魂曲。筆者因此認爲，與其只看反共小說如何嘲諷、批判共黨的邪淫無道，更要窺見隱藏在文字縫隙裡那種面臨人生巨變時的驚懼之淚（Tears for Fears），這樣才能真正理解流亡者的反共文學，當中其實具有超越國族經驗的人類普遍性的情感反映，而渴求能夠被後世的讀者所領略。

因此，如果依照反共文學即是流亡者爲自身鎮魂，尋求救贖的可

---

20 梅家玲，〈五〇年代國家論述/文藝創作中的「家國想像」：以陳紀瀅反共小說爲例的探討〉，《性別，還是家國？：五〇年代與八、九〇年代的台灣小說論》（台北：麥田出版，2004.9），頁 35。

能性之書寫實踐，從而充斥著各式各樣創傷書寫、虐慾書寫、饑餓書寫……，這些都可歸爲流亡文學的「特色」；那麼，具有流亡文學之特質的反共小說，至少還有：

端木方（李瑋，1922～2004）的《疤勛章》（台北：正中書局，1951.3），主角是名爲「健」的革命青年，臉上有傷疤，受「表哥」的啓示，想要發揚高度的戰鬥力量，以「疤」作爲「勛章」，犧牲小我以報效國家。「表哥」則是學土木工程的大學生，領導游擊隊抗日。勝利後的現實擊碎表哥的心神，最終飲恨而死。

趙滋蕃（1924～1986）的《半下流社會》（香港：亞洲出版社，1953.11），當年且有「難民文學」之說法，可見其流亡之苦。故事描繪一群以王亮爲首的知識分子、流浪漢自鐵幕出亡後，聚集在香港木屋區調景嶺（吊頸嶺）生活。群居生活中大家晚飯後常討論哲學、政治、經濟。王亮女友李曼成名後搬離，沉迷上流社會；王亮救了淪落風塵的潘令嫻。結局總合上升與沉淪兩主線，李曼自殺、潘令嫻喪身火窟，王亮失去一切後，決心以半下流社會的精神影響下一代，爲自由真理奮鬥不懈。

尼洛（李明，1926～1999）的《咆哮荒塚》（台北：文壇社，1959），此書從一個守墳人的角度，透過其悲慘遭遇刻劃共產世界的陰慘黑暗。主角王誠非是忠貞老共產黨員，爲共產黨賣命一生，到頭來卻家庭破碎、兒女早逝，留下他成爲無聲咆哮於荒塚的孤魂。

王平陵（1924～1964）的《茫茫夜》（台北：華國出版社，1953.4），主角葉澹秋是極力維護中華文化的作家，作品卻不受出版商喜愛，因此一家貧困。之後葉到某大學任教，但卻被左傾學生趕出；妻子石如韻爲維持家計而參與八路軍的戲劇隊，過程中認清共軍「男盜女娼」的事實。葉之後疾呼揭穿共黨「糖裹毒藥」的詭計，帶著妻子逃往香港，之後輾轉到達復興基地——台灣，他深信：「總有一天，自由中國的鬥士們，必能高舉自由的火炬，使鐵幕裡的茫茫夜，重建光明的！」[21]。

張放（1932～）的《野火》（台北：文壇社，1958.6），小說以小紅鬍子范紅從孤兒蛻變爲共產黨幹部爲主軸，帶出山東省沂蒙山區范家大窪在共黨入侵後的改變：由平靜到混亂、由小康到貧窮，男性被逼上戰場、女性被迫嫁給幹部。連村長范紅都身不由己，妻子和上級幹部私通也無可奈何，最後妻子上吊，范紅選擇出走、和情人抱在一起被火燒死。

穆穆（穆中南，1911～1992）《大動亂》（台北：文壇社，1954.1），描寫抗戰時期共產黨破壞了傳統的社會，造成了人間悲劇。山東舉人後裔的林文盛一家是當地有名望的大族，他有三個兒子伯仁、仲仁、季仁。對日抗戰勝利後，共軍又起而肆虐，家人因此流離失散，季仁參加共產黨，但逐漸發現共產黨的邪惡，不但雙親死於共黨毒手，他心愛的未婚妻更被共黨幹部姦侮，於是他決定向國民黨投誠。

田原（1927～1987）的《這一代》（台北：新中國出版社，1959.6），主角羅小虎自小喪母，父親羅維德是有國家民族觀念的工程師，因不滿日人欺凌中國同胞而被日人關進監獄。羅小虎因缺乏家庭溫暖而心理偏激而加入共青團，他的共黨領導卻是之前做日本漢奸的楊硯飛。在共黨害死他的好友、奪去他的愛人後，他才逐漸覺醒、決定投奔自由。

不過除了這些反共小說外，其實尚有部分作者是更具有現實感的，書寫了流亡者在流亡地的生活。范銘如教授曾在分析五〇年代台灣女作家的作品時，提出「家台灣」的觀念，便是試圖提醒，在男作家一心要反攻大陸、心懷故土之同時，女作家已經在思考如何在地生活與族群融合的問題[22]。筆者認爲此說甚是，然若依本文所論，則其實如柏楊、王默人、趙滋蕃、舒暢、張拓蕪等男性作家，同樣表現了

[21] 王平陵，《茫茫夜》（台北：華國，1953.4），頁 100。

[22] 范銘如，〈台灣新故鄉：五十年代女性小說〉，《眾裡尋她：台灣女性小說縱論》（台北：麥田，2002.3），頁 13-48。

對生存問題、現實意識的重視；且，似乎更具有一種反現代性的激越政治性隱然其中[23]。

例如柏楊（1920～2008）在1959年出版的短篇小說集《掙扎》，其中〈辭行〉一作，便相當富有深意地描寫了葬身台灣、歸根大陸的心願，但這種對不幸客死台灣的流亡者而言應當是很合理的心理歸趨，卻也同時存在著結束辭行後將趕赴宜蘭與台南去工作的朋友。墓前悼亡的朋友仲甫說到：

> 你臨終時曾說出你的願望，想教小文長大後把你的遺骸運回大陸原籍，葬入祖塋。……不過，克文，我們都要離開台北了，我去宜蘭和朋友合開一家豆漿店；華安也要到台南，那裡的運河正在開浚，需要工人，他的一個同鄉在那裡當工頭，答應在他手下補個名字，克文，祝福我們吧。[24]

柏楊筆下以工作換取生存之資的外省族群，沒有太多的懷鄉感傷的情緒，有的只是積極掙扎求生的意志。

流亡者初履流亡地，流亡文學的書寫，即便是反共文學，無非是自身對死亡與流亡的恐懼。甚且，流亡者也不僅止於懷鄉，流亡者也不盡然是沒落王孫，更多是廣大的求生者，而流亡地也就逐漸在書寫中形成一個新的土地經驗。

重新以「流亡文學」的角度探討反共文學，乃是希望能擱置與國家意識形態合謀的國策文學角度，相信也能比國策文學、傷痕文學、遺民文學的考察角度，更能展現出流亡者如何由難民變移民、住民的歷程。對日後演化爲（新）移民文學、外省作家文學、眷村文學的流變史，應當也能有釐清源流之效果。

---

23 陳建忠，〈1950年代台港南來作家的流亡書寫：以柏楊與趙滋蕃爲中心〉，《跨國的殖民記憶與冷戰經驗：台灣文學的比較文學》（新竹：清華大學台文所，2011.3），頁455-483。

24 柏楊，〈辭行〉，《柏楊全集13》（台北：遠流，2002.8），頁553。

四、小結

受到殖民統治、戰後初期接收與戒嚴統治的後殖民主體，台灣省籍小說家，艱困地渴望重建新的民族身份認同與文壇地位，殖民經驗與鄉土文學，仍然是他們文學風格與題材的最大根源。

而歷經對日抗戰、國共內戰與離土失鄉之痛的流亡主體，台灣的外省籍小說家，同樣必須在流亡地展開新生活，雖然佔據主導性的文壇地位，但流亡經驗、反共經驗，成爲無論是創作上走向挖掘心理，或走向取材生活，小說家都必須面對的世紀創傷。

後殖民主體與流亡主體，兩者都位居現實世界的邊緣，理當成爲台灣小說發展的資產，遠非遺恨著書的火種。五〇年代所建構的台灣當代小說新傳統之意義，或許正在於這雙重的邊緣性，因而對廣大的弱勢生靈有更充沛的正義感，與開闊的包容心。

總而言之，要討論台灣的五〇年代當代小說傳統的建構，則必然需注意到歷史轉折的問題。四〇年代兩岸各自極爲不同的小說傳統，如何經歷 1945 年的轉折，與 1949 年的再轉折，終爾匯流、形構爲台灣五〇年代的當代小說新傳統，正是有待細膩研究、重新表述的文學史課題。

評論

◎梅家玲*

陳建忠教授這幾年來發表了多篇有分量的論文與專著，對於 1940、1950 年代小說方面已有許多精彩的論述成果，今天提出「轉折再轉折」、「雙重邊緣性」等觀念重新閱讀、思考 1940、1950 年代的台灣小說，值得學界參考。當然，在此之前已有不少前輩學者以斷代的方式進行小說討論，在此情況下，未來還有什麼樣的開拓可能性？以下提供幾個可能的面向：

第一，如果以台灣 1950 年代做為研究取材的範圍，應可進行更爲細緻化的研究。王德威教授曾在開幕演講中提到雅俗互動的問題，如果藉由此一角度來看 1940、1950 年代的台灣小說，不妨擴及通俗文學與文化場域，考察通俗文學、商業行銷與官方意識型態的對話互動。

第二，陳建忠教授提到「轉折再轉折」。「再轉折」似乎是 1949 年到五 1950 年代的總體論述，可是其中是否存在更細緻的不同轉折？舉例來說，聶華苓教授個人的創作，以及她主編的文藝欄，其中很多小說，就不盡然能用省籍或者是殖民、家國等問題去籠括，總體論述的優點是「以少總多」；而對其間「縫隙」的探索，應是未來可再努力的方向。

以上，是以台灣 1950 年代爲時空的框限來談。接下來，如果我們同樣以 1950 年代的台灣爲中心，而把空間的範圍再擴大——回應許俊雅教授於會中所談到的，對日治時期小說的研究，應同時看日本、中國與台灣三地的互動；那麼，在 1940、1950 年代台灣小說生

* 國立台灣大學中國文學系、台灣文學研究所教授。

成發展過程當中，我們則可以同樣去看中國、台灣，甚至包含香港之間的往來關係。《文訊》在 262 期曾經做了一個專題，叫作「1955 年，青年看什麼書？」當年，中國青年寫作協會針對大專院校的學生，分小說、詩歌、散文、戲劇四個不同的文類，選票全國青年最喜愛閱讀的文學作品。有意思的是，小說部分，選出來的十本書裡面，有五本都跟香港有密切關係。其中，趙滋蕃《半下流社會》、謝冰瑩《聖潔的靈魂》、王潔心《愛與罪》都是香港亞洲出版社出版，張愛玲《秧歌》則是由今日世界出版社出版。除此之外，徐訏《盲戀》最早是在《今日世界》刊載，1945 年由香港大風書店出版。這一現象不只透露了 1950 年代，香港、中國與台灣之間微妙的互動關係，而且還隱含了很密切的文學、文化與文人的交流現象。而我們，將要如何進一步去爬梳它的文學意義與文學史意義？

總而言之，過去的文學史研究，是依循台灣與中國兩條線，分別研究；但現在，已經慢慢發現這兩條線不是平行各自發展的，二者之間，具有不少交錯與流動現象。除此之外，日治時期的日本與中國，戰後的香港乃至於東南亞，整個的華文圈彼此之間交流互動，相互激發，以及之後再怎麼回饋到各地自我的文學書寫，將是可以進一步關注的問題。當然，戰後西方文學對台灣文學的影響也是非常值得關注的。

陳建忠教授最近一直在關注港、台的南來文人，以及冷戰年代美新處對於台、港之間文學交流的影響，只是沒有把它寫到這篇文章裡。如果將來能把這樣的研究觀點放到 1940、1950 年代的台灣小說史論研究中，相信一定能有非常精彩，且更具開拓性的研究成果。

（本文依研討會之論文評論記錄整理。）

鄉土文學不是一種主義

◎彭瑞金[*]

在 1977 年爆發鄉土學論戰以前，台灣文學史上曾兩度出現「鄉土文學」這個名詞；一是 1930 年 8 月 16 日至 9 月 1 日，黃石輝在《伍人報》9 至 11 號，連載〈怎樣不提倡鄉土文學？〉。一是 1965 年 11 月，葉石濤發表在《文星》97 期的〈台灣的鄉土文學〉。前者引發長達四年的「鄉土文學論爭」，主要的爭論內容已收錄中島利郎主編的《一九三〇年代台灣鄉土文學論戰資料彙編》(春暉，2003 年 3 月)。後者發表後雖未引發文壇的直接回應，但在文壇仍有某些衝擊和影響（本文即以此爲討論重點）。後者雖非提倡鄉土文學，卻有明確的爬梳台灣新文學史和述作台灣文學史的企圖心。再相隔十二年後，葉石濤的〈台灣鄉土文學史導論〉(1977 年 5 月 1 日，發表於《夏潮》二卷五期。）可以說是引發是年鄉土文學論戰的導火線，只是論戰的發展荒腔走板。

黃石輝提倡鄉土文學，對話的對象有二；一是主導當時文壇的日本文學和日治台灣後「異常」蓬勃的台灣漢語文言文學，一是 1920 年代新興的台灣新文學。黃石輝的對話目的是，指出對話對象的文學，不是離開人民的生活、語言、環境發展，就是不夠靠近人民的生活。黃石輝所以強烈主張擁有台灣生活經驗和台灣生活資訊的台灣作家，應該以台灣的多數人民（勞苦大眾）爲寫作主體，用他們能懂的語言寫他們相關或關心的人與事。當然是根據當時台灣文學的「時弊」而發的。算不得什麼文學主張或主義，它是一帖良方、一服治劑，要

* 論文發表時爲靜宜大學台灣文學系教授兼系主任，現爲該系教授。

去治療一項「弊病」，卻因為這項毛病若不治癒，文學總是輕飄飄、昏沉沉，無法平順過日子。黃石輝平凡的鄉土文學之倡議，卻向一服仙丹一樣，直接灌入文學的本質問題。後來黃得時要寫台灣文學史時，引了法國文學史家泰納（Hippolyte Taine, 1928～1893）的「種族、環境、歷史」三要件說，和黃石輝主張一轍。很可惜，這樣的文學本質、台灣文學的出發點的討論，被導引為文學使用語言的歪纏爛打，失去了對話的初衷。

葉石濤的〈台灣的鄉土文學〉一文，也有和六〇年代台灣文壇全面對話的本意，對話的對象是從五〇年代以降全面宰制台灣文壇的反共文學，或者說更全面的「國策文學」，以及戰後從一片焦土中剛萌芽的本土文學。坦白說，他對國策文學表現出相當露骨的反感，他直接向上蒼祈求賜與機會也是向上蒼應許要寫的「鄉土文學史」是「本省籍作家的生平、作品，有系統的……」整理、爬梳。在他的寫作願望中，本省籍作家的創作不僅自成脈絡，而且等於否決了一切不在籍的文學、在台灣鄉土文學史命題下的存在意義，甚至也否決了宦遊文人為主的漢語文言文學。當然，現在已無法求證葉氏此語是否表示鄉土文學之外、台灣另有文學，或者指涉鄉土文學之外、其他都不是文學？不過，從 1977 年發表〈台灣鄉土文學史導論〉到 1984、1985 年起草《台灣文學史綱》（1987 年 2 月 1 日，高雄，文學界出版。），在「台灣鄉土文學」的定義和包含的範疇上，已有了大幅度的修定，顯示葉氏最初為台灣文學下定義時，由其是從文學史的述作觀點、執行文學史實際撰述時，他都有不同階段的自我省思、自我調整。有些外國的學者、特別是中國的，因為不看重文學史家這種自我反思的能力和可珍貴性，也可能根本趕不上葉氏對台灣文學思惟的廣度和速度，認為葉氏的觀點變來變去。試問，僵化、固守教條式的台灣文學定義，才是對的嗎？

葉石濤在戰後首揭鄉土文學並發願為之作史開始，迄下筆寫史綱，整整相距 20 年，雖然都同在戒嚴統治體制下，但文學在歷經 1977

年那場荒腔走板的「鄉土文學論戰」之後，和政治歷經美麗島事件之後的情形相仿，不是出現新的文學或政治的主張或主義，而是開啓反思的起點。葉石濤在 1965 年丟出鄉土文學的議題時，沒有引發反應，主要是當時官方影響、控制的文壇，根本不把不成氣候的「鄉土文學」看在眼裡，而〈台灣的鄉土文學〉裡提到的賴和、楊逵、張文環、龍瑛宗、呂赫若、吳濁流、王白淵、吳新榮、楊雲萍、王錦江、徐坤泉、郭水潭、陳火泉、鍾理和、葉石濤、謝哲智……幾乎可以說是文壇一無所知的陌生名字，更別談他們那從未結集出版或未曾譯成漢文的作品了。葉氏丟出的是一顆震撼彈，卻丟進宛如深潭或大海的 1960 年代的台灣文壇，起不了一絲漣漪。其實，葉石濤的鄉土文學「石沉大海」之後，他非常賣力地做了許多文學苦工，寫吳濁流論、鍾肇政論、鍾理和論、七等生論、林海音論，評林懷民、鄭清文、黃娟、李喬、黃靈芝、楊青矗的小說，寫 1966、1967 年的文學觀察報告，寫 1968 年的文學觀察報告兼論省籍作家的特質，導讀楊逵的〈送報伕〉、〈鵝媽媽出嫁〉，呂赫若的〈牛車〉、龍瑛宗的〈植有木瓜樹的小鎮〉、吳濁流的《無花果》，除了證明他所謂的「鄉土文學」──由台灣特殊的歷史背景、風土、語言、文化遺跡……所建立的「優美的傳統」，並強調這樣的傳統已被傳承延續。

經過 12 年後發表的〈台灣鄉土文學史導論〉，對「鄉土文學」只有進一步的詮釋，認爲台灣鄉土文學可以比照南非白人女作家 N‧歌蒂瑪（Nadine Gordimer）爲「非洲文學」定義的情形，定義「台灣鄉土文學應該是台灣人……所寫的文學。」嚴格說來，也不能說是爲鄉土文學下定義，只是進一步具體詮釋台灣鄉土和台灣文學的關係，因此，台灣鄉土被概括爲「台灣意識」，並且延伸爲「台灣的鄉土文學應該有一個前提條件；那便是台灣的鄉土文學應該是以台灣爲中心寫出來的作品；……應該是站在台灣的立場上來透視整個世界的作品。……他們應具有根深蒂固的台灣意識，……」問題出在「台灣意識」是構成「台灣鄉土文學」的充分和必要條件的誤解。其實，葉氏試圖將鄉土文學的構成「條件」化的同時，所舉的「條件」是不構成「條件」的條件的；「以台灣爲中心」之中心如何測量？「台灣人」指「居住在台灣的漢民族及原住民種族」、那麼有荷人、滿人、日人、美軍血統者呢？又如「台灣立場」又如何去檢驗拿著台灣旗反台灣的立場呢？所有的「限制」條件都無法設下具限制作用的圍牆，顯然這些限制就不是「定義」條件，只是一種道義、道德的呼喚，不過是和黃石輝的呼喚，今古輝映而已。從「導論」發表七年後正式下筆的「史綱」就充分證明以上的推論，《台灣文學史綱》從流寓文人沈光文寫起，包括了清治時代的宦遊文人，包括了戰後的漂鳥作家、反共文學、留學生文學、鄉愁文學、流亡文學、情色文學……。「史綱」遺漏了誰？虧待了誰？推擠了誰？用「台灣」、「台灣意識」淘汰了誰？一點都不曾發揮它作爲「史綱」（文學簡明史）的篩選功能，不是精神喊話是什麼？

〈台灣鄉土文學史導論〉發表後，立即引發許南村（陳映真）以〈鄉土文學的盲點〉（1977 年 6 月，《台灣文藝》革新第二期。）猛烈抨擊葉石濤的「台灣意識」說。陳映真那些老掉牙的、個人意識教條，這裡就不再重述了，陳文直指葉石濤的「台灣意識」是「分離於中國的」、台灣自己的「文化的民族主義」是「用心良苦的，分離主義的議論。」講白話就是指控葉石濤搞文化台獨。平心而論，大概只有滿腦子「民族主義」或這個主義、那個主義的人才可能在葉氏的「導論」中看到「分離主義」。

陳文發表一個月後（當時的《台灣文藝》很少能按版權頁上的日期發行。），或者還未發表，陳映真反被另一幫「民族主義」者打爲「鄉土派」的頭子，加以強攻猛打，發動對「鄉土派」的攻擊、爆發所謂的「鄉土文學論戰」，葉石濤的「台灣意識」台灣文學，不但不在戰場、流彈也打不到他身邊，首先舉旗討伐葉石濤的陳映真反成爲反鄉土派攻擊的靶心，不是荒唐、荒謬、荒腔走板的論戰是什麼？從台灣文學史的發展言，「鄉土文學」這項文學質素，沒有能夠放在文學的、學術的平台上，在論戰中討論、檢討、省思，實在可惜，尤其是最後和稀泥的政治解決，對台灣文學的發展肯定是一大錯失。陳映真在鄉土文學戰火平息後，進入八〇年代再啓統獨論戰，葉石濤已著手他的史綱撰述，已無意和他交手，是另一批人在打的代理戰爭。

回到葉石濤在六〇年代的「鄉土文學」呼喚，到底有沒有發揮一些實質的影響？葉石濤的文學是以浪漫出發的小說家，終其一生的小說創作都不失此一風格，甚至，他的鄉土文學論述也充滿浪漫的理想主義風采。他發表〈台灣的鄉土文學〉一文之後才認識鍾肇政，才和《台灣文藝》產生連結，才和戰後的吳濁流有連結，但「鄉土文學」一文不僅將整個日治時代的台灣文學發展脈絡梳理清楚，更把戰後的小說家及詩人理出頭緒，認爲「鄉土」是這些隔世作家、內在連結的文學基因。從時間的關鍵點切入，非常清楚地看到葉氏以「鄉土」論台灣的新文學，以「鄉土」連結戰前、戰後的台灣文學，完全是觀察所得，既不是個人的文學想像或理想，也不是個人的文學主張或主義，只是浪漫地提示戰後陷入迷霧中的創作者，鄉土會是所有立足在台灣大地上的創作者、比較清晰的道路。葉石濤加入《台灣文藝》的行列後，所有發表的文學史論、作家論、作品論，可以說都不脫離這樣的文學觀察觀點，如果有人一定要認爲這是一種文學論述的「主義」，其實應考慮「鄉土文學」對文學的限制性是什麼？也就是和其他的文學主義的對抗、批判性是什麼？說明白些，當一個從台灣的土地出發、從台灣人的自覺出發的台灣文學家，到底干礙了誰？打得風聲鶴唳卻荒腔走板的鄉土文學論戰，最後也沒有人能挑剔鄉土文學有什麼不好，認真說來，大家混戰一場，渾身是傷，不過只證明鄉土是任何文學都不可缺少的元素。

評論

◎黎湘萍*

彭瑞金先生的〈鄉土文學不是一種主義〉，是一篇頗具反省精神的文章。此文的價值在於，把葉石濤所論述的「鄉土文學」作爲關節點，連接起一段曾經被忽略的從日據時期以來直到戰後的批判性的文學路線，這一路線在戰後的冷戰—內戰雙重格局裡，因其對日本殖民統治所帶來的所謂「現代性」的批判和具有社會改造性質的「左翼」色彩，而不得不更換其存在的方式，或者乾脆隱姓埋名。這段文學史的復甦或重生，對於六〇年代以後台灣文學生態的重新調整，無疑具有重要的意義。事實上，日據時期台灣文學的出土和重新詮釋，恰恰是七〇年代變局中的台灣所獲得的重要思想和文化資源之一。〈鄉土文學不是一種主義〉還引發了我們對許多問題的重新討論和反省，諸如文學的原生態與文學史敘述的關係問題，葉石濤的研究和評價問題，台灣文學史上諸多問題的重新認識和反省等問題。我們是否會進一步追問，是否存在一種客觀的文學史？在一定史觀或意識形態影響下的「有選擇」的文學史敘述是否會忽略或偏離文學文本的存在？文學生態的複雜性在單一史觀的剪裁之下，是否會變得簡單化了？文學史觀與文學原生態之間，是否一直存在著不可彌合的裂縫？是否因爲有了這種裂縫，才有可能使文學史的寫作不斷被質疑、修正、重寫和更新？葉石濤的文學寫作與文學評論、文學史著述之間有何關係？葉石濤與他的前輩、同輩和後輩作家之間具有何種關係？如何評估葉石濤在六〇年代、七〇年代、八〇年代以及九〇年代這四個不同時期在

* 中國社會科學院文學研究所研究員兼台港澳文學與文化研究室主任。

思想觀念和文學史觀的變化？這些變化可否從台灣社會發展的歷史脈絡中得到解釋？

讀了這篇文章，我也有一些問題，需要向彭瑞金先生請教。

首先，彭先生把葉石濤的台灣文學史寫作放在百年小說發展的脈絡之中看，其意義應該給予肯定。但從文學史學史的角度看，撰寫台灣的文學史，葉石濤並非第一個人，例如傳統的方志中早有「藝文志」的門類，記錄本地的文學人物及其作品，這方面有數種《台灣府志》可考。近代連雅堂先生所著《台灣通史》延續的是傳統史書的寫法，仍以「藝文志」的形式紀錄保留台灣傳統詩文的文脈，他另編有《台灣詩乘》之作，同時輯錄當代人的詩作。1942 年，黃得時也早在台灣作家張文環主編的日文期刊《台灣文學》上撰文，寫台灣文學史序論，他的視野同時兼顧傳統的和當代的，當然他撰寫的還只是文章，未有專著。為了回應日本比較文學學者島田謹二關於台灣文學的論述，林曙光在四〇年代也撰文介紹過台灣文學；針對光復後大陸來台的一些文人不了解台灣文學的狀況，1947 年《新生報》橋副刊有過一場討論台灣文學方向的論爭。從 1945 年到 1949 年間，島內復興的中日文刊物、報紙副刊都不少見有關台灣文學的文章和論述。五〇年代以後，《台北文物》雜誌曾連續推出四期專輯，即第三卷第二期的「北部新文學新劇運專輯」（1954 年 8 月）、第三卷第三期的「新文學新劇運專號續集」（1954 年 12 月）、第四卷第一期「人物特輯」（1955 年 5 月）和第四卷第二期「音樂舞蹈運動專號」（1955 年 8 月），黃得時、廖漢臣、吳濁流、楊雲萍、楊守愚、施學習、廖毓文、吳瀛濤、連溫卿、龍瑛宗、賴明弘、王錦江等在日據時期即很活躍的作家、學者紛紛撰文介紹日據時代的台灣新文學運動，亦即葉石濤所謂的「鄉土文學」。這些，都為台灣文學史的撰寫奠定了一定的基礎。葉石濤六〇年代在當時影響甚大的在《文星》雜誌撰文〈台灣的鄉土文學〉，我想應該是在上述的脈絡裡，雖然他的文章和其他人的文章一樣得到較少的迴響，但也說明從四〇年代以來的台灣文學史的意識一直沒有中斷。因此之故，彭先生說葉石濤「戰後首揭台灣鄉土文學並發願爲之作史」的「首揭」二字，似乎就切斷了葉石濤與這些前輩在精神上的聯繫。

其次，如彭先生所說，葉石濤的文學史觀並非僵化的，而是具有反省精神的，與時俱進的。六〇年代的〈台灣的鄉土文學〉確實屬於彭先生所說的「不是一種主義」的範疇，但 1977 年在《夏潮》雜誌上發表的〈台灣鄉土文學導論〉卻分明是提出了貌似左翼的寫實主義的「主義」，此文最重要的論點就是提出了「台灣意識」概念，這也是使這篇文章區分於上述一系列文章的地方。

彭瑞金先生在《葉石濤全集》的「總論」〈爲台灣文學點燈、開路、立坐標〉一文的第三部分「爲暗夜裡的台灣文學點燈」，稱「三十年代，黃石輝（1900～1945）高喊鄉土文學對抗外來殖民統治文學的呼聲，在戰後漸成絕響。〈台灣的鄉土文學〉一文，重新吹起反攻的號角。葉石濤這篇論文，除了立誓將以身爲台灣作家的使命感，要在有生之年寫一部『台灣鄉土文學史』之外，也清清楚楚界定『台灣鄉土文學史』是指『本省籍作家的生平、作品，有系統的加以整理，……』，是排除 1945 以後來台的『外省籍』作家的文學史。」（《葉石濤全集》，評論卷 1，第 25 頁。台南：台灣文學館，2008 年初版。）

彭瑞金又指出，1977 年 5 月，葉石濤發表的另一篇重要論文〈台灣鄉土文學史導論〉「更具體的指出，奉行反帝、反封建、具有批判性的寫實主義的文學，就是全體台灣作家的共同使命和信仰，要完成這樣的新文學傳統使命，非得有堅定的『台灣意識』不可。」（第 27 頁）「真正可能挑起台灣文學國家認同戰爭風暴的『台灣意識論』，一直到八〇年代統獨論爭又起，才廣受討論。也就在他們紛擾擾擾，是統是獨爭論不休的同時，葉石濤已默默地完成他的文學史思想準備，著手他的文學史寫作。1987 年 2 月，《台灣文學史綱》出版，終於完成他的作家使命，也完成台灣人寫的第一部台灣文學史。《史綱》終於寫出了他的完整的台灣文學論，也表達了他終極的台灣文學觀。」

此文的第四部分「在荊棘中爲台灣文學開路」末段寫到：「他（按：指葉石濤）的幾篇意見性很強的台灣文學論——〈兩年來的省籍作家及其小說〉、〈沒有土地，哪有文學？〉、〈論台灣文學應走的方向〉、〈台灣小說的遠景〉……都一定程度強調了文學與人民、土地、現實連結的文學主張，這樣的文學主張，自然也一定程度批判了離人、離土，脫離現實的僞文學、假文學。自六〇年代復出的二十多年間，他的文學評論和文學史觀，只能站在台灣文壇的邊緣論述，但四篇論述不離台灣文學的核心價值，自然成爲台灣文學極爲特異的一景。」（同上，第 31 頁）——以上所引彭瑞金自己在數年前的論述，都在強調葉石濤的台灣文學論或鄉土文學觀是表達了台灣文學的「核心價值」的「主張」，把具有「台灣意識」的「鄉土文學」或「台灣文學」界定爲「奉行反帝、反封建、具有批判性的寫實主義的文學」。

這樣的界定，明顯是把「鄉土文學」看作是一種文學觀、一種主義的。然而，彭先生現在強調「鄉土文學不是一種主義」比較一下導讀與此文的內容，可以發現這些微妙的差異。這些差異是否意味著彭先生也在原來的史觀的基礎上作了一些反思和調整？不知彭瑞金先生的主張是否在變化？或者，如何解釋具有核心價值的「文學觀」與「主義」的差異？

如果按照「鄉土文學不是一種主義」的說法，我們可能回到魯迅關於鄉土文學的定義去。而按照魯迅的定義，那麼許多人的寫作都可以歸入鄉土文學之中。以台灣爲例，林海音關於北京的故事是鄉土文學，四〇年代末以後遷台的許多外省作家的作品關於他們故鄉的故事又何嘗不是鄉土文學？葉八〇年代寫的台灣文學史綱充分考慮到了這一點，這也是葉經過反省後的結果吧。但到了九〇年代以後　，葉重新回到他 1977 年的立場，甚至走得更遠了。從聲稱「在台灣的中國文學」是中國文學的一翼，到強調台灣文學的特殊性、台灣意識在台灣文學中的主體位置，到最後否認台灣文學是中國文學，我想這些都顯示了葉石濤文學史觀的變化，這些當然是一種主張，一種主義，雖然它可能是與文學無關的。

第三，如何評價七○年代的鄉土文學論戰？彭先生認爲鄉土文學論戰是一場代理人的戰爭，「荒腔走板」。對這場論戰，是否可以「荒腔走板」來定位？雖然它不是純粹的文學論戰，是台灣社會經過七十年代變局之後，各種不同派別的知識分子借助文學問題來討論台灣政治變革、思想與文化方向的論戰。當王拓直接了當地說明「不是鄉土文學，是現實主義」之後，「鄉土文學」的概念就已發生了意涵上的變化，它在六○年代的性徵在七○年代就已不是太重要了。因此，葉石濤此時在「鄉土文學」概念裡輸入「台灣意識」的內涵，也使這個概念的外延發生了變化。

關於此文的批註：

1、關於「鄉土文學」的定義：鄉土文學這個概念具有多層的意涵。它既是對某種文學類型的概括性描述，也可能是一種文學主張，甚至是一種主義。前者如魯迅關於鄉土文學的定義，並不帶有導向性，只是對蹇先艾等人在異地寫故鄉生活的小說形態的一種文學史性質的描述；後者如黃石輝的「鄉土文學」論述，很明顯是帶有左翼色彩的寫實主義文學理論。這是毋庸諱言的。

魯迅關於「鄉土文學」的定義，實際上就是彭瑞金所說的具有「非主義」意涵的「鄉土文學」。魯迅在《中國新文學大系》小說二集的導言裡是這樣界定鄉土文學的：「蹇先艾敘述過貴州，裴文中關心著榆關，凡在北京用筆寫出他的胸臆來的人們，無論他自稱爲用主觀或客觀，其實往往是鄉土文學，從北京這方面說，則是僑寓文學的作者。」

2、關於黃石輝的「鄉土文學」概念及其對話的對象：發表黃石輝文章的是左翼的刊物《伍人報》，黃石輝的主張明顯具有左翼所強調的寫實主義的內涵，是明顯具有「主義」色彩的，與彭瑞金的理解並不相合。黃石輝的對話對象是否包括日本文學？值得討論。首先，《伍人報》是日文報紙還是中文報紙？如此是中文報紙，那麼就排除了他把日本作家當作對話對象的可能性。因爲當時寓台的日本作家，基本上是不通中文，自成系統的，與明治時期（割台初期）通曉漢文的日本傳統作家不同，三〇年代的日本作家基本上屬於三大陣營：國策派、左派、現代主義派。在台灣的日本作家，主要陣地是在日文的《台灣時報》、《台灣日日新報》。《台灣時報》出現台灣作家的日文寫作，是在 1937 年日本侵華而禁止在台灣使用漢文之後。其次，當時能通中文的日本讀者，在整個台灣讀書界有多少百分比？這兩點，都可說明，黃石輝的對話對象基本排除日本作家和讀者。除非黃石輝的文章是用日文寫的。

3、關於葉石濤在不同階段的「自我省思」、「自我調整」的問題（第 74 頁）：這恐怕也不能說是葉石濤本人的「反省」，早在黃得時 1942 年在日文刊物的《台灣文學》（張文環主編）發表《台灣文學史序論》時，就已提出了相當「靈活」的台灣文學的定義。葉石濤只是吸納了黃得時的成果而已。

4、彭瑞金說：「有些外國的學者、特別是中國的，因爲不看重文學史家這種自我反思的能力和可珍貴性，也可能根本趕不上葉氏對台灣文學思惟的廣度和速度，認爲葉氏的觀點變來變去。試問，僵化、固守教條式的台灣文學定義，才是對的嗎？」——問得好。但問題是哪種定義是僵化的？

5、應區分葉石濤不同時期的「鄉土文學」概念和文學評論、文學史論述的差別。六〇年代葉石濤做的工作，是在實踐《台灣的鄉土文學》一文所提出來的理想。這個時候的「鄉土文學」概念，就是彭瑞金先生所說的「不是一種主義」的概念。1977 年寫《台灣鄉土文學導論》時期的葉石濤，因爲已感受到了七〇年代社會風氣的變化，他的「鄉土文學」論，實際上已變成了一種「主義」，把「台灣意識」作爲核定「台灣文學」的必要而充分的條件，試圖建立所謂的「主體性」，雖然強調了台灣文學的特性，但也把台灣文學的內涵和外延都做了清晰的定義，一旦定義，就會出現問題，就會顯得「僵化」。把這個時期葉石濤的「鄉土文學」論說成不是一種「主義」，就令人難以信服了。八〇年代中期寫的《史綱》不是「導論」的延續，而是在「導論」被陳映真批評之後的一種調整，但顯然也已納入了「導論」的關鍵性概念。

6、關於陳映真對葉石濤的批評：是不是陳映真把「分離主義」強加於人？當時葉石濤的文章的確沒有明顯的「分離主義」的色彩。但在後來的論述中，我們也可以看到葉石濤「更爲誠實」的論述了。

7、葉石濤六〇年代文學評論的評價問題：彭瑞金的這一段論述是符合實際的。但彭瑞金還是試圖把六〇年代的「鄉土文學」論與七〇年代的「鄉土文學」論混淆起來，就脫離了實際。如果我們認真閱讀六〇年代至七〇年代初葉石濤的一些評論文字，包括對外國作家的介紹和台灣省籍作家的評論，而不是只看他的「文學史觀」，會覺得他原是一個很不錯的文學工作者，有著良好的文學感覺，比較敏銳的批評眼光。但這與寫「導論」和九〇年代以後的葉石濤，是完全不一樣的形象，也是說，有「主義」的葉石濤，與沒有「主義」的葉石濤，是兩個人。

感性書寫的極致：瓊瑤與三毛

◎林芳玫*

前言：1960～1980 年代女性小說的興起

跟隨國民政府來台的外省籍文人中，女性占相當高比例。六〇年代多產作家的前 30 位，有九位是女性作家：六〇年代作品最多的是郭良蕙。[1]其他於此時期多產的女性作家包括繁露、孟瑤、瓊瑤、張漱函、徐薏藍等。此外華嚴也於此時開始寫作。此處暫且不提瓊瑤。這些人持續於七〇年代寫作，寫作題材雖以婚姻愛情爲主，也適度表達了台灣步入工商業社會後，所面臨的人際關係與價值觀的瓦解。這些小說與六〇年代現代主義小說比起來，更貼近台灣社會都會中產階級的生活。然而其流暢簡易的書寫手法，缺乏藝術價值，在社會描寫方面欠缺批判意識與反省，以謂情感的感嘆流露過往與現在的對比，對當時 1960～70 年代的社會消極接受而缺乏積極的質疑。這些因素使得這群女作家成爲文學史上地位尷尬的一群：既非商業通俗作家，也非嚴肅文學作家。

第二類女作家是盛行於 1960～70 年代的女性留學生文學的作者，例如於梨華、吉錚、叢甦。這些作家描寫女性在異國（美國）的生活，以文化差異爲背景、當時文化界盛行的理論（佛洛伊德精神分析或是存在主義）爲敘事手法，描寫女性情欲的衝突或是國族認同的反思。比起前一類女作家，寫作的主題與問題意識都較爲複雜。

第三類作家是崛起於七〇年代末期，興起於八〇年代的女作家，

---

* 論文發表時爲國立台灣師範大學台灣語文學系教授，現爲該系系主任兼教授。

[1] 林芳玫，2006，《解讀瓊瑤愛情王國》。台北：商務。頁 41～42。

當時被稱爲「閨秀派」，包括蕭麗紅與廖輝英等人[2]。蕭麗紅的《千江有水千江月》，以唯美抒情手法寫出台灣傳統社會的美好。在鄉土文學論戰過後，可說是集體無意識之下對台灣本土的懷舊式探索與肯定。廖輝英擅長寫作外遇題材，焦點放在男主角——通常是生意人——在無聊好奇情況下勾引年輕無知的少女。廖輝英由女性觀點將台灣生意人油滑好色、貪小便宜的行徑寫得栩栩如生，可說是對「台灣人」（台灣男人）的另類想像，逸出本土論述理想化的台灣人形象。

上述三類作家顯現出由台灣到美國、再到八〇年代台灣的地理想像方式。台灣不再是目前居住於此的地方，而是歷史、文化、經濟、都會關係各方面緊密結合的台灣社會。

六〇年代也是台灣文化產業興起而即將於七〇年代加速發展的年代[3]。六〇年代開始有電視，華語電影也蓬勃發展，瓊瑤現象更標示了具有持續性的通俗文學作家的出現。出現於七〇年代的三毛，寫作文體不拘，將自傳性散文、遊記與虛構小說融爲一爐，其暢銷程度迄今不衰。本文以瓊瑤與三毛爲主題，探討感性書寫的特色與變遷。感性書寫在小說表達上，最常使用的類型是言情小說與羅曼史[4]。在言情小說百年發展過程中，瓊瑤奠定了華文羅曼史的典範，而三毛則將感性書寫以更新的敘事手法呈現，那就是作者的文本化，並將讀者也揉雜到此文本空間裡。

男性作家：言情小說的先驅者

大家都知道言情小說或是羅曼史是非常女性的文類：女性作者寫

---

2 楊照稱此類女性作家爲「細節寫實」（realism of details），見楊照，1998，〈從「鄉土寫實」到「超 越寫實」〉，《夢與灰燼：戰後台灣文學史散論二集》。台北：聯合文學。頁 195。

3 台語片興起於五〇年代，因此五〇年代就有文化產業。但台語片於六〇年代末年迅速沒落，其興盛時期非常短。參見葉龍彥，1999，《春花夢露：正宗台語電影興衰錄》。台北縣：博揚。

4 言情小說與羅曼史在一般用語上可以混用。若要嚴格區分，言情小說以愛情與家庭爲主軸，人物眾多、故事線也很多。羅曼史以一男一女的愛情爲主軸，最多加上男女配角，人物與故事相對上說來較簡單。

給女性讀者閱讀。然而，若以最近百年小說的發展歷程來看，女性寫給女性的大眾通俗言情小說是個相當晚近的現象，遲至 1960 年代才出現。不論是民初的鴛鴦蝴蝶派小說，或是日治時期大眾通俗言情小說，乃至於風行於 1950～60 年代的抗戰言情小說，男性作家都曾扮演先驅性的角色。民國初年及日治時期，女性受教育而能寫作者如鳳毛麟角，而且在當時，自由戀愛具有啓蒙革命的先進意涵，由男作家寫給男性與女性讀者閱讀也就不足爲奇。

民國初年知名的鴛鴦蝴蝶派小說作者徐枕亞，最爲人知的作品是《玉離魂》，該書以簡易駢體文寫成，敘述寡婦與她兒子的個人家教兩人間的戀情。兩人真正見面的次數很少，大部分靠彼此間書信往返，文本性（texuality）置換了性特質（sexuality），相思對象的不在場更增加愛情的分量，這是往後許多言情小說的主題。書信體也成爲言情小說的常用技巧之一，本文稍後會提及，瓊瑤經常使用「寫信」作爲小說人物愛情告白的方式。三毛的短篇作品〈警告逃妻〉，更以先生連續寫給妻子的數封信構成故事主體。

《玉梨魂》此書也具有簡單的後設文本的設計，這是言情小說相較於其他大眾通俗文類——如武俠或偵探——更常使用的書寫策略。《玉梨魂》的女主角過世後，故事大可於此處結束。然而，第三人稱全知觀點的敘述，在女主角死後，換成第一人稱。敘事者我表示這是他的朋友（男主角）的故事，但是並非當事人向他口述，而是作者無意中收集到這些信件。男主角下場爲何？敘事者我自己也不知道，經由多方打聽，才知男主角參加辛亥革命陣亡戰場。作者輾轉拿到男主角的手記，才了解男主角化感情悲痛爲愛國力量的心路歷程。徐枕亞將敘事者我等同於作者，再解釋他如何得到這些信件與日記，如何邀友人拜訪女主角的故居與墳墓。這些重重包裹的後設文本帶來了書寫與閱讀效果的弔詭現象：這些書寫策略增加故事的可信度與真實性？還是令人更意識到愛情的特質就是敘事書寫形成的虛構？筆者稍後分析瓊瑤與三毛的時候，也會比較兩人對於敘事者我的運用。

《玉梨魂》的故事主體乃無法曝光的不倫戀，和革命一點關係也沒有。女主角死後，男主角大可殉情或是終身憑弔這份戀情，作者卻在結尾處冒出來男主角參加辛亥革命而壯烈成仁。

台灣於日治時期，報刊雜誌上也經常刊登各種類型的漢文大眾通俗小說：武俠、偵探、奇幻、言情都有。三〇年代殖民政府開始推行皇民化政策後，連通俗言情小說也受到影響。吳漫沙兩本長篇小說《大地之春》與《黎明之歌》都涉及這方面議題。《黎明之歌》女主角困於嚮往自由戀愛與回報養父母恩情的兩難，最後選擇離家擔任志願看護婦，得到大家的支持讚賞。

在《大地之春》一書中，男主角是中國的大學生，亟欲參加抗日戰爭而婉拒表妹的愛慕，戰爭時他受傷被日本紅十字會救起，從此他開始認識到日本的進步與文明。出院後他與表妹及同學們積極參加「日華親善」活動，爲和平而努力。不像《玉梨魂》那樣忽然冒出辛亥革命而又缺乏具體描寫，《大地之春》採政治與愛情雙軌進行。故事主軸之一是男主角從抗日變成日華親善的過程，愛情的描寫反而顯得是次要的。吳漫沙身爲男性作者，一方面配合當時政策寫出日華親善的故事，同時也對男女平等、自由戀愛等議題大發評論，鼓勵女性要有獨立自主的人格，同時又把追求時髦與情欲的女性寫成下場悽慘。吳漫沙對女性讀者「啓蒙兼訓導」的雙重語調是一個值得深入探討的現象[5]。

日治時代具有漢文書寫能力的作家很多，戰後基於種種複雜的因素停筆寫作。日治時期的文學傳統就此中斷，直到七〇年代才又重新受到重視。從戰後到六〇年代，不論是嚴肅文學還是通俗文學，書寫者以外省人居多，反共或是抗日記憶成爲重複出現的書寫主題。日治時期吳漫沙的女主角去當志願看護婦，與此有異曲同工之妙的，是五

---

5 見陳建忠，2002，〈大東亞黎明前的羅曼史——吳漫沙小說中的愛情與戰爭修辭〉，《臺灣文學學報》第三期，頁 109-141。林芳玫，2009，〈台灣 30 年代大眾婚戀小說的啓蒙論述與華語敘事：以徐坤泉、吳曼沙爲例〉，《台北大學中文學報》第七期。頁 29-65。

○年代通俗作家金杏枝：《冷暖人間》此書的小說女主角，面臨愛情與倫理的兩難，選擇到前線當護士。

1950～60年代間大受歡迎的言情小說如《藍與黑》或是《星星月亮太陽》，作者王藍與徐速都是男性，以第一人稱回憶抗日時期發生於自己身上的愛情故事。「戰爭+愛情」的主題在此時達到高峰[6]，楊照將此類小說稱爲「抗戰羅曼史」。

瓊瑤時代的來到：女性羅曼史的出現與成熟

瓊瑤第一本書《窗外》一出版就大受歡迎。此書以第三人稱撰寫，其實是作者本人初戀的經歷。瓊瑤自己並不喜歡強調此點，其後漫長的寫作生涯中，也把個人生活與寫作內容做了嚴密的區隔。她的小說經常使用第一人稱「我」，而敘事者我有時候是故事女主角，有時候是他人愛情故事的旁觀者，但絕對不是作者自己。相形之下，三毛也善用各種人稱觀點與敘事技巧，卻都指向「自傳書寫的三毛」。

《窗外》一方面描寫師生戀，同時也深入描寫母女之間複雜的心理糾葛。筆者個人認爲，瓊瑤在母女關係的深度刻劃遠勝於師生戀描寫。當時李敖針對窗外大受歡迎的現象，寫了一篇冗長犀利的批評，大肆抨擊瓊瑤愛情態度的保守——也就是女主角爲了孝順母親而放棄戀情。如果瓊瑤沒有持續寫作，單看窗外這本書，筆者認爲這是一本女性成長小說，未必是羅曼史。當然，瓊瑤持續寫作愛情方面的題材，她不但是羅曼史作者，還將西方羅曼史的書寫範式融入自己的寫作，奠定了華文羅曼史的典範。

所謂「奠定華文羅曼史典範」意指題材上將愛情這個元素提煉純化，剔除其他非愛情的「雜質」。在愛情書寫方面，指的是公式化的情節發展步驟，包含男女主角的相遇、戀愛、誤會、誤會消除、喜劇

---

[6] 楊照，1998，〈跨越時代的愛情——台灣通俗羅曼史小說中的變與不變〉，《夢與灰燼》。台北：聯合文學。頁215~216。

結局等[7]。這個步驟就言情小說發展來說，到了六〇年代瓊瑤出現才開始。之前的徐枕亞、吳漫沙、王藍等男性作者都在時代氛圍影響下而或多或少提起革命與戰爭。即使去除掉戰爭這個部分，言情小說仍充滿愛情與禮教、愛情與親情的衝突。就瓊瑤個人的寫作生涯而言，從成長小說或是言情小說而「純化」爲羅曼史，那也需要好幾年時間。

換言之，之前言情小說以戰爭或革命爲背景，到了瓊瑤初期的寫作，此種特色依然徘徊不去，「親情與愛情的衝突」更是她一貫的特色。

早期瓊瑤小說，充滿家庭關係的糾葛，而這些關係又與戰爭帶來的顛沛流離有關。《六個夢》由七篇短篇小說組成，第一篇背景是清末民初，然後大致上依循著北伐、抗日、流亡、勝利返家等時間順序構成每篇小說的時代背景。〈婉君表妹〉裡三個兄弟都愛著婉君表妹，由於戀情膠著，老二離家出走參加北伐革命軍。《菟絲花》、《煙雨濛濛》、《幾度夕陽紅》這些小說都涉及外省人從大陸到台灣的戀人別離與意外重逢。外省人所經歷的時代巨變成爲早期小說的背景。此時的小說也經常出現悲劇的結局。光憑這一點，這些言情小說就不符合窄義的羅曼史定義，因爲羅曼史的結局是喜劇。

早期瓊瑤小說中，即使男女主角喜劇收場，也其他人物也可能發瘋、自殺、病亡。要到了七〇年代，瓊瑤小說才出現純愛情、純喜劇的情節，可說是羅曼史類型的純熟。

瓊瑤小說中經常出現以人物的書信、日記、手記來發展故事。例如《庭院深深》一書女主角離家多年後以另一個新身分回家，這部分構成敘事中的「現在」。她讀到多年前自己寫的日記而陷入回憶，敘事倒溯回到「過去」。同一個人有兩種身分，經由閱讀日記產生自我凝視、自我對話的女性主體生成過程（subject-in-process）。《匆匆、

---

7 完整的羅曼史情節步驟請參見，Regis, P.,2003, *A Natural History of Romance Novel*. Philadelphia: University of Pennsylvania Press, 2003.

太匆匆》以男主角的視點來回憶已經病故的女友，其中包括女友寫給他的分手信。信件與日記的運用感性敘事的人物產生自我裂變而有了自我反思空間；另一方面，書信日記增加小說的擬真性，卻又弔詭地讓愛情進入文本性（texuality）與敘事性（narrativity）的狀態。這種特色在徐枕亞《玉梨魂》一書即已顯現，到了三毛，更是發揮到極致。

言情小說人物多、故事線多，結局悲劇喜劇皆可；羅曼史則以男女主角愛情爲主軸，喜劇收場。此外，加拿大與美國羅曼史出版業在六〇年代開始替羅曼史規劃大量出版、整體行銷、銷售管道多元等等創新的出版策略。羅曼史清楚地被界定爲文化產業的規格化商品[8]。瓊瑤的小說結合電影與電視連續劇，具有清晰的產品形象，爲成功的文化商品。這個現象說明了瓊瑤羅曼史的意義與重要性：在書寫方面，符合羅曼史的類型要求與情節公示，擺脫以往的非愛情元素；另一方面，書寫結合影視媒體而締造了文化產業，從創作到行銷企畫具體展現了了文化商品的集體生產過程。

戰後出生的世代，未曾經過戰爭洗禮或是被日本殖民的經歷，接受國民義務教育，聽說讀寫都使用中文白話文，這些人也構成了歷史上首度出現的高識字率的中文人口，他們成爲 1960～70 年代新興大眾通俗文化最好的消費者。特別就女性而言，拜國民義務教育之賜，女性首度集體接受教育而有閱讀與寫作能力。羅曼史由女作家寫給女讀者看，內容風花雪月不涉及政治，如此性別化與去政治化的大量書寫/大量閱讀，也只能出現於五〇年代之後的六〇年代。這種種現象，都說明了瓊瑤的時代意義。瓊瑤小說脫離現實、與政治無關，恰好折射出冷戰時期台灣人民逃避政治制約、追求娛樂消費的欲望。不過，大眾通俗文化不可能完全與政治無關，瓊瑤作品仍然充滿關於性別、省籍、族群、階級、民族認同的意識型態[9]。

---

[8] Radway, J. *Reading the Romance*. Chapel Hills : University of North Carolina Press, 1984.

[9] 關於瓊瑤小說人物以外省人爲主，這方面討論參見楊照。關於瓊瑤小說的民族認同，請參閱林芳玫，2010，〈民國史與羅曼史：雙重的失落與缺席〉，《台灣學誌》，第二期，頁79-106。

與之前的男性言情小說比較，她的女性身分確立了羅曼史文類的女性標記。與活躍於 1960～70 年代的外省女作家——如郭良蕙、孟瑤、華嚴——相較，瓊瑤作品更爲簡單易讀，大眾通俗的定位更清晰。與接下來要談的三毛相比，二人都是暢銷與長銷的女性通俗作家。評論界與學術界提起這兩位，傾向於社會文化現象的探討，不願意承認她們的書寫技巧與美學價值。這大概是大眾通俗作家的宿命吧!不過，近年來研究者開始以肯定方式指出三毛作品的美學與藝術價值[10]，代表性作品爲簡培如於 2008 年發表的碩士論文《流動的書寫——三毛研究》。

三毛：以身殉道的人生劇場

瓊瑤創作的是虛構小說，她本人與作品區隔清楚 （第一本小說《窗外》例外）。三毛由自傳性散文書寫開始，演變爲短篇與中篇小說。這些類型多變的創作部分是繞著自己的婚姻生活打轉，敘事技巧靈活生動，最後演變成供眾人凝視觀看的個人生活劇場，在此作者自編自導自演，自己是創作者也是敘事者也是女主角。婚姻生活與沙漠生活成爲「製造真實的符碼機制」，真實與幻想是一體的兩面。這是三毛的特色與成就，最後她以身殉道，完成終極的身體書寫。

自八〇年代以來，文化界數度舉辦座談會，將瓊瑤與三毛相提並論，探討通俗文化背後的社會意義。如果今天我們的主題是「百年言情小說」，首先我們碰到的問題是：三毛的作品是小說嗎？她的作品是言情小說、羅曼史、或是旅遊小說呢？

除了兩人都是暢銷女作家之外，爲什麼將瓊瑤與三毛並列？

三毛創作的文類難以清楚劃分歸類，她以散文爲主，而且是自傳性散文。這些散文中的部分作品，其形式與內容完全是小說寫法。例如〈哭泣的駱駝〉一文，如果單獨來看，並將文中出現的三毛、荷西

---

10 請參考簡培如，2008，《流動的書寫——三毛研究》，國立彰化師範大學國文所碩士論文。這份論文啓發本文關於三毛文學成就的認識，特此致謝。

兩個人名刪除，讀者會同意這是一篇以撒哈拉沙漠政治變動為背景寫成的小說。三毛出版的作品豐富，本文侷限於討論最富盛名的撒哈拉書寫。

如果三毛大部分作品屬於散文，只有少數幾篇是小說，為何要將她視為小說家？筆者認為，這種「以偏蓋全」的閱讀策略，有助於我們充分掌握三毛創作的「虛構」特質，並藉此認識三毛在書寫上的敘事成就。以三毛為座標，倒回去看瓊瑤與徐枕亞，我們可以看出小說敘事學的發展。

「虛構」是文學創作的特質，虛構並非偽造、造假、說謊。文學以創作者本人或他人的真實生活經驗為基礎，經過刪除、排列、聚焦、觀點運用等敘事手法呈現給讀者。自傳書寫往往被非文學專業的讀者視為「真實」，三毛迷認為三毛的作品就是真實。有粉絲就會有打倒偶像者，馬中欣等作家實地走訪三毛去過的地方而質疑三毛的作品是「虛構與自戀」。筆者在此使用「虛構」一詞，並非釐清真／假之別，而是強調創作的藝術面、敘事技巧與文本性（textuality）[11]。荷西這個人，對台灣讀者而言，只能透過文本去認識；而三毛這位作家，我們可以經由聆聽演講看到她「本人」。然而即使親眼看到、聽到，我們所能感知的，就是文本的身體化（the embodiment of the text）以及身體的文本化（the texualized body）兩者的互相滲透、難分難捨。沙哈拉沙漠確有其地，我們也可以親自走一趟；然而，我們都是透過三毛書寫來了解一個高度文本化的「自然」。參考其他作者的書寫可以發展出對三毛的抗拒性閱讀或是逆向閱讀，但這並不能確認三毛書寫必然為真（或必然為假）。批評家的工作是指出文本建構的敘事策略，既不願同意三毛迷對「真實」的信仰，也不願同意馬中欣關於「不實」的指控。

---

[11] 三毛並未直接聲稱她的作品全部是真的，然而其自傳書寫體誘引著讀者往此方向猜測。筆者想說的，正是作者高超的敘事技巧，將三毛本人與敘事主體三毛分開，表現出流動書寫中自我裝扮的成分。見簡培如，2008，《流動的書寫——三毛研究》。國立彰師大國文所碩士論文。頁 185。

以下筆者先分析四個三毛文本的敘事特色：〈江洋大盜〉、〈親愛的婆婆大人〉、〈相思農場〉、〈哭泣的駱駝〉。前三篇文章出自《稻草人手記》，最後一篇來自同名的書《哭泣的駱駝》。

與讀者親密互動

三毛寫作的特色就是讀者直接被鑲嵌到文本裡面，三毛彷彿直接與讀者對談聊天，所以經常使用第二人稱「你」。在〈江洋大盜〉一文，三毛一開始就說：

> 自我出生以來，我一直有一個很大的秘密……，我現在講給你一個人聽，你可別去轉告張三李四……，『我—是—假—的。』我不但是假的，裡面還是空的。我沒有腦筋，沒有心腸，沒有膽子，沒有骨氣，是個真真的大洞口。

三毛接下來形容自己到處偷東西來填補自己的「大洞口」。她偷的東西是：荷馬史詩、依索寓言、海名威小說、畢卡索、高更、塞尙、梵谷等等。這篇文章其實就是三毛涉獵過的文學與藝術，但是她以「告訴你一個秘密」來引起好奇心，以「空洞」形容自己，以「吞到肚子裡」的吃人意象生動描寫文學藝術如何被「吃」進去而非被理解詮釋。避開理性，擁抱感性與感官性一直是三毛的特色。

撇開三毛本人不談，書寫者三毛本身就顯示了分裂的主體。作者在文本中對他者的戲擬話語、以及外在話語和文本內在聲音的雙重性和斷裂性，所形成的分裂主體形象皆因作者在文本中刻意布置懸疑（suspense）的結果，在此敘事過程中形成的分裂主體又延伸出「引含讀者」的作用，使得文本、敘事者、讀者三者間產生既分開又混同的現象，因爲懸疑所產生的拖延策略，形成了強大美學召喚效應，呼喚讀者進入文本的世界[12]。下面的例子說明「你」的多重性：「你」是敘事者我與自身對話，也是作者邀請讀者進如文本情境，彷彿讀者自己身臨其境。

〈親愛的婆婆大人〉一文描寫婚後首度與先生荷西到馬德里公婆家過聖誕節。三毛心中充滿矛盾不安的情緒，但是用詼諧筆法描述：

> 我告訴你，你不要怕……好，你越想越明白，你突然發覺，你婆婆一定恨你恨到心坎裡去了。你不要懷疑自己可靠的想像力，不會錯，她恨你，她是你的第一號「假想敵」。

此處的你，指的是三毛自己，但也可以延伸為她正在對著讀者說話。此處創造了一個女性讀者可以感同身受的華人共同文化：婆媳過招。接下來的描述，不斷出現敘事者「我」與「你」的交互運用，將聖誕節的親戚朋友互動以生動有趣的方式說出來。人物動作如卡通般誇張逗趣，運用懸宕技巧將高潮一再延遲推出。最後是「我終於殺死了我的假想敵」，意思是婆媳互動良好，不再有假想敵了。三毛有如說書人，在場的是聽他說故事的現場聽眾。缺席的是三毛的先生與公婆，這些缺席者由三毛來代言發聲。「我們」由說書人與聽眾構成，「她們」是三毛的先生與公婆。我們／她們界線分明。我們形成一個想像共同體，由三毛導引，將幻想投射到荷西及其雙親。

「你」的運用一方面是召喚讀者出現，與三毛共謀，另一方面也是將自我客體化，自己凝視自己、也被讀者凝視。這既是自我分裂、也是自戀水仙、更是華人讀者想像共同體的建構。「自我凝視」以及「被他人凝視」在〈開心農場〉一文中發展出新的敘事策略。

〈相思農場〉講的是三毛夢想中了彩券後，拿獎金到南美買下一個大農場，請親朋好友都住到那裡。此文一開頭是夜裡三毛要上床睡覺了，鄰居來敲門，荷西小聲要鄰居不要吵到三毛，同時又歡迎他進

---

[12] 簡培如，同註 10，頁 186。

來聊天。鄰居詢問三毛是否病了？荷西說，三毛的確是病了。接下來完全用對話組成，繞著三毛生病這件事。讀者很想知道三毛生什麼病？爲何生病？在一來一往的對話中，讀者逐漸知道三毛得了「相思病」。更多對話之後，原來所謂相思病是三毛極度渴望到南美買一個農場，過著鄉居耕種的生活。

在這篇文章裡，三毛既在場也不在場。在場的是交談的兩個人，談話主題緊緊環繞著三毛的相思病。這回，說書人變成荷西，鄰居與荷西唱雙簧。然而，荷西也好、鄰居也好，都是三毛的「腹語術」。三毛書寫形形色色各種人物，這些人物終究是傀儡，說話的目的就是要讓三毛這個人物出現。三毛成爲交談中的「她」，三毛引領讀者透過荷西與鄰居來觀察「她」，我們由此看到一個持續出現的三毛寫作風格：自我分裂／自戀水仙／作者與讀者的互相認同。

〈警告逃妻〉這篇文章一開始是這樣的：

> 荷西的太太三毛，有一日在他丈夫去打魚的時候，突然思念著久別的家人，於是自作主張收拾了行李，想回家去拜見父母。……在三毛進入父母家中不到兩日，荷西的信……已經在信箱裡。

接下來是荷西寫給岳父母的信。然後是一封又一封的信，都是荷西寫給三毛的信。這篇文章從頭到尾沒有出現第一人稱「我」。第三人稱的開頭有如一則民間傳說或童話故事的開頭。第三人稱不光是三毛，而是「荷西的太太三毛」。荷西寫了許多封信給三毛求他快點回來，信裡面當然是用第二人稱「你」:「妳實在是一個難弄的人」、「許久沒有妳的來信了」、「妳實在是個沒有良心的小女人」。文章結束於荷西的最後一封信:「妳突然決定飛回來，令我驚喜交織。……我已經完成使命，將妳騙回來了」。

我們如何能界定此文的文類？散文？小說？書信體小說？這些

問題難以釐清，只能說，這是作者以日常夫妻生活爲基礎的虛構文本。作者再度使用腹語術，以荷西的名義發聲，而荷西只是被三毛挪用爲一種發言位置。

過程中的主體：流動書寫的極致

最具備小說特質的，恐怕是〈哭泣的駱駝〉。我們又回到了「戰爭與愛情」這個不朽主題，從徐枕亞的中國、到瓊瑤的中國與台灣、再到三毛的撒哈拉沙漠。

這篇小說是少數三毛作品中取材自真實政治事件。西班牙殖民沙哈拉沙漠多年，1960 年代開始，在聯合國壓力下承諾退出沙哈拉沙漠，同意當地人沙哈拉威人獨立建國。1975 年，佛朗哥在世最後一年，臨終前決定完全撤出沙漠，不干預摩洛哥對沙漠的企圖心。不久後，摩洛哥號召數十萬人民和平進軍，西班牙當地駐守的軍隊與政府立即棄守不顧，任憑摩洛哥侵入。從此，沙哈拉威人獨立建國的流亡政府輾轉來到阿爾及利亞至今，人民也成爲難民。經過數十年，摩洛哥對西屬沙哈拉沙漠的占領一直未獲國際社會承認，沙哈拉威人的領土與主權問題延宕至今。

〈哭泣的駱駝〉以真實的政治動亂爲背景，描寫三毛的朋友「沙依達」的身世之謎。文章一開始是三毛從昏睡中醒來，想起之前發生的慘劇。她爲何昏睡？這個開頭製造了懸疑，引起讀者好奇；接下來是三毛的倒述，回憶西屬沙哈拉沙漠政治風暴的前夕。沙依達是一位美麗動人的女子，放棄當地人的回教信仰改信天主教，爲此遭受當地人唾棄。此時西屬撒哈拉沙漠已是風聲鶴唳、人心動盪不安，因爲西班牙即將結束殖民統治。人民期盼著反殖民游擊隊能獨立建國。此時，三毛與荷西受邀到朋友家作客，赫然發現朋友的哥哥是游擊隊領袖，他的太太就是沙依達。不久後，摩洛哥號召志願人民和平進軍沙漠，西班牙殖民政府迅速撤離，局勢演變爲摩洛哥占領沙漠，而游擊隊首領在一片混亂中被暴民殺死。暴民公審他的太太沙依達，下令圍觀群眾輪暴沙依達。三毛目睹此景而昏厥。這個昏厥的場景呼應文章一開頭昏睡中被叫醒的場景。叫醒她的人聲聲呼喚著:「三毛、三毛」。這是前面提過典型的三毛敘事手法，將自己置於被呼喚、被提到的位置；敘事者主體化爲被凝視的客體，主客體互相對話，並邀請讀者加入這場對話。

這樣以真實政治過程爲背景寫出來的小說體裁，仍然令人好奇：三毛真的見過游擊隊領袖嗎？游擊隊領袖的太太可能是回教徒嗎？這些問題還是得放到一邊去，堅守筆者提出的「虛構文本」的說法。三毛的寫作具有流動書寫的特色，書寫者是過程中的主體（subject-in-process），或是「受審中的主體」，驅使其發言的時刻，牽涉到時代、歷史與發言脈絡。說話主體在面對歷史的同時，驅使自我成爲一個重要的溝通媒介，它必須進行的正是書寫，從文字深處將輻射出作者與讀者、作品與文本、言語與語言之間的對立或相關的辯證關係。[13] 寫作是作品的外在展示，關注的是作家主體與作品客體的問題；相對的，書寫關注文本的拆解觀念，它是一個跟身體、欲望息息相關的創作活動與空間，也不再以載道或表達爲己任，它所追求與探索的是文本內部的極限經驗 （the limit experience）和主體的內在經驗（the inner experience），游移在主客體、身體和語言意識與無意識之間，叛逆地拒絕外部經驗世界中看似容易解讀的文字與個人主客觀經驗。

三毛的書寫正是自傳書寫達到極致的情況。無論是讀者還是敘事者，都在建構一個『三毛』的符號。讀者和作者在文本中找到隱形的交會點，有如文本隨身的鏡子，相互映照，乍看分不出主副。[14]

這篇小說不需要相關政治與歷史知識即可閱讀，讀完之後，大多數讀者可能也不會想要進一步了解西屬撒哈拉的殖民史。小說中過程中的主體（subject-in-process）是敘事者面對詭譎多變的政治氛圍所

---

[13] 簡培如，同註 10。頁 37。
[14] 簡培如，同註 10。頁 38。

產生的反應，進而寫出充滿延宕與欲望的創作空間。沙依達為何受到小鎮居民排斥？朋友邀三毛與荷西到沙漠帳棚作客會遇到什麼事？這是一個關於敘事者三毛驚險的際遇，西屬沙哈拉崩解的過程只是「作品」的背景，而文本則交織出敘事者與讀者共同的情節好奇與情感焦慮：接下來會發生什麼事？置身於集體輪暴的場景會怎樣？三毛如何逃離暴動現場？她最後離開了沙哈拉沙漠嗎？這些問題都在〈哭泣的駱駝〉此篇小說得到答案。在此之後的更多文章，我們看到荷西與三毛已經到了迦納力群島。沙漠時期的文章結束了，迦納力島的時期開始。此後三毛幾乎不再提起沙哈拉沙漠。

這篇以政治動亂為背景的小說，完全是為了成就敘事者主觀的感受。政治成了個人寓言，預示了三毛本人漂泊的一生。如同沙哈拉威人本來就是游牧民族，最後卻被迫拘限於阿爾及利亞的難民營，而撒哈拉沙漠主權未定；三毛在流浪中追求自由，經由文本的自戀影像建立了多重主體，主體的裂變與流動最後導致身體的消無（自殺），以及主體的被侵占。許多號稱是她生前好友的人，以她為名而書寫，寫的並非對於三毛的追念，而是寫作者以三毛為投射對象來進占發言位置。

三毛經常被拿來與瓊瑤相提並論，迄今未見到三毛作品與徐鐘珮出版於 1976 年《追憶西班牙》一書二者並置。徐鐘珮的書以生動活潑的筆觸寫出西班牙歷史。這讓我們想到，三毛曾在西班牙馬德里讀書，也在那裡認識她先生荷西，可是三毛文字幾乎難得提到西班牙。1975 年那年，是蔣介石去世的那年，西班牙統治者佛朗哥也於相同的一年過世。也在這一年，西屬撒哈拉沙漠的命運被徹底決定。三毛活在一個高度政治化的社會，而我們也可以理解文學創作者企圖以個人感受來默默抗議政治壓抑。不過，三毛的問題不在於逃避政治，而是個人世界的絕對主觀化，毫無客觀世界的存在。政治固然不存在，連她的先生荷西也是缺席的[15]。就這點而言，瓊瑤小說相對上說來有個「世界」存在，包括家庭、社會與國家。

結論

不論是情節複雜的言情小說，或是公式化的羅曼史，主題看似簡單缺少變化，敘事手法卻相當不簡單。通俗小說提供我們一個管道去了解小說敘事手法的演變。三毛的作品表面上以散文爲主，其實最具有虛構小說的特色。暢銷通俗作者有如現代說書人，將作者、敘事者、被敘事的人物、讀者一起帶進一個想像的共同體。瓊瑤與三毛的書寫，更是全球華文傳播的一個重要現象。女性能夠讀書、寫作、旅行，這是現代性的文化里程碑。瓊瑤與三毛已經擁有廣大的讀者群，其實不需學術研究者企圖將其納入文學史的範圍內。與其從文學的角度來看而將其貼上通俗標籤，不如正視她們的「書寫」特色及成就。

---

15 筆者的意思不是荷西這個人不存在，而是荷西作爲符徵（signifier）與符旨（signified）之間自由流動的符號過程。

評論

◎楊　照*

皇冠出版社的創辦人平鑫濤先生曾經說過讓台灣許多女作家非常在意的一句話，他說：「我一輩子碰過三個才女：瓊瑤、張愛玲、三毛。」這篇論文裡少了張愛玲。在整個言情小說的傳統當中，張愛玲扮演了很重要的角色。林芳玫教授所說從「男人爲女人寫」，或者說男人去想像女人應該要怎樣擁有對男人的愛情，在上海孤島時期，張愛玲以一個女性的身分將它扭轉，所以張愛玲的小說對所有男人來說都帶有一種恐怖，她洞識了男人在鴛鴦蝴蝶派浪漫傳統當中許多虛假的自我想像，並且予以拆穿。

若以這個言情小說的傳統來看，我會對瓊瑤 1960 年代在台灣所扮演的角色有一個比較清楚的定位，也就是福樓拜（Gustave Flaubert）重要小說的書名——Sentimental Education。換句話說，那段時期經過前面言情小說的混亂，直到瓊瑤出現，將言情小說與這個社會的關係做了一次明確的整理。瓊瑤的小說給了當時的台灣女性一個相對難得的感情教育。而這樣的感情教育我們今天可以同意，可以不同意，它裡面存在著很多問題，但是我們不能夠否認此一事實。在討論瓊瑤的時候，我總是傾向於把此一定位放進來。也就是說，如果沒有瓊瑤的存在，那時整代的女性到底要如何去對待自己內在成長過程當中的 sentiment 以及 sentimentality，那會是一件相對比較混亂，或者是相對比較困難的事情。因爲有瓊瑤的存在，她創造了一種特殊的語言、特殊的模式，我們可以把它稱之爲羅曼史的模式——愛情應該是什麼？什麼樣的人會獲得愛情？來教導女性如何利用自己的智慧、熱情追求

---

* 《新新聞周報》副社長、電台節目主持人。

真愛。

如果說瓊瑤與三毛有些什麼樣的連結的話，就是三毛繼承了瓊瑤底下的這群女性讀者。這些女性讀者已經經歷了瓊瑤的 sentimental education，她們大概知道什麼叫作女性可以追求的羅曼史，可是三毛給她們完全不一樣的東西，或者說三毛在瓊瑤的基礎上，給予的（至少在這些讀者心裡面）是真實的故事。林教授的論文當中談了非常多東西，絕對不是我在此可以一一回應的。但若從我的角度來看，最可惜的一件事情，就是把三毛放到虛構的傳統底下，這往往錯失了瓊瑤與三毛最大的差別。這個最大的差別甚至反映在她們個人的寫作習慣上。甫重新整理出版的瓊瑤精選集，平鑫濤先生在前面寫了一篇序言，序言一開始就說瓊瑤從來不會寫序，所以由他來代寫。這句話反映出在瓊瑤的寫作的過程當中，這是她最忌諱、最害怕的一件事情，她不要出來爲自己講話，而是藉由筆下的角色來講，與此形成強烈對比的是三毛。三毛不止一次在她的演講、作品當中明白地說：「我從來不會寫假的東西。」意思就是，她所寫的東西都來自於她的個人經驗及想法。這兩個那麼劇烈的對比，我們不能完全不去照顧。

並不是說我反對林教授認爲三毛寫的基本上是虛構，在論文裡面也提出足夠多的證據讓我們知道，三毛絕對不可能只寫真實的事情，從來不寫假的，但我比較想要探究的反而是林老師的本行本業，就是文學社會學。意思是說，這裡面除了從作者出發的文類想像之外，還有社會上面的默契，或者是社會的閱讀方法。

在社會的閱讀關係上面，瓊瑤與三毛非常不一樣，雖然讀者對於瓊瑤的小說極爲入迷，但在內在或外在環境當中，一定有聲音會提醒讀者：這畢竟是小說。可以看到非常多在討論瓊瑤的，包括支持她的與反對她的，最後都會歸結到這件事情上。相對的，三毛與她的讀者之間所建構的最重要的關係，就是她的讀者相信她。她的讀者相信她在撒哈拉開中國飯店、她與荷西的愛情是真正發生的事情。荷西那麼年輕的時候就愛上她，在她的未婚夫突然去世之後，荷西才又出現，然後修成愛情的正果，幾年之後，荷西的潛水夫工作將她最摯愛的人給帶走了。讀者完全相信這些都是真的。

如果我們從讀者反應和讀者與作者的默契來看，我所看到的是一個相對比較明確的，或者說頗有意義的一個延續，就是台灣社會在女性的 sentimental education 這件事情上，瓊瑤是三毛的先行者，瓊瑤幫三毛鋪了路。可是如果之後都是像瓊瑤這樣的言情小說，繼續把這條路走下去，它不會有變化，也不會有 upgrade，三毛的出現使得這個言情傳統 upgrade，她示範了那些在瓊瑤小說裡面澎湃的感情、女性的想像、冒險，皆可以落實在真實生命中。這是三毛最重大的意義。如果我們拿掉她做爲一個 sentimental realization，那很可能就空掉了，她就損失了文學史上面可能最重要的既成意義。如果我們用這種方式來看待的話，三毛如何去虛構這些情節，相對不是那麼重要。背後更大的一個問題是：如果三毛寫的是虛構，那爲什麼她可以號召那麼多的讀者相信她，而且一直到今天，他們並不覺得自己在閱讀小說。

當我們把三毛放進到小說的傳統裡面，我們有所得，更清楚地看到她作品當中虛構的成分；但是這樣的作法當中，我們也有所失，因爲就失去了三毛與這個社會的閱讀關係上面最重要、最關鍵的部分，這個得失之間，可能會有不同的評估，然而在我的評估方面，我認爲恐怕是失多於得。

（本文依研討會之論文評論記錄整理。）

解嚴前後的台灣小說
一個文學現象的觀察

◎張恆豪*

一、

1970 年代以來，台灣在國際上遭逢到一連串外交的挫敗，1977 年冬季發生中壢事件，未久，以鄉土文學論戰之名，實者是國內政經情勢大論辯接著登場，再加上 1979 年底的美麗島事件，國民黨政府的威權體制屢屢面臨著衝擊。從 1949 年 5 月 20 日基於反共復國與國家安全為由而實施的黨禁、報禁、萬年國會和種種限制言論自由的戒嚴令，也因不斷受到挑戰，正逐漸在鬆綁。

1980 年代解嚴前後的台灣文學，隨著國內政經情勢的演變，台灣意識逐漸高漲，左翼思想在復甦，接著鄉土文學論戰之後，又引爆了另一波的浪潮──以葉石濤、陳映真為主的南北對峙的統獨文學意識論戰，以及隨之而來「台灣文學」正名的爭論，凡此一波又一波，先仆後繼挑戰著戒嚴下的國民黨文藝政策與文教思維。

鄉土文學論戰之前，整體而言，小說創作係以中華意識的大論述為主流，懍於感時憂國的文學使命，無論是官方的反共懷鄉小說，或者是白先勇的《台北人》系列小說、王文興的《家變》之類等等，無不以中華的家國為思考對象。論戰之後，台灣意識大論述也打破禁忌，浮上水面，蔚為與中華意識分庭抗禮的兩大潮流。

尤值得一提的，李喬以探索台灣人歷史命運的大河小說《寒夜三

---

* 文學研究者。

部曲》，和陳映真以重塑左翼人物思想行徑的中篇小說《山路》、《趙南棟》相繼登場，鄭清文、施明正、宋澤萊、林雙不、黃凡、吳錦發等人政治小說的爭相湧現，堪可說是解嚴之前的實質收穫，無論是以寫實主義刻劃，或者以現代主義描繪，在在都爲 1980 年代的台灣小說創造了顯明的特色。

二、

戒嚴令對台灣文學最大的箝制，除了政治與性的議題管制之外，影響最劇烈的，莫過於對三〇年代中國新文學（尤其是左翼文學）傳統，以及對日治時代台灣新文學傳統的全面封鎖，作家與作品，除了極少數如徐志摩、朱自清……之外，大多均在查禁之列，影響所及，造成了整整 30 年文化傳承的斷層。無怪乎 1970 年代之初，當時文壇領袖余光中在巨人版《中國現代文學選集》總序、顏元叔在〈台灣小說裡的日本經驗〉初稿，均矇然不知台灣早在日治時代即有新文學運動與創作，更遑論其他年輕的讀者。

三、

台灣雖然在 1987 年 7 月解除戒嚴，但事實上並非一解嚴，各種言論即百無禁忌，大鳴大放，真正戒嚴禁制的全面解除，恐怕要到 1992 年國民黨政府修改刑法 100 條，宣布自此不再有思想犯、叛亂犯才真正開始。解嚴意謂著打破昔日的威權體制，不再受制於教育洗腦、官方說法和政治框架，不再服膺於制式的單一的思考模式。因爲思想束縛的解除，創作空間的開放，著作人權的保障，無形中也造成了經濟上與文化上生產力的雙重躍進。

以創作而言，以往被視爲禁忌的題材，或被視爲正統不可挑戰的觀點，如今均可公然進入 1990 年代之後的創作或論述場域。再加上「後殖民」、「後現代」外來的文化思潮的衝擊，二二八、白色恐怖、原住民、同志、女性議題、亂倫、情色等議題，紛紛衝撞解嚴後開放又多元的台灣文學生態，敘述手法不斷翻轉，觀點但求新奇怪異，甚至已到不驚世駭俗不罷休的情境，有人形容九〇年代後的台灣文學正產生質變，就文學史上的創作自由而言，此已是歷史的新局。

四、

解嚴前後尚有幾個值得注意的現象，有些作家基於戒嚴的政治考量或美學的因素，過往的主題、風格及表現手法較為隱晦含蓄，如今則顯得柳暗花明，漸次豁朗。例如七等生早期現代主義代表作《僵局》裡的短篇，常以象徵或寓言方式隱藏本體，題旨和技法顯得撲朔迷離，諸多的現實指涉和政治意涵引人猜解。而解嚴前後的創作，如〈譚郎的書信〉(1985)、〈我愛黑眼珠續記〉(1988)、〈思慕微微〉(1996)、〈一紙相思〉(1997)則多以書信體、獨白體直書胸臆，直接呈顯個人對於現實政治、社會、情欲的種種觀點。

葉石濤懷於歷史使命感，戒嚴時期默默撰述《台灣文學史綱》，終在 1987 年 2 月解嚴前夕出版，內容以小說及小說家為主，落實於台灣本土為核心的史觀，可說是史上第一本以台灣本土為主體的文學史論述。葉氏期在使得台灣文學蔚為正統主流，加速成為國家文學，以對抗其時大中華意識的制式思維，也挑戰民間另一統派的文學史觀。葉石濤同時在解嚴之後，接續出版《紅鞋子》(1989)、《台灣男子簡阿淘》(1990)等小說，以中產階級知識分子的立場，以台灣意識的史觀，挖掘並演繹過往被禁忌的白色恐怖記憶，用他的小說來發聲，呈現出迥異於陳映真左統的另一觀點。

若要具體指出在此解嚴前後出現的代表性作家，筆者以為非郭松棻和舞鶴莫屬。郭松棻的身心，長期流亡於海外，種種外在的形勢和內在的因素，使得已步入中年的他，從既往浸淫的存在主義的哲學領域、熱中的保釣的政治運動，又重回到小說創作的思考。1984 年 7 月，《中國時報・人間副刊》發表他的小說〈月印〉，引發了強烈的迴響。此作深沉反思日治時代台灣左翼青年在戰後二二八事件及白色恐怖年代的政治劫難和歷史創傷，也側面凸顯出台灣傳統女性的溫柔、保守和悲劇性的宿命。接著郭松棻又發表〈月嗥〉、〈今夜星光燦爛〉等小說，以其精練細緻的美學風格，探索時代亂局下台灣女性矛盾翻轉的心境和錯綜複雜的歷史謎團，其藝術性的造詣尤令世人驚豔，而郭松棻亦透過文學的回歸、創作的救贖，使其充滿理想色彩的浪子情懷，又重新返回到他魂牽夢縈的台灣夢土。

一向反體制、自我流放的舞鶴，則在解嚴前後，相繼發表不少衝撞禁忌、驚世駭俗的傑作，爲這波浪潮，更添爭議性的波瀾。舞鶴以其個人獨特的美學，打破陳規，另闢蹊徑，用疏離的邊緣人視角，透過〈調查：敘述〉，扣緊二二八的歷史議題，質疑俗眾意圖追求歷史的真相，舞鶴以小說發言，指出其實歷史真相原已不在，重建事件的歷史現場只是徒勞，文本的底蘊即顛覆小說的題目。至於《餘生》（1999），則以沒有斷句而一氣呵成的長篇敘述，想要推翻前輩所想建構的霧社事件的史實，以敘述者喃喃自語的獨白，不斷質疑現存的歷史詮釋的荒謬性、文明的虛妄、所謂文明統治的欺瞞。舞鶴一方面用心的向外在歷史的、政治的葛藤爬梳清理，一方面也朝向內在的情欲底層探尋。〈一位同性戀者的秘密手記〉（1986）則是以 73 則秘密手記的形式，呈顯出權威體制下受到壓迫、遭致輕鄙、沒有聲音的族群——同性戀者不爲世人所理解的心境、日常行徑和臨終感言。舞鶴此一情色書寫，上承他的第一本詩集《精子滴到…》，下則開啓他後來的另一情色長篇《鬼兒與阿妖》，他驚異的思維和語言，無疑的使得台灣的情色文學有更大的突破。

五、

解嚴之後的言論空間豁然開闊，新銳一一勝出，此階段出現的精銳，除了已修練正果的舞鶴、駱以軍、瓦歷斯・諾幹、夏曼・藍波安、黃錦樹、邱妙津、阮慶岳、洪凌、紀大偉、陳雪……，風華正盛，值得期待的新世代名字，尚有童偉格、伊格言、王聰威、甘耀明、賴香吟、吳鈞堯……。然而令人殷憂的，從台灣現代文學史的全景而觀，整體發展的態勢，並沒有再造文學創作的盛況，也未重現台灣文學的榮景。此爲時代使然，或抑是文學的宿命？因爲資本社會商業主義的導向、消費文化的價値取向、媒體副刊的萎縮、文學雜誌的弱勢、網路的快速崛起，全球性嚴肅的純文學創作正面臨退潮的危機。可以預言的是網路的資訊文化會趁勢而起，後來居上。但當網路文學愈燒愈旺之際，兢兢業業從事文學創作與文學閱讀的人口雖成了更細微的小眾，但也不會成了絕響，在多元社會中，它成了更精緻、更小眾的文化藝術罷了。

六、

從 1922 年追風（謝春木）發表日文小說〈她將往何處去〉開始，台灣小說忽忽已走過將近九十年的發展歷程。回顧這般歷程，就小說的質地而論，無論是思想性或藝術性，創作水準最高、整體成就最優越的黃金時代。個人以爲有二，一是 1940 年代初期，所謂日治下的決戰年代，呂赫若、龍瑛宗、張文環、王昶雄的小說傑作，總括了日治文學的精華與成就，也體現了戰前台灣文學的高度。

另一則是 1960 年代戰後《現代文學》、《台灣文藝》、《文學季刊》三雄鼎立的年代，白先勇、王文興、李喬、鄭清文、陳映真、七等生、黃春明、王禎和諸人，少壯時期才情洋溢的文學花蕊都在此時盛情開放，他們的理想與熱情也都在此時強烈燃燒，盡情的揮灑。

然而，個人要說的是這兩個時期，無論是日據下或是戒嚴下，皆是言論箝制最爲苛酷的階段。最險惡、最爲壓制的環境，文學靈魂的強力與韌度有時也愈大，生命力與創造力也愈強。高壓下不自由的國度，有時反而產生了超越時代傲世傑出的偉大鉅作。

其中緣故何在？只要追想 19 世紀末期帝俄時代三大文學大師——屠格涅夫、杜斯妥也夫斯基、托爾斯泰，他們代表性的小說《父與子》、《卡拉馬助夫兄弟們》、《戰爭與和平》都產生於沙皇專制苛酷的統治時期，俄羅斯苦難的大地，仍在黑暗醜惡的農奴制度下掙扎，這一切道理即可思過半矣。

凡是以政治干預文學的行徑，都必須受到批判，而反強權、反壓迫，爲被污辱者發聲的文學人物，都值得深致敬意。

評論

◎蕭義玲*

對張恆豪老師的論文，以個人的閱讀經驗做以下補充。

第一點，是關於問題框架的問題。研究者在進行研究時，通常會試圖在選擇的一系列的文本當中，建立同一性的解釋跟論述，用來決定這些不同的文本可以被放在一起討論的是問題框架。本文所設定的問題框架，是從戒嚴到解嚴的改變來看台灣小說的發展軌跡，這個問題框架顯然可大可小，可以擴及到 1980 年代解嚴前後的觀察，也可以放寬到對整個台灣文學史的觀察，就一篇字數有限的論文來說，後者會是一個吃力不討好的問題框架，因為時間範疇太長就不容易聚焦，對研究者來說會是較為艱難的挑戰。就我目前來看，這篇論文的架構企圖涵蓋日據時代到當代的台灣小說發展，就小篇的論文而言，在論述上將十分不容易，不知道張恆豪老師日後寫定論文的時候，是否會考慮把時間範疇縮定在一個比較可以聚焦的範疇中？

第二點，就本文目前的問題框架來看，我比較注意的是對貫穿在整體架構中的戒嚴與解嚴這個觀點的細膩思考。本文在強調戒嚴統治對台灣文學的影響時，比較是從禁制的層面來觀察，所以本文的第二點說到「戒嚴令對台灣文學最大的箝制，除了政治與性的議題管制之外，影響最劇烈的，莫過於對三○年代中國新文學（尤其是左翼文學）傳統，以及對日治時代台灣新文學傳統的全面封鎖」。因為這是這篇論文很核心的問題，我想提出三個面向就教於張老師。

第一，可以更細膩地來看戒嚴體制對台灣文學的影響。如果借助義大利思想家葛蘭西（Antonio Gramsci）的文化霸權理論來分析，

---

* 國立中正大學中國文學系教授。

利用國家的強制力來取得支配，只是國家權力機制的一個部分，另外一部分的支配是由文化霸權來進行的。文化霸權有時候會被翻譯成文化領導權，也就是說，國家的權力機制可以有雙重的觀點，一是強迫，一是說服。如果我們只從戒嚴令的強迫性來分析戒嚴對台灣文學的影響，可能遺漏了在文化部門更常被運用的其實是意識形態的說服。在文學領域，文化領導權的取得跟反抗都非常的複雜，戒嚴時期種種官方主導的文化運動、文學口號還有文學審美規矩的設立，可能才是主導一個時代文學變遷的最直接的原因。國府當局意圖從意識形態來建立一元化的文學標準，而且意圖把文學領域收攝到這個標準之下，來牢牢地掌控文學領域，通過統一的文學標準來教化民眾。這點是國府當局一貫的文藝政策，最早可以追溯至二〇年代。所以如果從文化主導權的觀點來看，我們就可以理解九〇年代的眾聲喧嘩，以及各種多元的文學敘事鬆綁之意義，而思考：從一元到多元的文學敘事，如此文學現象的發展，是 1992 年國民黨政府修改刑法 100 條所造成的直接後果嗎？單純從政治強制力的面向進行觀察，在解釋上的可能困境，在於政治上廢除叛亂犯的禁制，如何直接牽連到文化敘事的鬆綁？對此，我認爲在偏重戒嚴令發揮的效用外，還可以更細膩地看強迫與說服並用的國家權力如何在戒嚴時期行使支配權。

第二，我注意到戒嚴令對「日治時代台灣新文學傳統的全面封鎖」這句話。因爲根據學界一般的認知，1949 年以後，因爲語言轉換的問題、白色恐怖所造成的寒蟬效應，許多台灣籍的作家選擇封筆不言，進一步造成台灣現實主義文學傳統的斷絕。這個解釋是一般很流行的觀點，但是在學界也有很多不同的聲音指出，其實語言轉換的問題的影響可能不是那麼唯一、那麼巨大。從葉石濤或鍾肇政等人的回憶錄跟創作經歷來看，當時台灣籍作家的主要困境是發表園地的問題，因爲他們的作品不符合官方主導的文學標準，而當時所有發表管道又被牢牢地掌握在官方手裡，從這裡來看，1950 年代台灣籍作家的困境，也許更應該要從文化領導權來分析會比較清楚，戒嚴是否對日據時代的台灣新文學傳統進行全面的封鎖呢？

就我所見，1979 年李南衡主編《日據下台灣新文學》，葉石濤、鍾肇政主編《光復前的台灣全集》都是在戒嚴時期出版的日據時期台灣文學的文集，所以，誠然國民黨在戒嚴時查禁了部分日據時期的小說，是否就會構成所謂的全面封鎖？國民黨政府所造成的問題，是統一的文學標準對作家的壓迫，這個跟戒嚴可能還可以再形成一些更細膩的解說。

第三，做爲對解嚴前後台灣小說文學現象的觀察，我閱讀的感覺是，這篇文章似乎比較在承接日據時期台灣小說傳統，且重心比較偏重 1930 年代台灣文學傳統的斷絕影響。這點只有在第二部分提到，卻又十分重要，因此在定稿時是否會對 1930 年代文學斷絕所造成的影響加以補充？

此外，本文第五部分提到了一個文學現象，就是網路時代「兢兢業業從事文學創作與文學閱讀的人口雖成了更細微的小眾，但也不會成了絕響」的憂慮，張老師對文學出版這個領域有很豐富的經驗，這個方面的見解跟分析，我覺得非常值得期待與重視。不過我也想試著提出一點淺見：2008 年的 7 月，《遠見》雜誌做了 2007 年的閱讀大調查，其中提到一般民眾的閱讀習慣，35.4%的民眾喜歡看小說、散文，比第二名的宗教、心理、勵志的 24.7%都還高出很多。同年博客來書店銷售的書籍，文學性的書籍也占了 30%，我想這個數字可以印証《遠見》的調查的可信度。當然，仔細分析，民眾所閱讀的小說、散文主要是哪些作品？可能也關係重大。不過我想強調的是，對於文學閱讀人口的問題，似乎也可以不用太過悲觀，因爲喜歡閱讀文學的人口基礎仍在(不論是否閱讀的是學院所謂的純文學作品或者所謂通俗文學)，因此我們或許可以較積極地看待此事，亦即從各個文學領域的環節中，如何想方設法寫出好看的作品，以及引導一般民眾提升閱讀品味，如果以積極正面的眼光看待，或許可以讓我們正視台灣小說創作目前所呈現的現象與種種出版環節的問題，並看到樂觀的前景。

（本文依研討會之論文評論記錄整理。）

多元身分的流動與重構
1990 年代台灣小說發展面貌

◎石曉楓*

1980 年代末期，台灣社會經歷的最大變化便是「解嚴」時代的開啓，隨著反對黨成立、威權體制瓦解、報禁解除等政治及社會性改革，言論尺度也大幅鬆綁。彭小妍曾以「百無禁忌」[1]概括解嚴後新生代小說的特色，論者亦多以「世紀末」（fin-de-siècle）、「眾聲喧嘩」（heteroglossia）[2]等概念詮釋 1990 年代以來台灣文學的表現。關於世紀末文學，陳芳明曾概括指出「歧異的歷史記憶與歷史預言，豐饒的情欲書寫與身體政治，複數的族群文化與國族想像，辯證的全球化與在地化傾向，種種思維都以爆發的能量實踐在文學創造之中」[3]，其中包含了歷史、性別、情欲、族群、家國、身分、階級與記憶等的交纏，也包含了後現代與後殖民理論的交鋒，而在此多元紛雜的小說表現裡，本文所嘗試採用的策略，是將 1990 年代的小說置於整體文學發展脈絡中，由此進行「什麼被延續了？」以及「什麼增加了？」的提問，從而歸納出對於 1990 年代小說發展的反思與展望。

---

* 國立台灣師範大學國文系副教授。

[1] 見彭小妍：〈百無禁忌——解嚴後小說面面觀〉，收錄於《文訊》革新第 61 期（總號 100），1994.2，頁 20-22。

[2] 例如范銘如便指出「『世紀末』加上王德威譯介的另一辭彙『眾聲喧嘩』，可說是最傳神、最普遍解釋九○年代台灣文學文化風格競豔、各種發聲立場意識型態激盪交鋒的關鍵字。」見〈後鄉土小說初探〉，收錄於《文學地理：台灣小說的空間閱讀》（台北：麥田出版社，2008 年），頁 257。此外劉乃慈亦有類似說法，見〈九○年代台灣小說與「類菁英」文化趨向〉，《台灣文學學報》第 11 期，2007.12，頁 55。

[3] 見陳芳明：《楓香夜讀》（台北：聯合文學出版社，2009 年），頁 154。

一、女作家小說與政治小說的衍變

1950 年代以來，台灣小說的發展脈絡一般以十年為階段性畫分，亦即由「反共」文學到「現代主義」文學，而後轉為「鄉土」發聲，此種簡化的文學史脈絡論述，雖然已遭致頗多批評與反駁，然而大體而言，1980 年代以前，主流論述的確大幅度遮蔽了伏流。直至 1987 年解嚴前後，原先的主流才逐漸分支為雙聲發展，由於脫離了封閉禁錮的社會狀態，「政治小說」的議題書寫以及「女作家小說」的解放之聲漸趨宏亮。1990 年代以降的小說，則大體循著八〇年代末以來的兩大脈絡延展、發散，而後發展為多元論述。

（一）性愛／政治的交纏

首先觀察「女作家小說」的變化。自 1980 年袁瓊瓊〈自己的天空〉及蘇偉貞〈陪他一段〉發表之後，女作家小說陣營裡繁花綻放，施叔青、李昂、蕭颯、廖輝英、朱天文、朱天心、朱秀娟等都引領一時風騷。行至九〇年代，此輩作家依然迭有新作問世，但關注焦點已有所轉移。如朱天心〈袋鼠族物語〉（1990）書寫家庭主婦心境之困頓，章緣《更衣室的女人》（1997）在女性議題、人生情境上深入體察等，固然仍有承襲前十年關於身體、女性自覺等議題之跡，然而整體而言，女作家小說已從原先對於情愛/性愛的探討，放眼至更廣泛的權力網絡中，展現其影響大論述的企圖。

性愛與政治雙線進行的敘述，是小說家普遍採用的策略。例如李昂《迷園》（1991）以朱影紅與林西庚之間的愛恨交纏，一方面展現朱影紅尋找自我及女性性意識的痛苦過程，一方面則影射並建構台灣史；《北港香爐人人插》（1997）藉由數位身處政治圈中的女性際遇，解構政治神話以及政治人物的光暈，有趣的是，此書出版時屢被「對號入座」，也見證了台灣在性、道德與政治論述之間的糾結；《自傳の小說》（2000）裡虛構台灣／女性政治史，范銘如以為「謝雪紅一生的經歷是台灣一部分歷史縮影，不管是國族、階級、意識型態上的，或是性別上的弱勢。對謝雪紅的詮釋即是對台灣的歷史詮釋。」[4]

類似以女性身體與國族互爲對照者，尙有施叔青的「香港三部曲」。在《她名叫蝴蝶》（1993）、《遍山洋紫荊》（1995）、《寂寞雲園》（1997）裡，「妓女」與「買辦」成爲最足以呈現香港殖民文化的邊際人物。作者以黃得雲象徵一個原被西方擺弄，卻轉而容納西方的文化母體，在表現殖民操縱時也顛覆了殖民，質疑單向掌控權，顯示了對於性別、階級的反宰制與顛覆意圖。

此外，平路在〈禁書啓示錄〉（1991）、〈愛情備忘錄〉（1998）裡固然已有政治影射，至其《行道天涯》（1995）、〈百齡箋〉（1998）則更打破戒嚴時期對於孫中山、蔣中正的偶像崇拜，並分別著眼於宋慶齡、宋美齡兩位政治女性，從情欲描繪的角度，大膽揣測女性置身於父權社會中，不足爲外人道的欲望。其中諸如國母晚年對青春侍從的肉體迷戀、宋美齡百歲時的身體欲望描繪等，都可見平路以女性視角重新詮釋歷史的企圖；而意識流、碎裂片段、多音等形式上的運用，則表徵了在重新的書寫與記憶裡，既定的大敘述已被解構，女性歷史亦從而得以翻轉。

（二）情欲書寫的轉向與蔓延

1980 年代女作家小說所延展出的另一條脈絡，是情欲書寫的轉向與蔓延，間接導引出「同志」與「酷兒」小說在九○年代以後的風行。關於同志議題，前輩女作家李昂〈禁色的愛〉（1989）、朱天心〈春風蝴蝶之事〉[5]（1992）等早有所觸及，1990 年代以來，書寫女同性戀主題小說者，有曹麗娟、凌煙、杜修蘭、邱妙津、陳雪、洪凌等作家；書寫男同性戀主題小說者，則有舞鶴、吳繼文、林俊穎、許佑生、林裕翼、紀大偉等作家。

---

[4] 見范銘如：〈由愛出走——八、九○年代女性小說〉，收錄於《眾裡尋她：台灣女性小說縱論》（台北：麥田出版社，2008 年），頁 179。

[5] 更早之前李昂則在 1970 年代發表過〈回顧〉（1974）、〈莫春〉（1975）；朱天心發表過〈浪淘沙〉（1976）。

九〇年代初，曹麗娟以〈童女之舞〉(1991)的獲獎[6]崛起，當年被評審指爲是相當「天真」的作品，小說中鋪陳鍾沅、童素心 16 至 28 歲之間相互需要、依靠與抗拒間的心理掙扎，游移的性向、壓抑的情感、抗拒的性別倒錯，形成愛與美的浪漫結合。而童對鍾孤絕情懷的疼惜，鍾對童純淨之心的維護，在小說場景與情感的渲染下，更顯露出獨特韻致。

相較於〈童女之舞〉的清美，邱妙津《鬼的狂歡》(1991)、《鱷魚手記》(1994)、《寂寞的群眾》(1995)、《蒙馬特遺書》(1996)等則表現得更爲悲情，暴烈的情感充斥於字裡行間。《鱷魚手記》裡的拉子與水伶，早成爲女同志之間的代號，劉亮雅便指出此書與《蒙馬特遺書》同爲女同性戀次文化的聖經，而「邱妙津現象」更成爲九〇年代女同志運動的一部分。[7]

然而關於情欲描繪的大量展現，則要到九〇年代中期，由陳雪、洪凌、紀大偉等大張旗幟，狂放演出。1995 年間，皇冠出版社以「新感官小說」爲名，將陳雪《惡女書》(1995)、洪凌《異端吸血鬼列傳》(1995)、紀大偉《感官世界》(1995)及曾陽晴《裸體上班族》(1995)四書聯合推出[8]，四本小說都大膽描述身體孔穴、體液及性愛活動，挑戰傳統禁忌，於此情欲成爲主述對象，同志性愛、SM、電玩、網路文化、戀物癖、戀屎癖、生化人、吸血鬼族裔、pub 品味等也成爲必要元素。其他如陳雪的《夢遊一九九四》(1996)，同樣在情欲遊戲和夢境裡追尋女同志身分；洪凌的《肢解異獸》(1995)，紀大偉的《膜》(1997)、《戀物癖》(1998)則以後設式科幻酷兒小說進行性別越界，

---

6 〈童女之舞〉曾獲 1991 年《聯合報》短篇小說首獎，後曹麗娟又以〈關於她的白髮及其他〉獲 1996 年《聯合文學》中篇小說推薦獎。

7 參見劉亮雅：〈後現代與後殖民——論解嚴以來的台灣小說〉，收錄於《後現代與後殖民：解嚴以來台灣小說專論》(台北：麥田出版社，2006 年)，頁 98。

8 此四書推出時，書背更有一段共同的「新感官宣言」:「在情色與色情之間/在同性與異性之間/在主流與異端之間/直探情欲與官能的底層」，以凸顯四本小說關注情欲探索與性愛奇觀的主要內容。相關論述可參考唐毓麗：〈「新感官小說」的美學與政治——九〇年代情色小說的文學觀察〉，《當代》64 期（總 182 期），2002.10，頁 118-141。

標榜身分的流動變異；吳繼文《天河撩亂》（1998）表現性別跨界和性身分流動的主題。凡此酷兒小說俱以炫奇的美學風格為尚，以抗爭的姿態自我標榜。

（三）後現代身分特徵的日趨明朗

在政治與性別互涉、情欲書寫蔓延的脈絡之外，九〇年代以來的小說創作，尚展示出另一種創作轉向，亦即後現代身分特徵的日趨明朗，〈世紀末的華麗〉（1990）可視為最絢爛的開端。朱天文在小說裡鋪陳建築、繪畫、時裝等專業知識，以炫學之姿拼貼出一幅後現代景觀，作者將服裝、嗅覺等完全大眾化，徹底置入日常生活，透露出消費社會的本質；主角米亞雙性戀、男女混雜的性別傾向，又體現了去中心、非同一性的多元論；至於拜物、拜金、拜青春的生活信仰，則表徵了後現代的平面與無深度感。米亞欲以嗅覺、記憶對抗理論、制度，重建倒塌的世界，正體現出後現代主義物質與感官化的消解特徵。

朱天文其後的力作《荒人手記》（1994）亦然。荒人是在陽界律軌下落荒而逃，沒有任何身分的自我；是流離無根無祖國，只擁有「非連續性時空」的漂移者，這種零散化及斷裂感，又與拒斥公共體制與價值觀的生活書寫，共同呈現出後現代式的頹廢美學。其他如成英姝《公主徹夜未眠》（1994）以荒謬劇形式不斷展演生活；朱天心從〈匈牙利之水〉（1995）等文裡所展示的「偽百科全書」敘述模式，到《漫遊者》（2000）則變本加厲，以大量的消費符號堆砌歷史；蘇偉貞《沈默之島》（1994）文本中的斷裂感與異質性；袁瓊瓊《恐怖時代》（1998）裡所展現的遊戲精神[9]，也都隱現著或多或少的後現代特質。

附帶一提者，1980 年代興起的都市小說，行至九〇年代由於質性的改變，也已脫離城與鄉、經濟體系與道德正義等的對抗面，而展現出較為錯綜的都市面貌，「隨著都市體系的極端異化，九〇年代的

[9] 關於 1990 年代台灣女性小說的發展概況，可參范銘如：〈由愛出走——八、九〇年代女性小說〉，收錄於《眾裡尋她：台灣女性小說縱論》，頁 167-183。

都市，既滲透於各種題材的作品中，也為各種書寫所建構，由具體的結構化身為話語與權力的抽象組織，光怪陸離地拼貼出世紀末的生存世界」[10]。在林燿德《大東區》（1995）等小說中，空間切割的生存場景與靈肉無分的感官世界，其實也可融入此後現代書寫脈絡中。

後現代書寫風潮在創作技巧方面，則大肆玩弄後設小說、私小說、反諷、諧擬、拼貼、內心獨白、多音敘述、魔幻寫實等手法，例如在 1998 年度散文及小說創作現象的觀察報告裡，便不約而同指出「獨白式散文」的表現形式愈發跳接隨性，而小說裡的個體「獨白」，也展現出現代人失去接觸與溝通可能性的危機。[11]在後現代敘事的表現上，陳燁《燃燒的天》（1991）、張啓疆《如花初綻的容顏》（1991）等可為初期代表，駱以軍《我們自夜闇的酒館離開》（1993）等亦是其中足以反映「新新人類」心態與文化者。

（四）政治事件與集體記憶的反省

至於「政治小說」部分，1980 年代早有黃凡《賴索》，張大春《四喜憂國》、《大說謊家》，施明正〈渴死者〉、〈喝尿者〉等引發討論，九〇年代張大春、楊照等則持續創作。張大春將目光投注於台灣現實社會，《沒人寫信給上校》（1994）取材自「尹清楓命案」及相關的軍購舞弊事件，以新聞、小說融於一爐的筆法，在虛實間進行鋪衍與反諷；《撒謊的信徒》（1996）則揭露選舉過程中互相傾軋和攻擊的騙局。此外，宋澤萊亦有《血色蝙蝠降臨的城市》（1996），以更為魔幻寫實的手法，揭露選戰中黑金政治所帶來的社會危害。

在政治的嘲諷之外，賴香吟的兩篇作品特別值得一提。〈島〉以男友「島」的熱情，對照敘事者對於故鄉的冷漠無感；〈熱蘭遮城〉則以男友「島」的急逝、「我」的懷孕為轉折。敘事者重返母土，巡

---

[10] 見許琇禎：〈台灣當代小說創作主題探賾〉，《北市師院語文學刊》第 5 期，2001.6，頁 129。

[11] 分見何寄澎審訂，吳旻旻、何雅雯撰文：〈在個人記憶裡和自己糾纏不休——一九九八散文創作現象〉；呂正惠審訂，廖淑芳、陳建忠、藍建春撰文：〈可開懷又可悲嘆——一九九八小說創作現象〉二文，收錄於《文訊》163 期，1999.5，頁 31-38、39-45。

禮古城，與舊識談論南城的改造，行文間不斷的提問意有所指：關於島的遺忘或記取？關於母親角色的虛實？而在舊識也決定離開南城時，我決定將腹中的孩子取名為「島」。此處的「島」意味著對於母土以及自身情感的回歸、釐清、了解與接納。迥異於前述政治小說的控訴、嘲諷及批評，賴香吟藉由〈島〉與〈熱蘭遮城〉，提出另一種對待母土的態度。

1990 年代的政治小說，有頗多涉及二二八歷史事件的反省。例如楊照於《黯魂》（1993）中收錄的〈黯魂〉、〈煙花〉，俱以二二八為背景，鋪陳事件對遺族造成的家族、心理創傷，字裡行間瀰漫著恐懼、死亡陰影與瘋狂的氛圍。其後的長篇《暗巷迷夜》（1994）則以某大學台籍政治系副教授蔡振達捲入淑玲、淑芬姊妹的愛恨情仇為本，藉由間接對話的形式回憶往事創痕，追記四、五〇年代台灣政治史。王德威以為《暗巷迷夜》要講述的，其實是「一則歷史漫漶，記憶反挫的故事」[12]，作者意在以失憶症與妄想症暗示歷史暴力可能造成的持續性傷害。

而在此之前，陳燁的《泥河》（1989）早已直接涉及二二八前後複雜的政經脈絡，小說藉由台南府城世家的秘密與謊言，呈現性別和國族壓迫所造成的創傷與錯亂，此書被邱貴芬推許為「第一部台灣女性作家『重量級』鋪陳二二八歷史記憶的創作。」[13]至於李昂的《迷園》（1991），則以寓言形式勾連二二八台籍知識分子的傷痛。此外，舞鶴的《調查：敘述》（1992）以二二八遺眷的歷史創傷為書寫主軸，顯現主流官方對於二二八的強迫消音與暴力，行文間亦瀰漫著巨大的心理壓迫感。

二二八事件的廣泛被書寫，提示了集體記憶回溯的向度與意義。在「本省籍作家傾向以探討二二八事件、白色恐怖，以及美麗島事件

---

[12] 見王德威：〈回憶的暗巷，歷史的迷夜——楊照的《暗巷迷夜》〉，收錄於楊照《暗巷迷夜》（台北：聯合文學出版社，1994 年），頁 9。

[13] 見邱貴芬：〈族國建構與當代台灣女性小說的認同政治〉，收錄於《仲介台灣・女人——後殖民女性觀點的台灣閱讀》（台北：元尊文化出版公司，1997 年），頁 56。

爲塑造其族群集體記憶的題材」的狀況下，外省籍作家也開始強調身爲流亡、離散族群不同的歷史經驗[14]，此後又帶動客家及原住民史觀的小說展開論述。1990 年代的小說，乃進入邱貴芬所謂以族群立場出發，展現記憶/認同政治的「族國建構」[15]書寫。

二、本土文學的標舉與多元身分的重構

「族國建構」所牽涉到的族群問題，一方面與 1990 年代以來後殖民主義的被引介有關，另一方面亦隱然與台灣社會本土化呼聲漸高有所牽連。劉亮雅曾經指出，解嚴以來新的社會想像「蘊含了將國家定位從中國中心轉移到台灣中心，讓政權和文化霸權從外省族群手中逐漸釋放的後殖民面向，而這些權力重組當然也使得族群衝突浮上檯面。」[16]本土化讓昔日被國民黨抹煞打壓的本土歷史逐漸浮現，標榜族群立場與歷史記憶的小說，例如《迷園》等便指向台灣中心國家敘述；與此相對，邱貴芬則將《荒人手記》理解爲隱含「眷村邊緣族群」危機感的作品。此種互相爭奪台灣歷史詮釋權的解讀，一方面突顯出族群矛盾，另一方面也形構了台灣社會的多元身分認同。「本土」及「族群」關注，因此成爲 1990 年代文學場域的重大轉向。

（一）本土文學的壯大

1970 年代末的鄉土文學論戰雖因官方勢力介入而中斷，但鄉土文學的類型卻不曾銷聲匿跡[17]，例如七八年宋澤萊的〈打牛湳村〉，洪醒夫的〈散戲〉、〈吾土〉等便分獲兩大報文學獎的肯定。進入八〇年

---

[14] 見盧建榮：〈優質族國的想像——誰的祖國？誰的族國？〉，〈國族屬性的再定義——快被遺忘的族群〉，收錄於《分裂的國族認同，一九七五～一九九七》（台北：麥田出版社，1999 年），頁 86-129，132-182。

[15] 參見邱貴芬：〈族國建構與當代台灣女性小說的認同政治〉，收錄於《仲介台灣・女人——後殖民女性觀點的台灣閱讀》，頁 37-73。

[16] 見劉亮雅：〈後現代與後殖民——論解嚴以來的台灣小說〉，收錄於《後現代與後殖民：解嚴以來台灣小說專論》，頁 67。

[17] 此說法可參見呂正惠：〈七、八〇年代台灣現實主義文學的道路〉，收錄於《戰後台灣文學經驗》（台北：新地文學出版社，1992 年），頁 58。

代後，隨著鄉土文學陣營的分裂，部分作家乃將其現實關懷轉移至政治層面，然而女作家小說諸如蕭麗紅的《千江有水千江月》(1981)、《桃花與正果》(1986) 等，依然可見鄉土人情的淳美之跡。而在八○年代的短暫式微之後，1990 年，自立晚報的百萬小說徵文，由凌煙以歌仔戲爲題材的《失聲畫眉》拔得頭籌；九四年，蔡素芬則以《鹽田兒女》奪得聯合報長篇小說獎。至於老將黃春明，則於九八年連續發表〈死去活來〉、〈銀鬚上的春天〉、〈呷鬼的來了〉(後收錄於《放生》(2009)) 三篇小說，此固然可視爲其創作靈魂甦醒的表徵，另一方面確也爲沈寂已久的鄉土，帶來久違的重新發聲。

在這些仍保留著傳統鄉土意義的小說之外，轉爲本土訴求的書寫，在九○年代則有了更多元發展的可能，此與台灣社會「重構」的內部需求有關。在建立文學主體性的認知下，1997 年起台灣文學系所相繼成立，台灣作家全集陸續編纂，1999 年由《聯副》承辦的「台灣文學經典」評選活動所引發爭議，更可視爲台灣向中國爭奪主體性的意識型態之爭。[18]至於萌芽於七○年代的台語文學，延續到九○年代以後，也忽然蓬勃壯大，使用台語創作的小說家有宋澤萊、林雙不等；推動台語文學的刊物則有《台灣文藝》、《台灣新文學》。[19]類似「如此——天烏、天白、天光、天又陰，日子這般過去，一手囝仔也大囉！」(蕭麗紅《白水湖春夢》(1996)) 的敘述，以優雅台語呈現，亦成爲台語文學的書寫典型。

此外，地方文學的發展亦形成九○年代別具特色的文學景觀。蔡素芬的《鹽田兒女》(1994) 以台南七股鹽田及高雄港區爲背景，其後的《姐妹書》(1996) 及《橄欖樹》(1998) 持續鋪衍。呂則之的「菊島三部曲」(《海煙》(1983)、《荒地》(1984)、《憨神的秋天》(1997)) 於九○年代末完成，新生代寫手則有陳淑瑤以《海事》(1999) 繼續書寫故鄉澎湖。在花蓮的地誌書寫部分，吳豐秋《後山日先照》(1995)

[18] 見孟樊：〈風起雲湧的九○年代台灣文壇〉，《文訊》182 期，2000.12，頁 39。
[19] 見文訊編輯部：〈九○年代台灣文學現象特寫〉，《文訊》182 期，2000.12，頁 44。

重在展現花蓮精神，廖鴻基的《山海小城》（2000）則呈現了花蓮政治、商業、生活面的總體景觀，並提出生態自然休養生息的呼籲。[20]

1996 年開始，運用本土元素或鄉土題材的作品，在各項文學獎中脫穎而出，可見以「地方記憶」或「鄉土特質」爲徵文主軸的地方文學獎，正在慢慢發揮影響力。此種文學書寫的轉向，與各區域的推廣密切相關，九〇年代以來地方意識的抬頭，從各縣市文化中心紛紛出版本籍作家作品集，各種地方文學研討會陸續舉辦，乃至於地方文學史的撰寫、地方文學獎的設立[21]等都可見端倪。這些鄉土的書寫與重塑，都有意營造區域特性、提高地方存在感，並以在地性格爲自身爭取發聲的機會，也形成本土論述裡相當重要的一環。

（二）原住民文學的發聲

1990 年代確是本土論述蓬勃發展的年代，但歷史記憶的重建，並不是特定族群所能壟斷獨占，而是受到壓抑的不同經驗者所共同形構。隨著階級意識的鬆綁、後殖民理論的翻譯思潮影響，創作者的觀照層面也逐漸轉向自身族群，進行歷史記憶的恢復與重建。於是在本土文學之外，復有了原住民文學、眷村文學及客家文學的發聲。

原住民運動乃因受到本土化運動鼓舞而興起，八〇年代中期，「隨著台灣在政治、社會、文化等方面要求『本土化』的歷史形勢」[22]，原住民自覺的政治抗爭運動也乘勢展開，一方面對抗國民黨政權的壓迫，另一方面也反抗強勢的漢文化。至於原住民文學的書寫，排灣族的陳英雄早在 1960 年代便創作小說，是爲原住民現代漢語文學之始。1983 年，田雅各以布農族經驗發表第一篇原住民小說〈拓拔斯・塔瑪匹瑪〉，1990 年代以來原住民文學之受重視，可說由田雅各始。

田雅各的小說集《最後的獵人》（1987）與《情人與妓女》（1992），

---

[20] 相關評述詳見范銘如：〈後鄉土小說初探〉，收錄於《文學地理：台灣小說的空間閱讀》（台北：麥田出版社，2008 年），頁 273-276。

[21] 見孟樊：〈風起雲湧的九〇年代台灣文壇〉，《文訊》182 期，2000.12，頁 39、42。

[22] 見孫大川：〈原住民文學的困境——黃昏或黎明〉，《山海文化》第 1 期，1993.11，頁 97。

對於獵場消失、原住民文化被剝削、文化斷層、世代價值衝突、女性從娼、兩性問題以及原住民信仰、禮俗、忌諱、神話等，都有深入探索。[23]至於夏曼・藍波安則將族群想像與土地、生態結合思索，在《冷海情深》（1997）裡，他以蘭嶼爲背景，展現從抗議、認同焦慮、跨越到重新肯定自我價值的書寫轉變。[24]《黑色的翅膀》（1999）則藉著四個達悟族小孩對夢想的渴望，表現在承繼族群文化及追求異文化幻想間的矛盾與衝突，達悟族人對於海洋的愛戀與「回歸部落」的意涵，是作者意欲體現者；而書中某些漢語與達悟語互相對照的呈現方式，也可見作者保留母體文化的用心。

此外，1990 年代之後，原運隨著社會運動轉向，蛻變爲原住民文化復振運動，許多原住民知識分子如瓦歷斯・諾幹、夏曼・藍波安等，都選擇回到部落，重新學習傳統文化，傳承耆老的口述記憶，寫下田野調查和部落札記。例如夏曼・藍波安《八代灣的神話》（1992），乃是藉由達悟族神話的傳述，重新認識蘭嶼海洋的面貌。《玉山的生命精靈》（1997）則是霍斯陸曼・伐伐將部落長老口授傳承的神話故事，蒐集整理而成。霍斯陸曼・伐伐另有《那年我們祭拜祖靈》（1997）一書，爲祭拜祖靈及其他布農族相關故事的紀錄。

漢人部分，鍾理和、鍾肇政、李喬、古蒙仁、吳錦發、胡台麗等，俱曾創作原住民小說。葉石濤《西拉雅族的末裔》（1990）、林燿德《一九四七高砂百合》（1990）、舞鶴《思索阿邦・卡露斯》（1997）、《餘生》（1999）、王家祥《倒風內海》（1997）等，則都是以原住民爲題材的長篇之作。

（三）眷村及客家小說的突圍

另一波在本土文學壯大的風潮裡，力圖建立集體記憶與尋求自我定位的創作，便是眷村小說。袁瓊瓊、蘇偉貞在八〇年代以刻畫女性

---

23 相關評述參劉亮雅：〈後現代與後殖民——論解嚴以來的台灣小說〉，收錄於《後現代與後殖民：解嚴以來台灣小說專論》，頁 87。

24 見范銘如：〈後鄉土小說初探〉，收錄於《文學地理：台灣小說的空間閱讀》，頁 280。

心理見長，但在九〇年代前後，卻不約而同轉向眷村題材的書寫。《今生緣》（1988）裡以男主角陸智蘭與女主角彗先爲主軸的家庭史，正是台灣動亂時期一個特殊族群的悲歡與奮鬥歷程，袁瓊瓊以此召喚外省族裔的共同歷史記憶。蘇偉貞《離開同方》（1990）一書，同樣寫封閉眷村裡的熱鬧生活，延續其一貫書寫風格，族群意識或歷史脈絡在小說裡並不突出，眷村只是同方新村內男女情愛曲折裡的背景，然而種種人事的迷離詭奇，正映襯出眷村人飄零失根而惶惶不安的心情。

至於朱天心〈想我眷村的兄弟們〉（1991），則以夾敘夾議的筆調，書寫眷村第二代不同性別的成長經驗；《古都》（1997）以「難道，你的記憶都不算數……」開篇，暗示了國民黨政府時期的歷史記憶，連同個人的成長記憶都已被抹煞。關於流亡、離散的經驗書寫，不同於前述創作者的懷舊低吟，朱天心以憤懣、焦慮的防禦姿態，從眷村出發，尋找過去，並哀嘆自己已成爲「古都」裡的幽魂。學者業已由各層面指出，朱天心小說「展現九〇年代本土意識高升、外省人相對失勢下，外省第二代女性所感受到的失落與不被接納的創傷」，「透露了相當濃厚的族群焦慮感，在急急爲眷村族群辯解，控訴眷村族群所遭受的封鎖剝削時，展現積極介入當代台灣國族打造過程的企圖。」[25]

相較之下，同屬邊緣族群的「客家文學」所受到的注意便稍晚。1982 年，張良澤率先提出「客家文學」的看法；1988 年，在本土意識呼聲漸高的社會情境下，客家人開始萌生族群意識，先後展開了「還我母語」、「新客家人」運動。1990 年，《客家風雲》創辦（後改名爲《客家雜誌》）；1993 年，首份客家語文刊物《客家台灣》創刊，大量刊用客語作品，可以看出此刊物以重振母語活力、建立族群認同、確認文學主體爲使命。

---

[25] 分見劉亮雅：〈後現代與後殖民——論解嚴以來的台灣小說〉，收錄於《後現代與後殖民：解嚴以來台灣小說專論》，頁 77；邱貴芬：〈族國建構與當代台灣女性小說的認同政治〉，收錄於《仲介台灣・女人——後殖民女性觀點的台灣閱讀》，頁 53。

在客家文學的創作與整理方面，李喬、林柏燕、謝霜天、莊華堂、鍾鐵民、吳錦發等都是致力者，鍾肇政則有長篇《怒濤》(1993)，以客語、日語、福佬話交錯書寫，反映了 1940 年代台灣民眾的語言現象。[26]此外，鍾肇政另主編《客家台灣文學選》(1994)，黃恒秋則有《台灣客家文學史概論》(1998)，凡此亦可見客家文學意圖爲自身定位的努力。

關於「客家文學」的定義，目前仍是眾說紛紜，然而無論是八〇年代以後才興起的客家文學、原住民文學，或是九〇年代以後重新標舉的眷村文學、馬華文學，凡此都是在本土化運動影響下，相應而生對於國族、階級等多元身分的思考與重構，在爭鋒與辯證中，「本土」的概念也因而獲得擴充與修正。

（四）通俗與網路文學的崛起

相對於純文學的閱讀，大眾文學市場其實從來不曾消歇，1980 年代末的「女作家小說」系統裡，便另有通俗文學一路，如張曼娟以純正溫情的《海水正藍》一炮而紅，長踞暢銷書排行榜，希代出版社乃自創《小說族》雜誌，以清純夢幻的方式吸引年輕讀者。當年其他六位「小說族」新人吳淡如、林黛嫚、楊明、彭樹君、詹玫君、陳稼莉，亦因銷售成績良好，而成爲希代的「專屬作家」。行至九〇年代，推理、言情、科幻等類型小說仍占有一席之地，此外，大眾小說獎的推波助瀾，亦間接導引創作風氣的盛行，此間最著名的例子，即 1990 年《自立晚報》百萬小說徵文在懸宕八年之後，終於由凌煙以《失聲畫眉》奪魁；1996 年，第一屆皇冠大眾小說獎揭曉，杜修蘭的《逆女》亦引發一時話題。

九〇年代衝擊純文學領域的另一事件，是網路文學的興起。1998 年，蔡智恆（痞子蔡）以《第一次的親密接觸》(1998)、《7-ELEVEN

---

[26] 見許俊雅：〈對戰後台灣文學中主體意識的觀察〉，《文訊》168 期，1999.10，頁 49。許氏另有〈憤怒的波濤巨浪——鍾肇政的《怒濤》〉一文，收錄於《島嶼容顏：台灣文學評論集》(台北：台北縣政府文化局，2000 年)，頁 170-173，可參閱。

之戀》（1999）崛起於網路世界，其寫作模式在言情小說慣用的羅曼史公式之外，又添入了新世代風格的「痞」味。之後，朱少麟等年輕的網路作家亦循此徑進入文壇，並得到不錯的評價。朱少麟被馬森譽爲「天生的作家」，《傷心咖啡店之歌》（1996）、《燕子》（1999）二書甫出手便展露圓熟的創作技巧，小說裡的人物夢幻，充具非凡的美、非凡的才情、非凡的聰敏，但作者所欲碰觸者，則俱是自由、缺憾等大命題，在網路上引發極多擁戴和討論。較晚崛起的網路作家亦有藤井樹、敷米漿、九把刀等。

大眾文學的閱讀傾向，以及網路新興媒體的崛起，挑戰了傳統副刊長久以來建立的文化霸權。九〇年代的副刊版面漸趨沒落，報禁解除後，報紙增張所出現者多爲家庭、兩性、趣味、休閒、旅遊等非文學版面，在此衝擊效應下，副刊的生存之道或轉向「第二副刊」；或如王浩威所言，以明星化、資訊化、雜碎化及話題化方式，試圖掙開菁英文化的包袱。[27]至於創作者則因應風潮，也開始設置作家個人網頁，文壇老將如廖玉蕙、袁瓊瓊、張曼娟、鍾文音、郝譽翔等，紛紛現身虛擬之地，新世代作家則以更熱鬧的商業行銷模式，拓展消費市場，形成文學網路化的巨大衝擊。

三、延續或是變型？囿限或是契機？

總結 1990 年代以來台灣當代小說的發展狀況，在沿承八〇年代的脈絡之外復有發展、有變型、有另闢議題者。本文最後所欲提出檢討及後續觀察的部分，復有如下數端。

首先，九〇年代由女性主義、性別論述、後殖民主義理論及以台灣爲主體的文學思考所帶動的創作傾向，形成文學與文化的交融，此固然有其活絡創作視野的貢獻，另一方面，卻也造成理論、知識主導的創作弊端。例如在朱天文、朱天心、施叔青等人作品裡，隨處可見「百科全書」式的資訊輯錄，小說敘述開始走向議論體和辯證模式，

[27] 見文訊編輯部：〈九〇年代台灣文學現象特寫〉，《文訊》182 期，2000.12，頁 52。

在體顯後現代駁雜風格之餘，卻也遭來炫學之譏或文本歧雜累贅之感。[28]至於理論的賣弄與戲耍的創作風格，更引發諸多論者批評。[29]作家創作時若意在呼應以社會脈絡（context）爲主的文學思潮，或預設了理論詮解的可能性，則小說固然可能與時代風潮相唱和，成爲合適的文化研究範本與理論的驗證教材，然而肢解後的文本，卻更可能是乏味而無血肉的敘事。

文化史面向的書寫固其一端，情欲的大量刺激也造成世紀末的感官趨疲。於是，我們不免注意到另一種「頹廢美學」書寫的蓄勢待發，舞鶴的「無用說」、駱以軍的「人渣論」、童偉格的「廢人」哲學，紛紛以或暴烈、或頹敗的方式介入書寫，自毀傾向明顯，形成怪誕美學的又一轉化[30]，此點亦值得觀察。

至於 1990 年代之後，關於身分認同的角力與轉向，則可以由幾個層面進行延續性思考，一爲家族史小說在新世紀之後的大量出現。延續政治變遷所引發的認同不確定感，外省籍作家以家族史書寫懷想中國／父親，並進行國族認同、家族認同與自我認同的辯證，駱以軍《月球姓氏》（2000）、《遠方》（2003），郝譽翔《逆旅》（2000），張大春《聆聽父親》（2003）等可爲代表。而本土女性的家族史書寫，則以鍾文音「家族小說三部曲」[31]（《女島紀行》（1998）、《昨日重現》（2001）、《在河左岸》（2003）），陳玉慧《海神家族》（2004），施叔

---

28 參見劉乃慈：〈九〇年代台灣小說與「類菁英」文化趨向〉，《台灣文學學報》第 11 期，2007.12，頁 62-67。

29 呂正惠、彭小妍、南方朔等均曾提出質疑。參見呂正惠：《戰後台灣文學經驗》（台北：新地文學出版社，1992 年）；彭小妍：〈百無禁忌——解嚴後小說面面觀〉，《文訊》革新第 61 期（總號 100），1994.2，頁 20-22；南方朔：《世紀末抒情》（台北：大田出版社，1998 年）。郝譽翔亦批評：「小說與論文不分，甚至彼此連成一氣，形成套套邏輯，互相援引作證，共同織就一個以時髦的文化論述及學院術語所串成的圓滿之圓。理論過度膨脹的結果，反倒過頭來，吞噬掉小說的敘事空間，甚至造成語言消化不良的欲嘔徵狀」。見〈碎碎吧。一切的一切——從《微醺彩妝》論台灣小說的世紀末〉，收錄於《情欲世紀末》（台北：聯合文學出版社，2002 年），頁 177。

30 此部分請參周芬伶：〈世紀交替小說的心靈圖象〉，《台灣文學研究學報》第 5 期，2007.10，頁 289-343。

31 鍾文音新世紀以來所創作的「島嶼百年物語三部曲」系列：《豔歌行》（2006）、《短歌行》（2010）、《傷歌行》（2011），或亦可歸入此列。

青「台灣人三部曲」(《行過洛津》(2003)、《風前塵埃》(2008)、《三世人》(2010))等爲代表。除了「主體重構」(reconstruction)的意圖外，這些台灣女性家族史書寫，如何以母系敘述取代父系，建構出女性記憶與想像的歷史版圖[32]，亦爲九〇年代以來本土／女性身分認同問題的延展。

其二，相應於九〇年代以來的身分定位問題，王德威在世紀末提出「後遺民寫作」的說法，所謂「遺民」乃指向一與時間脫節的政治主體;「後遺民」則更是無中生有出一個可以追懷或恢復的欲望對象。在此譜系裡，眷村作家、僑民、原住民如何進行自我身分的省視？王德威以朱天心《古都》、《漫遊者》裡的「老靈魂」及舞鶴的「拾骨者」等爲例[33]，說明後遺民式的招魂如何跨越時間與地理的藩籬，遊走於欲望與主體性邊緣，進行身分的離散與跨越，而此或可能成爲世紀末文學想像的最後逃避——或救贖。關於身分的最終歸趨，究竟是在流離、穿梭的後遺民身分間重新定義？或如周芬伶所言，以對「神聖的追求」、「靈性的復興」進行靈魂提昇？此亦爲 1990 年代以來身分認同所衍生的問題。

其三，新世紀以來一批新生代小說家如童偉格、張耀升、吳明益、甘耀明、伊格言等的「後鄉土」書寫，也發展爲另一值得觀察的脈絡，此輩作家在技巧的展示、意念的創新與承襲部分，是否爲當代台灣主導文化的再現[34]？在表面寫鄉土，意在寫時間的敘事策略下，「傷逝」背後所表徵的，究竟是個體身分的自由，或竟是身分的流宕虛無？

最後，新生代小說家的「後鄉土」書寫固然值得期待，但通俗

---

[32] 此部分可參張瑞芬：〈國族・家族・女性－陳玉慧、施叔青、鍾文音近期文本中的國族/家族寓意〉，《逢甲人文社會學報》第 10 期，2005.6，頁 1-26。

[33] 相關論述參見王德威：〈後遺民寫作〉、〈從除魅到招魂〉及〈離散與跨越——跨世紀，小說台北〉三文，分別收錄於《後遺民寫作》(台北：麥田出版社，2007 年)，頁 23-70、161-164；《聯合文學》213 期，2002.7，頁 58-61。

[34] 關於此范銘如自有看法，參見〈後鄉土小說初探〉，收錄於《文學地理：台灣小說的空間閱讀》，頁 251-290。

文學、網路文學的轉向，亦帶來另一波奇幻之姿。新世紀的文學發展愈發多元詭譎、難以歸納，此或亦表徵了文學活力的湧現。

評論

◎郝譽翔*

這是一篇相當豐富的論文，對台灣 1990 年代以來的小說做出了整體性的回顧與關照，整篇論文主要分成兩個部分來討論台灣 1990 年代以來的小說，第一部分是「女作家小說跟政治小說的演變」，第二個部分是「本土文學的標舉跟多元身分的重構」。換言之，一是從性別，一是從本土意識跟身分認同，從這兩個角度去掌握到台灣 1990 年代以後小說發展的特質。

首先是性別的部分，石曉楓教授在這篇論文中指出，女作家的大量崛起，是台灣當代小說重要的現象之一，她又根據這個去歸納出了幾點：第一點是女性的情欲， 1990 年代以後，情欲的書寫已經從 1980 年代對個人主體的探索脫出，架構一個更多元的格局，甚至延續到政治跟國族的糾葛，比如李昂、施叔青、平路的小說都是如此。第二點是後現代特質的展現，例如朱天文《世紀末的華麗》。第三點是情欲的轉向與蔓延，特別是同志議題的開拓與挖掘，例如陳雪、邱妙津。但是在這個部分的第四點，石教授轉而去討論政治事件與集體記憶的反省，比如二二八事件如何成爲小說中的題材，這個小節似乎跳出了女作家與性別的範疇，而以政治小說，尤其是男作家，譬如說像張大春、宋澤萊等等的作品爲主。我覺得把女作家與政治小說放在一起，似乎在邏輯的安排上有一點突兀。這部份似乎應該另立章節，甚至挪到底下的第二個部分，在論述上會比較妥當，也比較合理。

論文的第二個部分，石教授同樣歸納出了以下的幾點：第一點是本土文學的壯大，這個部分是討論台灣近二十年來的本土跟地方意識

* 國立中正大學台灣文學研究所教授。

如何在文學中逐漸地浮現。第二點是原住民文學，的確，這二十年來原住民的書寫有非常豐碩的成果，但關於漢人的原住民書寫，這篇論文中只有羅列出書目，看來比較簡略，漢人與原住民在文學中是否展現出不同的想像，勾勒出不同的國族圖象，是更值得注意，也是我們更好奇的地方。第三點是眷村與客家文學，眷村與客家文學各有不同的特色，在這邊把它們放做一小節，我覺得是有點虧待了二者，而且也有一點突兀，我覺得可以分開來探究。第四點是討論通俗與網路文學的興起，石教授在口頭報告中也談到，通俗文學如何在 1980 年代轉入 1990 年代，它的轉向與它的演變是什麼，尤其是羅曼史的小說，如何從希代紅唇族這些作品，轉入到 1990 年代網路的痞子蔡、九把刀的小說。他們之間轉變的軌跡，其中變與不變的是什麼，將是值得挖掘的議題。但通俗與網路文學的興起這一小節，其實與這整個第二部分的大標題，是比較沒有關聯，所以是不是抽出來再另外論述，這一點石教授可以再斟酌。

其實不管是性別或本土意識、多元認同，在 1990 年代文學中的發展，都有很多人討論過，所以個人覺得這篇論文最有趣的地方是在它的第三部分，也就是結論的部分，石教授對 1990 年代以來台灣的小說提出了她的反省和批判，「延續或是變型？囿限或是契機？」，這個標題值得我們玩味。第一個問題的答案在石教授論文中非常清楚，就是在延續中有變型，所以更有意思的是第二個問號：是囿限還是契機呢？石教授指出 1990 年代以來文學的局限，首先是理論化的傾向，就是理論過度的賣弄與戲耍，「小說固然可能與時代風潮相唱和，成爲合適的文化研究範本與理論的驗證教材，然而肢解後的文本，卻更可能是乏味而無血肉的敘事」，這對 1990 年代的小說創作可以說是一記重擊。再者，「我們不免注意到另一種『頹廢美學』書寫的蓄勢待發，舞鶴的『無用說』、駱以軍的『人渣論』、童偉格的『廢人』哲學」，這確實已經形成當代台灣小說寫作主流的系譜了」、「紛紛以或暴烈、或頹敗的方式介入書寫，自毀傾向明顯，形成怪誕美學的又一轉化」，是不是也走入了一種內向的而沒有出路的一個書寫的死胡同？換言之，小說的理論化與頹廢化的確是形成台灣 1990 年代後，小說的一個書寫風尚，尤其是年輕一輩的寫作者受到這兩種美學書寫的風尚影響十分巨大，這到底對文學是正面還是負面的影響，是非常值得我們探討的。

再來是契機的部分，也就是身分認同的多元開展，尤其提到後遺民式的招魂，究竟是「世紀末文學想像的最後逃避」，還是它是具有身分重構的可能，甚至是周芬伶教授所言，是一種靈魂的提升呢？石教授在這邊開啓了許多問號，但是她自己並沒有提出定論，很好奇石教授個人會給予什麼樣的答案？論文最後指出，我們現在最關注的，新一輩的小說家又會開創出什麼新的小說格局與美學？尤其是六年級的小說家，例如童偉格、張耀升、吳明益、甘耀明、伊格言等等，他們似乎已經擺脫了頹廢化與理論化，而走出了後鄉土跟新鄉土的道路，但是不是真的擺脫？所謂的新鄉土跟過去的黃春明、王禎和他們的鄉土寫實已經大不相同，更傾向於「在表面寫鄉土，意在寫時間的敘事策略」，所以這部分「究竟是個體身分的自由，或竟是身分的流宕虛無？」留下了值得我們玩味與想像的空間。

總而言之，這是一篇相當不好寫的論文，因爲裡面包含的主題十分地繁複，幾乎每個標題都可以獨立出來寫作一本博士論文。我覺得這篇論文最有意思的還是在於開啓了許許多多的問號，裡面有回顧，但其實更有批評跟反省，這些問號目前好像還沒有一個定論，我們期待在將來，或是石教授把這篇論文作定稿的時候，可以給出一些答案。

（本文依研討會之論文評論記錄整理。）

後退與拾遺
小說世紀初

◎周芬伶*

> 今天，舊的藝術已經死亡，而新的藝術尚未誕生。許多事物也都死亡——我們對世界已失去感覺。……只有新藝術形式的創造才能重建人對世界的敏感、復甦事物、消滅悲觀主義。
>
> ——希柯洛夫斯基

前言——大說時代

希柯洛夫斯基在 1914 年說的話言猶在耳，而那是上個世紀初，世紀的輪替是否存在著可依循的軌跡？在這新世紀初，我們期待的新藝術誕生了嗎？21 世紀已走到第 11 年，這期待似乎因爲人們過於急切而有落空的感覺。

2000 年到 2010 年世紀初十年，可說是充滿災變與生態惡夢的十年，前面緊臨 1999 年台灣 921 地震、隨而來的是南亞海嘯與美國海嘯、智利地震、四川地震、台灣 88 水災、日本東北三合一災難，911 事件引起的恐怖主義及美國耗時十年終於擊斃賓拉登，復仇之後的代價令人不安；再加上氣候異常與末日之說，在末日陰影與金融海嘯雙重打擊中，小說似乎還延續世紀末的恐怖與頹廢美學，憂鬱的書寫仍是基調，悲觀主義還在滋長，在電子書與本土文學讀者大量流失夾殺下，小說只有以極端應對之，如果上世紀初興盛的俄羅斯文學爲「白銀時代」，白銀時代是「世紀之交的文化」這一概念的同義語，它與

---

* 東海大學中國文學系教授。

革命、創新、語言緊密相關，那麼屬於我們的世紀初則像是回到「青銅時代」，與鬼神相通的巫術與扶乩，可說是生長在電子時代的怪瘤，沿襲、懷舊、考古，一系列「後」美學當道，後學不已，新意何在？

歷史上的後學與新學不同在「新」有復古、延襲的意思，如「新古典主義」延襲古典，而 Post「後」這個字，本有反抗的意思，但不用「反」而用「後」，暗含有「辨證性的反」的意思，它與企圖反抗的對象有著一種歷史性的辨證關係，不可能脫離其反抗的對象單獨存在。因其具有連續性，且包含反省的態度，企圖嘗試反抗之前的美學，因而更顯複雜。「Post」，也有一種超越的意思，就像「後印象派」對「印象派」有所超越。然而在反抗與超越之間，它漸漸失去本體。

也許就是「後」本身的矛盾性與複雜性，而讓「後」走向停滯不前，交纏不清甚而後退的現象，至於有無新意，反而不是重點，就好像實驗作品，重點在它的精神與過程而非結果。

新的世紀爲我們帶來大破壞，一切前景是那麼悲觀，因此沒有新學也沒有新意，反而往後退，找一種安全的方式生存，這也許是鄉土寫實再起的原因，說故事的技藝再受到重視，而且要把故事說得誇大而令人發笑，這便是新世紀初寫作者的「黑色幽默」，就如同許多大部頭小說，一個個架起龐大嚴肅的場景，其中只有一些搞笑的碎片的連貫，也許我們正來到一個碎形的年代，也是混沌年代，碎形這個字多好，破碎、斷裂，看似獨立卻相依而生，自我破碎、歷史感斷裂、沒有固定形狀。安伯特艾可說這是個「倒退年代」[1]，政治與文化的倒退也許是真的，但我寧願相信是「後退」而非「倒退」，倒退是真的退了，後退是以退爲進，表面是退，其實是前進之先的反作用力。然文學如艾可所言回到中古世紀不夠遠，有一種假象的倒退是回到神話時期或如詩經年代的僞國風，它對應的也是「青銅紀」，天子與諸侯不分，國風盛行的年代，日常生活嘉年華化，生活無私密，或文學即私密，私密即文學。

---

[1] 安伯特艾可，《倒退的年代》，翁德明譯，皇冠，2006，頁 9-14。

只有小說而無小說家，只有幾年級而無個人面孔的時代，小說成爲「大說」回歸史詩本質而擴大之的長篇小說有越寫越長之勢，在外國翻譯小說與類型小說帶動下，大河小說成爲主流，短篇已不夠看，然優秀的短篇在型制上與散文雜糅而顯精緻化。西方小說延續史詩傳統，中國小說則爲「小家珍說」之傳統，小說家蓋街談巷議、道聽塗說之所造的時代不全然成爲過去，在小說與大說多空交戰中，顯然大說占上風。

這真是一個大說的時代，小說越寫越長越厚，在長篇列入國家獎助計畫下，字數與獎金成正比，質感與篇幅成反比，在時間的限制上，本來需時至少三五年的長篇在一兩年間要交稿，試問在這種審查制度下，小說家因無發表園地紛紛被迫納入國家的控管中，對小說的藝術性不會有傷害嗎？

不受國家制約的作家，較能自由發揮，然大部頭小說還是需要時間沉澱，十年辛酸，字字血淚的生命之書已少見，在這麼多大說中能感人至深的還真不多。

然而這只是假象的後退不是嗎？其中也包涵一些令人興奮的新契機。

極限與誇大

在一個緊縮年代，小說家反而要膨脹作品，這是冰點中要求爆點，無力中要求飆速的反向操作，有幾個現象值得注意：

一、歷史小說的變貌：施叔青「台灣三部曲」企圖以女性歷史觀點爲台灣立傳，從 2000 年寫到 2010 年寫了十年，應是這世紀初最具深心之作、如今已進行至第三部，看來還有後續，從《行過洛津》、《風前塵埃》和近日出版的《三世人》時間由清領時代一路寫到二二八，場景依序從鹿港寫到花蓮，再寫到台北，從男旦、歌伎，到太魯閣之役、日本女子尋根，再到文化協會、皇民化運動、二二八事件，時空跳接，場景紛繁，三部作品各自展露了不同的關懷。寫作風格雖不連貫，然從文化物件——小腳、歌仔戲、花道、衣服串接的庶民文化史，可說別具風情與意義：鍾文音「島嶼百年物語」且戰且走即將完成，《豔歌行》鎖定九〇年代前後，作者分別援引羅蘭·巴特的「刺點」，以及班雅明的「新天使」作爲城市現代化廢墟斷瓦殘垣的寫照，並以新天使自我比擬，陳述在都市現代化的進程中，人類過度追求進步的結果終將成爲一場毀滅性的災難；《短歌行》鎖定戰後至七〇年代之間，20 年間夾雜過多史料且時空過大，粗筆帶過部分過多，有點碎亂，然精細的部分仍令人驚喜，顯現作者文筆帶領史筆吃力的窘境；《傷歌行》回歸母土雲林虎尾，以田野採訪採集史料，重建虎尾空軍眷村的歷史，並回溯台中美日四個族群的記憶，以她的紀實與散文底蘊，想必更能表現她的抒情功力，但看作者參與台灣歷史的建構，嘔心瀝血的大工程，心中也會生起疑問，一定要寫這麼大？大到連作者都無法掌握？駱以軍《西夏旅館》則朝虛寫歷史的方向走去，裡面有如動畫與遊戲般的戰況與畫景，穿插西夏那一點也不寫實的場景構築，無時間流向的事件敘述，以及怪異的人物與事件，恣肆的遊走穿梭重疊並置解構。作者並無寫實的誠意，而往寫虛的極致衝撞，文字更見詭奇，這是駱以軍文字迷宮書寫的巨無霸版，就像《殺妻者》中描述的：「他已無法控制自己體內狂暴衝動的野性作爲帝國擴張領土之資本，變成了自己的癌細胞，在一個鏡廊迷宮裡發狂吞噬著自己的投影乃至自己的本體」。

延續八〇年代的大河小說的書寫，作者紛紛抽離中心與主流，而朝邊緣與庶民歷史走去，如莊華堂的《巴賽風雲》，以極寫真的手法記錄 1990 年代，台北縣八里鄉十三行遺址搶救事件中的考古現場與發掘工作，藉此穿越數百年，追溯 17 世紀前期在北海岸地區的歷史，是少見的台灣平埔族民族誌書寫，旁及荷蘭商隊、鄭氏王朝，甚至西方宗教等各種外來勢力入侵之歷史，幅員廣大，氣勢不弱，填補台灣平埔歷史的空缺；巴代的《笛鸛：大巴六九部落之大正年間》爲卑南族首部大河小說，完整結合「巫術文化」、「狩獵文化」、「日人理蕃歷史事件」的部落精采傳奇，書中女巫作法場面，是作者基於家族歷史，手法寫實，描繪獨到，作者以史料和田野調查爲根據，讓卑南族的歷史得以發聲，並參與歷史詮釋。這些去漢人中心的書寫，充滿離心書寫的特質，跨文化、雜語、多元、散發，以及細節描述，邊緣的發聲造成的抵中心激流，滔滔地訴說被沉沒的歷史，蒼涼取代悲情，同情與理解在其中閃閃發光。

建構女性史觀企圖彌補大歷史觀的不足，在世紀初還有陳玉慧的《海神家族》，作品的基礎雖是個人的自傳與家族史，然也說明另一種台灣人的心靈圖形，不受時間與空間拘束，無論在本島或異國，作爲台灣人的悲哀，那是「無父的悲哀，身分的懷疑，認同得渴望，歷史命運的影響，我感受到自己的命運和台灣有多相像」，漂流在外島的台灣人更渴望自己是台灣人，令人想到吳濁流的《亞細亞的孤兒》、東方白的《浪淘沙》，他們建構的是移民／流民的歷史，不同的是男性的歷史像史詩，女性的歷史如抒情詩，「敏感、悲傷，有時喃喃自語，有時有點激動」，裡面還夾雜著民俗儀節，如〈拜七娘媽需知〉、〈安太歲需知〉，這些與庶民更爲親近的習俗，裝載著庶民的素僕信仰與美善認知，其中女性的角色頗爲重要，如女神〈媽祖、七娘媽〉，女人主祭的（拜地官、拜天公），跟女人生命息息相關的婚禮、葬禮，在這些民間信仰與儀俗中找到女性生活的位置，正因女性的無身分，才會淪入些底層生活的儀節，這是作者的女性史觀讓她直視女性的孤獨與虛無。作者受存在主義思想影響，對人存在與本質的思考，使得這本小說有別於女性情欲書寫的血肉淋漓，而帶有強烈的女性哲思意味：另外吳明益的《睡眠的航線》，虛實交夾，新舊交替，心理的層次更顯豐富，跳脫歷史小說的窠臼，以小搏大，藉新舊兩代的創傷與疾病，讓次殖民地的歷史、創傷、衝突在敘述中激盪。作者以詩意的自然散文家文體寫小說，由自然生態視角深入個人和家族生命史的潛意識，提出對戰爭與文明的觀察與反省，特具心理學意義。該書重點著重在對於不同時代族群的角色心靈圖像的描繪，隱約暗示著史實也是由記憶所組成，而在其最深處——人類夢境與潛意識的共同領域——暗藏著和解的希望；另一方面該書引用的資料詳實而註解清楚，將小說文獻化、理論化，指向歷史小說新的可能與方向。

這裡顯現大河小說紛紛衡量時，文字或故事或許可讀，然長篇小說的閒適感、細緻感已不復可見。作者在歷史長河中撿拾選擇性的記憶，可惜「歷史天使的臉是面朝著過去的。對我們來說，所看到的一連串發生的事件，對天使來說，卻是同一個災禍，不停堆著一層又一層的碎片，層層飛擲落到天使腳下。」[2]過多的碎片讓我們更迷惘，歷史的天使與歷史的走向不一定是相同，你越想抓住祂，祂離我們越遠，當現代社會已如班雅明在《說故事的人》裡所描述，「經驗已經貶值」，歷史成爲贏家謄寫的紀錄，我們還有機會再去審視所謂的「歷史」嗎？

世紀交替與世代交替

二、年輕世代的早熟現象：新世紀初的文壇上，新世代（六七年級生）已經成爲不可小覷的文學陣營，如甘耀明《殺鬼》、童偉格《西北雨》、楊富閔《花甲男孩》……等，他們的創作大多以其個人生活爲主軸，將個人體驗放大書寫，就像黃崇凱指出他們自己的共相「似有一條潛流指向『大敘事』的終結，轉向碎片化且私我個人的小敘述。」[3]這些以呈現家族敘事成長敘事爲基調的青春文學，彌補了台灣文壇歷來有成人文學、兒童文學，而缺少青春文學的空白，我們的前輩小說家起步較晚，白先勇、王文興、陳映真算早，也有二十幾歲，這些七年級生早則 17 歲，晚的也只 20 歲就冒出頭，成長於富裕年代的他們，大多在安親班、才藝班長大，能彈一點樂器說一點英文，最重要的是全面在網，自信心十足，因此南征北討獲

---

[2] 班雅明，〈歷史的概念〉，《說故事的人》。林志明譯。台北：台灣攝影工作室，1998。頁 126-140。

[3] 黃崇凱，〈爲什麼小說家成群而來〉，《台灣七年級小說金典》後記，秀威資訊公司，2011 年 2 月，頁 309。

獎無數，「成名要趁早」的要求更為急切，也吸引了更多的年輕寫手加入這個陣營中，因而出現了朱宥勳、賴志穎、神小風、楊富閔等少年作家，他們對傳統不排斥、對欲望誠實、對自我迷戀，對家庭價值懷疑，在性別上更流動，在一定程度上呈現出現代與後現代文化的某些特點。世紀之交新的文學流派也像通常那樣，是從作家創作小組的活動發展起來的；每個小組周圍都聚集了一些藝術觀相近的年輕作家，不管是 8P 或 22K，他們很年輕，自稱為「逆風少年」或「花甲男孩」，李維菁更提出「新少女主義」。而他們迫不及待要引領風騷，推出七年級金典，在小說技藝上，他們具有更為細緻的文字，更精巧的敘述手法，然總還不脫離比賽寫手的「殺氣」與「稚氣」，然他們也有早熟的慧見，朱宥勳自稱他們是「重整的世代」，重整被解構的舊秩序，但還不具備整合新秩序的能力，只能眼睜睜看著世界瓦解，而企圖變換隊形，當「感懷」與「追憶」已變成現代文學的重大主題，「復古」風悄然出現，更為精細的掌握細節，描摩心境與物境的微妙之處，這種細微靈魂的描寫是復古也試圖尋找生命的終極關懷，企圖追求本然的良善。

新世代最大的優勢不是電腦，而是對「細微靈魂」的描寫更為講究，而能抓住本然的良善，在美學上也就是新中有舊、舊中有新的折衷主義者。

三、中生代的早乏：四、五年級的中生代在世紀初剛過了 50，正是小說家成熟且要邁向巔峰之際，然他們寫作的年齡過早，在 40 已跨至寫作巔峰，如朱天文、朱天心、舞鶴、蘇偉貞等作者，在經歷過後青春期之後漸漸出現疲態，如朱天文《巫言》、朱天心《荷花時期的愛情》都具有「自我老化」與抵抗潮流的後退現象。朱天文以緩慢的速度與漫長的八年書寫精雕細琢一種介於小說與散文的告白，書寫的外在所經過的時間幾乎跟她所描述的事物與感知等長，但內在卻又被有意識的打散分解濃縮成兩百多頁的文字，延續著米亞的視覺和嗅覺寫下了整個九〇年代的混亂、迷惘與漠不關心；朱天心則描寫老去的夫妻企圖藉重返青春之旅，找回失去的熱情，她們的作品抒情性亦大於敘事性，這說明小說家的散文先於小說，抒情先於敘述，頑抗的抒情如此龐大而失去敘述事實的效用。敘事的邏輯跟著生活的無用性一同被拆解，對於現下生活理解的不可能，創作者只有貼著這種亂象在形式上創造出一種混亂的秩序，其中包括一整套極度精緻的用字遣詞的邏輯以及美學，並運用獨白築起一道高牆，將整個世界自絕於外。邱妙津的《日記》令人無言，朱的《巫言》更令人有難言之隱。菩薩低眉欲言又止，彷彿有千言萬語，又好像何必再說，帶著一股不可說的美，更害怕作者將來更無言可說。藉由小說形式探索書寫的極限，《巫言》創造一種多點探測的可能，舞鶴《亂迷》則創造單點透視的深度。在文字的矩陣中讓文字自己衝撞，一氣直下，夾帶著以往生猛的性驅力與文字爆發力，讓文字變成小說形式的實驗場。

李昂的《看得見的鬼》與《花間迷情》顯然不如世紀末時的生猛，《北港香爐人人插》的盛況不再，黃凡隱居多年再出發的作品：《躁鬱的國家》、（2003）、《大學之賊》（2004）、《貓之猜想》（2005）、《寵物》（2006），也不復八〇年代的意氣風發，為何這些中生代作家過早地顯出疲態？除去文學市場的萎縮，小說讀者大量流失，網路也造成隔閡，寫作這古老的手工藝已產生劇變，這變化雖無法與上世紀初的五四文學革命相比，但在文字與媒介的變革也是前所未有，作者與讀者的關係錯亂，發表的平台變多，媒介泛影像化的時代開啓，再生動的文字也比不上 YOUTUBE 的一段影片，中生代是文字族最後的守護者，他們不依賴網路，卻被時代沖刷到荷花時期的島嶼上，過著文字的魯賓遜漂流生活，用著無人讀得懂的語言刻畫時日。

較為積極擁抱網路的中生代，如蘇偉貞在丈夫病榻旁寫出《時光隊伍》，其強狠力道驚人，作家一旦熟悉新媒介，電腦與靈光交加，其實不用再無言漂流，反而更能超越自己，自稱「西宅」的陳玉慧以及蔡素芬、賴香吟、張惠菁、成英姝……還有後世可期。

長篇小說成為主力，這是文學中最後的根據與反撲。小說家經年累月經營大部頭小說，因時間過長，而顯出疲態，朱天文與邱妙津的作品，隨後舞鶴的顛狂，駱以軍的喧嘩，本身就隱含著這麼一股拒絕妥協的精神，或許欠缺的只是一點與讀者溝通的耐心或誠意。小說整體風格趨向練虛還虛，以虛馭實，在文學語言的試煉上走到了極限境地，感覺上已經來到實驗接近完成的階段；但在歷史記憶的書寫上則另闢蹊徑，傾向以多聲多相甚或寓言隱喻的方式，使用較柔軟流行的語言，來為大河或歷史小說書寫的傳統尋找新契機。在這個脈絡底下看來，一些具有奇幻色彩或是涉及性別議題的小說，也許也是這類傳統書寫題材的變體與破格。另外在中短篇小說與各大小說獎方面，前者著重在抒情與旅外經驗上的描寫，後者則對於現下流行生活與族群歷史記憶同樣感到關心，似乎顯現出一種多元或折衷的興趣。而就是這些相似與相異並陳的特質，構築成新世紀初那半新不舊的氣質。

在情色與性別的表現上，相較於白先勇《紐約客》對於人性高度的關懷，還有阮慶岳《秀雲》對於完美母性與成熟愛的讚頌，不約而同的點出性別與欲望的歸宿，還是寬容與關懷，其中或有遺憾悔恨之處，然就因這些瑕疵，生命變得豐富複雜，成英姝令人驚豔的《男妲》則將主題擺在一個性別踰越的故事裡兼符文學與大眾口味，令人訝異叛逆書寫可以把故事說得這麼靈活有趣。李昂的《鴛鴦春膳》，是一本結合美食與懷舊的小說，寫出作者感官的華麗冒險，從珍稀之物果子狸、穿山甲到平民美食咖哩飯、奶茶，最後結於素齋，看來是繁華歸於平淡，可還是在情欲中翻滾。

有關性別與情欲書寫的小說，在筆調跟觀點上都有破立之處，白先勇與阮慶岳尋著不同的筆調與題材，不約而同的點出性別與欲望的歸宿，還是寬容與關懷，其中或有遺憾悔恨之處，然就因這些瑕疵，生命變得豐富複雜，難以二元歸類。成英姝與李昂的小說則偏重在身體／身分與情感／情欲之間的辯證，前者以男妲作為穿場，後者則以飲食佐味。

世代交替的焦慮：新世紀初活躍於文壇的作家，二、三年級悄然退場，四、五年級爲撐場主力，陳映真雖在世紀初推出《忠孝公園》、郭松棻也有《雙月記》、李渝有《賢明時代》、朱西寧《華太平家傳》雖未完成，技巧更見圓熟，在九○年代還非常活躍的二、三年級作家到新世紀漸漸淡出，四、五年級作家在世紀末已打好根基，在王德威的《跨世紀風華：當代小說 20 家》中，收入的台灣作家多以四、五年級作家爲主[4]，而他們也的確成功地跨越世紀引領風騷，在過去，世代交替要經過較長的時間打拚，如張大春、黃凡、林燿德，他們在八○年代漸成風氣之前，都有大量的著作與學界廣泛的討論，2005年黃凡出版《後現代小說選》自序中說明，他「開創後現代文學」完全出於偶然」，這時他將自己的小說劃分爲：政治與都市文學時期、後現代時期（1985～1992）、隱居、復出。在後現代時期並加註（自黃凡發表〈如何測量水溝的寬度〉後，台灣「後現代文學」文學風潮自此開始，並持續了 20 年），呂正惠卻指出，學者蔡源煌與作家張大春的論述推波助瀾方成大局[5]，加入討論的還有作家自己，如林燿德與後來補充者黃凡，可見一個世代的崛起，需要文學評論家與媒體的通力合作，也需要作家的自我論述，四年級作家的推手是蔡源煌；四、五年級的世代交替的推手是王德威，五年級作家能參與論述的並不多，在這點上他們較爲謙退。

2010 後半期六、七年級生也形成自己的圈子，世代交替的渴望可謂殷切，他們自知要成爲大家與單打獨鬥的路途十分漫長與艱辛，也再無評論家爲他們背書，於是只有結集成群，打團體戰，他們以網路或部落格爲社群，如六年級的 8P 成立「小說家讀者」部落格，引起廣泛注意，但以創作成績論之，只有甘耀明、楊佳嫻、許榮哲較爲突出，他們所推崇的袁哲生，儼然成爲新世代典範，袁雖屬五年級，但他對創作與現實的兩難，在創作、編輯、時尚之間遊走，以及其深沉

---

4 王德威，《跨世紀風華：當代小說 20 家 》，台北，麥田，2002。

5 呂正惠，〈反鄉土小說現實主義傳統的「後設」敘述理論〉，〈黃凡後現代小說選〉序，台北，聯合文學，2005，頁 8。

的文學底蘊，那無政治色彩的個人主義，寫實中帶有諷喻意味的寓言，揶揄人世的詼諧態度，能成爲新世代的典範一點也不奇怪，因爲他在主流之外，跟他們所面對的時代一樣，在無大師無典律的年代，能進入文學討論，完全靠小說家自己與讀者的努力，這點跟邱妙津有點類似，但又不全然相同。袁以「局外人」破局而出，而邱則以「同志教主」的身分進入論述。

六年級這樣苦心經營，真正能殺出重圍的不多，反而半路殺出的胡淑雯、李維菁令人眼睛一亮；七年級相對來說是更爲直接，他們不靠網路集結，也不相信「一哥」「一姐」那套，沒有文學前輩引領，乾脆自己出來排排站，直接論述自己加入正統。他們是否能在下個十年成功轉移世代，恐怕還是得靠實力與續航力，較特別的是他們的主力在短篇，也許下個戰場會在長篇見真章。

新意還是有的

五、迷文化與宅文學：如果說宅文學確實存在，那它的特點是遊戲化，刺激化，敘述非線性而是塊狀流動，更具活力與戲劇張力的語言表達富於欲望的感覺。

進入新世紀，手寫的時代過去，作家也變成宅男宅女的一員，他們也玩 3C、部落格與臉書，如果說在書寫上有何新意，也就是文學的宅化，他們以更具活力與戲劇張力的語言表富於欲望的感覺，早在駱以軍青年時代即以電玩、星座入書，之後的許榮哲每每援引《火影忍者》，又有陳栢青、楊富閔以手機、網路與數位相機爲小說元素，這些迷文化的描寫非線性而是塊狀流動，所形成的美學是虛擬美學，也就是虛擬替代虛構，奇幻取代魔幻的泛電影化的敘事美學。泛電影化是在影象時代的產物，非寫實敘事也總是充滿了非邏輯性、荒謬性和象徵寓言，構築了一個個與常識經驗相悖的魔幻世界，以表達他們對於現實世界的紛繁複雜、動盪漂移的感受和對於人性黑暗真實的形而上的思考。如果說過去時代的電影主要是一種專業（或職業）的話，那麼，泛網路時代的電影已經成為一種技能（或素養）。

以童偉格的《王考》、《西北雨》來說它與駱以軍等電玩族不同，他剪接超現實的夢影與記憶，企圖把文字圖象化，文字或許已難掌握現實，也失去真正的意義，只有跳接的塊狀物、與朦朧的意象，比朦朧詩更朦朧，童偉格描寫的鄉土，是帶有虛擬與遊戲成分的鄉土，它被化約成古文字、古儀式、木乃伊化的肉體，跟舞鶴與駱以軍一樣、他們都沉緬於肉體的想像，那不是知識論的思維而是存有論的思維——身體的沉思。所追求的不是靈性的超脫，而是官能的滿足，誇大的滿足。透過此誇大的官能滿足，身體受到巨創，才能感到自我的存在。這也許是頹廢哲學／之所以甘冒大不諱的主要原因。

這些不玩電玩的玩文字或神秘或心理或自然，如吳明益的作品顯然也有迷文化的色彩，不管是所迷的是蝴蝶或山水，都是數位攝影下的產物。那並非真正的自然，而是數位化的自然。

另一種迷狂則是羅莉塔式的，如胡淑雯《哀豔是童年》、李維菁《我是許涼涼》，其中總有一個不老的女孩或男孩在其中，羅莉塔對應的是正太控，也許六、七年級作家多多少少也有迷文化色彩，台灣經過現代主義的洗禮之後，衍生出「後現代主義」或「後女性主義」，另外，新世紀前後奇幻小說如野火竄起，搭上「魔術熱」與「馬戲熱」，實境秀與素人展演的電視節目具有催化的作用，以幻戲入小說最具代表性的莫過於陳思宏的《態度》，魔術熱從太陽馬戲團到素人街頭表演，隨之進入小說書寫中，其中的迷狂又算哪一種？

但胡淑雯等新世代應說是「新浪漫主義」而非「新寫實主義」，它是屬於世紀初的小說，卻有世紀末延伸過來的意味。

浪漫主義最顯著的特徵為藝術家的主觀性。它標舉個人、情緒、奇幻和想像的地位，重視原始的自然，對於歷史保有興趣，對社會現象也熱切關注。因為他們對既有的現實不滿，故而常退隱到古代中世紀傳說中去尋找靈感；矛盾地又對現時社會充滿了變革的熱情，因而特別關心社會偶發的事件，如戰爭、屠殺、災難等。由於現實已無想像空間，所以特別嚮往異國情調，譬如神秘的古文明或異次元世界。混雜與嫁接可以說是他們的專長。

如異國魔術秀嫁接鄉土故事，3C 媒材與語言組合家族故事，如郵票對倒排比的愛情故事。

這說明寫實主義走到某個瓶頸，客觀的寫作已無法滿足小說家，故而向歷史與異文化、古文明祈求靈感，經營另一個巴比倫花園，將自己的欲望投射其中。網路青年標榜的「熱血」與「搞笑」，改寫新世紀該有的「革命」與「創新」，只有語言是新的。

是的，世紀初的小說家最大的貢獻在語言上，不管是老作家新作家的語言都有新意，結合詩意的散文體加上流行語，我們的文字也朝數位化前進，文字的衝撞與彈跳力道，優雅與殘暴並存，這是以前所未有的。

回顧過去十年，詩文抒情傳統與小說寫實精神拉鋸的結果，是小說的抒情化幾乎抽掉散文的發展空間，一個重小說而輕散文的時代於焉來到，向以抒情詩爲傳統的漢文學，滲入西方的史詩敘事，小說匯聚詩、散文、小說三大文類，而形成「大說」這到底是好事還是壞事？

不管老將或新秀皆有可觀的成績，文學市場萎縮，導引作家不再爲市場寫作，更保持寫作的純粹性，是讀者減少，寫作者不但沒減少，反而有增多的驅勢，光全國六、七十個文學獎，參賽者動輒幾百，大型文學獎甚至近千，得獎者的年齡年輕化，大獎校園化（校園文學獎萎縮，參賽人數與獎金皆下滑）這麼多的寫手角逐有限的獎項，獲十個獎才有出書的機會，但在更有限的書市中很難突圍而出，他們比前輩作家更努力，卻沒有發表園地，僅賴文學獎與國家獎助支持，但在這微利時代，文學小眾化，寫作與出版皆無利可圖。但台灣的文學起碼還維持著自己的堅持，在華文小說中，仍有可傲之處。

拾遺補闕——小說研究的「前」瞻「後」顧

新世紀第一個十年倏乎過去，小說新意雖不多，然似乎是尚未從上個世紀過於戲劇化的表現回魂過來，而有拾遺補闕的意味，歷史小說爲前輩大河小說的補充，李喬、鍾肇政等人書寫的台灣史未涉及解嚴後的多元文化，東方白的跨族書寫也缺少原住民部分，對日人的文化也少有描述，新一代的歷史書寫銜接的是吳濁流《亞細亞的孤兒》的漢文化與跨文化的書寫。三三集團與駱以軍、童偉格的漂流與抒情風格，更多的是後現代「碎片」美學的發揚，拾的是前代遺魂，補的是自我的風格，朱家姐妹原來風格相近，越走越不相近，駱以軍與童偉格原本不相近，越走越相近，袁瓊瓊與蘇偉貞同樣都是從張愛玲的底子出發，後來可說分道揚鑣，前者寫小情小愛老辣直白，後者寫大愛大恨嚴密得像調兵遣將，一個放鬆，一個變緊，她們要拾掇的是尚未開發的自己：李永平、董啓章的大部頭，帶著濃重的懷鄉與懷舊情結，奇異的是看來特別地新；新世代作家則多爲家族史與青春紀事，拾的是家族的遺憾，補的是新語言實驗。

新世紀初爲上世紀作補充，看來無新意，但有集大成的意味。

在小說研究上，也有相同的傾向，世紀交替，在一片「後」學中，歷史性的回顧成爲主流，不管是陳芳明的「後殖民」或王德威的「後遺民」都指向台灣歷史的政治悲情主義，然前者在東方主義中企圖建構台灣主體，後者卻在漢民族與中國中心思維中，將台灣列爲邊緣，不管殖民或遺民都是回顧視角的字眼，我們更需要富於前瞻與整合的論點，在這當中小說又回到鄉土的懷抱，並被命名爲「後鄉土」或「新鄉土」，這是否說明我們正存活在缺少新意的世界，紛紛整理舊作或舊理論而進入「拾遺」的年代？

「拾遺」是在文化浩劫後，有志之士搜羅殘遺古籍以爲補救、史官與諫官有拾遺之責，如司馬遷《報任少卿書》:「不能納忠效信，有奇策才力之譽，自結明主。次之又不能拾遺補闕，招賢進能，顯巖穴之士。」又《清史稿》〈李菡傳〉:「夫獻可替否，宰相之責也；拾遺補闕，諫官之職也。」，以前的史官是歷史家，諫官是政治家，歷史家拾遺補闕是爲追求真象，諫官拾遺補闕是爲減少施政過失，我們這時代的拾遺補闕有總結以上，期許未來的味道、提醒當今人類文明也正期待一次大更新。

拾遺的目的是爲了補闕，也爲文學史的建構，故而從 2001 年至 2010 年可謂選本的戰國時代，兩岸皆投入這項競賽，各式各樣的選本充斥，小至飲食大至百年金典，七年級金典，散文二十家、小說三十家、不管幾家都難獲共識，選本可說是文學的篩選機與大採收，爲上世紀新文學的整理，選本越多，遺漏越少，出線的作家也越明確，等於爲文學史的作了前置作業。新文學歷史將屆百年，與古典文學相比，雖爲小巫，然在典律化的焦慮中，選本可謂野火燒不盡，春風吹又生。

除了選本，文學史的撰寫也勢在必行，陳芳明致力於文學史的建構，歷時 20 年尚未完工，宋澤萊的《台灣文學史三百年》終於修成，然以佛萊的神話裡論爲基底，對象爲中小學生，全文四百頁，縱橫時間爲三百年，看來是簡史。從黃得時、葉石濤的修史經驗中可以看到台灣文學史難修，不在政治立場，也不在時機未成熟，而是堅持一人單打獨鬥，畢竟通才型的文學史家畢竟少見，因此只有史論、而無史通，較好的選本尙且需要集合眾人之力，否則只能效魯迅就小說之門類作史略，現今的研究最大的弊病在文類不分，作現當代研究的兼通詩、散文、小說，研究不分文類，包山包海，分工不精就是不夠專業。這在古典文學研究中是不可能發生的現象，卻在現當代發生了。文學史如果小說、散文、詩先分治之，先有小說史、散文史、詩史、戲劇史爲前導，再有文學通史是否更爲周全？或者先有斷代史，如明清文學史、日治文學史、戰後文學史……，如此逐步完成，是否較容易成功？畢竟我們不缺史論或史綱。

富於統整性的拾遺補闕仍必要進行，小說研究在現當代文學研究中亦是較熱絡的，然詩人的拚勁有可能跑在前面，散文則尙待努力。新起的當小說研究已打破地域、族群、性別，跨文化研究成績斐然，只是這把全球搓成大力丸的辦法，是該冷卻一下。因爲全球化與普世價値可能也是理想化的語詞，它泯滅國界的同時，文學的獨特性更難顯現。

有關世紀初的探討，現在爲時過早，畢竟才過十年，但小說研究從歷史的走向解構的，從後殖民到後遺民，從新鄉土到後鄉土，小說研究這門類還是現當代文學研究的大宗，應該最値得期待。

結語

或許「後學」氣數將盡，在這新世紀邁入第二個十年，博伊爾教授對近五個世紀的特性進行研究，發現每個世紀的第二個十年的中期都有重大事件發生，而這些事件決定著整個世紀的性格。 他還說該事件將決定在未來的幾十年中，人類將享受和平與昌盛，還是忍受戰亂與貧窮。博伊爾教授說：「可能這個事件會與 20 世紀初的 1914 年到 1918 年間發生的事件相當，但希望不是如此的災難性。也可能最後的結局會給 21 世紀帶來更多繁榮 。」離世紀初第二個十年中期只有幾年，依照現況來看，種族與恐怖的戰火令人顫寒，然這是屬於我們的時代，也只有勇敢面對。

在一個重整年代，先後退幾步不可免，後退更能觀前顧後，統整過去，叩問未來，拾遺補闕的工作已作得差不多，專家研究也重覆得令人疲乏，顯見研究者的偏食症，將錯失許多被冷待、錯待的作家，再拿出來重新檢驗，所謂幾家的金典式的選擇也過於狹隘，擴大爲百家五十家，時間較爲完整的選本更爲需要，如此我們的文學史研究與撰寫將更容易達陣。

針對現代小說的建構，政治的介入必不能免，我們但求一能統整的大才，能窮天人之際，觀宇宙之變，在這生態耗劫，恐佈主義橫行，文學凋弊的年代，也許我們今天的死亡不是真正的死亡，而是舊價値的死亡，一個新的時代正在開啓：也許我們的悲觀也不是真正的悲觀，而是過於急切，再過一個百年，想必文學史觀更爲圓熟，那時真正浮出歷史地表的會是什麼樣貌？且讓我們拭目以待。

參考書目簡要

- 王德威，《跨世紀風華：當代小說 20 家 》，台北，麥田，2002。
- 王德威，《後遺民寫作》，台北，麥田，2007。
- 周芬伶，《聖與魔——戰後小說的心靈圖象》，台北，印刻，2006。
- 陳芳明，《後殖民台灣：文學史論及其周邊》，台北：麥田，2002。
- 陳芳明，《殖民地台灣：左翼政治運動史論》，台北：麥田，1998。
- 陳芳明，《殖民地摩登：現代性與台灣史觀》，台北：麥田，2004。
- 葉石濤，《台灣文學史綱》，高雄：文學界，1987。
- 劉亮雅，《情色世紀末》，台北，九歌，2001。
- 郝譽翔，《情慾世紀末——當代台灣女性小說論》，台北，聯合文學，2002。
- 郝譽翔，《大虛構時代》，台北，聯合文學，2008。
- 朱宥勳、黃崇凱編，《七年級小說金典》，釀出版，2011。
- 陳國球、王宏志、陳清僑編，《書寫文學的過去——文學史的思考》，台北，麥田，1997。

評論

◎許琇禎*

世紀初台灣小說之書寫面向，基本上並不是對歷史小說或大河文學的復擬（自然也就不是「大說」）。事實上，自上世紀九〇年代以來，在後現代主義美學觀點的影響下，後設小說不僅顛覆寫實主義的寫實概念，而且以私我之小敘事解構歷史的大敘事，戲擬重複，在話語理論與符號建構世界的基礎上，把歷史視爲書寫的未來，歷史是論述的方式與結果而非實錄。因此，無論是駱以軍的西夏旅館，還是王安憶的紀實與虛構、施淑青的香港三部曲與台灣三部曲，恰恰都是解構歷史小說的書寫。世紀初的台灣小說仍然持續在後現代美學的符號遊戲裡尋繹更表象的本土符碼。所謂的世代差異，並不在美學觀點上的不同，而是新世代的寫作者更商品化地挾網路社群爲後盾，對文字搬演展現出更強大的興趣，拼貼科幻與武俠、方言的作意渲染，感官失能，追求神乎奇技的文字圖像，不再具有通貫世界的人文視野與深刻的文化精神。反思既爲遊戲所取代，我們遂見到雨後春筍般的寫手，卻少見動人深刻的文本。而八〇、九〇年代將後現代話語理論用的淋漓盡致的中生代作家，至此則氣力消竭，或緊貼現實、或埋入故紙，叨敘困頓，尚未摸索出身世之外的出口。

世紀初炫異造奇，樣版本土的呼聲高漲，卻是小說創作百年來看似最繁榮卻最枯竭的階段。文學出版朝消閒靠攏，大師技窮，新秀拼場，朝花夕謝，尤速於葡式蛋塔與甜甜圈。大江健三郎說讓每一個換取的孩子習得屬於自己的語言，在這個政治意識操弄、商品橫流的世

---

* 台北市立教育大學中國語文學系教授。

紀初，閱讀的沉淪，恐怕不是以物極必反的等待就能如願逆轉的事。

小說改編影視

◎林文淇*

台灣電影就小說改編而言，有三段值得回顧的重要時期。有兩段是關係密切的小說改編電影高峰期：第一是六〇年代中期至七〇年代中期，也就是台灣電影「黃金時期」。此一時期以文藝片與武俠片爲最主要類型，其他重要的類型還有政宣片與軍教片等。以瓊瑤小說改編電影爲例，從 1965 年的《啞女情深》至 1983 年的《昨夜之燈》改編總數就有爲數約 50 部之多，之後更有持續電視劇的改編。第二是 1983 年至 1986 年的新電影時期。此一時期以現代文學與鄉土文學小說改編爲主，短短四年間，改編小說總數超過 30 部。第三段歷史是小說改編幾乎從台灣電影產業消失的九〇年代至小說改編電影《父後七日》暴紅前的 2010 年。在這段時期裡，由台灣小說改編的台灣電影屈指可數，其中《少女小漁》（1995）與《天浴》（1998）改編的是大陸旅美作家嚴歌苓的兩篇作品。

小說可以啓發電影創作靈感，小說可以提供電影所需的故事題材、情節，小說家可以參與甚至執行電影劇本改編。暢銷小說絕大多數也可以爲改編的電影與電視帶來現成的大批觀眾。就電影產業而言，小說改編是必要生產模式，選擇有改編潛力好小說或是暢銷小說是必然手段，而且往往需要慧眼獨具，在搶在其他製片或是電影公司之先，以最低成本買下改編權或是優先改編權。另一方面，小說家也會因電影這個能見度瓦數極高的產業而水漲船高。美國知名小說家史蒂芬・金與國內的小說家瓊瑤都深黯此理。史蒂夫・金有一個備受好

* 國立中央大學文學院副院長與視覺文化研究中心主任。

評的作法就是任何一位剛起步的年輕導演或製片都可以用一美元的版權費來改編他的短篇小說。由金的小說改編，獲得極高評價的電影《刺激一九九五》，影片導演就是因爲曾改編他的短篇小說表現出色，獲得金的賞識後成爲好友，繼而取得這部一般都認爲極難改編的小說改編機會。這部影片在上映時雖然成績平平，但是由於改編極佳，看過的人的佳評經過口碑效應後，在 DVD 市場大放光芒。瓊瑤在自己的多部小說爭相被改拍電影後，在 1976 年第二度自組電影公司，主導自己小說的電影製作。瓊瑤成立的巨星影業儘管只維持了七年便停止電影製作，但是已經爲她的小說「愛情王國」在銀幕上開創一片新天地，勢力持續拓展至大陸的電視螢幕。

台灣電影在新電影時期雖然數量不少，但是在電影美學與院線票房兩方面的表現並未特別出色，除了票房普遍不佳外，藝術成就最受矚目的影片也是以楊德昌與侯孝賢等導演的創作影片爲主。八〇年代小說改編的票房表現失色，或多或少也是讓後來的電影公司與導演對電影改編動機不高的原因之一，加上台灣電影產業景氣越來越低迷，低成本的個人創作電影遂成主流。去年大放異彩的小說改編電影《父後七日》爲小說改編電影帶來一線希望，今年也將有九把刀暢銷網路小說《殺手歐陽盆栽》與謝旺霖的小說《轉山》改編的兩部電影即將上映。隨著台灣電影產業這幾年開始復甦，可以預期將有更多的小說被改編爲影片。

在懷著樂觀期待的同時，我也要從電影產業的觀點在今天這個屬於小說的場子，提出幾點小說改編電影時值得注意的面向。首先，要體認電影是大眾媒體。蔡明亮在與法國羅浮宮合作拍完《臉》之後，他在不同場何開始宣揚他的電影是要在博物館觀看的藝術，上映後也不在國內發行 DVD。這個對於電影藝術堅持令人敬佩，他的電影藝術成就也實至名歸，只是台灣藝術電影市場幾乎不存在，絕大多數的電影人也無法如蔡明亮能夠從國內外取得以千萬台幣爲單位的資金來進行這種藝術創作。

對一個獨立電影製作人或導演而言，每部電影至少要賺一塊錢，才有有較高的機會能獲得拍下一部電影的機會。一部電影的企畫如果有一部好的小說作爲基底，電影成功的可能性將提高許多。但是改編時如果忽略電影是要給「多數人」看的，只怕曲高和寡，票房不佳的後果是再取得拍片資金也有困難。好萊塢對大眾性的追求發展出所謂的「高概念」電影製作模式，也就是以簡單通俗的情節，知名的影星、高質感的視覺與包裝等來追求全球最大的票房。國片目前並無好萊塢的製作環境，無法依樣畫葫蘆。好萊塢的高概念影片往往也容易流於空有其表，但內容貧乏，若是畫虎不成反類犬，拍出來的國片只怕就更一無是處。但是，忽略電影的大眾性，絕大多數的國片在現金競爭激烈的電影市場連上映都有問題。

其次，電影是聲光媒體，小說的文字無法直接提供的視覺與聽覺內容，是電影重要的本體。動人的電影故事是透過影像（攝影、剪接）、表演（明星、演技）來述說、呈現，台灣電影沒有足夠的資金與技術做特效與好萊塢動作片抗衡，但是這並不表示國片做不出能夠吸引觀眾的「聲光效果」。1963 年李翰祥的《梁山伯與祝英台》光靠十來首百聽不厭的黃梅調就從香港轟動到台灣，造成萬人空巷。七〇年代的瓊瑤電影在暢銷的愛情故事基礎上，加上「養眼」的明星（甄珍、鄧光榮、秦漢、秦祥林、林青霞、林鳳嬌等），還有左宏元與劉家昌編寫的「動聽」歌曲（〈彩雲飛〉、〈心有千千結〉、〈海鷗飛處〉、〈我是一片雲〉等等），同樣經常榮登年度十大賣座國片。《父後七日》對劉梓潔短篇小說的改編，雖然電影有不少製作上的缺點，但是片頭巧妙將在棺材前面做法的師公鏡頭配上輕快的猶太民謠〈Hava Nageela〉，就是聲光效果十足的觀影驚喜。另外，吳朋奉在片中花田裡唸出自己「幹」聲連連的詩句：「我幹天幹地幹命運幹社會」，也是讓看這部電影的觀眾看得樂不可支的聲音效果。這些都是讓影片得以成功將這篇獲得林榮三文學獎首獎的小說轉變成一部賣座電影的原因。

由此來看今年由行政院新聞局與中華民國電影事業發展基金會

指導，BenQ 明基友達基金會與中國時報主辦的華文世界電影小說獎只怕是搞錯方向了。這個競賽評審給獎的重要準據是要求小說內容的元素，「包涵人物角色、背景場景、故事情節，無論類型如何，均須具備相當的清晰度、深刻度，描寫設定有利於且有易於電影攝製。」因爲沒有所謂的「電影小說」，好的電影小說不必然能夠變成好的電影，不好改編的電影也不代表不能成爲賣座的好電影。電影並不需要小說家在自己的文字作品中越俎代庖。小說只要能提供好的題材、故事，在好的電影製片、編劇與導演所組成的電影製作團隊的改編下，還是能夠拍出一部好電影。《刺激一九九五》就是眾多「非電影小說」成功改編的一個例子。

台灣新電影的文學因緣

◎小野*

在 1980 年代，我參與了台灣新電影浪潮，和非常多作家談改編版權，把他們的小說買來拍成電影。我覺得文學與電影各成一個系統，爲什麼文學會與電影相遇，和時代有關係。1960、1970 年代，瓊瑤的小說大量改編，應歸功於當時台灣每年生產大約兩百部電影，只要馬來西亞、新加坡願意買電影版權，差不多就可以回收一半的製作經費，所以它生產的方式是倒過來的，馬來西亞、新加坡願意投資的話，這部電影就拍得成，因此它必須很快地找到故事。小說就是一個非常快的方式，瓊瑤在這個年代剛好每一部小說都非常暢銷，所以她的小說大量改編除了本身的號召力外，也和電影的年生產量有關。可以說是互爲因果。

上一輩的導演譬如李行、白景瑞、李翰祥、丁善璽，難道他們有沒有拍小說？有，李翰祥就拍過羅蘭的〈冬暖〉，白景瑞也拍過陳映真的〈將軍族〉、〈再見阿郎〉，宋存壽導演拍過朱西甯的〈破曉時分〉、於梨華的〈母親三十歲〉，也拍過第一部的瓊瑤小說改編電影〈窗外〉。可以看到凡是這些導演選擇拍的文學作品本身都相當精彩。李行導演也拍過瓊瑤的〈海鷗飛處〉，但是他在 1980 年代開始轉向，拍了鍾理和的小說〈原鄉人〉，這是非常特別的現象。因爲在 1980 年代之前，不會有導演觸碰鄉土文學，也不會觸碰這一類的小說。李行在 1980 年拍了〈原鄉人〉，是觸碰到鄉土文學的最早作品。其中的道理非常簡單，如果知道 1960、1970 年代台灣的電檢尺度，不要說不能有妓

* 專職作家。

女，警察也不能是壞的，連天空都不能是灰的，社會充滿健康氣息。當時電影檢查的時候，會找各行各業的人來看電影，有哪一個行業會認爲自己是壞的？所以在這種情況下，當然只剩下不食人間煙火愛情小說是健康的了。

當時有人形容台灣那種不食人間煙火的愛情電影是三廳電影——咖啡廳、餐廳、客廳——這個電影就拍完了，你不要笑它，因爲現在要買三房兩廳都還買不起。曾經有位紀錄片導演想拍一部紀錄片叫〈三房兩廳〉那可真是個幸福的時代。就像林文淇教授所言，我們回頭去看瓊瑤電影的時候，你會想到：那個年代好幸福，每個人只要辛苦工作賺一點錢，就可以買到三房兩廳，30 坪大小，那是另外一種時代，和整個解嚴前後是不同的時代，是一個看起來不食人間煙火的，卻是很幸福的時代。當時很多導演當然不甘心，他們也很想拍嚴肅的文學作品，可是被電檢限制，他不是不認識白先勇、陳映真、張愛玲，而是都不能拍，這是就我剛剛講的第一階段：白景瑞、宋存壽、李行等人的時代。

到了 1980 年代，整個時代開始改變，新的觀眾產生了，他們突然開始支持某一種有文學氣質的電影，也就是這篇論文裡的兩大系統，一個是現代文學，一個是鄉土文學。我印象最深的就是黃春明的小說〈兒子的大玩偶〉是由三個導演：侯孝賢、曾壯祥與萬仁拍的，那個時候，王童導演同時在拍〈看海的日子〉。那時的競爭非常激烈，去拿版權還要用搶的，我和吳念真兩人開著車子到宜蘭龍潭去找黃春明的時候，他說他的小說已經全部賣給另一家民間的電影公司了，我們爲了買到三部黃春明的小說，過程還很刺激呢。在台灣的鄉土文學作家中，黃春明的作品算是改編最多的：〈兒子的大玩偶〉、〈看海的日子〉、〈莎呦娜啦・再見〉、〈我愛瑪莉〉，在那個年代，作家似乎是非常幸福的，電影公司搶著要改變你的作品 。

比較不幸的是王禎和。黃春明的小說改編賣座之後，民間很多人找王禎和的小說來拍，譬如〈嫁妝一牛車〉、〈玫瑰玫瑰我愛你〉，有些還是啓用王禎和自己的劇本。偏偏王禎和在台灣作家中是最懂電影電視的一位，他自己非常投入的編寫劇本，可是很不幸的，拍出來的結果他非常不滿意，好像還在報上抗議電影把他小說裡一些小人物的黑色幽默拍成非常不堪。2000 年我去台視上班的時候，王禎和已經過世十年了，說起來蠻感傷的，同事們描述著十年前他如何倒在辦公室的地上。我看到他的座位擺在那邊，那時候，我就告訴自己，我一定要重拍他的小說。後來在我任內重拍了〈兩隻老虎〉、〈香格里拉〉和〈嫁妝一牛車〉成爲迷你連續劇，這三部都拍得非常好，後來參加金鐘獎和亞洲影展都得了獎。換句話說，一個作家的作品被拍壞了沒關係，再等十年遇到另外一個人還是有機會的。後來我也試著繼續改編黃春明的小說，就沒有像 1980 年代〈兒子的大玩偶〉、〈看海的日子〉那麼成功了。

這些改編文學作品在票房上成功之後，很多導演開始去選擇鄉土文學作家的作品，譬如說王拓的〈金水嬸〉、楊青矗的〈在室男〉等，那個時候的導演與製片看重市場，覺得這裡面寫的東西可以搞笑，事實上拍得很成功的並不多。誠如林文淇老師所言，藝術成就高的作品不全然是文學作品改編的，事實證明有很多導演他也沒有從文學作品改編，拍得非常好、充滿文學特質。林文淇老師舉兩了例子，楊德昌與侯孝賢，楊德昌從頭到尾沒有改編過一部文學作品，他是個創作獨立而有個性的人，無法改編別人的作品。侯孝賢倒是剛開始有一個編劇作品朱天文的〈小畢的故事〉，導演是陳坤厚，也因爲如此，朱天文進入了電影圈，可是她只幫一個人編劇，就是侯孝賢。〈小畢的故事〉是一篇散文，故事非常完整，所以改編成一部非常成功的電影，也開啓了我們那個年代很多人相信文學改編是可以賣座的。蘇偉貞有一篇小說，也不是她小說裡的代表作，寫得短短的，叫作〈來不及長大〉，後來我看這故事不錯，取得版權，請剪接大師廖慶松擔任導演，許多人都認爲廖慶松是剪接師，他其實拍過兩部電影，其中一部就是改編蘇偉貞的小說。爲什麼改編？很簡單，就是這個故事很好，很完整。

下一個電影世代會不會改編文學作品呢？或許九把刀的電影創下了極高的票房已經預告了一些可能，我們且拭目以待吧。

（本文依研討會之議題討論記錄整理。）

台灣張派小說

◎莊宜文[*]

如果《小團圓》在 1976 年即出版，一切應會不同吧。

這已近乎是台灣文壇的一則傳奇：1974 年胡蘭成至華岡講學，從大陸來台時背包裡帶著《傳奇》的張迷朱西甯，領著女兒們前往拜訪，兩年後迎回家旁供養，促成胡蘭成人生的最後高峰，著書論學，點撥化成。要到 30 年後我們才知曉，這朱天文所謂的「仙緣如花」，對張愛玲卻形同災難橫禍，張因朱西甯致信表示欲據胡所言爲其作傳，連趕數月撰成《小團圓》，多少是心懷悲憤欲作反擊，經宋淇夫婦攔下，始轉而修改醞釀多年的〈色，戒〉。同年朱家姊妹和文友在首屆「聯合報小說獎」大放異彩，翌年春《三三集刊》成立，朱天文、朱天心、仙枝、馬叔禮、丁亞民等一群天真爛漫的文藝青年，談文論藝，風格習染，瞭望日月江山、滿口張腔胡調，張胡 30 年前離斷了的現實姻緣，在此締結了難斷的文學因緣。入冬隱晦幽深的〈色，戒〉刊出，海峽彼岸的心事悠悠難言。

最早指出朱家姊妹受張愛玲影響的，便是胡蘭成。我在十餘年前提出，三三青年的文學風格顯然是胡腔重於張調，這固然攸關日常相處間氣息的浸染，也因胡的任真不羈，總較張的譏諷世故更接近年少氣性。[1]三三青年將張愛玲的文化思想與世情態度，由陰暗面的挖掘轉向光明的歌頌；將其搖擺不定的政治立場，解讀爲積極反共的行動，嫁接上台灣反共神話，精神內涵正與張愛玲悖反歧出。不同於張

---

* 文章發表時爲國立中央大學中國文學系助理教授，現爲該系副教授。

1 胡蘭成〈在君父的城邦——三三文學集團研究（上）〉，《國文天地》第 13 卷第 8 期，總號 152，1998 年 1 月，頁 65。

作反浪漫的情愛觀，以及對人情世故陰暗面的著力挖掘，三三青年筆下的情愛態度卻是抒情唯美、清麗浪漫，對人世一派無機心的良善好意。始作俑者或仍是胡蘭成，胡蘭成懂得張愛玲，也誤讀張愛玲，四〇年代〈評張愛玲〉將魯、張相比，指出張愛玲「是一枝新生的苗，尋求著陽光與空氣，看起來似乎是稚弱的，但因爲沒受過摧殘，所以沒一點病態，……這新生的苗帶給了人間以健康與明朗的，不可摧毀的生命力。」[2]幾乎是蟄伏在張愛玲內裡陰暗病態老靈魂的反寫，不可摧毀的生命力倒是真的，尤其展現在對後代作家的影響力。

七〇年代末到八〇年代初，張派作家自兩大報文學獎崛起，蘇偉貞、袁瓊瓊、蔣曉雲等，和朱家都有交誼；私塾胡蘭成的蕭麗紅，以《千江有水千江月》融會張派和鄉土派兩大陣營；香港才女鍾曉陽《停車暫借問》雖未獲獎，然初試啼聲即豔驚四座，鍾曉陽讓女主角趙寧靜一路從母親生長的東北，遷徙到張愛玲的文學原鄉上海，落居自己成長之地香港，最後經朱家引渡來台，由三三書坊出版成書。

從兩大報文學獎評審記錄來看，張派作品與《紅樓夢》、張愛玲的文學淵源，屢經評審點出，朱西甯、司馬中原等對張派風格情有獨鍾，鍾肇政、鄭清文等則不表認同。呂正惠曾指鄉土文學論戰之後，國民黨的文宣體系透過報刊推揚「純正」文學，以和鄉土派的「政治」文學相對抗；邱貴芬持類似看法，提出「當時與報社關係密切，掌握雄厚文學資源的親主流國家敘述觀文人如朱西甯、夏志清等人促生『閨秀文學現象』，功不可沒。」並點名「蔣曉雲、朱家姊妹因爲寫作風格類似張愛玲而登龍門。」[3]然省籍背景和意識形態並非絕對因素，朱炎斥《停車暫借問》不知國家憂患，白先勇對袁瓊瓊〈滄桑〉模仿力太強不以爲然，文學理念和審美觀點仍居要素。

台灣張派作家師承張愛玲之因，固由於以外省第二代女作家爲主

---

2 胡蘭成〈評張愛玲〉，唐文標《張愛玲卷》，台北：遠景，1983，頁 111。

3 呂正惠《戰後台灣文學經驗》，台北：新地，1995，頁 131。邱貴芬《仲介台灣・女人》，台北：元尊文化，1997，頁 47。

的一群，透過張作懷想中國文化並遁離現實，也因其樹立了女性書寫的典範，張愛玲觀察世情敏銳通透的眼光，啓發了早慧心靈和靈動文筆。然其時涉世未深的張派作家，偏向溫婉清麗的風格，削弱了張愛玲的冷峻譏誚。不同於大陸和香港張派作家較爲分散錯落，台灣張派作家的形成和發展多所交集、相互牽連。若《小團圓》在風氣保守的七〇年代末台灣出版，張愛玲搖撼的不只是原已四面受敵的胡蘭成，和自己如日東升的文學聲望，或也在無形間毀損了張派作家的形成。

張愛玲對台灣文學的影響廣爲論者重視，七〇年代初水晶引京戲名家張君秋之例提出「張腔」，並在七〇年代末指出張愛玲爲現代文學的啓蒙人之一；八〇年代末王德威勾勒兩岸三地張派龐大譜系，接續了夏志清在《中國現代小說史》中抬舉張愛玲之功；其後張誦聖和親身參與三三的楊照，多次論及張愛玲對台灣文壇的影響。1995 年張愛玲逝世之後掀起討論高潮，《人間副刊》舉辦的國際研討會宛若造神運動，致力於本土女性論述的邱貴芬，以疏離冷峻之姿獨排眾議，令人印象猶深；宋澤萊亦撰文嚴詞批評張是「台灣內部的外省中國殖民文化病」的代表，將此文風形容爲「衰颯文學」[4]。張愛玲如魔鏡，不只勾起潛藏的意識形態之爭，也撩動評論者內在的微妙情結，唐文標的愛恨交織和陳芳明的一往情深，流露理念和感性的矛盾拉扯，恐怕是無可救藥的兩大張迷代表。

八〇年代以降兩岸三地張派小說儼然形成一些共性，大體可歸納爲：以婚戀題材爲主，多描寫悲觀陰暗面；兩性生命力偏向女強男弱，女性意識潛藏不可小覷的顛覆力量；作品表現較淡漠的時代感，與隱性的政治傾向；有著真幻難分的戲劇性和耽美戀物的傾向（以上條件過半可列入張派嫌疑）。當然最具體明確的即是深受張愛玲文風影響的句式腔調，如好用反諷與警語，展現犀利機智的主觀態度，和華麗中見蒼涼的風格等。張派作家群多有著影響的焦慮，相較於上海王安憶對影響說的矛盾反覆，和香港黃碧雲對張愛玲的嚴詞抨擊，台灣三

---

4 宋澤萊〈主編的話〉，《台灣新文學》第 6 期，1996，頁 7。

大張派小說家朱天文、蘇偉貞、袁瓊瓊，對張愛玲崇拜傾慕，早年對被劃爲張派多顯得與有榮焉。

三位作家早期作品皆溫情光明，隨人生閱歷風格成熟各展風華。朱天文風格華麗，細膩捕捉瞬息萬變的都會風貌，與豐富多樣的感官世界，折衝於胡張之間，淵源歷歷，早經黃錦樹點出。蘇偉貞小說靈敏通透又強韌執拗，晚近遊走於張派作家和張學專家身分之間。袁瓊瓊筆調冷靜嘲諷，從溫情純然一路走向陰暗犀利，近期是跋涉過千山萬水後的練達。當然我們不會忘了施叔青，尋著張愛玲在香港的足跡，流連在華洋雜處的殖民文化和絢爛豔異的物質世界。屈指算來，早期張派作家誰擺脫得了大師身影呢？或也唯有朱天心，少時浩然之氣近於胡蘭成，思想亦受浸染，後以鮮烈文風和悍然姿態，終漸偏離胡爺爺，告別張奶奶。

1994 年張愛玲在逝世前一年獲時報文學獎終身成就獎，朱天文《荒人手記》、蘇偉貞《沉默之島》分獲百萬小說獎正獎和推薦獎，標示了同志題材和情慾書寫的顛峰，與台灣張派小說的成熟。千禧年香港嶺南大學舉辦的國際研討會中，我曾親睹朱天文回憶一進頒獎會場，乍見名字與張愛玲同列紅布條上時，頓時哽咽久久難言，眾人屏息任時光凝結；鏡頭轉向六年後浸會大學的研討會場，和王安憶併坐的蘇偉貞，述及得獎時流露矜喜之情。在四十歲左右的高峰作之後，又一紀而有行經死亡之《時光隊伍》，和告別張腔、三拜蘭師之《巫言》，翌年《小團圓》出土。張愛玲早期小說描寫情慾擅長跳接剪輯，儘管是在熱戀時寫就的〈紅玫瑰與白玫瑰〉，三言兩語就處決了振保的初夜；中年《怨女》始展現「裡面的一只暗啞的嘴」[5]的驚人力道；近年挑戰類同性戀題材的〈同學少年都不賤〉，和直逼酷寒情慾的《小團圓》陸續出土，讓人訝嘆：原來在七〇年代末張派純情閨秀風盛行時，噢，原來她已在那裡。可巧的是，不知情的張派作家，往後也曾

---

[5] 張愛玲《怨女》，台北：皇冠出版社，1993 年，頁 115。

走在那相近的路上，難言是殊途同歸或分道揚鑣哩。

這張愛玲既是豐盛的文學遺產也是沉重的包袱，當年才情豐沛的鍾曉陽和成熟老練的蔣曉雲，讓人驚豔程度可能更甚於朱家姊妹，年輕早慧飽受盛名之累，卻乍然停筆，近年宛如從古墓裡悠然出土，乍見令人感嘆時光迢遞。風格古典空靈的鍾曉陽，自《遺恨傳奇》轉向詭譎路向之後一去無蹤，爲《停車暫借問》新版寫的序言，坦言復出已從一支快筆變爲細火慢熬；去年蔣曉雲歸隊，獲朱天文和蘇偉貞左右幫襯，《桃花井》系列以復古白描的敘事方式鋪陳外省族群返鄉軼事，最新短篇小說〈百年好合〉的上海家族眉宇何其神似。創作是場殘酷的長期競賽，至今才揭示張愛玲謎樣的後半生，原來是在反芻循環間不休止地自我挑戰，而張派作家唯有一字一句，向《紅樓夢》的後四十回行去。

小論台灣女性書寫的路線與張愛玲的晚期風格

◎蘇偉貞[*]

從一名寫作者角色，我想，身爲這一代的女性作家是幸運的，和上一代女性作家所處的時代和政治氛圍相較，我們可以從容的親臨文學現場，而且更幸運的是，在如今華文文學開放的年代，我們不僅目睹一個書寫場的盛況，且在擁有更多層次的人生經驗與更好的使用書寫媒介技藝後，我們有機會縫合曾經斷裂的創作時代，甚至成爲歷史的一員。這樣的感觸多少和之前梳理香港南來文學相關議題有關。香港早期文學，女性書寫的路線與特質往往被文學的發展緩慢、作家身分定位的模糊給消解了，譬如三、四〇年代由大陸南向香港曾任《大公報》文藝副刊主編的楊鋼及同代女作家黃慶雲、夏易等，她們的香港經驗的難以歸檔及延續，並且反映到五〇年代的李素、孟君、沙千夢、石泓、王潔心、費愛娜、十三妹等女性作家的書寫身世，無論她們寫作的成就與議題開創性如何，這些香港女性文學的奠基者面臨了相似的問題，當然，我們不會忘記張愛玲。約要等到七〇年代以降的西西、亦舒、綠騎士、李碧華、梁鳳儀、鍾曉陽、辛其氏、黃碧雲、鍾玲玲、蓬草等女作家相繼出現，香港女性書寫及作者，女性書寫傳統才有了較明朗的開展。[1]

所以，今天的回應，我想從兩個部分說，一個是關於台灣女性書寫的路線，一個是關於張愛玲與張派的糾葛。

---

* 國立成功大學中國文學系副教授。

1 梅子編：〈短篇小說選・序：共用收穫的喜悅〉（香港：天地圖書公司，1998 年版），頁 3。

關於台灣女性書寫路線，不能不由 1949 年遷台初期的女作家表現談起。1949 年 3 月《中央日報》的「婦女與家庭」周刊開版，由女作家武月卿主編，每周日出刊的版面，多以生活散文、論述婦女問題爲主，那個時期的文壇重量級女作家，如謝冰瑩、張秀亞、琦君、郭良蕙、艾雯、孟瑤、張漱菡、劉枋、鍾梅音等，身爲知識分子，她們的登場，不僅呈現了「遷台初期文學女性的聲音」，[2]更使該周刊成爲十足重要的論述／創作場域。譬如曾任中興大學中文系主任的孟瑤便在 1950 年母親節發表〈弱者，你的名字是女人？〉對女性角色提出思辨與控訴，引發相當的性別議題討論。關於此時期女性書寫相關研究中，范銘如便有感而發，指出這一代女作家展示明顯的女性自覺，是一群「披著陰丹土林布旗袍，狀似甜美的辣將。」[3]從版面的氣象看，在某種程度上，是和 1949 年便在《自由中國》擔任文藝欄主編的聶華苓及 1953 年起主編《聯合報‧副刊》十年的林海音，織成不容小覷的女性文藝陣線。這樣的識見與風格，難怪陳芳明將林海音與聶華苓並列爲台灣文學五〇年代的重要女性編輯。[4]從這樣的女性書寫與角色自覺初啓，聯結到張愛玲，1957 年 6 月、8 月的《文學雜誌》上刊登了夏志清的〈張愛玲的短篇小說〉、〈評《秧歌》〉，換言之，張愛玲論述五〇年代晚期已進入台灣。回到當時的文藝政策與文學路線現場，小說家劉大任在〈灰色地帶的文學：論朱西甯《鐵漿》〉一文中，提到在「魯迅和張愛玲的文學傳統中，台灣無疑選擇了張愛玲。」[5]若更進一步闡述，劉大任認爲和魯迅社會批判路線相較，「張愛玲路線」也許結合了心理學的的某些觀察角度，使得她的作品將她

[2] 封德屏：〈遷臺初期文學女性的聲音：以武月卿主編「中央日報‧婦女與家庭週刊」爲研究場域〉，李瑞騰主編：《永恆的溫柔：琦君及其同輩女作家學術研討會》（中壢：國立中央大學中文系琦君研究中心，2006 年 7 月出版）。

[3] 范銘如：〈台灣新故鄉——五〇年代女性小說〉，《眾裡尋她——台灣女性小說縱論》（台北：麥田出版，2002 年版），頁 19-21。

[4] 應鳳凰、黃恩慈：〈穿越林間的海音——林海音〉，《五〇年代文藝雜誌及作家影像資料館》，2011 年 5 月 18 日取自 http://tlm50.twl.ncku.edu.tw/wwlhy1.html

[5] 劉大任：〈灰色地帶的文學〉，朱西甯：《鐵漿》（台北：印刻出版公司，2003 年版），頁 4。

對人性的敏感度發揮得淋漓盡致，但是缺乏一種社會歷史的觀照，無法把科學融入文學創作的思想體系，造成了一元論的恐怖。[6]反而一輩子傾慕張愛玲、談張愛玲的朱西甯以其一貫原鄉視野，以回憶和想像，構築了一個閃現著幽微人性的原鄉社區，劉大任據此評論朱西甯小說，尤其是「鐵漿時期」，卻是魯迅的。[7]也許我們可以這麼說，如果從前文女性書寫的角度看待張愛玲影響，在「張愛玲路線」外，張愛玲不在場的五〇年代，台灣第一代女作家的理性、自覺、主會角色、風格，其實告訴了我們還有另一條女性書寫路線與痕跡。

接著我想說的是關於張愛玲與張派的關係與糾葛。相對於大陸張派作家與張愛玲的關係，王安憶毫不掩飾一種「拒絕的態度」，甚至是「斷然地否定」，而香港黃碧雲對在讀《小團圓》的不耐與情緒，也很激烈。[8]但台灣女性文學發展的軌跡，展現了女性書寫的自信與矜持，反而會從不同的角度與聲音看待「張派」或張愛玲現象，譬如從現代女性生活的角度，她晚年長期離群獨居，袁瓊瓊便曾言，張愛玲不拿孤獨當回事，這是很可畏可敬的。所以，我反而更想探究的是作爲張愛玲，她的書寫與自我形成的關係以及若有糾葛，是什麼？

這裡，也許從已知的張愛玲「晚期風格」著作《對照記》(1994)及遲到的《小團圓》等作品切入，是一個不錯的角度！[9]何謂「晚期風格」？薩依德（Edward Said）生前在哥倫比亞大學開過一門課，就叫「最後的作品／晚期風格」，他的備課筆記上寫著「時間轉化爲空間」，提到編年式的序列特質是「開啓成風景，更能看見、體驗、掌

---

[6] 尉天驄、劉大任：〈知識分子的自我定位〉，《印刻文學生活誌》第 74 期（2009 年 10 月），頁 92-93。

[7] 謝材俊：〈寫作者的側影——懷念朱西甯先生：返鄉之路〉，《聯合文學》第 221 期。

[8] 黃碧雲寫道：我以爲我已經擺脫張愛玲。擺脫的意思，不讀，不寫，不談論；不生氣，不上心。與我無關，不見不聽不聞。有多難，要擺脫一個死人有多難。取自 http://www.3nong.org/bbs/viewthread.php?tid=15405

[9] 這裡主要將張愛玲著作畫分成三個時期，以發表時間及地域區隔，一是上海時期（1943-1952），一是香港時期（1952-1955），一是美國時期（1955-1995），在美國期間，張愛玲 2010 年出版的《雷峯塔》和《易經》約爲 1957 年 9 月以英文改寫完第一章並於 1963 年 6 月完成，1976 年完稿的《小團圓》，則於 2009 年出版。王德威已指出四書形成的「衍生的美學」，題材的重覆張愛玲亦不避言，由此，廣義視爲「晚期」作品。

握時間」，小說角色則「是時間的持續」（duration）。「晚期風格」最早是德國學者阿多諾（Theodor W. Adorno,1903～1969）提出的，他認爲論貝多芬（1770～1827）大調鋼琴協奏曲作品 101（1816）開始，呈現「一種本質有異的風格，亦即晚期風格。」[10]但他也指出，貝多芬中期作品事實上間或有晚期風格的重影及種子，而晚期有中期風格的殘跡或重現。薩依德自承是阿多諾的追隨者，受阿多諾啓發，在《論晚期風格》首章〈適時／合時與遲／晚〉，談到兩種晚期特質，其中之一：

> 在一些最後的作品裡，……反映了一種特殊的成熟，一種新的和解與靜穆精神，其表現方式每每使凡常的現實出現某種奇蹟式的變容（ransfiguration）。[11]

這個變容，多以「圓融和解」收場，但似乎這並不是張愛玲「晚期風格」的小說主題與本質。薩依德對時間與時間／人生階段的探討，比較偏向編年式的思考，他提醒我們，人們對藝術或人生的過程，多認定凡事「各有其時」（timeliness），即適合早年發生的事不宜晚年的人生階段，反之亦然。但薩依德晚年罹患血癌重病，他自承人在晚期，健康或其他因素導致身體的衰敗，難免會有「終非其時」（an untimely end）的心態，於是：

> 人生的最後或晚期階段，肉體衰朽，健康開始變壞……我討論的是偉大的藝術家，以及他們人生漸近尾聲之際，他們的思想如何生出一種新的語法，這新語法，我名之曰晚期風格。[12]

---

[10] 彭淮棟：〈反常而和道：晚期風格〉，艾德華・薩依德著，彭淮棟譯：《論晚期風格：反常和道的音樂與文學》（台北：麥田出版，2010 年版），頁 48-49。

[11] 同上，頁 52-53。

[12] 《晚期風格：反常和道的音樂與文學》，頁 84。

延伸以上，年紀、時間、頹壞在晚期作品中產生的不是「成熟」，是什麼呢？是薩依德筆下深感興趣的第二型晚期風格，他想探討的正是這種經驗：

> 這種經驗涉及一種不和諧的，非靜穆（nonserene）的緊張，最重要的，涉及一種刻意不具建設性的，逆行的創造。[13]

正是這「逆行的創造」，使得張愛玲對其過去經驗的一寫再寫，這是張氏家庭劇場也是她的家庭運動。學者陳建華在〈張愛玲「晚期風格」初探〉裡，以獨到的觀點解析張愛玲《對照記》之晚期風格，他認爲《對照記》「展示了一條通向過去的心理軌跡。……不斷構成『詮釋循環』及『視覺交融』。」[14]陳建華論文完成時間爲 2006 年 3 月，當時《小團圓》尚未出土，當然我們也知道《小團圓》與《對照記》是一體故事圖式，陳建華提出《對照記》的書寫並非簡單的回歸，而是「與早期小說形成某種『參差的對照』」。我認爲這就是薩依德所說的「新語法」，也因爲這「新語法」，與之後充滿謎團的《小團圓》及不斷的「適時／合時」、「遲／晚」時間更新之作《雷峯塔》、《易經》，張愛玲的「晚期風格」出現了。

張愛玲是這樣自如返往於書寫，反觀張派作家與張愛玲之間或抗拒或追隨，糾纏多年，回過頭來看，台灣女性作家書寫其實有很堅持而自主性的基礎。張愛玲與台灣張派，可說是時代造成。隨著張愛玲更多作品出土，世人對她有了更多的認識，她的作品提供了一種視野，也該是我們重新思考張派本質的時候了。

---

[13] 同上，頁 85。

[14] 陳建華：〈張愛玲「晚期風格」初探〉，陳子善編：《重讀張愛玲》（上海：上海書店出版社，2008 年版），頁 139。

都市、空間、小說創作

◎郭強生*

沙林傑的紐約，昆德拉的布拉格，村上春樹的東京，張愛玲的上海，當然還有卡爾維諾的「看不見的城市」，都闡顯了屬於二十世紀的一種鄉愁，那種與一座城市愛恨糾纏的奇特命運，恐怕才是他們作品中最讓人魂牽夢繫的元素。我們也許就正如《看不見的城市》中的旅者，永遠找不到書裡的城市遺址，但是始終那是一座比真實更真的想像城堡。當所謂的「城市文學」都流入物質幻影的俗套，傑出的城市作家如何帶領我們重返神話原鄉，才更顯現其與眾不同。

討論台灣小說中的城市空間之前，我先提出國外的一些作品之用意，便在於台灣文學中的城市書寫似乎偏重於空間的「再現」而非「再創」，多針對特定時間點（如 1990 年代的奢靡）或政治版圖上（日據時代的台北、美麗島時代的高雄）的空間座標，而本土化教育的深耕，相對擠壓了對都市書寫的空間，以台北為例，近十年的台北文學幾乎已等同於美食地圖。

該如何形容台北？每一個世代在以台北為題材時，常受限於（曾經）看得見的空間嬗遞，今昔是如此生硬地被切割，創作者的想像總掙不脫某一種政治正確——城市總與鄉土形成對立的二元。都市真正的面貌，其實存在於永遠不會消失的那些各色族群與視角，他們閃躲幽隱其中。甚至我們應當如此想像台北：它並不是一個真實的空間，我們台北人都活在來回翻折的空間裡。

我對都市空間觀察的興趣，幾乎與對小說創作發生興趣是同一時

* 國立東華大學英美語文學系教授。

間。在我初向文壇叩門的 1980 年代，曾經有黃凡、林燿德爲首的「都市文學」一度興起，但回頭觀之，前者的都市是資本主義中的人性善惡試煉場，可以發生在台北之外任何的城市；後者則對歐美後現代思潮的移植躍躍欲試，自然得以台北作爲後現代登陸的落腳，然而當年的台灣卻離真正的後現代文化仍有一段距離。也許，在都市書寫初萌芽的彼時，此間的文學想像便已將城市定位在「新」，而排除了城市可以比鄉村更古老、陳舊、神秘的意涵……。

容我再回到沙林傑的紐約作爲台北的參照。

讀過《麥田捕手》的讀者一定都記得，荷頓被退學後夜乘火車回到紐約，在計程車上臨時改變主意不直接返家而改投宿旅館。而在與計程車司機的搭訕中他忽然問起：「中央公園湖上的鴨子到了冬天都到哪兒去了？」司機胡亂回答一番，令荷頓對這個問題倍感好奇，「中央公園的鴨子」成了全書的一個隱喻。這是沙林傑寫作風格的特色之一，用一個近乎童稚的聲音表達彷彿帶了哲學意味的存在焦慮。更弔詭的是，荷頓必須回到紐約，他的家城，來完成類似傑克・克魯亞格（Jack Kerouac）《在路上》（*One the Road*）中的逃家壯舉。這對於在紐約久居的讀者來說真是一針見血的體驗，紐約正是令人覺得「回家」與「逃家」雙重情結的一個特殊城市。而荷頓坐在旅館中所發出的一句感嘆：「夜深人靜之時街上忽然傳來的笑聲一讓紐約變得難以消受。」恐怕只有老紐約才會心有戚戚焉——一個傳奇永遠在發生中的城市，你忽然發現自己是一個人。

城市的特質之一也就在此，每個居住其中的人都永遠是一個人。他（她）如何將那樣一個地理上的、物質上的空間，轉變爲自己的「地方」，我想才是都市小說的重要主題，也是它與其它書寫最與眾不同之處。而我在 2009 年重新拾起小說創作之筆時，仍然選擇了城市做爲我的背景題材，因爲在經過紐約他鄉十餘年，重新面對一個已迥然不同的臺灣時，最能反映我建構屬於我的「地方」感的，便是從都市的鬼影幢幢切入，遂有了《夜行之子》的完成。如果沙林傑筆下的荷頓要問「鴨子冬天都到哪兒去了？」我的問題則成了：「台北人到哪裡去了？」

中央公園裡的鴨子冬天哪兒都沒去，牠們就停留在結冰的湖面上。

台北城市九記

◎阮慶岳*

在芝加哥美術館，看見約是十八、九世紀的小張油畫，題名「森林的甦醒」，畫者是誰不記得了，卻不知怎的，就深深的被吸引了。是描繪初黎明的森林景象，畫者自己也入畫的躲在一角大樹後，偷偷窺視逐漸從林中顯現的各樣奇景，而且……美若天仙的薄紗精靈、純淨至善的小麋鹿，與多彩高歌的雲雀們，果然就一一不令人失望的顯身出來。

我覺得城市一如森林，在至靜至清澈的某個黎明，我們必終會見到她甦醒來時的純美模樣。

台北就是這樣等待著甦醒的城市森林。

在時間與歷史的世代層層交疊踏踩下，與人爲（權力者）不斷覆加上各樣的植林計畫（都市規劃）後，台北森林的真貌早已不可復見。我覺得此刻的自己，就猶如那個意圖藉由隱身林間，以期能見到真正森林面貌的畫家，因爲我們完全明白，真正的台北城市森林風貌，並不是眼前這些林列的優生植木林相，反而是那些寧可隱跡、依舊生命盎然的微小生命。

因爲，我和畫家都珍惜也渴待這樣的真實。

而且是她們，就是她們向我們維繫著某種微黯也悠遠的承諾，對我耐心說著：相信我，這森林終將在某清晨再次甦醒來。

我和不知名的那畫家，都聽見了這個關於再次甦醒的承諾。

之一，這幾年我對建築的關注，明顯轉到對城市議題的思索，與

* 元智大學藝術與設計系副教授、系主任兼所長。

東亞大環境趨勢走向的觀察上。

原因是我覺得現代人生活的衝擊，最大的矛盾點還是在於城市興起這件事情上。北宋的汴京固然人口上百萬，當時已經嘆爲觀止了，但比起工業革命後，蝗蟲般大批由鄉村遷移入都市，規模動輒上千萬的現代城市，還是小巫與大巫之比。

城市在因應這樣迅速擴大的過程裡，陣痛自然難免。20 世紀是以同樣快速的硬體建設作回覆，譬如蓋捷運、高鐵、核能廠、摩天大樓等等，對市民作出現實問題的解決交代；然而，許多現代城市到了 21 世紀，逐漸發覺硬體建設已經不是城市競爭的關鍵處，反而許多無形的流動軟體，例如電腦與寬頻普及性、文化創意的活躍度，常民生活的活潑性，以及各樣通路的暢通性，像是手機、宅急便、7-11 等，才是城市風華的比較處。

一種對自發、有機、靈活與可變異的需求，正在取代過往龐大硬體建設的固定解答模式，微型多樣挑戰巨型單一，可見與不可見的無數通路，並馳在我們的日常生活中。而這樣由下而上的自發力量，融合常民文化的城市生態，正在東亞城市迅速發展也明顯可見。

這樣的城市有一種流動的特質，她並不追求固定與永久，維持著自我的外貌模糊多變、內在日日自我更新的品質。最迷人的是細微處所，如街道巷弄、小店攤販的豐富多樣，與個人勇於介入城市的自發態度，而不是完全依賴井井有序的上層控管。

對我而言，台北就是這樣一個流動的城市。

有點像微風、河水與詩句，與紐約巴黎倫敦都不同，令人喜歡也驕傲。

裂變的地圖
百年小說中的家／國敘事

◎楊　翠[*]

百年家／國異變史

這個老朽的東方國度，竟是以百年的時間，寫就一部驚心動魄的家／國裂變史。

家／國裂變，地圖毀棄，主體失去辨識自我存在位置、關聯線圖、實踐方位的依據。於是，探問「地圖」的疆界、邊界，質疑地圖的繪製權，對「地圖」的重寫與逆寫，也就成為百年間的歷史命題。

先是對「西方」的抗辯、協商、轉譯、挪用、逆寫，在東方與西方之間，重新建造世界地圖，試圖標示家／國與主體所在的區位。

其實，不需西方來割裂與租界，家／國自身的地圖就一再裂變。先是帝制王朝崩解、民國建立，然後軍閥混戰，直奉桂皖，今友我敵，接著八年抗日，疆土成焦土。最後是國共鬥爭，海棠遍地灰燼。

所幸還有一座島嶼，容納了流離的生靈。然而，家／國裂變的角力，卻也隨之渡海而來。所謂回歸，竟成裂離的開端。

島嶼原初自有它的春秋日月。自前前世紀末開始，賴和筆下「被兩個時代母親遺棄的孩子」，開始暗夜獨行，歷經五十年的衝撞、追索，逐漸建構了屬於島嶼的地圖，也試圖在世界地圖裡，標示出自己的區位。

一甲子之前，吳濁流《亞細亞的孤兒》寫出島嶼子民在兩個時代、

* 國立東華大學華文文學系副教授。

兩個政權、兩個地理／文化空間的雙重擠壓之下，宛如一葉「無意志底扁舟」。雖然如此，「扁舟」卻也在夾縫間隙，在漂流的海域，找到主體方向，一如台灣連翹，穿透焦土縫隙，伸向敞闊天地。

然而，國共鬥爭延擱了家／國裂變史。國共鬥爭，豈僅是一場歷史變局，姜貴在《重陽》裡所演義的寧漢分裂，也不僅止是一次事件、兩個對立陣營男子的身體（政治）猥褻故事而已。共產黨大腳立足彼岸，國民黨漂流渡海，島嶼成爲戰事的延長線，兩岸對峙，兩張家／國地圖劍拔弩張，國共鬥爭在空間上的延長，時間上的延擱，把島嶼先前的一切都置換掉了。

島嶼成爲戰爭的烽火台、前哨站，流亡主體則以之爲彼岸家園的觀想站。

島嶼的空間區位被抹消。島嶼的計時系統被打亂。島嶼的地圖被置換。

國共鬥爭的延長，終而使島嶼子民，無論來自何時、來自何處，俱皆失落現實的時空座標。我們與現實有了巨大時差。然而，我們與歷史的時差，卻又不是貼靠過近、就是相距太遠。既無法憑藉現實、又無法憑藉歷史，我們失去了爲未來標示方位的圖標。於是就連未來時間，也一併被抹除了。

家／國裂變終而發展成統／獨分道，我們手執不同地圖，都想按圖索驥，以雙腳走進去。其中有一張地圖虛構了半個多世紀。有一張地圖還是未來式。而現實的地圖，則被擠壓變形。

殊異的家／國想像，終讓彼此裂離，我們或者相互叫囂，或者不再言語。

介入者的家／國敘事

泥濘、濃稠、晦暗，卻又激越、跳動、奔放，是百年間的精神寫真。

從帝制王朝廢墟中，或者從封建家園的裂縫裡，乃至從權力鬥爭哀鴻遍野的棋盤中，有些新綠長出來，起初像苔蘚一般微細，而後增生繁衍，如詩人林亨泰〈群眾〉中所寫：「在陽光不到的陰影裡／綠色的圖案／從闇秘的生活中　偷偷製造著／成千上萬無窮無盡／把護城河著色／把城門包圍把城壁攀登／把兵營甍瓦覆沒／青苔　終於燃燒起來了」。

青苔燃燒的聲音，是庶民從陰暗地層發出的聲音。然而，廢墟也會增生廢墟，閱讀百年史，最教人觸目驚心的，是死亡，各種原因、各式各樣的死亡，鮮血從鮮血流淌處流淌，從鮮血乾涸處流淌，層層疊疊，難以辨識它的年輪。

而小說家們，既是這場家／國裂變的見證者，也是參與者。生逢此時，他們必須是參與者。或者說，即使小說家們自認爲立身疏離的位置，冷眼旁觀，爲文學而文學，但他們作品中潛藏著阿都塞（Althusser）所謂的「沉默話語」，卻是怎樣也無法掩蔽。畢竟這些小說都是從戰亂、爭奪、鮮血流淌的土地裡長出來，怎樣也都沾帶了腥味與殺氣。

腥味與殺氣不是問題，小說家怕弄髒自己，就寫不了小說。誠實一點來說，如沙特（Jean-Paul Sartre）所言，一旦開始寫作，你就介入了。

百年間，那些寫小說的人，在裂變的家／國廢墟與殘骸中，在戰事與鬥爭的現場，不僅是在打撈故事，錘鍊故事，變賣故事而已，最重要的是，他們還參與了拆除家園、尋找家園、建造家園的行動，他們參與了詮釋地圖、再製地圖的國族打造工程。一旦開始寫作，他們就介入了。

他們或者介入—說話—靠攏—認同。

或者他們介入—說話—揭露—變革。不外乎如此。

百年時局遞變，每個當下時間，都是它前／後時間的間隙，間隙推擠著間隙，也挑戰了前一個間隙。百年間，這樣的時間裂縫何其多，許多小說家選擇同時扮演文化爆破者、美學實踐者的雙重角色，他們介入—說話—揭露—變革，作為兩個時間間隙的引渡者，爆破前一個間隙，向另一個間隙前進。魯迅〈狂人日記〉之所以動人，不在於它有多少個「中國白話文學史上的第一」，而在於這個狂人以犀利的獨白瘋言，爆破老朽封建帝國的腐敗文化醬缸。

當然，選擇當了爆破者，又想維持全身潔淨，那幾乎是不可能的。然而魯迅是誠實的，賴和是誠實的，楊逵是誠實的，他們與許多同世代作家們都知道，怕弄髒自己的小說家，不見得就比政客乾淨多少。

百年間，在這場家／國地圖的爭奪／爭釋戰中，許多小說家，或者有意趨向、或者無意間依附了比較大的那張地圖，在那張地圖裡辨識、確認自己的存在位置。這也無妨，誠實就好。

腥味與殺氣也無妨，不要抹消別人手中那張地圖就好。

聽聽這些爆破的聲音

如是，百年家／國小說，與其說是一種「小說類型」，毋寧說是幾種以小說爆破舊世界、建造新地圖的方法。

家，既是小說家必須爆破、卻也是亟欲追尋的實存／象徵空間。家的意象，至少有幾種向度，包括親族連帶關係的「家」，或者以家屋為主體空間，以親族連帶關係為黏著劑，向「鄉土」延伸生活場域而形構的家園意象。

親族連帶關係的家，是首先要被爆破的。人倫禮教，最後成為吃人的符咒，而吃人集團的核心執行場所，則是「家」，〈狂人日記〉正是寫這個。巴金「激流三部曲」中，正在朽毀的封建大家庭，仍如巨獸般，固守它最後的鐵牢。說到吃人，「家」最會吃女人，賴和〈可憐她死了〉裡的阿金終於被吞噬，而李昂《殺夫》裡，林市母親被家族啃食，林市身心都被侵蝕，只能在昏昧中反擊。白先勇《孽子》、王文興《家變》中，主體或者與家衝撞，或者自我放逐。林海音《城南舊事》以孩童視角演示的家，純真和犀利並陳，溫暖與殘酷兼有，但也是老朽了，是終要拆除的。

蕭麗紅《桂花巷》裡，高剔紅被吞掉的，豈只一生，還有她的幸福想像與情慾流動，蔡素芬《鹽田兒女》的家，又何嘗不是如此。而歐陽子〈魔女〉中的「惡女」與戀母，陳雪筆下的家，魔鬼暗夜橫行，亂倫糾葛，母女糾結。家是「人」生成之處，也是「吃人」的場所。戰後大量女作家筆下的婚戀、家庭、母女書寫，不僅爆破家、拆除家，重構家的意象，也重構了家與自我的關係，從而重建自我圖像。

九〇年代以後，爲數不少的女作家，以家族史小說重新構築家與自我的關係，尋找回家的道路。郝譽翔《逆旅》中，女兒終究與山東父親的足跡相互疊印；鍾文音《昨日重現》、《在河左岸》，以濁水溪、雲林、三重的地景人文，母系、父系的家族史，台灣的歷史圖像，共構家的意象與自我的圖像。陳玉慧《海神家族》，演繹母系家族故事，以「媽祖」意象鋪衍女兒離鄉／回歸的生命母題。無論是父國或母族，2000 年前後，小說家確實以小說，參與了家／國的拆除、歸返與重建。或者，透過文學操演的歷史敘事，將「過去」情節化、脈絡化、意義化，從而階段性地療癒了自身（或集體）的家／國創痛。

覆滿封建傳統塵土的家，是一座座文化古墓，吞滅一個個主體，百年間以家爲題的小說，多少都流露出衝撞、抵抗、摧毀、逃離、重返等等複雜的心路。而家與國，共構吃人，百年間，鯨吞蠶噬，更是這個時代最大的悲劇。聶華苓《桑青與桃紅》是悲劇的經典，桑青逃出家庭圍牆，逃離戰亂烽火，終究逃不出國家權力的凝視，即使分裂了自我，桃紅終究也只能在帝國的地圖裡，無止盡地逃逸。

家，或而以家園的意象，鑲織在小說中。這樣的家園意象，理應是具體生活空間的素樸再現，然而，當國家介入家園，即使是素樸的生活空間，也可能是烏托邦的奢念。黃春明〈青番公的故事〉中，蘭陽濁水溪惡水連連，人與自然協商共處的故事，苦楚難免，總還能撥雲見日，然而，當權力者擁有「家園」的絕對解釋權與操控權，素樸的家園竟不可得。無論是楊逵〈送報伕〉中的家園失落，洪醒夫〈吾土〉中的土地苦戀，或者宋澤萊〈打牛湳村〉中的奸商豪奪，殖民政府與官僚體系，都是幕後最大的黑手和贏家。

百年間，這個老朽的東方國度，以加速度走向腐敗，權力者卻是以腐肉爲食，噬血狂歡。「國家」不是庇護所，而是龐大的怪獸。《桑青與桃紅》寫微小個人在國家面前，只能裸命奔逃，逃出國家看守的閣樓，卻又逃入帝國的地圖，帝國固然無法在地圖上抓住她，她又何曾逃離地圖的邊界。唯有永遠「在路上」，才得以找到呼吸的時空間隙。

百年小說如《桑青與桃紅》這般，寫奔逃的何其多。葉石濤〈三月的媽祖〉在逃，鍾肇政《插天山之歌》在逃，陳映真〈鈴鐺花〉在逃，李喬〈小說〉在逃，他的〈泰姆山記〉，還是在逃。

如果不是奔逃，那就是瘋狂，死亡，或者被禁錮。李喬〈告密者〉中的人格分裂，朱天心〈從前從前有個浦島太郎〉的被害妄想症，作家的筆觸冷熱有別，但暴露出的政治荒謬性如出一轍。施明正〈渴死者〉與〈喝尿者〉，監獄禁錮空間中的精神荒蕪與感官熾張，小說如現實，虛擬實境，但讀過一兩本台灣史的人都知道，事實上，現實比小說還小說。

前一個世紀發生的故事／小說，之所以抹除它的虛／實邊界，不是質疑它的真實性，而是指涉了現實的荒謬性。陳映真〈趙南棟〉中在白色恐怖黑牢中出生的孩子，靈魂彷彿被吮乾般，總是活在虛境中。郭松棻〈奔跑的母親〉裡，母親奔跑的夢境，又何嘗不是實境的仿作。而〈月印〉中妻子出賣丈夫，也不過是彼時眾多現實荒謬劇的再現。

百年小說，家／國魔咒附身，無以甩脫，救贖不得不是個母題。政治悲劇，對生者來說，不只是一幕劇，而是悲劇時間的無限擱置，等不到謝幕的時刻。百年小說充滿了孤兒、亡兄、孤女、寡母、未婚妻、廢人，對於這些悲劇中的「餘生者」而言，「餘生」既是劫後，也是劫難的未完結。

救贖沒有方程式，無論是痛感，或者痛感的移除，都要回返主體自身。然而，家／國小說中，對死者而言，救贖不必要，對生者而言，救贖不可得。「餘生者」的救贖，總是充滿了問號。陳映真〈山路〉裡，青春的理想，換來死亡與禁錮，生者蔡千惠的救贖行旅，終究還是虛幻一場。葉石濤《紅鞋子》與《台灣男子簡阿淘》，所謂救贖，其實是倖存者的自我嘲諷，自曝傷口。陳燁《泥河》，城真華在踰越死亡邊界之後，救贖才飄忽而至。李昂〈彩妝血祭〉裡，王媽媽的救贖，也是以死亡取消時間，抹除肉體實存，如水燈漂浮，以此逸出家／國魔咒的領土。蕭麗紅《白水湖春夢》裡的救贖，以世代記憶的銜接，暗示了救贖的未來式。李喬《埋冤 1947 埋冤》，被強暴者與強暴者的精血共存，從惡果之中，綻開希望的綠芽，所有的怨念被抹消，這樣的救贖，是不是僅僅存在文本的烏托邦裡？

百年間，家／國裂變，終而成爲家／國魔咒，政治悲劇是一種，而文化身分與國族認同的趨、避、迎、拒，複雜糾結，更是小說家無法逃避的課題。歷經帝國主義入侵、殖民經驗、流徙離散、國共鬥爭、族群衝突、文化交混等歷史經驗，「我在哪裡」？「我是誰」？「我們是誰」？文化身分認同的焦慮、衝突、追問、思辨、困惑、確認，小說家難逃其間。

王昶雄〈奔流〉中知識分子的幾種認同歸趨，吳濁流《亞細亞的孤兒》中，主角在台灣人、中國人、日本人的文化認同之間追尋擺盪。戰後，解嚴前台灣作家，即使身在島嶼母土，卻竟必須跋涉歷險，在禁忌的黑箱中，翻找自己的故事，鍾肇政、李喬這些被認爲有「歷史建構癖」的小說家，透過大河小說，以文敘史，以文構史，經由歷史記憶的尋繹，在故鄉，尋找回家的道路。那其實是因爲他們曾經被迫在故鄉迷了路，作爲文學虛構的歷史本文，在情節化的敘事結構中，替換主導地位的事件，以其他的情節架構取代，選擇不同的符號叢，示現歷史的圖標，在這些圖標裡，找到自己文化身分的關聯位置。而這些，也是小說家的自我療癒過程。

至於被國民黨帶來島嶼的流亡主體，雖然身在異鄉，但原鄉、故鄉、他鄉、家鄉的多重糾葛，也使「家園」脫離了素樸的記憶空間與生活空間的指涉，同樣以文學「說史」，在取捨、製造、放進、省略、剪裁、拼貼之間，同樣示現了政治話語的浸透。朱天心〈古都〉裡的國族認同辯證，表面上與城市地景異變、成長記憶空間失落有關，實則是「你」對「地圖」選擇的意義化敘事。朱天文《荒人手記》與蘇偉貞《沉默之島》，荒人與孤島，犀利地隱喻了解嚴後外省族群的認同焦慮，對比於蘇偉貞前此《離開同方》中台灣新故鄉的素樸家園意象，僅僅四年的書寫時差，竟恍如隔世。而駱以軍以魔幻寫實所操演的家族記憶與國族認同，以後設小說手法，卻仍轉譯了他既稀薄而又沉重的現實感。這些小說家選擇書寫，也示現了自身的介入位置，以及對於地圖選擇。

認同是一種精神構圖，但文化身分認同無法只是個體孤絕的內在精神活動，小說文本終究還是從意識形態的疆域中產出，從而也生產了意識形態。至於台灣原住民族作家對於「我族」的文化身分認同思辨，某種程度脫出了「國族」的框架，反思殖民者、主流文化的地圖疆界與邊界的標示，以及地圖建構的權力場域。

無論是對於情感連帶網絡的「家」的拆除或重建，素樸家園追尋的可得與不可得，歷史記憶的尋繹與重建，原鄉的失落與追尋，或者政治權力場域的趨／避／抗，百年小說中的知識分子圖像，不僅是政治修辭化約的只有紅色、白色，只有藍色、綠色而已，他們遠比這些顏色更複雜。然而，複雜還不是小說中的人物，複雜的是這百年的時代語境。

蒼白、頹廢、憤怒、激越，在不斷自我燃燒而又虛無苦悶的兩個極地，在烏托邦與反烏托邦的兩個極地，小說裡的知識分子群像，有的無怨無悔，有的虛擲一生，有的變身爲魔。

下一百年？

無論聖或魔，證成或虛擲，我要悲觀地說，百年的家／國小說見證的，都是時代悲劇。

但時代不會自己成爲悲劇。「中國」這個國家／文化符碼，在政治操弄下，化爲魔咒，國民黨和共產黨爲了爭「中國」的解釋權和代表權，撕裂家／國，賦予權力者「必要之惡」的正當性。彷彿《魔戒》實境版，那一只戒，爭得或爭不得，都已背離了原初，爲了爭一只戒，把眾生全都捲進來，家園成焦土，山河染血，生靈離散。

如果以歷史的後設之眼，凝視這些絕不僅僅只是斑駁而已的血跡，再看如今雙方的握手言歡，這些血跡，那些所有的死亡、瘋狂、禁錮、逃亡，還有從這樣驚心動魄的產房裡孕生出來的小說文本，實實在在，都是一場場世紀荒謬劇。

這一個百年，諸神棄守，萬獸高歌，裂變的家／國成爲廢墟。你在它的廢墟裡寫，你走再遠，還是在它的廢墟裡寫。小說家唯有真誠面對自己介入的位置，多少還能在廢墟裡寫出救贖的可能。

至於下一個百年，小說家能否脫出家／國魔咒，或者從魔咒中逆寫出家／國的陽光進行曲。那還是小說家自己的功課，不是政客的。

從家族史書寫中發現「我」

◎鍾文音*

楊翠教授所提的「家／國敘事」歷史命題，是當代小說家不得不面對的這個部分，在這幾年我也開始面對許多這類的複雜書寫。

很長一段時間，我都是處於無身分的過渡狀態，因爲我是一個旅行者，出入各國海關，不斷地被問到「你是誰？」，在一個無身分的過渡狀態，我才突然意識到我的身分、我的認同，我的地圖。而那地圖是什麼呢？早年我的閱讀裡，其實並沒有碰觸南方書寫這一塊，都是非常城市、非常台北的，而且很快就跨越到對岸，不然就是東京、京都。我突然發現我的濁水溪怎麼不見了？才意識到我的地圖消失了。所以在這幾年，從 2006 年到甫出版的《傷歌行》，我開始清楚地去標誌，而且那標誌越來越縮小，變成二崙鄉永定村永定厝裡的「尖厝崙」，從一個大地圖縮小成小地圖，從過去書寫的旅行世界回到我出生地的小小村落裡。我後來也寫到所謂女人的感官與肉身廢墟，女人的肉身與情感廢墟其實有很多種的，也許愛情的消失就是意味著家的消失，家的流失就是族群的失落……也許她的肉身、情欲不在的地方就是家國的裂變，未必是地理上的，也許精神上的鄉愁更大於地理上的鄉愁。

我母親這一代失學，可說是我建構母史的第一步，一個母親的文字匱乏導致的失聲，最後其生命藉由一個寫作的女兒來還魂。

我寫《我的天可汗》，這個天可汗就是母親的帝國隱喻，但她進了城市就不是一個家的母后了，因爲她失語、失學，不認識字，所以

* 專職作家。

從小我就替她在銀行領錢、辦票據，寫她如何失語失學。在這個失語失字的世界裡，我認爲其實她也失了家、失了國，失了地理認同（她只能聽得懂台語劇），她甚至不知道台灣之外還有很大的世界，她只知道有美國、日本。母親受教育的狀況令我感受很深，我的祖父輩是知識分子，我的母親則因爲 1949 年光復時，還是四、五歲的小孩子，尚未入學也沒有受到日本教育，可是台灣就進入了裂變的時代，她的世界太奇特，所以我書寫她。當一個失語者面對她的孩子是作家，我才發現我的「文音」在她眼中看起來像「文盲」，那個文盲很像她自己，我在寫她的時候其實很難過。在家國的追尋上，我面對一個不得不去尋找的源頭，其實這個源頭已經錯縱複雜到無法解析了。

《女島紀行》是我最早的第一本書，母親這個形象對我而言太劇烈了，讓我不得不書寫她，所有的女性書寫其實都是再造自身。當我重新回到雲林的時候，我發現女性之名是被摒除在家外的，我媽說像我這種不婚的人以後只能去姑娘廟住，姑娘廟在哪裡？爲什麼我這樣一個女子的地理與族群的方位未來將會是在姑娘廟？我當然不這麼認爲啦。所以我決定寫我自己的家，我自己的族，從一個女性眼光裡看這個外界的世界。在建構這個世界前，我也重返我的出生地，尋訪一些老照片，《昨日重現》事實上也是從母親開始，然後延伸到家族。我的阿姨被我外公廉價地賣給一個外省的中校，她後來其實過得很好，因爲領有軍俸。當年大家覺得她很可憐，反而現在是過得最好的（所以我以爲文學是超越族群的，它賦予一個際遇的荒謬，可喜的處境）。

《在河左岸》則寫了非常多南方的移民，來到我所認爲這個大台北，這個「在河左岸」的故事。

說來所謂的當代家族史我以爲也涵蓋著流行一陣的所謂「私小說」，私小說也可說是家族史寫作的一部分，至少私小說挖出了「個我」的關係圖，這是家族史的第一步，由我擴增至更龐雜、更具史觀和時間空間感。

過往的作者都是青春燃盡才會想寫家族史，但近年的家族史作者卻往往都是在年輕時就開始回顧自己的身世，像是日本的柳美里早期的作品《家庭電影院》、《家庭遊戲》等都是這類的代表，駱以軍的作品也都是一種對家族史的時空凝望。

家族史的表現以小說的虛實最能表現那種歷經時代的魔幻感，經典馬奎斯的《百年孤寂》幾乎已是家族史小說的代表。散文體例上，台灣寫家族史我所喜歡散文類如簡媜《天涯海角》，我自己則以影像和物件為切入點寫過家族史《昨日重現》，也有人以食物來回憶家族，這都是一種時光的記憶切片。從年代，從人物，從物件，從食物，從地理，從事件等等的回憶與追尋都是家族史的切入點。

家族史，是歷史的縮影，時光的凝結。作家寫家族史意味著身世的撲朔迷離回顧，因撲朔迷離所以（小說）的虛構就可以發揮得很入髓，虛構和紀實是互為摻雜的，虛構是植基於現實，紀實則隱含虛構（因為選擇寫的角度與記憶的誤差都是），沒有完全的紀實，也沒有完全的虛構。我覺得寫家族史小說體例比散文體好寫，因為想像可以更大，更自由出入。

家族史是人、是自我的開始，也是某段時光的社會與歷史切片，它代表著作家的另一雙成長的世故眼光，人的傷口是有地理和時間性的，而原生家庭的的創傷往往是作家創作一再出現的反覆原型。像吳爾芙的作品其實可以找到她在年輕時期在家庭裡的亂倫與挫傷經驗，女作家與母親的糾葛也是另一種家族史。早年我寫作長篇小說（女島紀行）就是一種和母親的拉扯。我喜愛的法國作家莒哈絲更是終其一生都在處理這樣的原生的家族傷痕。

家／族／史龐雜，所以寫小說時選定由誰來敘述，站在什麼樣的敘述觀點與時空切入點就很重要了，即使多角色的《百年孤寂》也會有個人物中心主軸：上校與其母親易家蘭是書裡貫穿的兩大人物。選定敘述角色與觀點，小說才能展開家族史的旅程。由女兒來寫母親或是由母親來看女兒就是不同的敘述觀點，不同的敘述者會產生不同的敘述情節與命運結構。

有評論者把我的《女島紀行》、《昨日重現》與《在河左岸》列為我的家族史三部曲，其實並不盡然，就作者而言，我覺得這三部曲比較像是「母史三部曲」，女兒和母親的三部曲。真正的家族史追溯旅程只展開一小步，書寫家族與國族史是漫長的，甚至是無止盡的，因為關乎太龐大的歷史。

我擴大書寫「我」關呼的「家」與「族」，就是從2006年開始著手的三部曲《豔歌行》、《短歌行》與《傷歌行》才真正擴大了「我」和「家」及「族」的人物譜系，小說人物非常多。

完成三部曲，對我而言，消失的父親這一塊是尚未書寫的，可是父親是君父的邦城，一方面他可能都是在商場上，或者在家裡卻是一位沉默者，所以我很少寫到父親，後來都用情人來取代男性的角色。另外，物質的書寫也是女人的新家園，我覺得當代的女性是變種的，未必有家國，但是有物質的世界，物質所標誌的世界在哪裡或許更比她的身世血統還要來得更清楚。《愛別離》是我唯一一本寫到家的分崩離析，小說的人物是丈夫、妻子、兒子、女兒與情婦，很多朋友就問我說怎麼還有一個情婦的角色，因為在整個家國裡面違章建築很多。

旅行之後我重返母土，就是我最近所寫的「行者三部曲」，《豔歌行》、《短歌行》與《傷歌行》，寫「女人的國是感情與身體，男人的國是地位與權力」、「一個個體指出了全體，家國的百年記憶追索」。在《短歌行》裡，我寫我的三叔公，前往行刑場的那一刻，他要離開他的家了，他被送刑、被槍決的時候，究竟如何面對他的世界，他的信仰？他的信仰其實就是對家國的概念，他必須為信仰而死，被槍決在白色恐怖的時代。我被槍決的叔公的孩子，是一個一生都在喝酒的酒鬼，他父親是個革命者，可是兒子卻變成現在這種形象。事實上《短歌行》是一個不那麼成功的實驗，可是我必須去實驗它，過去我的散文書寫是比較傾向中文的古典語法與當代結合的書寫，到了小說我比較是傾向讓許多人物暴露自己的身分與族群處境，故在語言上成了雜語體。

今年我開始把自己的小說《女島紀行》與《豔歌行》翻譯成英文，能不能從家國走到世界？能不能把自己從感情十字架放下來，重新去珍惜這一塊島嶼，珍惜我的家國，然後重新去面對這個世界？這也是我爲什麼這麼致力於自己作品的翻譯，我認爲我們台灣，文學實在經不起任何的爭執與分裂，文學界應該彼此惺惺相惜，文學應該超越狹隘的個我，應該彼此提攜。

至於書寫是複雜性的，是觀乎個人美學的。

所有作者所說的話不過是一種補述，我們除了回到作品本身之外，實是別無他法，對於一個寫作者如我，我以爲就是好好地寫作，將寫作從「我」拉到一個「世界」，如海洋般，一波波地打上文壇。

（本文依研討會之議題回應記錄整理，經作者校正補增。）

研究的想像：政治小說類型芻議

◎藍建春*

政治，原本就存在著一定程度的難以接近性、與莫衷一是的爭議性。台灣的政治，自然也不例外。一個最典型的例子，應該就是出現在台灣社會上的兩種民族主義。除了堅定支持者以外，一部分人士深覺此一認同分歧，長久且過度地消耗著台灣社會的能量而痛惡其非。另一部分人士則以欣喜之態，面對這樣的認同拉鋸，慶幸無須生活在單一且極端的認同空氣之中。而這一切的歧異更是產生在一個歷經荷蘭統治、明鄭、滿清政權、日治殖民、國府統治、民進黨一度執政的社會之中，從而形成它難以輕易被理解其來龍去脈、其牽連隱喻轉化與運用的，一種難以接近性。台灣政治的複雜性格，大概可想而知。從日治時期的殖民權力關係、族群關係，到國共對峙下的白色恐怖、戒嚴體制，既有關於省籍，亦有關於殖民地經驗，當然也是各種族群及其文化語言、歷史傳統的體現。原漢關係、性別關係、階級關係等等，自然也涵蓋在其中。

一如政治這個辭彙較常被徵引的其中一個定義所述：「爲社會進行權威性的價值配置」（David Easton, *The Political System* , 1953）。換言之，政治因而牽涉到權力關係，以及透過權力所展開的、各種型態的有形資源與無形價值之分配，由誰來分配？又怎麼個分配法？此後又將在怎樣的權力關係背景中，持續同樣的資源配置，或者有所抵抗於此？另一個簡單的定義則出自同樣知名的政治學者 Harold Lasswell（*Politics: Who Gets What, When, How*, 1935）所倡議的：「誰在何時以

* 靜宜大學台灣文學系副教授。

何種方式獲取什麼。」儘管簡單，卻也能夠點出「政治」所必然涉及的權力資源分配及其再分配。

也因此，所謂的政治，不單單只是政治人物、政治部門（行政、立法、司法）與政治事件的各種組合而已。推而廣之，日常生活、性別關係、族群互動、階級矛盾、世代分際、學科領域，與諸人我之間、人類與動物之間、人類與生態之間，莫不存在著諸多權力架構下特定資源配置的爭奪與拉鋸。

如果說八〇年代的政治小說，在創作者的動機向度上，其形成、興盛的主因相關於國民政府長期戒嚴下的威權體制，及其訴諸經濟成長邏輯所製造出來的社會力量或者所謂中產階級勢力，那麼，約莫自中葉前後開始，這一主要的創作動機，顯然開始出現了一些移轉與調整。或許只是單純呼應某種創作的潮流、類型的題材偏好，或者出於個人某些抽象的政治理念、信仰、寄託，甚至某種偶一爲之的興頭。不論如何，解嚴前後浮現的不同的歷史情境推力，包括捲土重來且力道倍增的西化、現代性之更新版本，所謂晚期資本主義（late capitalism）或者後現代（post-modern）浪潮，以及台灣意識推展下的本土化潮流，顯然都與這一時間點出現的轉折有關。張啓疆《哈囉！總統先生》（2006），結合時事如「319 槍擊案」、詩人恐嚇事件等等，也爲晚近政治小說的發展，勾劃出某些獨特的書寫領域，而其中諷諭的特徵則無疑導源於八〇年代中後期漸次浮現的創作路數。至於〈消失的球〉（1991）這篇知名的作品，則不僅企圖穿透族群政治的迷霧，同時也顯示了一種回看歷史的姿態。儘管說，一股交織著憤憤難平的怒氣與莫與抗衡的無力感也始終貫穿其間。當然，這些個圍繞著創作者何以展開「政治小說」寫作的實踐動機與言說動力，特別是一些難以放在大脈絡下書寫的個別、偶然之因素，恐怕還是交給專業作家來現身說法會更爲直接了當一些。

相對的，我們嘗試要談的則是，在研究、批評的領域中，我們爲什麼會對「政治小說」深感興趣。

就台灣文學的歷史以觀，所謂的「政治小說」指的大概是 20 世紀八〇年代以降，針對國民政府威權體制下的政治生活所展開的一連串批判、抗議，從而匯聚起來的相關敘事類作品。簡言之，大抵是針對國民黨威權統治所展開的各種批判性小說創作。至於其更爲寬廣的描述則一如林燿德〈小說迷宮中的政治迴路〉，對於「八〇年代政治小說」所提的方案：「不僅是『政治生活』，也有『生活政治』的存在，因此在探討所謂的八〇年代台灣政治小說時，還應包括兩性政治、種族政治等過去視爲邊緣性的題材」（1994：144）。

很顯然，按照這樣的討論視野，能夠放在「政治小說」議題範疇中處理的作品也就難免有其龐雜的色彩。譬如林燿德所做的分類，即提到了七種次類型。包括（一）、「左翼統派政治小說」，如陳映真《華盛頓大樓》、〈山路〉、〈趙南棟〉。（二）、「懷疑論式的政治小說」，如黃凡〈賴索〉、《反對者》、《傷心城》，張大春〈牆〉、《大說謊家》，林燿德〈雙星浮沈錄〉、《時間龍》。（三）、「右翼統派政治小說」，如陳若曦〈路口〉、白先勇〈骨灰〉、陳彥〈今夕何夕〉、李永平《海東青》。（四）、「後鄉土小說」，如王幼華《兩鎮演談》、鍾延豪〈高潭村人物誌〉。（五）、「獨派政治小說」，如宋澤萊〈抗暴的打貓市〉與台語文學。（六）、「女性主義小說」，如李昂〈殺夫〉。（七）、「原住民自覺文學」，如田雅各《最後的獵人》。類似地，在周慶塘〈八十年代政治小說研究〉（台大中文系博論）的論說中，則區隔爲「以台灣爲主體思考的政治小說」、「涉及台灣政治事件的政治小說」、「反應台灣現況的政治小說」與「反映基本人權的政治小說」四類（2003：第三章）。其品項之繁雜，當可見一斑。

進一步言之，如果將視野從八〇年代前後移轉出來，那麼所謂的「政治小說」之疆域，恐怕將更爲龐大。特別是政治元素鮮明的五、六〇年代以降之「反共小說」，即族繁到難以備載。或者更往前追溯到日治時期，許許多多聚焦於殖民地惡劣現況、殖民關係、認同錯位（改宗）、以及不同語言文化之緊張狀態的，同樣擁有可觀的規模。

因此，概括來說，「政治小說」作爲一個基於研討需要所發明的後設詞彙，儘管以 20 世紀八〇年代爲起點，但一旦將我們研討的視點架設在「類型」（genre）文學的概念上，其相關創作的歷史軌跡、延伸變異的型態風貌，或許就不需要設限於那個時間點與某個特定的主題傾向上。又或許說，假設我們仍然以八〇年代政治小說做爲基準，那麼除了八〇年代對應於此一類型的基期、形成階段之外，向前追溯的時間領域，或暫時可概括爲醞釀、嘗試的階段，而八〇年代中葉或解嚴以降，則逐漸進入到轉變中的另一個階段。

一般而言，在「類型」的研討上，幾個特定的議題面向相對有其基本必要。例如類型之界定研討、類型之特色歸納分析，以及類型形成及其演變歷史的梳理等等。除此之外，透過比較文學的研究取向，以及類型與其他議題變數的交相運用，則能夠不斷擴展、延伸其討論的疆界。像是類型與文學史、類型的文學史意義，類型與典律生成（canon formation），類型與文學風潮，類型與社群，類型與階級、性別、族群之類的不同組合交錯。其他如特定文化理論的詮釋分析路徑，不論是結構、敘事學、精神分析、還是新馬、後殖民、女性批評，顯然也都有機會持續爲類型的研究注入更多的活水與能量。

以此觀之，台灣的「政治小說」類型研究，自然大有可爲。而絕大多數的研究者，經常性的困擾之一，往往除了戒慎恐懼於專業的深度厚度以外，就是議題的開發與創新。換言之，一個像是「政治小說」這樣一種軌跡多變、品項豐富的類型對象，自然而然容易引發研討的動機。至於另一個誘發研究者鑽研的主要因素，則來自「政治小說」與台灣社會、歷史現實之間的多重關係型態。

八〇年代「政治小說」雖然以批判、抗議國府威權政治爲重要著力點，從而連結或者說添加火力於同時展開的政治反對運動，但即使如此，這一類型的創作中卻也早早出現了像是黃凡那一篇受到青睞的成名之作〈賴索〉（1979）。一部不以譴責、攻擊威權爲焦點，反而透過反動運用人士的轉向、企圖去抨擊政治之爲物的小說作品。這樣的作品當然比較不容易完全僅憑林燿德式的作法去加以解釋，所謂「新世代作家的變革」（1994：149），以致出現這樣的政治小說。相對地，如果是更晚的同類之作，例如朱天心〈新黨十九日〉（1988）、〈十日談〉（1988），總是比較讓人容易理解，八〇年代中葉以降擴展開來的本土化，製造了某些令特定作家難以無視、全盤接受、欣然從命的跡象，或者基於特定視野下所預期的未來格局，因而有所譴責或者說求全於反對運動及其陣營。

就黃凡〈賴索〉這個例子來看，恐怕也就存在著某些再商榷的必要。或許並非是一種單純世代差異下的懷疑論、虛無主義姿態所致，或許也不見得一定是八〇年代政治反對運動，老早就存在著某些讓人心慌的縫隙，而可能仍然需要從歷史的脈絡中去尋求可能的解釋。暫且撇開作家個人的政治傾向不談，國府戒嚴時期，經常性的獎勵、懲罰並行模式，一直是其規劃實踐文藝政策的重要原則之一。也因此，對於政敵或者沒那麼嚴重的說法不同政治立場的人物，恐怕也會採取某些權宜之計。海外台獨運動初期最重要的人物廖文毅的遭遇，大概是其中比較典型的一個例子。國府三番數次透過各種管道，將特定訊息（廖家親人的現況）傳遞給廖大統領，當然是爲了讓這個困擾早日消失。也因此，就在 1965 年 4 月 15 日，廖文毅放棄了獨立事業回到台灣，並配合國府做了一番政治宣傳，所謂「反共建國，團結合作」云云。而恐怕包括作者黃凡在內的許多民眾也直接間接聽取、接受了這一類來自官方主導的政治訊息。其合情合理的創作刺激，因而就這般降臨在作家身上。於是，我們有了這篇備受矚目的新秀之作，〈賴索〉。

透過「政治小說」這樣一個敘事類型，我們不單單能夠一一、個別地去探討台灣政治的過往歷史，在日治、在國府、在後解嚴時期的權力關係圖像，當然也能夠予以統整、梳理，其中權力關係流動、變遷的重大線索。就台灣文化、台灣文學來說，其助益應該也是可以想見的。除此之外，傳統宮廷政治以外的群眾性、草根性政治脈絡，或許也同樣有機會在許許多多小人物身上發生的政治故事中，尋覓到某些啓迪。透過「政治小說」，我們同樣有機會藉著政治或者權力關係的問題軸線，去穿透殖民體制及其歷史留下的種種傷害，甚至進行一番後殖民的清理。藉由「政治小說」，我們也能夠去透視長久以來性別關係的種種失衡狀態，在性別政治的視野底下。當然，還有更多的挑戰與實踐，有待各式各樣對於「政治小說」類型研讀的想像性企圖與方案。以及，同樣根本的理當無窮無盡的「政治小說」類型之想像性創作實踐。

回望過去、昧惑現在、恐懼未來

八〇年代台灣政治小說的故事時空

◎張啟疆*

在台灣，提到「政治」，大多數人的反應：眼睛一亮或嘴角一撇，若有幸邂逅同道之人，還可以聽一場免費演講；萬一不對盤，那人又正好是你的牙醫，切記：張開口，同時，閉上嘴。只是，一旦將政治課題化入文本，藝術處理，變成政治文學／小說，就會看到牙疼的表情，聽到那句名言：「搞政治小說不如搞政治」——後者有選票，前者沒鈔票。

面對「政治小說」這種龐然大物：幅員廣大，族類眾多，有明顯特徵又具模糊性格；而且，切割不易，界分困難。例如，舊世紀有個專屬名詞：台灣之子，但現在有了「新台灣之子」和「新台灣之母」。從狹義的「對抗特定威權」，到廣義的「不僅是政治生活，也有生活政治」（林耀德語），或如某人所謂「人權、主權、環境權」，舉凡族群、兩性、階級、勞資……乃至晚近流行的「家暴」、「廢死」、「霸凌」、「小三」等詞語，亦不難納入政治小說光譜。（所謂「不難」，是指我等若大旱之望雲霓的過度期待，這類作品在新世紀是寥寥可數的。）而此「不難」又造成論述的困難：時間、篇幅的限制，導致掛一漏萬、多所疏漏。

本文不擬區分類別、定義文類，也無法綜論意識型態光譜，統整議題走向，而僅就書（文）中時空的呈現粗分為三種向度：

一、回望過去

李喬曾謂：「一九八三年，政治小說正式登場。」宋澤萊也提出

---

* 專職作家。

「八○年代前期台灣小說的主要潮流是『人權文學』。」再加上林燿德的見解：「對於八○年代中活躍的各世代作家而言，『政治小說』被視爲一種嶄新的文學現象是不足爲怪的。沒有任何人會否認，八○年代正是台灣政治結構劇烈轉變的關鍵年代。」（然而，公元兩千年的第一次政黨輪替，更具劃時代的意義——此乃後見之明。）由此可見，探討台灣政治小說，就不能不以八○年代的諸作爲主要範例。當然，所謂「八○年代」並非斬頭去尾的截然斷代，有些作品稍早，如一九七九年黃凡的〈賴索〉；有些結集稍晚，如《消失的□□》。

「過去」一詞，即指相對於八○年代較早的時空。

李喬的「寒夜三部曲」，故事時間可上溯到 1890 年。首部曲「寒夜」，寫出早期客家移民開山墾荒的艱辛，三部曲合而觀之，像是一齣齣悲劇接力：「一個苦難時代結束，另一苦難時代開始……」

時間跨幅最驚人的作品當推姚嘉文《台灣七色記》，長達 1,600 年，從中原寫到台灣。

王幼華的《土地與靈魂》，寫的是 1867 年一位英國船長（荷恩）來台的故事。作者敲鑼打鼓提出一個有趣觀點：誰才是台灣真正的主人？不是漳州人、泉州人、客家人，而「土洋混合體」——英國人和原住民結合而成的共同奮鬥體，做什麼呢？愛台灣；對抗誰呢？「可惡的」漢人。亦即，書中主要角色（除陳大化外），幾乎都不是漢人，和我們熟悉的「漢族中心主義」大相逕庭，也逆反了此一主義作祟下的台灣歷史建構工程。

拓拔斯（田雅各）「最後的獵人」系列作品，更是直接、深刻地提出：漢文化、異文明的入侵，帶給原住民的「改變」。

至於「兩大鬧區」——二二八事件和白色恐怖，作品之多，更如過江之鯽，如楊照〈黯魂〉、葉秀女〈乾燥的七月〉、林雙不〈黃素小編年〉……由此延伸而出的政治犯、牢獄小說，則有陳映真的〈趙南棟〉、施明正〈喝尿者〉、王拓〈牛肚港的故事〉等等。

其中，有兩部形式特異之作，值得一提。

林燿德《一九四七，高砂百合》採用後現代手法的共時拼貼敘述，不以漢人為中心，而以泰雅族為震央，且將故事時空框定在「瀕爆點」——1947 年 2 月 27 日中午至午夜的十數小時內，呈現出和其它版本「台灣大河小說」迥然不同的風貌。

葉石濤《紅鞋子》則暗藏人稱觀點的跳換：男主角看完電影（美麗幻境）後，忽然被警總的人架走，展開一連串拷問、威逼的牢獄生涯（殘酷現實）。當中轉折，敘述者「我」變成「他」：現身說法的作者我無能承受敘述者我的悲痛，而（本能地）以「人稱解離」的方式，側看悲傷，賡續故事。

「過去」並非固著時點，有時，「過去」會延伸到「現在」，而產生荒突吊詭的情境移轉。如李昂《殺夫》殺掉舊時代的男性，到了新世紀，用來對照某水果報層出不窮圖文並茂的家暴新聞，仍有「不過時」的驚心。

五○年代與「戰鬥文藝」並行的「懷鄉文學」、「鄉愁文學」，後來變成「探親文學」、「歸鄉文學」。而在八、九○年代探親潮湧現前，已有陳若曦〈路口〉、白先勇〈骨灰〉等。

但前述「鄉愁」是地理（文化、政治、生活）懷舊，《消失的□□》進一步點出「二次鄉愁」、「鄉愁輪替」；一種建基在認同昧惑的虛無寄託。父祖口述的鄉愁是「傳說的故鄉」，等到眷村子弟江湖老，嚐盡愁滋味，才驚見生長之地——眷村——早已土崩瓦解，而崩解的不只是「土」和「瓦」。「破殼後，你們來不及安葬父祖叔伯的懸棺，自己已經變成老人，忙著點數同時失落的兩種鄉愁。」

二、昧惑現在

如果前述文本的基調是抗議、控訴，這一類作品就充斥著「懷疑論」色彩，而「現在」的詞義也非「活在當下」。

以微弱的呼聲戲謔今非昔比，用自嘲的清醒調侃政治騙局，黃凡的《反對者》、《傷心城》等作，一直在質疑暴發戶、投機者、文化小丑、政客和狂熱分子。至於〈賴索〉一文，以時空跳躍（意識亂流）的文本形式，呈現今昔糾葛的蒼涼幻謬。故事發生那天，對賴索而言，「正是一連串錯亂、迷失、在時間中橫衝直撞的開始。」筆者解讀：所有殘碎的記憶、命運的謬舛、前後矛盾的政治詐術都在當下「復活」——以萬花筒碎片的型態同步呈現在眼前。

張大春的〈將軍碑〉，也運用「時空交錯」技法，衍生出複數自我——在同一畫面目睹不同時期的將軍。「今是」、「昨非」同時冒現，嘲弄所謂「價值」、「意義」。另一篇名作〈牆〉，「何必弄兩個牆呢？一個牆本來就有兩面嘛，你寫這面，他寫這面，不就結了？」顯然，作者將對立雙方視爲本質相同的一丘之貉（也教人聯想到當年的「民主牆」、「愛國牆」）筆者以爲，那道牆不只有雙面性，另具「雙重旋轉性」：沒有「地基」，隨時可因「情勢」、「潮流」而翻變姿態。

懷疑論者的出發點不一，但皆有同樣心理：解咒，解除僵固的意識型態帶來的束縛。真相只有一個，但「正義」卻有多種甚至多重。隨著時移勢轉，我們將被迫面對複數正義或不正義。

三、恐懼未來

這類作品多以「科幻小說」、「未來小說」（不見科學色彩，卻有預言性質）的面貌呈現。科幻小說鮮少被納入政治文學範圍，原因在於「遠離現實」。但有一派科幻作品卻是借由未來投射現在，如平路〈按鍵的手〉、林燿德〈雙星浮沉錄〉……等，作家的「恐懼」（或者說「悲觀」），在於脫離掌控（無所不能）的科技加上無所不包的政治，產生的新品種霸權。極權政治加上尖端科技，多麼恐怖的景象？很像喬治·歐威爾《一九八四》和阿諾史瓦辛格《魔鬼終結者》的混搭版。

另有一種逼至眼前的「未來」：末日預言。

宋澤萊在 1995 年出版的《廢墟台灣》（書寫核災的恐怖），書中時空爲 2015 年 3 月，對比 2011 年的日本地震，「預測值」落在正負誤差範圍內，脗合度高得嚇人。有人說：如果發生在台灣……

可惜，這部小說的力道，勢必淹沒在更巨大的分貝裡：有線電視新聞台的「末日聯播」，那種夜以繼日的疲勞轟炸，或謂「二〇一二症候群」。

筆者所悲傷的未來，正是「逼至眼前的無能為力」。前述「政黨輪替」後，台灣社會激盪出更多的風波、爭議，對抗（立）和政治議題，可是相關文本卻有漸趨式微的跡象。邊際效用遞減？能量趨疲？令人唏噓的「兩票制」：選票與鈔票？筆者不想強作解人，姑且援引 1993 年王德威化用瘂弦的詩句：「敘述之必要，想像之必要，小說之必要。」

18 年後，這段文字亦慘遭化用：爆料之必要，開講之必要，大話之必要。

在輕與重之間
台灣當代原住民作家漢語小說概觀

◎董恕明[*]

一、引言：自陳英雄《域外夢痕》之後的原住民作家文學

台灣當代原住民作家的漢語小說書寫，在 1962 年有排灣族作家陳英雄（谷灣・打路勒 ，Kowan Talall， 1941～）的作品〈山村〉[1]刊登在〈聯合報〉副刊，至 1971 年作者將他發表的作品集結成《域外夢痕》一書出版，在此之後，一直要到 1980 年代後，布農族拓拔斯・塔瑪匹瑪（Topas Tamapima，1960～）以同名小說〈拓拔斯・塔瑪匹瑪〉和〈最後的獵人〉為文壇所注目，方正式揭開了當代原住民作家漢語小說書寫的歷史性一頁。與此同時，自八〇年代起，排灣族詩人莫那能（Monan，1956～）、卑南族孫大川（Pagulapon，1953～）、泰雅族瓦歷斯・諾幹（Walis Norgan，1961～）、達悟族夏曼・藍波安（Syman Rapongan，1957～）、布農族霍斯陸曼・伐伐（Husluma Vava，王新民，1958～2007）……等具有原住民身分的書寫者投入，使「原住民文學」不僅只有悠久綿長的「口傳文學」的傳統，更「創造」了「原住民作家文學」[2]的新頁。也正是這些作家們的現身，在台灣文學的版圖上，便添加了各種山林海洋的丰姿、族群互動的歷史記憶以及文化的想像與創造。

二、典型敘述：文化、社會與歷史的刀箭

---

* 文章發表時為國立台東大學華語文學系助理教授，現為該系副教授。

1 此文收錄在《域外夢痕》一書。台北：商務。1971 年。

2 此語採用鄒族學者浦忠成於《台灣原住民族文學史綱》一書用法。台北：里仁。2009。

當代原住民作家漢語小說的典型書寫，主要表現的面向為：（一）文化的傳承（二）反思現代社會（三）重塑歷史記憶。以下即簡要分述相關作家與作品：

（一）文化傳承：在作家的創作中，「文化傳承」幾乎是大部分原住民作家不分任一文類書寫的重要課題。在小說中表現的尤其顯得突出。重要作家可以魯凱族作家奧威尼・卡露斯（Auvini Kadresengan，1945～）和霍斯陸曼・伐伐為代表。奧威尼・卡露斯《雲豹的傳人》（1996）和《野百合之歌》（2002）即是以他所生長的舊好茶部落為依據，將魯凱族重要的神話、傳說、故事、祭儀、習俗、規範……等鎔鑄在小說的形式中。霍斯陸曼・伐伐在他撰寫的《玉山的生命精靈》（1997）、《那年我們祭拜祖靈》（1997）、《生之祭》（1999）、《黥面》（2001）和《玉山魂》（2006）等多部著作，又以《玉山魂》一書，尤其能將布農族的文化傳統，透過對獵人的養成教育一一展現出來。

（二）反思現代社會：原住民作家文學的興起，在相當程度上即是建立在以「第一人稱」主體發聲的位置上展開的。重要作家如拓拔斯・塔瑪匹瑪和夏曼・藍波安。拓拔斯・塔瑪匹瑪《最後的獵人》（1987）和《情人與妓女》（1992）二書，作者透過現代小說的形式，對原住民部落與族人在面對社會的種種難堪、屈辱和困境，以溫厚平實，幽默又自嘲的方式鋪陳出來。拓拔斯也是在原住民小說家中極具剪裁與佈局功力的作家，他在處理沉重議題時能夠「舉重若輕」的筆法，實是原住民作家群中少見的能手。夏曼・藍波安雖以散文創作見長，但他的《黑色的翅膀》（1999）和《老海人》（2009），一是透過少年之眼，一是藉著部落中的「邊緣人」角色，點出達悟族人與「現代性」交手後碰到的各種疑難雜症。

（三）重塑歷史記憶：對於無「自己的文字」的各原住民族而言，「部落歷史」究竟要如何記載與傳承，原住民小說家在此似已責無旁貸的擔負起了這項任務，在這當中對「歷史記憶」特別關注的作家當以泰雅族尤霸斯・撓給赫（Yubas Naogih，田敏忠，1943～2004）和卑南族巴代（Badai，1962～）最具代表性。尤霸斯撰寫《天狗部落之歌：北勢八社天狗部落的祖靈傳說與抗日傳奇》（1995）和《赤裸山脈》（1999）等書，已具以史入小說的規模，特別是部落長老口述的日本人故事，常爲他小說中重要的素材，在《天狗部落之歌：北勢八社天狗部落的祖靈傳說與抗日傳奇》即以外公口述的史料，作爲小說敘寫的核心。而巴代這位在九〇年代崛起的作家，自 2007 年以《笛鸛：大巴六九部落大正年間》起，分別出版《斯卡羅人》(2009)、《薑路》（2009）、《馬鐵路：大巴六九部落大正年間下》（2010）和《走過》（2010）等作品，他的長篇小說在取材上擅長融入各種歷史文獻、田野調查資料以及卑南族人特殊的「巫」的傳統，加之他個人「軍旅出身」的背景，在小說中對於戰爭中場景的描繪、戰術的運用與敵我間的心理互動等細節，著墨甚深。他在 2010 年寫《走過——一個台籍原住民老兵的故事》，將部落族人陳清山「陰錯陽差」捲進國共內戰的遭遇寫得平實細膩，實爲各種先來後到的漢人在面對「國共歷史」時，別開局面，另闢天地。

其實，不論是以書寫傳統文化見長的奧威尼・卡露斯和霍斯陸曼・伐伐或是以反思現代社會切入民族課題的拓拔斯・塔瑪匹瑪和夏曼・藍波安，他們的創作原則上都是在紀錄與書寫原住民族過去與當下的處境，所以文化的傳承與對現代社會的反思，本都是再現與重構民族歷史記憶與際遇的不同側重，在整體的寫作方式上也多以「寫實」的手法表現。

三、非典型敘述：生活、感情與想像的織錦

除了典型的小說書寫方式，「非典型」的敘述者可以泰雅族女作家里慕伊・阿紀(Rimui Aki，曾修媚，1962～)、阿美族阿綺骨(1983～）和布農族乜寇・索克魯曼（Neqou Sokluman，全振榮，1975～）爲代表。里慕伊 2001 年寫《山野笛聲：泰雅人的山居故事與城市隨

筆》文筆清新慧黠，2010 年她的長篇小說《山櫻花的故鄉》，描寫1960 年代北部斯卡路部落的泰雅族人保耐雷撒一家人，遷徙到南部那瑪夏鄉的墾拓歲月。里慕伊即使寫族人開墾移民的大歷史，卻也從不忽略生活中的小敘事，以及在取材描寫上屬於女性特有的觀察視角與抒情性。在 2002 年阿綺骨這位 19 歲女孩出版《安娜・禁忌・門》，這本在「內容」上看不出任何與「原住民」有關的小說，下筆流暢自然，將「我」(韓）、母親、父親（凱）和安娜的情感寫得激切、絕望卻冷冽。這兩女性作家寫的小說，在相當程度上是對原住民男性作家書寫的一種「解放」與「顛覆」。

另外，布農族乜寇・索克魯曼於 2008 年出版長篇小說《東谷沙飛傳奇》，全書以誕生於喀里布鞍部落的月亮之子——普灣，要找回由邪惡勢力偷走的月亮作爲小說的主軸，其間主角面對各種挑戰與難關，終於完成使命的過程猶如「原住民版本的《魔戒》」。作者在敘事中，除了大量置入與轉化布農族神話、傳說、故事……，更特別的是他採用一奇幻和冒險的敘事結構，將一個關於「布農族」的「傳奇」，寫得充滿現代感和「普世性」。

進入九〇年代，女性作家和不同世代作家在處理寫作的素材時，已有強烈的「個人選擇」在其中了，換句話說，山林是原住民的家園，儘管堅強的山，有時也會跌倒；萬物是原住民的朋友，雖然祖靈的天線可能偶爾也會短路；樂天知足、率真幽默、互助分享是原住民的稟賦，但也許一不小心就會變成「什麼都好，就是沒有用」？所以，如果「我們以爲的原住民」，不喜歡「好酒不見」，不會唱「Hai yan ho Hai yan……」，不會跳「勇士舞……」，也正巧不屬於「暗暗族」，那麼還是可以說這也是屬於「原住民的」嗎？

因此，非典型的「寫作者」固然有她／他的民族身分，但她／他要怎麼寫或寫什麼，最終都是要把它寫成「好作品」，而這些「非典型」敘述者的存在，相較之下，或許因爲「民族使命」的包袱稍輕，故能較從容的展現出文化的想像與美感。

四、結語：說故事的人

當代原住民文學的發展在台灣文學版塊上猶是一片新生地，但在可見的收成中，這些原住民作家的書寫成就，實已不容小覷，投入相關研究的學者專家，如：陳映真、吳錦發、下村作次郎（日）、岡綺郁子（日）、王浩威、傅大爲、陳昭瑛、洪銘水、廖咸浩、陳萬益、林瑞明、謝世忠、杜國清、邱貴芬、楊翠、黃心雅、魏貽君、吳明益、陳芷凡……等[3]，加上具有原住民身分的學者如孫大川和浦忠成長久以來對原住民文學的推動與發展不遺餘力，在 2009 年「台灣原住民作家筆會」的成立，更是將關心原住民文學發展的「生番」與「熟漢」，透過這一組織連結在一起。

經過這二十多年來的累積與創造，「原住民文學」儼然已成爲認識台灣這塊土地不可缺少的窗口。而原住民文學的現身，除了是原住民以「第一人稱身分」發聲的一種方式，它同時也是展現台灣這座島嶼生活、社會、歷史、文化與藝術的多樣性。只是當我們在慷慨高歌「我們都是一家人」時，我們是不是真的好好認識過這「一家人」了？原住民的小說家們，他們這麼努力認真的要說故事，也許就只是要說原住民同胞長久以來的真實存在，但存在卻不一定被看見，看見也不一定能了解，了解也不一定能欣賞，即便如此，他們還是必須很實際的面對眼前的生活，帶著微笑迎接每一個日升月落。

[3] 參見浦忠成《台灣原住民族文學史綱》（下）。台北：里仁，2009。頁 1175～1176。

台灣原住民文學發展的再思考

◎瓦歷斯・諾幹*

這個場合對我而言意義深重。將近二十年前，1992 年的時候，我第一次在這台上，那個時候的我好像在懸崖邊的山羌一樣，心情忐忑。二十年後有機會再上台，感慨良多。1992 年，我對台灣的原住民文學做了一些觀察，發現原住民的書寫者還有幾個族群是缺席的，譬如說阿美、賽夏、邵族、魯凱、卑南。20 年之後，各族大概都已經出現了文學的書寫者。此外，當時非常期待有更多的原住民女性書寫者來參與這塊領域，現在我們也看到，不管是利格拉樂・阿𡠄、里慕伊・阿紀，陸陸續續誕生了許多原住民的女性書寫者，這是可喜的現象。再者我認爲在 1992 年的時候，可以開始建構所謂的台灣原住民文學史，而在去年，鄒族的浦忠成教授專於完成台灣的原住民文學史。1992 年之後，過了十年，葉石濤先生曾經在日本發表一篇小論文，當時就特別提到台灣原住民文學有可能是未來整個台灣文學最能發光發熱的區塊，同年，2002 年，美國的杜國清教授也特別指出了原住民文學對於台灣文學而言是非常重要的，因爲它相異於漢族的書寫。又經過了將近十年的時間，今年我再次觀察這個原住民文學的時候，可以看到原住民的文學開始有了多樣性，更有意思的是，我們可以從長篇小說的角度去看台灣原住民文學。

1992 年還沒有原住民長篇小說出現，一直要到 1999 年的時候，夏曼・藍波安寫出《黑色的翅膀》這本長篇小說，當大家看到這第一部原住民長篇小說時，會發覺與台灣文學其他長篇小說書寫的模式是

---

* 台中自由國小教師、作家。

不太一樣的，他前面有將近 70 頁的篇幅談海洋與海洋的文化，這讓很多閱讀者感覺措手不及，心想「這是小說嗎？」當然也有一些台灣文學的評論者重新體察原住民的敘述模式時，發現這是屬於台灣原住民很特殊的敘述模式。接下來 2001 年有奧威尼・卡露斯《野百合之歌》，談一個民族的生命史、生活史，也讓我們清楚地發現消失的魯凱族並不全然消失，仍可通過文字的形式重新把它回復過來。到了 2006 年，更重要的霍斯陸曼・伐伐《玉山魂》出現了，也獲得第一屆的台灣文學獎，談的是布農族的文化生活。2007 年，卑南族的巴代寫了《笛鸛》，談日據時期，從歷史的小事件說明正史與部落史的差異性，透過文字的書寫重新反證歷史，在其中也可以看得到屬於卑南族的階級組織運作，此外還有很大部分是寫巫術文化。

去年巴代寫出《走過》，它原是一本自傳，以小說形式表現出來。里慕伊・阿紀的《山櫻花的故鄉》也出現了，書寫家族的遷移史。從這幾本長篇小說裡面，我看到有幾個有意思的東西，也和今天的論文息息相關。第一，這些小說作品有很長的篇幅在談這一族的原住民文化；第二，從夏曼到里慕伊的作品，每一本的創作都是通過國藝會的輔助。如果各位經閱讀副刊雜誌，會發現好像很難看到有原住民的作品出現，它們什麼時候會出現呢？無非是國家輔助或是參加文學獎，是採取這種模式才出現的，這個情況和 1993 年之前原住民作品的出現非常的不同，我想有賴於研究者找出其原因；第三，對原住民文學文本的研究，大概到 2005 年之後就逐漸減少，1964 年到 2001 年的三百多篇博碩士論文裡面，研究原住民文學的，應該是七篇， 2001 年到 2005 年大概到 11 篇左右，到了 2005 年之後又急遽減少，這說明什麼？也許文本研究得差不多了，也就是說相對來看，原住民文學的創作者的量，在整個大環境而言未必是增加。

而且你會發現到這些長篇小說都得過無數的獎，可是有意思的是，正是通過了國藝會的輔助，也通過了文學獎的支持，才讓原住民覺得，也許這是一個原住民文學世代的開始。但是我在看小說內容的時候，發現到我們大量使用自己傳統文化的東西，這是無可厚非，也非常重要，但是它會造成一個感覺，就是原住民文學非得如此，你非得去寫這些東西，反過來它會回饋作者本身，如果寫的東西好像越界的時候，好像就不能叫作原住民文學。我覺得這是一個盲點，換句話說，我們這些創作者是否是在一個比較安全的位置進行書寫？董恕明教授非常提綱挈領地寫出這些東西，特別是提到阿美族阿綺骨的這位作家，這樣的作品如何放置在原住民文學史的書寫上？我覺得這些都可以提供給我們往後更多的思考。

總而言之，回應董教授的一句話：好的作品不應該是以它的族群身分來認定，原住民的作家當然也可以書寫更多面向的作品。另外，也可以發現早期很多客家作家很早就寫過原住民的題材，也許在廣闊的原住民文學史的書寫裡面，可以重新再把它納進來。

（本文依研討會之議題回應記錄整理。）

馬華小說與台灣文學

◎高嘉謙[*]

一、「在台馬華文學」的發展譜系

從 1950 年代末以來，海外年輕華裔學子經由中華民國政府的僑教政策來到台灣完成大學和研究所學業，為台灣高等教育帶來一股新氣象。其中又以馬來西亞（含馬來亞、英屬婆羅州的沙巴、沙勞越）地區學子在台深造期間，投入創作，發展文學事業，最值得注意。隨著這些馬來西亞的文藝青年參與或組織文學社團，出版刊物、發表各文類作品、獲得重要文學獎項、出版作品集，並展開馬華文學的批評和論述，其長期累積的龐大生產與文學效應，顯然已在台灣文學場域內形成頗為特殊的文學傳統。如此清晰可辨的馬華文學社群由此產生，並逐漸以「在台馬華文學」型態在華文文學領域佔據一個頗受矚目的位置。

嚴格說來，「在台馬華文學」的發展已有四十餘年的歷史。早期習稱的「僑生文學」、「留學生文學」、「旅台文學」，表現了這支從校園到文學獎而嶄露頭角的文學創作隊伍的組成生態。近年經過張錦忠教授以「在台馬華文學」[1]為其正名，這支從 1960 年代漸進形成的文學創作隊伍，透過各類型的書寫在台灣文壇建立自身的寫作傳統，替台灣文學形塑一道特殊的文學風景。隨著這些馬華創作者的兩地往返、落地生根或長期遷居，他們作品持續對南方故鄉的回顧與創新，

---

[*] 國立台灣大學中國文學系助理教授。

[1] 台灣大百科全書網站就有由黃錦樹教授撰寫的「在台馬華文學」詞條，顯然此稱謂已成學界共識或已有足夠的學術代表性。http://taiwanpedia.culture.tw/web/content?ID=4640

探尋熱帶雨林的歷史傷痕與奇幻想像，辯證族群政治和離散華人的文化和家國認同，以及面對台灣在地經驗的撞擊與融入，離散、憂患及故鄉／異鄉的迴旋擺盪，奠定了「在台馬華文學」特殊的寫作風格和蓬勃的生命力。恰恰這樣的文學傳統和地域風格，在台灣形塑了熱帶風情與文化想像的文學窗口。

早在 1960、70 年代在台灣大專院校和文壇冒出頭的「星座詩社」和「神州詩社」，這兩個由馬來西亞僑生爲主體的社團，開啓了馬華青年在台灣組織和參與文學社團的傳統。他們的文藝情懷，積極投入的文學和出版活動，氣象頗爲壯盛，深刻改變了馬華青年在台灣的文學和文化實踐意義。

在此同時，幾位重要的馬華小說家李永平、張貴興和商晚筠也在七〇年代後期開始他們角逐兩大報文學獎，並獲獎的紀錄。他們的早期作品接續出版，李永平《拉子婦》（1976）、商晚筠《癡女阿蓮》（1977）和張貴興《伏虎》（1980）都展露了無比的才氣，奠定了這些小說家日後在台灣的寫作事業。其中李永平藉由《拉子婦》的出版，深入婆羅州雨林內部的原住民婦女和族群矛盾，算是第一位在台灣訴說雨林故事的馬華作者。爾後更以《吉陵春秋》（1986）獲中國時報文學獎推薦獎，贏得亞洲週刊讀者票選的「二十世紀中文小說一百強」。而張貴興的《群象》（1998）入圍第二屆時報文學百萬小說獎決選作品，並獲得讀者票選獎第一名。二人的小說創作多年持續不綴，既締造了文字美學形式的高潮，同時也開創雨林的文學視野。二人已是在台馬華文學最具代表性的成名作家，同時也是評論家眼裡台灣或華文文學領域內最優秀的小說家之一。[2]

到了 1980 年代，曾在大學修習園藝，並在 1972～74 年任教於台灣中興大學園藝系的潘雨桐，也在八〇年代初期進入文學獎獲獎行列。其時他已離開台灣且脫離學生身份多年，卻重新在台灣文壇登

[2] 王德威在麥田出版社主編的「當代小說家」系列，第一輯的二十家就有張貴興和黃錦樹入列。第二輯則選入李永平、李天葆。馬華作家當屬華文文學版圖受矚目的作家之一。

場，先後出版了小說集《因風飛過薔薇》（1987）和《昨夜星辰》（1989）。如此經驗說明了「文學獎模式」已是新一代馬華作者介入台灣文學活動的重要方式。從八〇年代末迄九〇年代末的十年間，一批在台灣文壇深耕的馬華作者群如黃錦樹、鍾怡雯、陳大為、林幸謙、辛金順等人，先後獲得多個文學大獎而受到矚目，並持續以質量並重的創作，奠定了新世代馬華作者的氣勢和能量。這批作者群大多寫詩和散文，但其中投入小說寫作的黃錦樹，則以鮮明的個人風格和馬華題材，開拓了獨具視域的馬華小說風貌。

事實上，這批以文學獎崛起的作者群也同時代表著另一個世代的馬華作家的台灣經驗。他們除了寫作，同時研究、教學，投入馬華文學論述的行列，甚至入籍成為新移民。另外，他們來台念書多在八〇年代中後期，成長和寫作背景除了意識到馬來西亞獨立建國後的族群政治和華人困境，也見證了台灣解嚴轉型的社會脈動。複雜和多重經驗使得他們的文學認知不同於之前的在台馬華作者，文學想像直視馬華政治、族群禁忌、華人文化意識和歷史議題，同時也凸顯自身流動的離散位置，文字考究的書寫形式。在迴異於台灣文學視域之外，他們展現了徘徊在南洋性（Nanyangness）和中國性（Chineseness）之間的文學特質。

這些創作者成功奠定了「在台馬華文學」的作品份量和鮮明風格，先後獲得出版社青睞，在不同出版社開闢個人作品集。相關的馬華文學選集、評論集也陸續獲得出版。除此，自 1996 年黎紫書不曾留學台灣的背景，以〈蛆魘〉獲得第 18 屆聯合報小說首獎後，廿餘年間不乏類似背景的馬華得獎者。他們在得獎之後崛起為新一代的馬華寫作者，作品發表穿梭於台馬兩地。這帶動了更多留台和未留台的寫作者投入台灣的文學領域，甚至因此進入台灣出版行列，其中李天葆、陳志鴻、龔萬輝、吳龍川（滄海・未知生）等人都先後出版了個人創作，小說尤其是大宗。台灣提供了這些馬華作者初次出版著作的機會，甚至成了不少作家持續投入寫作和參與文學活動的重要地域。

這支頗爲耀眼的海外兵團，[3]壯大了「在台馬華文學」的規模，也持續改變著台灣文學系統內部多元的生產面貌。他們或因此成爲台灣的在地作家，或以台灣爲出版根據地，形成台灣文學內少見的「附生」或「依存」形態。

二、原鄉、雨林、華人：李永平、張貴興、黃錦樹的馬華敘事

論及台灣文學譜系內的馬華小說，則以在李永平、張貴興和黃錦樹最值得注意。李永平和張貴興都是出身於英屬婆羅州沙勞越（Sarawak）的馬華作家。其中張貴興在1990年代開始藉由系列雨林故事確立的寫作風格和敘事類型，成功締造在台馬華文學的雨林標誌。他引領我們進入到一個帶有傳奇故事的時空體（chronotope），以家族史和國族記憶的格局鋪陳離奇故事，具有雨林史詩的架勢。從早期帶有青春啓蒙、夢幻色彩的《賽蓮之歌》（1992），後來演繹華人遷徙、家族拓荒的《頑皮家族》（1996），以至深入追尋沙勞越共產黨歷史的《群象》（1998），或竭盡表現雨林生態和國族寓言的《猴杯》（2000），或意圖在雨林搬演成長故事和傳奇色彩的《我思念中沉睡的南國公主》（2001），張貴興爲我們講述的故事既引人入勝，又處處凸顯其不同於台灣文學現有的元素。這些展示雨林奇幻特色、熱帶生態、沙共左翼歷史，以及帶有歷史傳奇特質的成長小說和華人離散拓荒史的寫作，已是華文世界少見的書寫。

李永平的小說長期經營南洋特質和中國性的辯證，處理婆羅州題材，亦深入台灣都市景觀。從《吉陵春秋》（1986）開始，李永平在

---

3 1990年代以來，馬華背景的創作者先後在台灣的各類文獎項中獲獎，並在文壇嶄露頭角，頗引人注目。這大概是台灣各類文學獎創辦以來，人數最多、地域最集中的外來得獎群體。其時雜誌曾以「文學奇兵」描述這批外來兵團。如此稱呼恐怕到了今天依然有效。2010年公布的兩大報文學獎，依然可見馬華背景的作者獲得多個獎項。只是這次的情況更有意思，部分獲獎者曾留學台灣，但都已離台返馬多年。而台馬文學之間的影響和互動顯然有更密切的意義和脈絡。詳陳雅玲：〈文學奇兵逐鹿「新中原」〉，《光華》第23卷第7期，1998年7月。

華文文學領域已受到普遍的矚目和讚譽。他以鑄造文字般的意念堅持「純正中文」，追求漢字的美感形式，對中國性／南洋性的離散文化的呈現和展示，既代表了馬華在台作家對創作文字的極致實驗，亦被歸類爲台灣現代主義美學寫作。爾後的《海東青》（1992）、《朱鴒漫遊仙境》（1998）依序實踐其「純正中文」的寫作風格，同時鋪陳其縈繞不去的原鄉鄉愁，一個自婆羅州離散的浪子形象，穿梭遊蕩於台北街頭，且設定了朱鴒的傾聽者角色。但他在《吉陵春秋》成功營造地域模稜兩可的原鄉，美學化的欲望地理[4]，性、墮落、欲望和原罪的循環辯證和論證，以及受難女性、性別暴力等符號和美學的展演，論者以爲這是一部「中國性─現代主義」的經典之作，[5]精確呈現了台灣現代主義文學特殊的熱帶景觀。「一個中國／南洋小鎮的塑像」是普遍對《吉陵春秋》的閱讀印象，卻也凸顯馬華作者在語言和美學層次意圖展示的文字鄉愁，一個模仿說書話本腔調世界的「中國性／南洋性」辯證。

近年李永平的《雨雪霏霏》（2002）則直接回到婆羅州地景，以懺情的自傳色彩開始寫作他的「婆羅州三部曲」。至到《大河盡頭》（2008、2010）上下冊的完整出版，李永平以散佈在婆羅州地表上的族裔、鬼魅、性欲等傳奇元素，揭開殖民和戰後的雨林奇觀和成長故事，開展雨林書寫的大河敘事。從氣勢磅礡卻又幽婉動人的雨林故事，李訴說的家鄉經歷和少年記憶，引導讀者走入他的個人成長世界和婆羅州經驗。小說的飄零情調和原鄉想像，交織著從婆羅州、台灣和紙上中國循環構成的離散的原始激情。這一點恰恰被論者視作 20 世紀華文文學內獨具風格的「浪子文學」。[6]

---

[4] 關於李永平《吉陵春秋》的原鄉書寫，王德威和黃錦樹都指出其修辭意義的美學化傾向。前者強調李在寫作形式上玩耍實驗，後者指認其文字修行的極致表現。詳王德威：〈原鄉神話的的追逐者〉，《小說中國》（台北：麥田，1999），頁 249-277。詳黃錦樹：〈流離的婆羅州之子和他的母親、父親：論李永平的「文字修行」〉，《馬華文學與中國性》（台北：元尊，1998），頁 299-350。

[5] 黃錦樹：〈中文現代主義〉，《謊言或真理的技藝》（台北：麥田，2003），頁 26-30。

[6] 具體的浪子文學論述參見王德威：〈原鄉想像，浪子文學〉，《迌迌：李永平自選集》（台

1990年代在台馬兩地開始爲人熟知的黃錦樹，他的小說長期表徵大馬政教環境、華人生存寓言和歷史傷痕，關注馬華文學生態、華人移民的處境和命運，無論題材和思考，其顛覆、戲謔和後設技法，和飽滿的歷史憂患，既迥異於兩岸三地的小說格局，也不同於馬華當地以寫實爲創作主線的小說特色。黃錦樹小說已在試探或建立另一種馬華小說寫作經驗，不論在審美趣味和文學風格，皆凸顯了馬華小說在台灣文壇的特殊位置。他同時在大馬及台灣兩地推動馬華文學論述，成爲創作與論述並重的在台馬華作者。

從《夢與豬與黎明》（1994）、《烏暗暝》（1997）開始，他的創作關懷與學術眼界交織的複雜脈絡——總不自主的邊緣意識（客觀被迫或主動就位），凸顯其雙鄉的流動身份，以及反骨與顛覆傳統的企圖心。他的小說挑釁政教禁忌和出入文學史觀，引領台灣在地讀者進入不甚熟悉卻又別具魅力的馬華視域。爾後《由島至島》（2001）、《土與火》（2005）的出版，展現了種種帶有不同流亡和錯置脈絡的故事，意圖重建一個馬華文學隱喻式的精神原型：南來與離心。無論是歷史性的遷徙，或因爲遠離中原的境域，或大馬政教結構性排擠下的離心，由此生發的悼亡、憤慨、無奈、悲涼等複雜情緒，因而形成抑鬱、嘲謔等不同形式的小說面目。然而，這些無法被主流移民史、政治史或文學史表述的「心靈史」，卻因此在黃錦樹小說世界凸顯出值得注意的「流亡症狀」和「狂歡形式」。

三、翻譯馬華與台灣熱帶文學

在此之外，馬華小說的外譯也藉由台灣文學的翻譯管道，呈現了疊合和互補的關係。從21世紀開始，經由王德威教授的引介，李永平《吉陵春秋》和張貴興《我思念中沈睡的南國公主》透過「台灣現

北：麥田，2003年），頁11-25。

代華語文學」英譯計畫分別在美國哥倫比亞大學出版社出版。[7]這是馬華長篇小說首次英譯，讓英語世界讀者見識了馬華題材作爲台灣文學內的華語想像。除此，長期在日本推動台灣文學翻譯的黃英哲教授，推介黃錦樹的代表作〈魚骸〉和黎紫書小說〈山瘟〉，以日文面貌刊載在《植民地文化研究》(2008、2010)。〈魚骸〉曾獲得 1995 年中國時報文學獎短篇小說首獎，多次被選入台灣的文學讀本。此文的翻譯，可視作日本馬華文學接受的轉向，開始藉由台灣文學的平台，或從台灣文學的視角，評價和閱讀在華文文學版圖內頗受矚目的馬華文學成果。

有趣的是，馬華小說在日本的推介和翻譯，除了補強過去對馬華文學認知和接受的侷限，但也同時改變了馬華文學的外部視野。這些在台馬華小說的翻譯，主要是在台灣文學視域，或作爲台灣文學參照意義的脈絡下被呈現。〈魚骸〉和〈山瘟〉刊載於《植民地文化研究》被歸納的主題是「描寫白色恐怖時代的台灣文學」。雖然〈魚骸〉和〈山瘟〉寫作的白色恐怖是馬共議題，不同於台灣歷史五〇年代以降的白色恐怖。但〈魚骸〉的主角卻是一位背著左翼政治陰影留學和移居台灣的知識分子，而〈山瘟〉則獲得 2000 年聯合報文學獎短篇小說首獎。換言之，馬共不僅是異地題材，同時在台灣產生了不同的閱讀意義，而白色恐怖時代似已跨出地域，成了台馬兩地共享的某段歷史記憶。如此一來，〈魚骸〉和〈山瘟〉以「白色恐怖時代的台灣文學」面貌出現在日本，已具體揭示了台灣文學的多元化，同時呈現了台馬兩地文學重疊的結構。

2010～2011 年間，李永平、張貴興、黃錦樹和黎紫書等馬華作者透過「台灣熱帶文學」翻譯計畫，[8]由日本京都人文書院出版了他們

[7] Yung-p'ing Li. Retribution : The Jiling Chronicles. New York : Columbia University Press, 2003. Zhang Guixing . My South Seas Sleeping Beauty: A Tale of Memory and Longing .New York:Columbia University Press. 2007.

[8] 這個翻譯計畫獲得文建會補助，由黃英哲、松浦恆雄、荒井茂夫、高嘉謙擔任編輯委員，黃錦樹、張錦忠擔任編輯顧問。「台灣熱帶文學」也是黃錦樹提出的創意概念，以此作爲書系名稱。

的馬華小說日譯本。[9]其中李永平《吉陵春秋》和張貴興《群象》更是首次在日本翻譯出版的馬華長篇小說，意義甚大。有趣的是，「台灣熱帶文學」書系不但向日本推介了「在台馬華文學」，也藉此勾勒出一個台灣文學的熱帶想像以及文學譜系。黃錦樹和李、張三人都是已入籍中華民國的在台馬華作家，黎紫書等 12 位作者合刊的《白蟻の夢魔：短篇小說集》，超過一半的作者都曾在台得獎或持續在台發行出版作品集。換言之，這些在台或不在台的馬華作者，都跟台灣文學場域有著緊密聯繫，藉助台灣的文學獎和出版機制躍上華文文學的核心舞台。作爲馬華作家，他們的文學事業既根源於馬華地域，同時扎根於台灣，尤其凸顯「台灣熱帶文學」這個概念的複雜意涵。

其實馬華作家述說南洋群島、婆羅州雨林經驗的故事，對台灣文學而言不算陌生。從台灣文學眾多文本中，依然可見跟熱帶牽連的歷史創傷和記憶，包括日據戰爭時期龍瑛宗對南方戰場的熱情想像和懷疑矛盾（〈死於南方〉〔1942〕）。其中又以台籍日本兵的遭遇最爲刻苦銘心，如陳千武從印尼爪哇群島戰場歸來的親身自述（〈獵女犯〉〔1976〕）、黃春明的鄉土世界裡從南洋戰場歸來後瘋啞的台灣人（〈甘庚伯的黃昏〉〔1971〕），陳映真（〈鄉村的教師〉〔1960〕）、李喬的《寒夜三部曲》（1977～1979）都觸及太平洋戰爭中南洋戰場的線索。更多發生於南洋戰場的史實和口述歷史，證明了台灣文學裡有其自身的熱帶憂鬱，甚至熱帶創傷。[10]因此，李永平〈望鄉〉處理終身淪落婆羅州不得返鄉的台灣慰安婦，不過是在台籍日本兵的戰場上，另闢一個台灣熱帶想像的脈絡。另外，更多遊記體裁和報導文學都從不同層面展開各自的熱帶經驗，諸如簡媜、陳列、焦桐、徐宗懋等人都有涉及雨林、馬來群島的文字。另外吳濁流《東南亞漫遊記》

---

[9] 李永平：《吉陵鎮ものがたり》（京都：人文書院，2010）。張貴興：《象の群れ》（京都：人文書院，2010）。黃錦樹：《夢と豚と黎明：黃錦樹作品集》（京都：人文書院，2011）。黎紫書等：《白蟻の夢魔：短篇小說集》（京都：人文書院，2011）。

[10] 李展平：《前進婆羅州：台籍戰俘監視員》（台北：國史館台灣文獻館，2005）。關於此議題最近的文學書寫，可參考龍應台：《大江大海》（台北：天下文化，2009）。

（1973），《濁流詩草》（1973）內的東南亞雜詠，都算是一脈相承的熱帶文學譜系。

如此說來，熱帶想像不僅僅是這些來自熱帶的馬華文學尖兵的個人欲望，卻辯證性的對應上台灣文學內，那一條從戰前戰後鋪陳不甚完整的熱帶經驗和書寫。因此，在台灣文學系統內出現馬華作家的雨林冒險、族群政治、華人遷徙等題材故事，雖然說得傳奇、魔幻，甚至創傷、幽暗，仍難掩寓言色彩。在後殖民經驗，以及跨國、跨文化的離散文學譜系內，「台灣熱帶文學」的概念和形象，呈現了馬華文學的閱讀和傳播的新方式。這說明了馬華文學疊架於台灣文學內部的意義，其不僅僅是台灣文學的異域情調，更藉此帶動「在台馬華文學」走向更廣大的讀者，組成一個規模更爲繁複和龐大的台灣文學世界。

綜觀台灣文學系統內的馬華小說生產，其場域位置和書寫題材的相對邊緣性，卻在華文文學版圖帶有某種象徵資本，促使兩岸三地的華文寫作權宜保留了一個特殊的華人書寫意識和區塊。這進一步調整了台灣文學內部辯證鄉土、族群、離散和後殖民議題的可能參照面向，同時架構了移民史、宗教、雨林等題材的書寫空間。儘管這類書寫在台灣文學譜系依然難掩異國情調和格格不入，卻隱然挑戰了台灣文學系統的潛在視域。然而藉由優異的馬華小說的誕生，不但奠定其作爲華文文學經典的價值，這可以看作馬華文學在台灣生產的積極意義，一個多元、成熟與自主的文學環境裡，在台馬華文學以一個對外與對內的「視窗」，開啓台灣文學繁複的景觀，以及華文文學的流動與遷徙的策略性意義。

民國與本土

◎黃錦樹*

關於在台馬華文學狀況，高嘉謙先生的報告已經很詳細，我這裡只是做一些補充。首先，針對這個研討會的主題，它叫作「百年小說」，令人好奇的是「百年」到底怎麼訂出來的？它究竟指涉什麼？是民國百年還是台灣百年？從研討會的論文方向來看，其實是偏向於後者，這樣的會議設計，很顯然預設了一個本土立場，研討會也邀請數量龐大的本土陣容，彰顯出「百年小說研討會」的民國釋義與本土釋義之間是有種緊張性。就事實上來說，我們可以藉用藤井省三《台灣文學這一百年》式的表述，這研討會討論的其實是「台灣小說這一百年」。

民國 34 年之前的台灣是日本殖民統治，和民國的關聯不大。而 1950 年代文學歷史的展開一向不為本土所承認，對他們來講那是被反共文學跟現代主義文學的烏雲籠罩的一段。所謂的在台馬華文學就是在民國的尾巴誕生，在這個前提之下，「百年」對我們而言意義並不大。

眾所周知，在台馬華文學可說是**民國—台灣**僑教政策的延伸，是冷戰、反共的產物，它基本的號召是民族共同體的想像與文化民族主義。因此在台馬華文學先天的與「民國的中華文化想像」有親緣性，而與台灣的本土意識、本土情感是相對疏離的。最具代表性的例子是 1970 年代溫瑞安與他的神州詩社，他來台灣是為了向台灣的現代主義中國文學朝聖。另外，最有文學史意義的大概是李永平的《吉陵春秋》，這書剛出版的時候一大票赫赫有名的學者都說他在寫中國小

* 國立暨南國際大學中國語文學系教授。

鎮，搞半天才知道他在寫他的故鄉古晉，是他用文字魔術把大家騙了。他爲什麼這麼做？因爲李永平有非常強烈的民國認同。也就是說，從 1960 年代到 1980 年代二十多年間，民國視域是這些在台馬華文學作家的基本視域，甚至是絕對視域。這是第一點。

第二點，解嚴前後的 1980 年代，民國—台灣之間出現了裂口，本土化運動質疑民國在台灣統治的正當性，而去中國化本身同時觸及了華僑論述的基礎，那也是大馬華人認同的基礎。這基礎是什麼？華人、華文、華語三位一體。這是國民革命的產物，是辛亥革命前後衍生出來的。這在文化上產生了兩個後果：第一，這些大馬華裔在台的寫作者，發現自己被迫和民國綁在一起，不知不覺成爲本土台灣的「他者」。部分寫作者甚至發現已經沒有機會加入所謂的現代中國文學行列；第二，藉由台灣民間論述，這些新一代的大馬華裔青年，回頭建構異於大馬官方的鄉土。部分旅台文學青年因而把台北學到的行動主義帶回馬來西亞，發而爲感時憂國詩，如羅正文《臨流的再生》、傅承得《趕在風雨之前》，陳強華《那年我回到馬來西亞》等。而李永平也把他在民國—台灣處境的尷尬表現在《海東青》裡，《雨雪霏霏》更可說是全面處理了民國、蔣公、台灣日據時代的慰安婦以及婆羅州故鄉之間複雜的歷史，這部分非常複雜，需另文處理。

接下來，解嚴前後，新一代的大馬遊台人士對民國抱持戒心，他們覺得自己好像上了一條莫名其妙的船。他們被迫必須面對台灣，但很快他們也發現，以閩南移民與南島語系民族爲主的台灣社會，其實與馬來半島不乏相似之處。在政治與文化上的苦悶近似日據時代台灣漢人的處境，漢人對原住民的蔑視欺凌其實也相去不遠，這最早出現在李永平〈拉子婦〉裡。而寶島台灣從日據時代以來自然資源之被掠奪也近似於眼下的婆羅州，李永平《大河盡頭》就寫這個。更別說商晚筠的《癡女阿蓮》，有著 1970、1980 年代台灣鄉土小說的血緣，同樣是華人移民的小鎮的故事。換言之，從文學、文化角度來看，1970、1980 年代的台灣小說崛起，爲大馬華人鄉土寫作提供了新的參考點。

然而，從頭到尾都寫婆羅州的張貴興，他的位置在哪裡？他不像李永平對民國的號召有強烈的反應，也看不出對本土有所回應。他和李永平不只同樣來自婆羅州，而且可能是台灣最早一代的「外配」，是個遲到的外省人。他以一貫講究的文字、以婆羅洲爲背景徹底美學化熱帶雨林，這種操作對百年小說又有什麼特別的意義呢？其實這個個案道出一個難題：對台灣本土而言，來自大馬的這批寫作者，其實也許不過是提供了異於台灣鄉土的另類題材而已，它的文學史意義也許還不如日據末期實踐殖民浪漫主義的西川滿，因爲後者至少還企圖**書寫台灣**。

說到底，所謂的在台馬華文學不過是我們這些小族群內部的學術建構，甚至可說是一種學術**虛構**，描述的是馬華文學場域對民國─台灣場域的租借。論文的生產與出版，作品的出版，都是企圖爲馬華文學在台灣找到一個陣地、一個思考的空間。這樣的操作預設了某種國族認同，或邊緣認同，針對百年小說有意義的部分其實不多。說實話，1950 年代來台求學的華裔大馬青年，寫詩的多過寫小說，唱歌的多過講故事的，歸去的多於留下的。100 年或許太漫長，60 年前的馬來半島或者台灣島都是強權的殖民地，對我們而言，歷史還沒開始。

（本文依研討會之議題回應記錄整理。）

台灣同志小說觀察

◎紀大偉[*]

根據一般認知，台灣同志小說大抵是在解嚴之後的九〇年代掘起，至今約有 20 年的歷史。誠然，郭良蕙（在 1978 年出版描寫女同性戀者的長篇小說《兩種以外的》，後改名為《第三性》，比白先勇 1983 年出版的《孽子》還早），白先勇，林懷民，光泰等等作家早在解嚴之前就已經發表同性戀主題的小說，但他們的作品都是當時的特例，並沒有匯集成流。

同志小說跟解嚴的關係密切。解嚴之後，言論空間大增，多元的社會運動興起，異於慣舊的身分認同紛紛浮出水面，對於身體和情色的管制漸漸鬆綁。關心同性戀並且想讓同性戀被人看見的人士便找到許多發聲的新出口，而在小說之內呈現同志成為一種主要的發聲途徑。而解嚴不只意味政治社會的開放，也推動了資本主義的觸手：各種媒體覺得同志議題新鮮有趣值得炒作，出版業也看到商機而願意印行同志小說。

解嚴後文字媒體摩拳擦掌極欲擴張，報刊增頁得以刊登同志小說，報刊大手筆舉辦的主要文學獎也正好被數種同志小說獲得（凌煙的《失聲畫眉》，朱天文的《荒人手紀》，邱妙津的《鱷魚手紀》，杜修蘭的《逆女》等等）。但這個歷史時機並未能持久：電腦網路的流行威脅了國內外各大紙本報刊，同志小說與傳統媒體共生共榮的景況在 21 世紀已不復見。但許多寫作愛好者也順勢轉向網路，在部落格等等平台發表同志文學。有些寫手不在傳統媒體而在網路發表，但也

* 國立政治大學台灣文學研究所助理教授。

享有可觀的讀者群，後來小說結集由集合出版社（專門出版女同志讀物），基本書坊（專門出版男同志讀物）等等出版。

同志小說種類繁多，但是「家」（不論是英文的 home 還是 family）幾乎是每種同志小說的主要關鍵詞。《心鎖》作者就綿密描寫了女同志們自組家庭的情景。白先勇在 1983 年出版的《孽子》，呈現了男同志被親生父親逐出家門，後來尋找「另類家庭」（由男同志組成），以求安身立命的過程。顧肇森收在《貓臉的歲月》的短篇小說〈張偉〉中，男同志受不了在台灣佯裝家族乖寶寶的假面生活，只好赴美，追求同志伴侶關係。朱天文的《荒人手記》中，主人翁一方面看到男同志老友跟原生家庭疏離，另一方面看到親妹妹組成秩序井然異性戀家庭，自己也期望鞏固跟小男友的戀情。杜修蘭的《逆女》中，女主角受不了原生家庭的壓迫，就致力建立女同志的家（讓人聯想到郭良蕙的小說）。曾在 1990 年代盛大舉行同志婚禮的許佑生，在代表作《男婚男嫁》中，寫出台灣男同志在美國找到得意郎君。這份書單還可以再延伸包括陳雪、曹麗娟、徐嘉澤、徐譽誠等人的作品。有些同志小說看起來完全沒提到家，但事實上是逃避了或壓抑了對家的想望——也就是沒有真的逃開家的手掌心。

同志小說的另一個關鍵詞是「身分認同」（identification）。許多讀者一邊閱讀同志小說一邊比對自己或親友的心路歷程，問「我也是同性戀嗎？」「我女兒愛女人嗎？」「我的生活，如果不跟異性結婚，會變成甚麼樣子？」等等問題。某些其他類別的文學作品也提供了類似的功能，促發讀者思索國族認同，階級認同，地域認同等等；但，對高中大學校園中的讀者群（正處於想要多認識自己和欲望，想要找伴的年紀）而言，同志小說探究的認同可能較爲迫切，學生群讀者對同志小說的興趣也就特別濃厚：以同志小說爲主題的學生文學獎等等活動在各種校園內常見。同志小說就像是人類學中的民族誌（ethnography）一樣，向讀者大眾介紹同性戀者的心路歷程與生活圈。

如同民族誌一般的同志小說，一方面可以幫助讀者按圖索驥檢視自己的身分認同，另一方面也像（未必可以信賴的）旅遊指南導覽讀者認識同志生活的「新大陸」。前一種就是同志小說的社教功能，通常廣為（對同志友善的）社會各界讚頌；但筆者認為我們不宜期待同志小說（或各種小說）充分具備教化的功能，畢竟這種對於教化的期待同時鉗制了小說和讀者的多元可能性。而後一種功能似乎滿足了社會各界的窺探欲，彷彿將小說中的同志化為馬戲團的表演者，而讀者樂於當觀看的消費者——這一種功能偶爾遭受批判，但筆者並無意全然否定這種功能的意義。畢竟小說——長篇小說在英文稱為「novel」，有「新奇」的涵意——向來就在向讀者販賣獵奇的享受。

不過筆者並不是要強調「小說本來就滿足窺探欲」這一點，而是要指出讀者窺探同志小說的動作就是「跨界認同」與「移情」的開始：非同志看了同志小說之後，不受自己原本身分的限制，卻可認同同志（這點跟日本 BL 漫畫現象類似），此為跨界認同；或讀了心有戚戚焉，便將書中情感投射到自己身上，或將自己的情感投射書中，此為移情。跨界認同和移情作用可以部分解釋為甚麼同志小說受到不少同志族群之外讀者的注意力。最有名的個案應是邱妙津和她的女同志主題小說。許多並不具有女同志身分的男女資深作家都曾紛紛撰文表達他們閱讀邱妙津作品的感動；駱以軍的長篇小說《遣悲懷》更企圖跟早夭的邱對話。另外，舞鶴以跨界寫作著稱：他身為漢人卻寫原住民小說，他身為男性卻也寫了女同志小說《鬼兒與阿妖》。

時至今日，以白先勇、朱天文、邱妙津、陳雪等人小說當作研究課題的各式論文（含學生的學位論文）已經難以勝數。這種關心同志小說的景況固然可喜，但同志文學的研究——若從 1990 年代初期開始算——已有飽和的趨勢。針對單一作家或作品進行研究的論文已經早就失去競爭力，而某些題目也廣受青睞而很難再有發展空間（尤如：朱天文小說的美學，陳雪小說中的家庭，邱妙津小說中的女同志認同）。同志文學的研究者勢必要想像更新更多元的研究課題，才能夠突破既有的研究水平。筆者試舉幾種同志小說研究可以發展的新方向：一，同志小說與現代性和後現代性的關係；二，同志小說與殖民性和後殖民的關係；三，同志小說與全球化和跨國性的關係；四，同志小說與另類身體（如，身心障礙者的身體）的關係；五，台灣同志小說與其他東亞同志藝文的比較（如日本小說，韓國電影，東南亞各國的同志小說電影）。其中，第五點——與東亞各國跨國對話——是筆者尤其力薦的。

台灣的同志出版品已有外文譯介。如：《孽子》已有英文版，日文版，義大利文版等等；《荒人手記》已有英文版；《鱷魚手記》已有日文版；紀大偉的《膜》已有日文版。其他譯本也會陸續出現，指日可待。

另，同志的文化呈現，絕對不只限於小說文類中。白先勇和王盛弘的散文，陳克華和鯨向海的詩，陳俊志和周美玲的小眾電影等等，也都是認識台灣同志文化不可或缺的 ethnography。

走向小說創作的核心

◎陳　雪*

我與台灣同志小說的關係一開始是誤打誤撞，後來又變成一個逃兵。在這裡大家都是學者，我其實就只是寫小說，所以我覺得很難進行全面的觀察。這段時間我一直在寫自己的長篇小說，這長篇小說裡面到底有沒有同志呢？我也想了很久，因爲主要是在寫疾病，裡面好像有些人物也是同志，你能說它不是同志文學或同志小說嗎？這是我從剛開始寫作到現在，一直在思考的問題。

我第一次和紀大偉見面的時候是在 1994 年，當時很前衛的女書店。那個時候我們兩個都參加一個文學獎而落選。何春蕤辦了一本刊物，紀大偉主編了一個酷兒專題，要收我那沒有得獎的作品，這是我第一次真正接觸文壇的人，雖然紀大偉也還沒出書。現在經過了十幾年之後，我們坐在這裡談同志小說這個東西，實在很有意思。這中間經過了一個很高的浪潮，在「同志小說」這個主題底下，其實我是一個受益者。寫了這麼多小說，只有明顯看出有書寫同志的會賣，反之就比較不賣，這是大家都知道的狀況。

在被稱爲同志小說的時期，1990 年代的台灣，一直到 2000 年左右，最高峰就是我和紀大偉出書之後的那幾年。對我來說，那個浪潮裡面造就的東西是無可抹滅的，不管這些作品之後怎麼樣，在百年之後——也許我百年之後，「台灣同志小說」這個詞會是什麼？然後那個時候會有人講「同志小說」嗎？那個時候提到「同志」會是怎麼樣的心情？很久以前我們覺得這是一個很嚴重的禁忌，在我剛出書那時

---

* 專職作家。

候確實是。

我的第一本書被封上膠膜。曾經我們必須要大聲疾呼，許多人凝聚很大的力量，不管是作家、導演、藝術家、詩人、運動者，有同志小說、同志文學、同志運動、同志現象，那是一個曾經非常燦爛、多元、喧囂的情況。而現在還有很多人一直持續地正在做這些事情。但也許百年之後，我希望或者說我相信，那個時候再寫與同志有關的作品時，它已經是一件非常自然的事。就算可能會被特別地標誌出來，那個標誌也已經與 1990 年代不同。

我知道很多人正在擁抱這個主題，也有很多人設法拋卻這個主題，不管是擁抱它或拋卻它，不管想要把它變成一個保護傘，或者是一個欲除之而後快的標籤，這裡面有非常多的利弊，有非常多個人的選擇，有非常多大家對於小說是什麼的看法，以及自己做爲一個怎麼樣的小說家的思考。我的性別身分可能很敏感，但這個東西，與我做爲小說家或者小說對我來說是什麼，兩者是不同的。我相信有很多創作者，還是持續地在寫，可是可能已經不在同志小說的範疇底下，或者是不再以政治正確、政治主張做爲自己寫作的前提，看起來好像與同志小說漸行漸遠。在 1990 年代的浪潮之後，看起來好像比較平靜、大家各自散去，可是我總覺得這可能才更能親近小說創作的核心。對我來說，期待有一天可以寫出真的非常好的小說，而那個時候，到底是不是同志小說、能不能辨認出同志小說的特質，已經沒那麼重要了。

（本文依研討會之議題回應記錄整理。）

專題演講

王德威：喧嘩與孤寂

小說百年的省思

◎曾秀萍記錄整理

中國小說的發展源遠流長，從唐宋以來就是一個重要文類，但直到 1902 年當梁啓超在橫濱創立「新小說雜誌社」，提出「新小說」的觀念後，小說在中國文類史上的位置才有了脫胎換骨的改變。

在《新小說》發刊詞中，梁啓超提到小說有一種不可思議的力量，可以改變人心、強健家國。在這樣的語境中，梁啓超推動了他認爲最重要的文學文類——小說；他讓傳統上被認爲是穢淫穢盜的小說，變成 20 世紀最重要的文類。梁啓超雖然有豐富的革命經驗，不同於流俗的文學看法，但他當時推動小說的立場仍然不脫文以載道的底線。但他打開了潘朵拉的盒子，這盒子一旦打開，各種眾聲喧嘩的小說實踐於焉開始。回顧百年以來的小說發展，我們從而理解小說不僅可以承載發聾振聵的使命，同時也可以是驚世駭俗的傳播工具和方法。小說有異想天開的時候，也有纏綿悱惻的時候，林林總總，形成多音複調、聲勢浩大的書寫和閱讀局面。

但在眾聲喧嘩之下，我們又必須認知小說的讀與寫從來就是個人的行爲。作家在寒夜孤燈下孜孜不倦、一筆一畫地（或逐字逐鍵的）寫作；不同世代的讀者也是在各自的角落裡、電腦前，想像小說中的情緒和章節。在此意義上，小說作爲一種文類又是特別孤獨的。而在「眾聲喧嘩」和「百年孤寂」兩者之間的張力，是現當代小說給我們最大的啓示。以下演講即根據喧嘩、孤寂兩方面的對應，探討過去百年小說所呈現的面目，以及所產生的反響。以下分成四個方面來談論：（一）小說本體論：什麼是小說、爲何是現代小說？爲何讀、寫現代中文小說？（二）小說與社會、歷史的互動：小說如何作爲一種社會象徵活動，與歷史產生依違消長的關係？（三）小說作爲一種文類的場域：書寫行爲、還有次文類所產生的對話的可能性。（四）小說虛構世界：深入小說虛構想像世界，探討小說所投射的事件、人物、情懷。而這四者間的交互流動，自然是不在話下。

小說本體論

首先，什麼是小說、爲何是現代小說？爲何讀、寫現代中文小說？我們都知道，在 1906 年，當時作爲日本仙台醫科專校的留學生魯迅，在看了日俄戰爭期間，日本人在中國東北屠殺中國人民的幻燈片後有感而發的那段故事。魯迅認爲與其作爲醫科生，不如從事小說創作，因爲只有小說能喚起民心士氣，治療中國的靈魂。在這麼強烈的動機下，感時憂國、批判諷刺成爲魯迅小說創作最大的動機。往後幾十年間，由魯迅示範的現實主義、或批判現實主義，一直是我們看待小說的主流。但我們不曾忘記，魯迅在寫作小說時，是徘徊在喧嘩的吶喊與孤獨的徬徨之間。他在創作的同時也希望發出一種「惡聲」。這樣的惡聲或許不爲一般世俗所接受，但這樣的「惡聲」卻是各種現代革命、批判的先鋒，或介入現實的一種方式。這種「惡聲」從魯迅當時〈狂人日記〉的「救救孩子」開始，影響一代又一代的作家、讀者。

時間來到 21 世紀，我們要問：魯迅的「惡聲」如果在今天仍對我們有意義，這種「惡聲」是否只在喚醒民心士氣呢？魯迅要營救的孩子們，是否包括各種孤兒，如：亞細亞孤兒，和今天的荒人、孽子、酷兒、妖兒呢？在這個意義上，小說自居異端的力量，成爲小說介入不同人生鏡像的重要動力。魯迅從作爲一個小說的吶喊者開始，最後成爲書寫的孤獨者。這兩者間所產生的對話、交鋒，不斷引起我們的思辯。

魯迅後的十到十五年間，各種小說形式、實驗風起雲湧。在魯迅的對立面我們看到了沈從文，沈從文是中國現當代寫實主義、鄉土文學的最重要的代言人、實踐者，他筆下描繪的優美的湘西風情成爲讀者幽然神往的原鄉。但 1949 年之後，沈從文沒有機緣加入新中國的作家工作團隊。在百般寂寞孤獨下，1952 年 1 月 25 日沈從文於四川內江寫給妻子和兒子的家書中提到：作爲一個創作者，我們必須最要忍受的就是無邊的寂寞。這樣的寂寞往往是與憂患、痛苦息息相關。而在最極端的情況下，因爲忠於這寂寞，作家甚至無法與當下的世界妥協，以便營造他心中文學的世界。於是作爲一位小說家最大的挑戰，不再只是於他說了什麼、寫了什麼，而是在什麼狀態下，他寧願不說什麼、不寫什麼。

從沈從文這樣的寫作立場來看，寫小說或不能夠寫小說，成爲救贖世界種種不公不義、缺憾、憂患的一種無奈的工具。這是沈從文不同於魯迅的批判立場，所給予我們「小說是什麼？」的另一種啓示。

但我們也不能忘記，在沈從文、魯迅，和所謂的經典作家習作、出版和社會的互動的同時，中國小說蓬勃發展，也包括了以下這些作者，他們也給予了「什麼是小說」的另一種啓示。如晚清的吳趼人、1912 年寫出《玉梨魂》的徐枕亞、在二〇、三〇年代風靡一時的周瘦鵑所形成的，我們今天稱爲鴛鴦蝴蝶派的通俗小說傳統。又如張恨水在他漫長的創作生涯中，描寫世路人情、還有各種人生卑微、瑣碎的俗世經驗，都是不容忽視的。但他的成就直到近二十年才爲人肯定。

而在鴛鴦蝴蝶派的大宗之下，還有其他各種文類，如武俠小說，值得重視。二〇年代的平江不肖生首開其端，寫出《江湖奇俠傳》，成爲日後風靡不同華人地區的武俠小說先驅。實在這個傳統下，金庸在 20 世紀下半段成爲我們不可忽視的重要小說家之一。另外，程小青在三〇年代所營造的各種各樣的偵探小說，炫惑了一代的知識分子和小市民讀者。而到了兩千年之後，如大陸麥家所寫的驚悚偵探小說仍是承續這個傳統。

在各種鴛鴦蝴蝶派的傳統中，「祖師奶奶」張愛玲「以庸俗反當代」，將最通俗的文類做了翻轉，加入了對現代性的思考，以及末世美學的頹廢象徵。在她的寫作中，時間成為最重要的因：時間促發了各種始料未及的人生邂逅，時間帶來了大災難、大劫毀，但時間也同時提醒我們作為現代的有情主體如何銘刻自己稍縱即逝的經驗，而這樣的經驗往往在小說中特別顯得刻骨銘心。

我們記得張愛玲的名言「成名要趁早」，遲了以後，那樣的快樂也不是那麼痛快了。這和魯迅或沈從文式對小說的看法是恰恰相反的。在張愛玲的形象之下，後起者如台灣的瓊瑤、張曼娟、香港的李碧華，她們延續了這樣一種以現世男女作為焦點，白描人生癡嗔怨恨的法則。但她們能否達到張愛玲所豎立的標竿呢？這疑問仍是我們要不斷探詢的。

在通俗的另一個極端，「小說是什麼？」這個問題仍讓當代許多作家念茲在茲，仍不斷以小說實踐的方式來貫徹他們的中心信仰。如朱天文的《荒人手記》、《巫言》，她的名言：「我寫故我在。」除了寫作形式之外，任何小說意識形態的包袱，任何其他林林總總的花招都是其次。

李銳在中國大陸所代表的另一種小說潔癖的精神，那種追求純粹文字與現實經驗相互照應的一種感受，為海峽兩岸喜愛小說的讀者都留下深刻的印象。或是香港的董啓章，在香港繁華都會中，窩居在他公寓的一角，一筆又一筆地寫下或打下數十萬、數百萬字的小說。這些小說也許在目前還沒有太多的知音，但 250 年前，當曹雪芹寫作《紅樓夢》，他在世時也沒有多少粉絲的。在這樣的意義下，小說是什麼？變成另外一種絕對審美的，幾乎是宗教式的、虔誠的自覺選擇。

在海外，我們看到如紐約李渝、還有剛過世幾年的郭松棻；他們曾經參加保釣運動，在經歷大的政治裂變後，他們以最凌厲的現代主義形式來反省他們前半生的人生際遇。在法國的高行健告訴我們他的文學觀不是別的，就是「沒有主義」。所以，從最純粹的到最不純粹的，從最通俗的到最高蹈的，小說是什麼？其實是包含各種可能性的一場文字大探險。

小說與社會、歷史的互動

其次，第二個重點是，在小說作爲本體的文化象徵之外，小說也介入現當代中國社會各種不同歷史、事件。我們在此不妨簡略的回顧過去幾十年裡，有多少作家以小說這個形式來和歷史對話。

1930 年代以前的茅盾以《蝕》、《虹》這樣革命加戀愛式的小說，來影射他個人的政治情懷。而從台灣到日本、再到上海的劉吶鷗，於此同時結合了同好，形成「新感覺派」的小說。這兩種小說是何其不同，但都以上海五光十色、半殖民的場域作爲他們發聲的位置。

而賴和這位「台灣的魯迅」從 1920 年代介入政治，到 1943 年在獄中過世，他用小說作爲各種抗爭的姿態。賴和在 1924 年這首〈出獄歸家〉的詩裡寫道：「莽莽乾坤舉目非，此生拚與世相違。」一個小說家以他個人孤高堅實的信念，與各種世事相對抗。1943 年賴和死於獄中，他以生命來見證作爲一個小說作者所必須付出的沉重代價。於此同時，龍瑛宗則運用日語寫作小說，在 1937 年他的作品〈植有木瓜樹的小鎮〉裡，描述那麼一個慵懶的南部鄉下，一個昏昏欲睡的氛圍中，一個台灣年輕人如何來面對他所無法想像、無法描述於萬一的殖民境況。如此，賴和與龍瑛宗分別呈現了兩種不同的姿態，兩種不同面對歷史的方法。

同樣在中日戰爭期間，當 1941 年 12 月 8 日，日軍占領了香港時，同時有兩位作家在香港，張愛玲當時還沒開始她的創作事業，但之後半年困居香港的經驗，在砲聲隆隆之中，引發了她近於末世的啓示，而這啓示將隨著她的創作延續到她生命的最後一分鐘。於此同時，在 1942 年 1 月 22 日，蕭紅孤單地病逝在香港醫院，經歷了前半生的跋涉，從關內到關外，從大西南到香港，經過了多少波折，她的《呼蘭河傳》、《小城三月》、《生死場》，是她最後留給我們的見證。

也是在 1941 到 1942 年。到了延安以後的丁玲已經脫胎換骨，過去的莎菲女士成爲今天革命陣營的女鬥士。丁玲爲她個人的選擇、以及對於小說使命的承擔付出了太多青春的代價。晚年的丁玲以〈杜晚香〉再度面對她的讀者，從莎菲到杜晚香，這位女士的一生和她小說創作的高潮起伏，真正說明了小說和歷史之間永遠複雜的對話關係。而在延安，也可見到趙樹理、孫梨等作家，以不同的筆法寫出他們的革命情懷。趙樹理的山藥蛋派、孫犁的荷花淀派雖是對革命的不同看法，但兩者都爲日後的革命小說奠下基石。

在頌揚延安文藝之時，1945 年，曾經在二〇年代初以〈沉淪〉轟動一時的小說家郁達夫神祕地在印尼被日軍所槍殺。而他生前最後的一刻發生什麼，至今仍是謎團。而在台灣，1947 年，呂赫若見證了二二八事件各種國家暴力後，選擇參加左派活動，而最後也是神祕地失蹤了。兩位小說家在生命盡頭看到歷史最詭譎的一面。

而 1949 年大裂變時，有多少大陸作家來到台灣，又有多少台灣作家回望他們曾經寄身的大陸，做出各樣的感嘆？1946 年，吳濁流《亞細亞的孤兒》這本以日文所寫的小說探問在這樣一個變幻莫測的世界局勢中，台灣的定位、主體在哪裡？而鍾理和在同一年（1946 年）他的中國夢幻滅後回到台灣；以後 15 年，鍾理和勉力寫作，但他的身體卻無法讓他持續他的壯志。直到今天，當我們提到鍾理和，他不只是位「倒臥在血泊中的筆耕者」，我們也記得他的名言：「原鄉人的血必須留返原鄉才會停止沸騰。」但這原鄉到底是大陸的原鄉，還是台灣的原鄉？小說家在他們作品中所產生的各種曖昧不明的意義，才是真正吸引我們不斷思考的可能性。

到了 1950 年代，當對岸的王蒙寫出《青春萬歲》，以小說家的姿態來歡迎新中國的誕生。在小說的最高潮，一群年輕、充滿朝氣的新中國女孩子們在午夜散步於天安門廣場時，遇到一位巨大的身影，這個身影不是別人，正是毛澤東。而此岸的姜貴——這一位熱愛國民黨的作家——在同時創作了《旋風》、《重陽》來控訴他少年到中年所經歷的各種政治風暴。這些作品成爲我們研讀 1950 年代最重要的一些資料，我們不能僅憑史料來看兩岸華人的共同經驗，小說也成爲見證歷史暴虐的重要方式。反諷的是，當王蒙的小說不能符合共產黨文學政策時，他被流放邊疆；而姜貴也因他的反共小說對國民黨的諷刺而受到壓抑。兩個例子都說明小說是個充滿風險的事業。

楊沫以《青春之歌》（1958）回顧她作爲革命少女的成長經過，而在她的作品成爲大陸最暢銷的小說之時，在台灣的楊逵因爲他的寫作而在白色恐怖年代中，有長達 12 年的時間是在監獄裡度過。1966 年 8 月 23 日，當所謂的「人民藝術家」老舍在紅衛兵劇烈的批鬥下，當天晚上一步步地獨自走向太平湖時，浩然則頂著「豔陽天」準備走向《金光大道》。

而在此岸，陳映真從 1967 到 1975 年爲了他的政治信仰付出牢獄代價。而直到最終，陳映真仍是無怨無悔。小說家和政治家哪一種更值得我們尊敬，於此之際是不言自明的。另一方面，施明正也以〈渴死者〉、〈喝尿者〉等作品顯現一代的作家如何在政治壓力下被蹂躪，最後（1988 年）以絕食的方式來抗議政權施之於他的壓力。這些作家以生命寫作，以他們的作品來見證生命各種各樣的可爲與不可爲。

小說實際操作、實踐的場域

第三部分，在小說實際創作的場域有各種不同的文類、不同的訴求、不同的基底相互碰撞，產生出各種始料未及的火花。1971 年王文興寫出《家變》，在有意無意之間，他對五四文學做出最大的逆轉。巴金在三〇、四〇年前曾風靡一時的《家》，在王文興筆下變成了《家變》，這是台灣作家以他的筆，用他最激烈的想像力，形成了他一個人的文化大革命。又如歷史小說從高陽到二月河，或是鄉土小說黃春明，或者如先鋒小說、八〇年代的格非，抑或是當代陳冠中的後社會主義式的嘲諷寓言，這些小說家以不同的方式切入「什麼是烏托邦？」等現代性的議題，也各自給出了不同的答案。

而對岸篤信穆斯林教的張承志、川藏作家阿來，以及台灣的原住民作家瓦歷斯・諾幹等人，一再地提醒我們小說創作不應以漢族、漢人爲中心。在中原之外的邊陲往往有更多令人驚喜與驚奇的小說，他們的創作也延續了沈從文作爲鄉土作家的一種精神。

若將版圖繼續擴大，離開了中國大陸，離開所謂正統文學的限制，我們看到了諸多馬華作家，如李永平、張貴興、黃錦樹，他們過去 30、40 年的努力，銘刻了那一塊擁有六百萬人的海外華人社群。他們的文學成就，他們所產

生的各種雜音、噪音值得我們重視。

而在女作家方面，從二〇年代到當代，如台灣的李昂、大陸的王安憶、香港的黃碧雲、馬來西亞的黎紫書等。她們各式各樣的書寫，在在讓我們見識到女性的筆法、想像力不見得比男性差，有時她們的溫柔、她們的暴烈更要讓男性退避三分。

小說虛構世界

最後，我要特別強調在小說所形成的虛構世界裡，這個世界裡的喧嘩、雜音，以及種種孤寂的身影，就像深海裡的鯨魚一樣，牠們發出了各自不同的訊號，在孤獨的深海各自前行時，往往有了不可思議的邂逅，但也可能相互錯過。談到小說虛構世界中的噪音與喧嘩，最精采的莫過於莫言了。他的世界從《酒國》到《豐乳肥臀》，到最近的《生死疲勞》。另一方面，此岸的駱以軍在他奇妙、頹廢的《西夏旅館》裡住著形形色色的人等，這兩位性格相似的作家在他們的創作中，藏滿了各種聲音。而這些聲音又能怎樣呢？在台灣的舞鶴，在香港的西西，永遠以他們的沉默，以他們最最精緻、精純的孤寂與孤僻，見證小說的虛構世界的兩極就是如此的不可思議。

張大春夠野了，王朔夠痞了，而在野孩子、痞子之外，最近才過世的史鐵生——這位半身癱瘓的作家——在他的《遙遠的清平灣》、《命若琴弦》中以他個人的身體遭遇再一次銘刻小說想像世界裡的奇幻冒險。或者是蘇偉貞的《沉默之島》以沉默二字來回應所有喧嘩。

此外，還有遊走海峽兩岸的文學大師白先勇，他的金大班、尹雪豔、藍田玉彷彿就生活在你我周遭似的，成了台北市的榮譽公民；另一方面，他的孽子也在暗夜的新公園裡發出孤寂的呻吟。白先勇在他的虛構世界裡再次告訴我們，各種各樣的小說聲音都需要我們細心傾聽。

此外，王禎和從六〇年代到八〇年代初期，他結合了鄉土和現代主義，留下了一篇篇重要作品，尤其是《玫瑰玫瑰我愛你》運用了中文、閩南語、原住民語、日文、洋涇濱英文，參差交雜地形成一種眾聲喧嘩的小說局面。但又有多少讀者記得，王禎和在營造這些嘈雜的小說虛構場面時，他個人已進入鼻咽癌的末期，在日常生活裡，他甚至無法開口發出一個簡單的聲音。在這樣強烈的對比之下，我們對這些作家致上最深刻的敬意和敬畏之心。

而聶華苓女士——也是我們這場會議的貴賓——從六〇年代初期遠走海外，在國外多年經營，作爲一個作家工作坊的女主人她會見了從世界各國前來創作、交流的年輕作家。她有最喧嘩、熱鬧的層次，但同時我們也可以想像在午夜夢迴時分，她的桑青、桃紅隱然浮現在她美國北方的地平線上。當桑青或桃紅開著她的汽車穿過美國荒涼的平原，逃避移民局的追捕，她各種紛亂的思想，一次又一次地形成對家國血淚經驗的撞擊。喧嘩與孤寂既是小說家的兩難，也是小說家創作最大的本錢。

今天的主題謹以當代小說家延續著喧嘩、延續著各式孤寂的實驗作爲結束。現在在螢幕上的這些作家，有的年輕，有的已是中堅輩的作家，但在今天的文學場域裡，他們仍以最新、最精采、炫耀，也最嘈雜或孤獨的聲音提醒我們：小說仍是 21 世紀大有可爲的文學事業與志業。在大陸方面，如目前當紅的科幻作家劉慈欣，以及同樣受到廣大讀者喜愛的笛安；而韓松這位新華社的記者，白天爲國爭光，晚上則寫作北京最黑暗的世界；還有大陸上最摩登的韓寒，以及張悅然這位大陸的張曼娟接棒人。在台灣方面則有酷兒作家陳雪，而郝譽翔的近作《溫泉洗去我們的憂傷：追憶逝水空間》則以個人經驗、再次用最殘酷的方式赤裸裸地呈現在文學場域裡，其他還有甘耀明的《殺鬼》、郭強生的《夜行之子》、賴香吟、伊格言、九把刀等作家。而在馬來西亞有李天葆——這位南洋的張愛玲。在香港有韓麗珠、有從事社會運動的李維怡等。各式各樣的文類和小說實踐，形成了今天小說眾聲喧嘩的局面。作爲一個文學讀者，我們可以欣賞曲高和寡的品味，我們也同樣能進入各種各樣風花雪月、異想天開的可能性，這是小說的魅力，也是小說的能力。

王文興：魯迅《古小說鉤沉》的啟示

◎馮子純記錄整理

越古老越前衛

魯迅本人對文學的貢獻是不可否認的。海峽兩岸或任何有華人之處，都公認他的小說是寫得好。而被許多人忽略的另一本書，並不是魯迅的創作，是他選錄的一本《古小說鉤沉》。這本書是他把中國歷代他認爲好的筆記小說合成一本。讀過這本書的人一定很少。今天我爲什麼要提到它？就是，我認爲魯迅有過人的先見之明。他看出中國筆記小說的藝術價值，是絕對不能抹滅的。我在想我們應當拿古小說作爲現代小說的借鏡，而且越來越覺得這個看法是正確的。

任何文學與藝術都要往前走。小說創作要往前走呢，必須要有所借鏡。而我們的借鏡往前要如何？事實上，往後看，就可以往前走。越是往後看，你越能往前走。像矛盾又不矛盾。爲什麼呢？你想往前走，就要找到最陌生的文學藝術作爲借鏡。什麼是最陌生的？越古老的越陌生。所以可說越古老的往往就是越現代，越前衛。越古老越前衛這種現象，在美術上舉不勝舉。走到現代主義的美術以後，誰往最原始的去看？畢卡索。他寧可看非洲藝術，看那些面具。所以越古老的就是越前衛。我把這當作一個重要的啓示。

小說是連串的謎

至於還有沒有其他的啓示？我們舉例子看一看，就可以看出其他的啓示。首先是《神怪錄》一則：

> 將軍王果，昔為益州太守，路經三峽，船中望見江岸石壁千丈，有物懸之在半崖，似棺槨，令人緣崖，就視，乃一棺也。發之，骸骨存焉。有石誌云：「三百年後水漂我，欲及長江垂欲墮，欲墮不墮遇王果。」果視銘愴然云：「數百年前知我名，如何舍去？」因留為營斂葬埋，設祭而去。

這篇寫成的年代大概是南北朝。後來並不確定是誰寫的。所講的故事發生約在漢代。「將軍王果，昔為益州太守」，益州大概是四川的益州，有的版本做考據寫成雲南的益州，就不太對。雲南的益州在漢朝時候只是一個偏遠的小縣，不會有太守，何況後來講到三峽，「經三峽」不會跑到雲南去，所以這該是四川的益州。他路經三峽的時候，看見兩岸石壁千丈。任何經過三峽的人，都可以看到這樣高的石崖。他看到有什麼在半空，很像是棺材懸在那。那麼就很好奇。為什麼好奇？光這幾句話就有好奇的理由。第一，棺木不埋在土裡頭已經很奇怪，竟然是在千丈的懸崖的半空掛著，是什麼人不辭辛苦，老遠把它從地上搬那麼高掛上去？這樣做意思何在？這是一個謎語，需要答案。需要答案的謎語就是開始小說寫作的第一步。小說當然都是一連串謎語和解謎的連鎖，能夠引人讀下去，就在於這些個懸疑之處。

現在看到這一句，我們就遇到了第一個懸疑之處，怎麼有物懸空在半崖中？而且看似棺槨？我們不解，王果也不了解。所以就要探其究竟。他帶了很多下屬，就請人緣崖就視，上去看看。「乃一棺也」。這裡也許有一個錯字，「乃」如換成「果」，就比較符合前後的因果關係：看來像是棺木，上去一看，果然是棺槨。結果他就更好奇了。他的好奇和方才讀者的好奇是一樣的。所以要再問，再求答案，這的確是棺槨，那麼到底是誰的？何以在這個地方？太奇怪了。這個奇怪的地方，假如寫成科幻小說，就等於是在半空中有一個棺木浮在那裡。王果需要對這神祕作一個解答。所以下面覺得他所做的不算過分，他一不做二不休，就把棺槨打開來了。他覺得有必要知道爲什麼。打開一看，發現「骸骨存焉」，骨骼都在，而且裡頭還有一塊石板，石板上面刻了一段字：「三百年後水漂我，欲及長江垂欲墮；欲墮不墮遇王果。」就這麼樣的三句話。它說，過了三百年以後啊，就有大水把我棺木沖到這兒來，沖來以後呢，我就掛在懸崖的邊上，掛在這個地方，好像要掉下來似的，最後遇到一個人叫王果。這就是王果找到的詩，找到的答案。

一路上都是懸疑，打開棺木以後，我們想知道裡頭有什麼，看到有詩之後還想知道寫些什麼，最後看到內容了，真相大白。這就是小說的過程。是懸疑，是一連串的謎面與謎底。謎底當然是最重要的，謎底要是沒寫好，剛剛前面的設計都是多餘的，沒有意義。這個謎底就寫得很好。好在哪裡？好在於這裡有神祕的意思，的確是神怪的神祕。因此，這篇小說就成爲志怪小說。志怪呢，翻譯成現代語言，就是科幻。科幻，加入了科學的幻想，所以靈異的志怪和我們現在的科幻是很類似的。所以這裡刻的三句話，就讓小說成爲一篇很好的科幻、志怪小說。這裡觸及到宇宙神祕，告訴我們原先有一個計畫，三百年前什麼都計畫好了，每步都在神的計畫之內，而這棺裡頭的人呢，因爲他已有慧眼，連自己的未來都看得出來，不但知道自己會被大水沖走，連三百年以後遇到的人叫王果都知道，這是神乎其神的地方。

這一首三句話的詩應該是小說的核心。最重要的地方當然要好好來寫，特別地加工，我們就仔細看這三句話有沒有寫好。這三句如果用散文來寫，有沒有差別？假如用散文來寫，遠不及用詩來寫。爲什麼比不上？這是因爲詩除了更吸引人之外，詩的體式彷彿更像是另外一個世界的語言。進一步研究，用詩來寫是爲了告訴我們，這是另外一個世界給我們的訊息，換句話說，這三句話就是所謂的「神讖」。「神讖」，神講的話。神講的話，與人講的話，該有所不同。所以給了它詩的格式。非但給了它詩的格式，還給了跟詩又有不同的格式，這不同在哪裡？在於它是詩然則又超過詩。假如它是人間的詩，這一首詩應該是幾句話呢？應該是四句話，要一雙雙一對對的才可。然則現在沒有，現在破了這四句話的格式，改寫成三句話，寫成三句話的詩。恐怕文學史上很難找到三句話的詩。後來的曲和詞可不必那麼嚴整，然則三句話還是很少，可說幾乎沒有。這就是寫這首神讖時的用心。處理神讖的時候，他不用普通的詩。這是第一點。

我們再看這三句話裡面下了多少的心血。首先是許多的重複疊字，「三百年後水漂我，欲及長江垂欲墮；欲墮不墮遇王果。」，從「欲及長江垂欲墮」開始用了兩個「欲」字，到了下一句「欲墮不墮遇王果」重複的疊字更多了，「欲」字又重複了一次，「墮」和上一句「墮」重複，然後「遇」和「欲」的聲音是相同的，等於又重複一次。他放了許多重複疊字在裡頭，讓我們從聲音的節奏裡，得到很高的美感，而這份美感又與神祕有關。這是一首神寫的詩，從神而來的語言和我們人間不一樣，祂的語言多所重複，這是這首詩的處理方法。當然看完處理方法，最重要還是詩的內容，神奇的地方在它的預言，居然能夠看到未來，看出人間事情都是固定的安排，神老早已有安排，最重要還是在這個神祕的主題。

神祕之外，還有別的可看沒有？在這首詩中還有很重要的一點，是和科學有關。這首詩簡直是做了一個地理學的註腳，講的是地理上一個神奇的現象。長江的水位原來在幾百年前，有過一次大水，這大水恐怕跟聖經上的洪水差不多大。大到什麼地步？恐怕已經到「千丈懸崖」的一半高了。那就是說，這次洪水的水位高到比現在高五百丈。因爲這麼高的水位，就把草木、墳墓裡頭的棺槨、全都一掃而空，漂來漂去，就有這麼一具棺槨掛在懸崖上了。水退以後這棺木就下不來了，留在半空中。這也同時解答了前面的謎語，何以會在半空中出現這樣的棺槨。原來是有地理上氣候上的根據的。所以這首詩除了神祕以外，除了主題以外，兼有一種地方志、地理志的功能：地理學、地質學與氣候學的研究。這種功能的兼顧有什麼好處呢？並不是多餘，它的確能增加小說的厚度，小說的寬度。假如光寫宇宙人生生死的神祕，只不過單有一個空間，如今它能擴充爲多向度的空間，這又是一個此篇寫作時用心之處。

果視銘愴然云：「數百年前知我名，如何舍去？」因留為營斂葬埋，設祭而去。剛才解答已經出現了，事實上這篇小說已經寫完了。一問一答之間，謎面與謎底都已經出現，只剩下一個結尾。當然結尾也是該寫，就像寫劇本一般，好像該寫四幕——那麼第三幕就是高潮，該有的都有了，那爲何還要第四幕？因爲第四幕是結尾。在重要的答案出現以後，在高潮 climax 出現後，要有一個解決，denouement。所以這幾句話，就是高潮之後的結尾。我們看他怎麼寫呢？他寫：果視銘愴然云，王果不勝感慨地說：「數百年前知我名，如何舍去？」他動了感情，然後非常講義氣的就留下來。本來是一路要趕路的，不趕路了，願意留下來爲他營斂葬埋。而且「設祭」——用香火好好地祭拜了他後，才離開。因爲這是自己的責任義務，數百年前知我名，我能不報答嗎？所以，這是小說的結尾。

人性與謎面的輔助

方才說小說像戲劇一樣需要結尾，但結尾不光是需要，也得要有意思才行，就像那首詩是必要的答案，但也要有深刻的涵義，不然就淡而無味。這個結尾有什麼意思呢？它涉及到小說的另一重點。前面說過，這小說主要是懸疑，有了謎面，然後有謎底，不斷謎面謎底的連串，而如今另一個重點，和第一點一樣是用詩以外的篇幅表現的，那就是寫人，就是描寫人性。這是小說常常必有的另一重要任務。結尾這幾句話就擔起這個任務來。那麼，寫什麼人的性格呢？寫王果的性格。很鮮明簡單地可看出來，王果是個講義氣的人。因爲他不怕困難，在此時留下，爲棺中人設祭而去。賦予最後的結尾寫人性格的任務，這篇很短的小說，就兼顧到許多小說該有的要素了。

最後，我們再討論一個新的方面。**果視銘愴然云：「數百年前知**

我名，如何舍去？」這句話加上前面那首詩，讓我們不得不重視到，中國古小說非常要求小說裡要有一首詩——和西方這一點有很大的不同——就是古小說是詩和散文的結合體，假如沒有詩，幾乎就沒有資格稱爲是篇小說。這個影響在唐朝人傳奇裡都看得出來。宋明的小說也盡量在白話裡加上幾首詩。萬一小說裡加不上幾首詩呢？那就把詩提到前頭去，在題目底下先寫一首詩，證明責任已經盡了，後面不寫詩也算可以了；或者尾巴上再加一首詩，一前一後的，更見完備。但更好的辦法該是原先的辦法，就是把詩夾在小說裡，讓詩和故事緊密結合、互相依賴，這才是最好的處理方法。拿開詩的話，小說就不能成立，如詩寫不好的話，這小說也不能成立，所以詩在小說裡的地位非常重要。下面我們再看王果的回答，他說：「**數百年前知我名，如何舍去？**」假如我硬要挑剔這篇小說有什麼缺點，那就是王果用兩句詩來回答也許將更好。「數百年前知我名」是七個字，假如王果下一句回答：「如何捨去不相問」，就可呼應前面的三句詩，如今加上兩句詩，也許在組織上這篇小說就會更嚴謹。

這樣一篇小說讓我們覺得，筆記小說的成就是不能忽略的。究竟筆記小說有多少篇呢？有人說一萬，有人說兩萬，還只是知名的而已，不知名的話十萬篇百萬篇也都有可能。別忘了筆記小說還包含許多宗教小說在內，那就不計其數了。假使我估計有十萬篇的筆記小說，很可能十萬篇的價值都很高，那我們是幾百年都學不完的。但是這麼豐富的遺產，知道的人多嗎？並沒有。魯迅是第一個提出來的人。今天我們恐怕很有必要藉魯迅的啓示，走向研究古體小說這一條路。

陳思和：兩個新世紀的科幻小說

◎馮子純記錄整理

邊緣的先鋒文學

今天我要講的題目比較邊緣化，是新世紀的科幻，我看到後面有許多精采的關於馬華、同志、原住民小說的發言，這些題目都是我非常感興趣的，今天的社會，在主流文學占主導地位的文學現象裡，這些曾經較邊緣化的文學主題，正好代表了某種先鋒意識。從邊緣來調整主流社會與文學的關係，這是我最近研究的方向。從上一世紀初開始，中國現代文學，或者現代漢語文學的發展，基本上是通過兩種形態來表達的，一種是所謂常態的發展，就是跟著社會形態的發展，不斷出現新的組織、新的形式、新的描述，這一類通常是所謂主流文學，跟著這個社會的需要，對社會產生重大影響，並且和社會進行一定的互動。

但是還有另外一種文學發展的形態，我把它界定爲一種先鋒形態，多半處於邊緣地帶，在文學邊緣上向主流發起進攻，採取一種激進的、偏激的、異端的話題來激活文學的活力，重新調整文學與社會的關係，並且顛覆主流文化。在我看來，這樣的型態從晚清開始就一直發展。比如說五四。關於怎麼看待五四新文學運動，現在學術界有很多爭論，就我的看法，這就是一場先鋒運動。今天我們把五四運動看得很重要，其實當年五四剛剛起來的時候，就是北京大學幾個教授辦一份雜誌，然後提出一些尖端的過激批評，從邊緣起來，慢慢對社會產生重大影響，我界定這現象是一種先鋒的文學現象。這現象延續了整個 20 世紀到新世紀，一百多年的文學史，很多先鋒文學從邊緣出發向主流文化發展，最後獲得了主流文化的地位，產生重大影響，然後轉而進入一種相對保守，相對穩定的風格，之後又有新的先鋒文學從邊緣產生，開始激活文學。

這種關係尤其在新世紀這十年非常明確，21 世紀最初的十年剛過去，我在上海看中國大陸的文壇發展，很多主流文學到了 21 世紀，處於非常成熟的狀態，跟社會達成了某種合諧，於是這時又有新的邊緣文學發動一波先鋒文學路線。所以當我回顧這十年的中國大陸文學，我特別關注邊緣，眼前突然就出現了一種景況：這和一百年前，20 世紀初的前十年非常相像，我們在五四之後才出現了一種嚴肅的文學小說，也就是後來認爲的文學傳統，可是在這以前的 20 世紀初，當時中國小說基本上產生在一個邊緣地帶，主流的文學是士大夫階級的詩歌、散文那些正經的論文，不是通過小說和戲劇來完成的，小說是邊緣的新體裁。

這時候的小說非常豐富，用王德威教授的說法，就是種被壓抑的現代性。品種有很多，用今天的話來講有言情小說，有寫實小說，有神神怪怪的神魔小說，有歷史小說、社會批判小說，有武俠小說，有包公狄仁傑這些清官判案的公案小說等，這些文類綜合起來，按照美國漢學家 Perry Link 的界定，基本上和傳統中國小說的發展是連在一起的，比如中國有《紅樓夢》，《紅樓夢》就形成現代言情小說的源頭；有《水滸傳》，就形成現代武俠小說的源頭；有《三國演義》，就形成了中國文學最主流的歷史小說；有《儒林外史》，就構成了今天的社會批判小說，層次低點是黑幕小說，高一點可能是批判現實主義；《西遊記》、《封神榜》代表著神魔小說，今天的懸疑小說、鬼怪小說、穿越小說、盜墓小說，都是這一類出來的；剛剛我說的公案小說到了 20 世紀基本是中斷的，但最近在網路上又出現《狄仁傑之通天帝國》等。然後，在這些小說以外，出現了新品種——科幻。

科幻小說的演進

科幻在中國是沒有傳統的，中國過去有《鏡花緣》、《聊齋》、《西遊記》，有幻想有神話，但和科學沒有一點關係。科幻小說是在20世紀初才引進中國，當時魯迅把這一類小說界定為科學小說，現在我們可以理解科學和科幻是有距離的，而當時的風氣對科學比較推崇，現在來看，它是用小說的形式來普及科學知識，用現在流行的說法是科普小說，就是科學普及的小說，並沒有幻想，因為科幻小說把科學放在一個被檢討的位置上對它進行反思，而科學小說把科學放在至高點，讓我們去崇拜、推廣、宣傳，這是兩個不同的概念。

在中國，整個一百年來，其實科幻小說也是不發達的，現在人可以舉很多例子，比如把梁啓超先生的〈新中國未來〉看成科幻小說，或把老舍的〈貓城記〉看成是科幻小說，這些小說其實某種意義上都是政治性、幻想的小說，真正的科學幾乎沒有。如果要追尋科幻的源頭，在20世紀初的時候，可能只出現某種科幻因素而沒有科幻小說，所謂的「科幻因素」依附在其他的類別，比如出現在政治幻想小說中。上海因為去年搞世博會，就從舊書堆裡找出一本小說，一個叫陸士諤的上海作家寫的《新中國》，寫到上海六〇年後的發展，什麼有地鐵、汽車都在天上飛啦、還要開一個全世界的迎賓會，呼籲大家不要戰爭的和平大會，現在很多人把這小說拿出來出版，然後硬說這個人多有遠見，看見上海以後要開世博會等，硬湊在上面說。我想這小說和科幻其實一點關係也沒有，就是個政治狂想，一種政治方面的想像。

同時科幻因素也一直依附在其他小說，比如神魔小說，大家都很熟悉的香港的倪匡先生，他的作品也標榜是科幻小說，其實我們看來最多是種鬼怪小說或推理小說，不過把某種科幻因素依附到通俗文學當中。另外還有一種是把科幻因素放到武俠小說中，這個作者年輕的讀者可能不熟悉，估計很多同齡朋友小時候都非常著迷的一位武俠大師——環珠樓主，他寫過《蜀山劍俠傳》，裡面的劍俠格鬥都是用劍光武器的，那劍光可能是效果比較差勁的劍光，但他已經把類似科學的因素放進武俠格鬥的工具上。也就是說科幻在發展，但還沒有科幻小說。真正科幻的出現，可能我的理解比較狹隘，我認爲科幻的出現是在台灣，是 1968 年張曉風寫了一篇小說〈潘渡娜〉，這篇是完全從西方引進的科幻小說概念，在西方的高科技背景下來表現人的演化，我覺得從這以後，台灣的科幻小就說有一個非常好的發展。

如果我們回顧整個百年小說史，科幻發展的第一波浪潮，在台灣的 60 年代到 80 年代，這段期間出現過科幻的奇觀，當時像黃海、呂應鐘、張系國都是科幻的前輩。我印象非常深，張系國在八〇年代初出版了《星雲組曲》、《城》三部曲，我是後來看的，看的時候興奮得不得了，因爲這恰恰是我心目當中，應當出現的東方科幻小說，爲什麼呢？因爲他裡頭的知識講的是西方的高科技、西方的宇宙大戰，但是裡面的人物感情都擁有非常傳統的東方人文意味。這種東西方結合的比較好的作品，到今天其實也是不多的，而張系國開了一個先河。我記得很深刻，當時張系國編了《七十三年科幻小說選》、《七十四年科幻小說選》、《七十五年科幻小說選》，到 75 年的時候已經相當成熟，他特別提出要有中國意味的科幻，這個概念我印象非常深。到了八〇年代以後，科幻的精神和因素就普及開來了，對我們的新生代作家產生影響，我今天還帶來了一本 20 年前出版的《新世代小說大系‧科幻卷》，當年是著名的台灣詩人林燿德寄給我的，今天做這個課題，我也挺懷念林燿德，很可惜他三十多歲就去世了。我跟林燿德見面是在 1988 年，後來他便不斷寄書給我，讓我有幸看到當時台灣文學創作的景觀。林燿德主持過兩次青年寫作會議，兩次都邀請了我，我也兩次都寫了論文，可惜那時候兩岸沒有像現在這樣來往方便，所以來不成台灣。其中有一次會議的題目就是流行文學，後來他編了一本《流行天下》，裡面我當時提交的一篇論文就是講台灣的科幻。當時的文章我是以這三本七〇年代的年度科幻小說選跟這本《新世代小說大系‧科幻卷》參照著來看，同時我當時跟呂應鐘先生有過幾次來往，透過他了解一些台灣科幻小說。

當時我對台灣科幻非常看好，爲什麼看好呢？第一個感覺是，台灣的科幻完全擺脫了通俗文學的影子，大家都知道在香港有三大通俗類型：金庸的武俠，亦舒的言情，倪匡的科幻，但是倪匡的科幻其實是沒什麼科幻的，基本上是一些生化和鬼神，用通俗文學的方式來處理科幻。在西方，科幻也是一種通俗文類，但在台灣，尤其新世代作家的創作當中，可喜的看到，恰恰是台灣作家在寫科幻時，完全把它當作非常嚴肅的創作。我當時讀了林燿德的〈雙星沉浮錄〉，張大春的〈傷逝者〉，平路〈按鍵的手〉，他們的小說給我的印象特別深，很多已經跳脫了一般通俗文學的拘束，把它變成一種純文學的、非常嚴肅的人生思考。

比如〈雙星沉浮錄〉，非常典型的艾西莫夫式的宇宙戰爭，是一個通俗的模式，就像現在很多 3D 電影一樣，但是林燿德在寫這個小說的時候是 1984 年，完全把他當時的一種深沉感受寫到科幻裡，他寫星河宇宙中一個不知哪裡的小星球基爾，社會制度還是奴隸農奴制度，在這個宇宙中有兩個大的星球聯邦，一個是地球聯邦，以地球爲中心，還有一個叫做麗姬亞聯邦，專門搞侵略戰爭，兩個聯邦當中是基爾星球，所以這個星球一開始被麗姬亞侵略，後來依靠地球聯邦的力量獨立了，獨立以後爲了保衛星球的利益，又跟地球聯邦鬧翻了，變成兩邊得罪，兩個大的聯邦聯合起來出賣了基爾星球。所以基爾星球不斷地以移民的方式來保護自己，但移民行動都失敗，有一次六百萬人的大型宇宙飛船要到地球去，結果旅程中爆炸了，小說就是基爾人長官們在討論飛船怎麼會爆炸，然後星球處在一個岌岌可危的處境，恐怖主義與黨派之間的互相格鬥，宗教的衰弱等，林燿德把這一個末日的圖景寫得非常深刻，我覺得這可以說是基爾、或是地球、任一個星球或是人類的末日圖景，某種感觸就在其中產生。

還有張大春寫的〈傷逝者〉，一個高科技的未來結果。八〇年代我在大陸，當時還把科學看得非常重大，提出科教興國，科學是神聖得不得了的事情，可是張大春已經給我上了生動的一課，他寫人類變成像蟑螂的動物，整天在地球的角落的一個垃圾堆裡和蟑螂吃垃圾，要生不得要死不能，為什麼人類會變成這樣的東西呢？原來他們都是人類高度使用核武，核武爆炸以後的結果，這種人唯一的快活就是要死，可是死不了，他們就自願報名當部隊的槍靶子，一槍打中了可以死掉幾分鐘，後來又活過來，這死掉的幾分鐘很爽，很開心，終於可以死一回了。這個小說筆法是很幽默，卻給人一種可怕的觸景，一切都是人類自己造成的，拚命發展武器發展核能，終於把自己推到一種絕望的境地，如今我也感覺到，現在談論高科技帶來的各種問題，例如食物出現各種不安全因素，都是人自己製造出來的，不是天災，都是人禍，是人自己和自己過不去，牛肉有什麼假牛肉，豆子有什麼假豆劑，反正什麼都是假的什麼都有害，最後人就變成蟑螂，像這次地震以後的核輻射，讓我不只一次想起了張大春的這篇小說。最近張大春寫很多後現代的創作，我還是很懷念他當年寫的那些，雖然是通俗科幻題材，可是寫得非常嚴肅引人思考的作品。還有一類就是寫人性惡的一面，比如人創造了計算機，然後這計算機就漸漸束縛了人類，人走向了自己的反面，像是平路的〈按鍵的手〉就是這類的作品。

從文學找尋人類社會的危機

我的印象中，八〇年代台灣的科幻已經達到很高的水平，完全從通俗文類中把它剝離出來，成為文學當中重要的品種，這個品種是把人類最巔峰、最前緣的思考放到小說裡去，這些問題我當時在大陸完全不能想像。大陸當時要就是對科學不重視，對權力鬥爭比較重視，當然自古以來就對權力鬥爭比較有興趣，所以寫三國演義寫得栩栩如生、到現在一講三國大家都知道，搞權力鬥爭的大家都喜歡看，科學的東西好像是沒什麼鬥爭，大家不太喜歡；要不就是把科學看得非常神聖不可侵犯，既然神聖不可侵犯，就不可能去反思科學本身的問題，那出現的是科普小說。當科學和人類社會發展到一定程度，再往下會出現什麼問題？發展中社會很少想到這個問題，都覺得中國只要發展了，只要高科技領先了，我們社會就強大了，一切都會非常好。這樣樂觀而盲目的心情，是寫不好也不會出現科幻的。

所以我當時覺得台灣這些作家是很先鋒前衛的，林燿德、黃凡、張大春，他們是站在一種現代社會高度發展以後該怎麼辦的前提下來反思。林燿德這篇小說是 1984 年寫的，從前我看的那些八〇年代的小說到現在也才二十多年，因爲後來比較少關心這個課題，這次來本來還想多請教些朋友，我對於現在台灣的科幻發展幾乎完全沒有印象，八〇年代之後關注的是台灣的酷兒、同志各種理論潮流，卻恰恰忽略了科幻，我的感覺是九〇年代和新世紀以後，科幻沒有當時那麼繁榮興盛。後來我看到林燿德寫的《大日如來》，是覺得有點後退了，有點回到通俗文學當中，後來也就不太關心這方面了。

但這 20 年來，中國大陸隨著社會發展科學進步，文本迅猛發展，尤其是在新世紀之後。如果問現在中國大陸刊物發行量最多的雜誌，純文學類大家會想是上海的《收穫》雜誌，發行量最高的兒童或中學生文學是上海的《萌芽》雜誌，好像覺得這樣的雜誌是最流行發行量也最高的，其實都不對，在中國九〇年代開始，發行量最高的文學雜誌叫做《科幻海洋》，其實它就是個科幻雜誌。這科幻雜誌我們政府當然不會給它獎，文學評論家也不會主動關注它，可是這能證明科幻小說從九〇年代開始發展非常迅速，擁有大量的讀者和粉絲。

尤其在新世紀開始，中國出現了一批科幻作家，因爲時間關係我不一一介紹，這裡介紹一位劉慈欣，他最近寫了一部 88 萬字的長篇小說叫《三體》，寫了六、七年才完成，估計有在網路上看小說的讀者都有機會看過。這一部在大陸紅得不得了，大家公認這部小說已經從西方的通俗科幻發展到像純文學一樣偉大的當代史詩。第三部剛出來，我覺得是一部比一部好，很遺憾沒有充分的時間介紹這本小說，寫一個星河宇宙的戰爭，寫整個宇宙中全人類的處境，讀了以後，感覺把人類的胸襟、人類可能的眼界完全打開，不僅僅是地球，整個宇宙毀滅的過程，以及人類在書中一千八百萬年的發展裡，怎麼面對一次次的征戰，又怎麼在一次又一次的征戰中，面對道德倫理的分裂，是用愛，還是用戰爭，用科學，用希望或是絕望，很多力道在裡面發展，寫得十分壯觀，最後用的觀念全是最先鋒的科學理論。寫到後面，武器不是像我們想的戰艦航空母艦一類，他用的都是空間緯度，一張紙就可以把三維空間變成二維空間，整個太陽變成一張薄餅，地球變成一張畫，整個宇宙也變成二維的空間，就出現了梵谷的星空，然後說，梵谷當年肯定是看到了二維空間下的星空，所以他發瘋了。這裡面出現大量對人類終極的思考，而這種思考對於今天的我們有非常大的啓示。

今天我感覺到主流的文學，因爲商業化的發展衝擊，基本上和社會達成了合諧，倒反而應該從更先鋒的小說文學裡，來看人類的、社會的危機何在，然後由此來調整我們文學與社會之間的關係。

陳芳明：小說的百年盛世

◎馮子純記錄整理

我們以兩天的時間對過去百年的小說進行回顧，回顧時也可以清楚看出台灣的文類、作家、產量相當多，我一直覺得若沒有太平盛世，就不會有小說盛世。台灣因為從一個最封閉的年代，開始進入一個開放的年代，所以作家可以在最封閉的年代，想盡辦法將內心潛在的欲望表現出來，在開放的年代開始跨越自身的族群，和不同的領域進行對話，產生新的文類和技巧。如果文學也是歷史的共同記憶，盛會是每個人的記憶表徵，那麼我們將所有的小說走過一次，大概也可以穿越每個世代，重新感受一回它的聲音氣味，溫度和顏色。

1940 年代的台灣文學樣貌

台灣社會之所以可以成就小說盛世，最主要的原因在於，這個社會容許失敗的人重新站起來，沉沒下去的死灰復燃，我們見證那麼多作家曾經流浪在外，但終究可以回到他的土地，重新發表他的作品。六〇年代兩位重要作家非常值得注意，他們是劉大任和郭松棻，在長期的海外政治禁令中曾經被遺忘，但是今日我們又重新閱讀他們的作品。據說郭松棻有一篇六萬字的小說正在整理，不久後我們便可看到這份遺作。這個社會容許敗部復活，所以有那麼多人曾經放棄了，如今又回來重新創作，譬如今年我們看見八〇年代的蔣曉雲，沉寂了 30 年，現在她又回來出版了一本《桃花井》，把台灣社會的悲慘記憶又重新建構，這本小說寫的是外省人為逃離共產黨統治來到台灣，到台灣後卻變成政治犯，釋放出來後台灣已成為改革開放的社會，他回到故鄉，但大陸的親人全都遭到政治鬥爭死了，這樣悲慘的外省人的經驗題材，如果沒有像《桃花井》這本小說寫出，我們不會知道那個時代的顛沛流離是如何發生的，而結果又是如何。

我們容許那麼多作家在各個領域探索之後，又回到文學的本位。現在談論小說盛世，恐怕也正告訴我們如何培養繁榮，接受不同的美學和文學技巧。我開始讀小說在高中、大學時代，蒼白的壓抑的 1960 年，我現在仍然記得第一次讀的小說，是鍾理和、是張愛玲。我也不知道為什麼文學的啓蒙點是這兩位 1920 年代的作家。鍾理和是台灣美濃客家人，張愛玲是上海貴族的後代，但他們是在 1920 年代出生，真正開始寫作的年代在 1940 的戰爭時期，那時他們寫的小說，台灣社會並不知道，1940 年代的台灣是什麼樣？正在戰爭時期，許多台灣作家都用日文書寫，那些日文作品現在除非翻譯成中文，否則沒有幾個新世代可以閱讀。我們看到的呂赫若、龍瑛宗、張文環，今天都是經過翻譯的。我們也知道鎖在歷史情境之中，還有許多這類作品，我們尚未挖掘出來，也沒有翻譯成中文。如果全部翻譯出來，相信 1940 年代文學全貌可以被重現、注目。但整個大學時代，我從來沒讀到這些 1940 年代作家的作品，完全不知道台灣的歷史發生過什麼，不過至少我閱讀了鍾理和跟張愛玲，知道當時他們一個在北京，一個在上海，兩人從不同的出發點，同時開展文學生涯，作品卻也都在 1960 年代出現於台灣，我們閱讀的時候，恐怕都已經遲到了。

張愛玲這樣一個從未在台灣生活過，所有小說未有一字寫到台灣的作家，她只有一篇短篇散文〈雙生〉說她從香港回上海時經過台灣海峽，船上人告訴她，遙遠有燈火的地方就是台灣，這是她僅有談到台灣之處。張愛玲在上海寫小說時，對於有一天她會對台灣文學散發如此大的影響，帶來豐沛的想像，居然可以開啓所謂的張派小說或張派散文，當時她恐怕也都不知道。

鍾理和在 1949 年回到台灣，但一直關在故鄉美濃的小世界裡面。他第一次發表作品約是 1958、59 年，如果沒有當時的《聯合報》主編林海音，可能他這一輩子作品都不會爲台灣人所知。我覺得他很幸運地遇到林海音，登出他的作品，作品只有登兩篇而已，其中一篇叫做〈貧賤夫妻〉，這篇稿子附了一封信給林海音，他說我們都是客家人，雖然林海音是桃園客家人而鍾理和來自高雄，都同時在北京待過，但是當時沒有任何見面交集的機會。林海音除了刊登這篇小說，後來還做了很多事情，1960 年鍾理和去世時，林海音成立了他的遺著出版委員會出版他生前作品，我們現在看到的《笠山農場》就是這個委員會出版的。

現代主義運動的衝擊

當時讀京派和海派小說，從不知道這兩個流派對後來文學發展影響如此大，在蒼白的 1950 年，台灣仍處於白色恐怖時，有一個文學活動——雷震辦的《自由中國》雜誌，這個活動能繼續燃燒，是因爲《自由中國》的文藝主編聶華苓，聶華苓當時選擇小說只有一個原則，只要你不寫反共文學，我就讓你有發表的機會。看看當時的文學主軸，這是一個讓文學能繼續燃燒的了不起決定。如果沒有他們讓文學繼續燃燒，1960 年代進入大學的我們，恐怕也沒有機會看到這些作品。我們這個世代比較幸運的，像我在 1969 年時進入大學，台灣最好的小說都已經出版，或者他們最好的作品都已經展現，比如王文興、歐陽子、七等生、白先勇、陳映真，他們的小說都已經出版，予我們極大的啓發，這些是今天我們侃侃而談的，所謂現代主義小說。所謂的現代主義小說，將他們被壓抑的內在冀望，內在想像和記憶挖掘出來變成文學作品，《台北人》就是如此。七等生的《我愛黑眼珠》是如此，陳映真的《將軍族》也同樣挖掘出那些壓抑。沒有現代主義運動，就沒有後來不斷的新世代想像。現代主義運動最大的衝擊，當然在允許女性作家也參與運動，我們看見李昂 16 歲就出發了，跟她姊姊施叔青一樣，施叔青大李昂四到五歲，她們都在 16 歲就出發，一開始都模仿現代主義的筆法，所以她們筆下的鹿港充滿鬼氣，看不到前景，和我們去鹿港的經驗完全不同。因為她們的小說是在寫內心的風景，而非外在的現實。

當女性作家開始挖掘自己，她們終於發現，原來歷史上被囚禁鎖住的女子，就存在於己身的內心，這個發現如此重要，現代主義很大的貢獻就在挖掘出了深埋的女性意識，也就是如沒有經過現代主義的洗禮，台灣的女性作家是否仍能讓對情欲主體的重新建構這麼早出現於文學史，恐怕就值得思索。現代主義讓她們發現女性原先就是被壓抑的，但如果沒有外在客觀條件相呼應，恐怕也沒有所謂的女性主義小說出現。從女性意識小說到女性主義小說，是一個極大的跨越，女性意識只是意識到自己身為女性，女性主義則是用女性主體對整個主流社會提出抗議。我們在 1983 年看到兩本小說，一本是李昂的《殺夫》，一本是廖輝英的《不歸路》，兩本都是為被壓迫、被貶抑的女性控訴的重要小說，她們都受到現代主義洗禮寫出文學作品，卓然成為女性主義的作家，這時候女性小說已經變為一種社會實踐。

從 1970 年代以後，我們看到歷史的發展走向資本主義改造，資本主義改造使台灣社會開始現代化，使中產階級誕生，使台灣的女性知識分子能開始發出聲音。不僅如此，在 1983 年李昂和廖輝英兩位女性小說代表出現時，同時有另外一本小說的出現，那就是白先勇的《孽子》。性別議題以 1983 年作為重要的轉捩點。同志議題在一個異性戀的社會中曾是很大的禁忌，長期遭受忽略和污名化，可是 1983 年《孽子》出現之後，終於使整個文學版圖往前推進一大步，因為那曾經是思想禁區的世界想像，終於有人開始去揭祕。白先勇給我們的啓發幾乎沒有窮盡，因他不只停留在寫同志小說而已，更重要的是寫出同志小說代表作後，又往前推進了一步，終於成為社會運動的代言者，開始替同志和愛滋病議題講話，倘若沒有 1983 年的《孽子》，也就不會有後來的這些發展。

如果 1983 年是台灣社會和台灣小說的轉捩點，那麼整個 80 年代已開啓了所有禁忌，解嚴在 1987 年宣布，但台灣小說家的行動於 1980

年就已開始，並一扇扇開啓原本緊閉的門。歷史閘門的啓開不僅性別小說，更同時帶動了其他不同族群的小說寫作，例如原住民小說，80年代我們見證了原住民的復權運動，呼籲恢復他們的權益，希望族群能正名爲「原住民」，這也是從 1980 年代開始的。而原住民這三個字真正寫進中華民國憲法，要等到 1997 年，經歷了長達 15 年的抗爭。當時的國民大會希望稱他們爲山地同胞或先住民，絕不承認他們是原住民，但 1997 年憲法審定之後，我想這樣的族群界線又被突破了。在前一場座談中，巴代說他長篇小說寫作五年，寫了將近一百萬字，這是作家非常了不起的生產量，因爲他的想像力太豐富了，寫的題材往往是從未被開發過的，當我看到他去年出版的小說《走過》，講一位原住民被徵召到中國大陸打國共內戰，變成共產黨，又在八○年代回到台灣，回到自己的部落，這種歷史上的漂流，不也就意味著台灣文學家曾經有過的漂流？

除了女性小說、同志小說，眷村小說也緊接著發表出來，眷村小說也曾被囚禁在一個固定的社群內，和整個台灣社會的發展完全隔絕，但到了 1980 年代末期乃至 1990 年代開始，眷村小說就蔚爲風氣了。爲什麼我們今天可以在這裡自豪的說：這是一個小說盛世？最主要是資本主義使台灣社會全球化，可以打開所有的門，接受各種不同的文學。所以從 1990 年代以後，若我們將女性作家的名字拿掉，這本文學史簡直無以爲繼，寫不下去了，就是因爲大量的女性作家寫作，不僅僅寫自己的情欲，也開始寫自己的家族，用她們的筆去干涉歷史，歷史的撰寫權從來在男性的手中，可是從 1990 年代的女性小說開始，已不再只是情欲，寫的是整個歷史的翻轉。

包括平路、施叔青、李昂，或像是簡媜、鍾文音，她們都開始寫過去的歷史，這和從前的歷史書寫不同，從前的歷史寫的是帝王史，是英雄史，是男性史。可是當女性作家開始書寫，比如鍾文音寫《昨日重現》是她的家族史，那簡直不是平面的文字，可以聞到她祖母房間裡樟腦丸和明星花露水的氣味，可以看見祖母衣櫃裡各色的衣衫，可以看見歷史的色澤暗暗在祖母房間釋放光輝。我們看見《北港香爐人人插》寫台灣民主運動史，《香港三部曲》寫什麼？寫的是香港的殖民史，平路《行道天涯》寫辛亥革命史，但她們都以女性的眼光重新審視歷史。過去的女性被凝視，過去女性作家模仿男性作家書寫的方式，但是進入八〇年代以後，台灣的女性已可以審視自我，不再只被凝視。進入 1990 年代以後，台灣女性作家不僅可以創造自己，還可以解釋且凝視別人。過去的女性是讓男性觀看的，女性崛起後男性開始被女性觀看。這是一個極大的翻轉，而這樣的翻轉正是台灣文學不斷發展的過程。

華文世界建構的小說盛世

今天在談台灣文學的小說盛世時，不僅是女性作家不斷創作新作品，更重要是台灣社會可以不斷地讓小說進來，中國大陸作家的作品可以在台灣變成暢銷書，這樣的華文世界已經慢慢形成。當這些書籍在中國大陸一本本被查禁，卻可以在台灣一本本出版。台灣的讀書市場是非常民主開放，非常公平的，並不因爲你叫做大陸作家或女性作家，而只因爲你的文學寫得非常好，所以我們接受你，我們開始進入這樣的時代。旅美或海外的華文作家，每個人出版時都選擇台灣，或者像 1970 年代的小說家於梨華，是最早在六〇年代爲女性意識小說進行建構的人。她因爲嚮往中國文化大革命，所以跑到北京，沒想到她的書在台灣全被查禁，1990 年代以後她選擇讓作品回到台灣出版，從台灣出發，過去被查禁的書，一本一本又重新出版。

我們不僅僅看到中國大陸和海外的小說，也看到馬來西亞的小說，台灣有一群龐大的馬來幫，他們確確實實開啓新的想像。以前能看到的歷史記憶都是中國的，從他們開始看到南洋的、熱帶雨林的記憶，其中有傳奇的不停寫作至今，今年出版了《大河盡頭》的李永平，還包括鍾怡雯、陳大爲，包括黃錦樹，他們的作品已經構成新的美學，不斷加入台灣文學的生產。我們也看到香港文學在台灣出版，像剛才參加座談的韓麗珠。我們的小說盛世絕非只由台灣的作家建構，而是由所有華文世界選擇在台灣建構起來。假使沒有民主社會，沒有中產階級，沒有開放公平的讀書市場，絕對不容許小說盛世的出現。現在我們當然可見台灣文學已經有輸出能力，作品開始在海外以不同語言出版，當然出口最大的地方是中國大陸。中國大陸作家的語文書寫受到文革影響，並不像台灣的作家每人都擁有自己的語言特色。中國大陸的作家除了莫言、賈平凹、閻連科這些重要的小說家之外，很多作者寫出來的幾乎都是共和國的，完全政治式的語言，這也說明了為什麼他們的現代詩朦朧詩還在突破階段，因為他們正在尋找自己的語言，沒有自己的語言，就寫不出傑出的詩。台灣的詩如此精采，每個詩人的語言都不同，瘂弦不同於葉珊，葉珊不同於余光中，余光中不同於鄭愁予，鄭愁予不同於周夢蝶，能看出文字語言的不同。台灣確確實實經歷過威權的時代，但我們用文學催生了不同權力誕生，使各種不同的文學想像存在於台灣社會。不管我們稱這個時代叫後殖民時代，後大師時代，後理論時代，能感受的是未來世代不停開啓新的版圖。

至少有兩個版圖值得我們注意：第一個當然是網路文學，網路文學未來絕對會取代台灣的讀書市場，這已經不是我這個世代可以介入的世界，這個網路世代的書寫，傳播力絕對勝過任何用書本印刷的傳播，最好的文學以後會在網路出現。以後書寫的方式和書寫這兩個字，恐怕也要變成歷史名詞，因為你們是用 key in 的，用打字，所以不是寫出一篇小說，是打出一本小說，這個打出一本小說的時代到來，我在心理上已經準備好了。另一個版圖是什麼呢？是新台灣之子寫的小說，在去年中國時報徵文比賽裡面，我第一次看到現在的新台灣之子，已有能力書寫文學作品，他寫的歷史記憶絕對不是二二八事件，不是南京大屠殺，他的歷史記憶竟是南洋母親的記憶，特別是越戰的記憶，這樣的題材已經開始出現在台灣文學裡，我們必須開始準備新的美學，因為新的表達方式即將誕生。

如果女性是從被凝視到開始表達自己，最後能夠創造自己，再凝視別人，那麼女性文學事實上也在說明台灣小說未來的發展。過去台灣文學是被詮釋，是模仿別人，可是 1960 年代以後，台灣的小說家已經可以解釋自己，凝視自己。1980 年代以後台灣小說已經可以去創造自己，凝視別人。這樣一個時代到來時，我們的文學形式、文類和想像會不斷被開拓。剛才四位作家的座談，王聰威告訴我們即使一場演講他都可以寫一篇小說，這也是我們從前沒有想過的，或者伊格言說他的小說沒有 Google 的話恐怕寫不出來，一個新的時代已經到來，眼前談論的是當下的小說百年盛世，可是我相信台灣的小說盛世，將會是未來的一百年。

白先勇：從《現代文學》的小說談起

◎張俐璇記錄整理

從「南北社」到《現代文學》

《現代文學》雜誌的誕生有它的背景，雜誌創刊於 1960 年 3 月，距離 1949 年，已有 11 年的時間，其間歷經 1954 年中美防禦條約的簽定，台灣政治社會逐漸安定下來。而我們《現代文學》的成員，作爲戰後的一代，成長的背景是相似的，包含戰後來台者、本省人，以及香港、甚至來自非洲的海外華僑。彼此的童年經驗不同，但同樣是在台灣接受完整的教育。因緣際會地在台大相識，也擁有相近的文化價值。

當時外省父代在中國大陸所建立的價值觀已經崩潰，因此我們試圖在台灣重新建立一套屬於自己的價值體系，像是我、王文興、李歐梵、叢甦等人，從父代的陰影下出走，成爲我們外省第二代有意無意的方向。與此同時，本省子弟也在走出父代日本經驗的影響，如同歐陽子、陳若曦、王禎和，還有外校的陳映真以及黃春明，都有相似的成長經驗。海外華僑則有來自香港的葉維廉、劉紹銘與戴天。大家都是戰後的一代，試圖不同於父代地求新求變。

而台灣大學的自由校風也有一定的影響。在當時台灣保守的社會風氣與政治氛圍下，擁有「北大經驗」的老校長傅斯年，以及臺靜農、殷海光、夏濟安、葉嘉瑩等老師們，將五四運動的自由主義思維帶入台大。傅斯年（1896～1950），五四時期北大的學生領袖，曾組織新潮社，創辦的《新潮》月刊，在當時擁有相當的影響力。五四時期那種求新望變的企圖，以及藉由雜誌的興辦、創立新文風的自覺，也影響了戰後一代的學子。也可以說，我們是理想主義濃厚的一代，就這樣初生之犢不怕虎地開始了《現代文學》。

《現代文學》雜誌的寫作群，初名為「南北社」，因為成員來歷，或南或北，皆而有之。剛開始時有讀書會的味道，一起念書，寫點文章，大家傳閱。一伙人念念小說，互相交流，也上陽明山郊遊，跑到西門町看電影。當我提議辦個雜誌，做點正經事情時，一呼百應，當時我們是大學三年級。因為成員都是名不見經傳的學生，難以拉稿也給不出稿費，於是乎從寫作、編輯、封面設計到經銷，全都自己動手。第一期稿子不足，所以我另外取了一個筆名，一共寫了兩篇，〈玉卿嫂〉就是其中的一篇小說。

首印數量是一千本，因為不是筆大生意，老闆不太搭理我們，稿子老是在旁邊不上機。於是，我就坐在漢口街的印刷廠裡，堅持稿子不上機就不離開，終於等到校稿完畢、雜誌誕生。

付印之後，大家的心情都是喜滋滋的。接下來就是經銷訂戶的問題。我們在台大的同班同學都是當然訂戶，而班上女同學多，女同學訂閱以後，她們的電機系、醫學院男友，也一起算進去。歐陽子的父親是洪遜欣大法官，也是台大的法學院教授，於是洪爸爸的學生也成為基本訂戶。

我們騎腳踏車到各班派賣雜誌。幾天後，跑到重慶南路那一帶的書局探問：「有沒有賣《現代文學》？」有的書局沒有；有的書局從一疊書報中抽出來，沒有擺在架上；也有的書局說賣完了，我們聽到真是欣喜若狂，於是想繼續辦第二期。賣不出去的怎麼辦呢？剩下的雜誌，我們搬給周夢蝶，在他武昌街的書攤上，《現代文學》雜誌被高高地掛著。

我們的雜誌就這樣一期一期又編又寫地出來了。《現代文學》雜誌分作兩個階段，第一個階段有 51 期（1960～1973），中間停了三年，第二個階段有 22 期（1977～1984）。雜誌起初是雙月刊，中間一度是月刊，再變回雙月刊，時常脫期，風雨飄搖中，《現代文學》是這樣走了過來。

同學少年多不賤

我今天帶來了兩套書，一套是 1977 年歐陽子主編的《現代文學小說選集》，另一套是 2009 年柯慶明主編的《現代文學精選集》。兩套選集幾乎概括了《現代文學》的歷史，現在回頭看這些作者群，很有意思。1～51 期共有 206 篇小說，70 位作家，現在隨便念出幾個作家的名字，還蠻嚇人的。《現代文學小說選集》第一輯有叢甦的〈盲獵〉、陳若曦〈辛莊〉、王禎和〈鬼・北風・人〉、朱西甯〈鐵漿〉、水晶〈愛的凌遲〉、王文興〈欠缺〉、陳映真〈將軍族〉、蔡文甫〈裸〉、七等生〈讚賞〉，還有一篇沒有名字的兩個框框，是東方白〈□□〉，還有我的〈遊園驚夢〉。第二輯有歐陽子〈最後一節課〉、於梨華〈會場現形記〉、施叔青〈倒放的天梯〉、李永平〈圍城的母親〉、林懷民〈辭鄉〉、奚淞〈封神榜裡的哪吒〉、黎陽〈譚教授的一天〉，黎陽其實就是李黎；黃春明〈甘庚伯的黃昏〉、姚樹華〈天女散花〉，姚樹華就是去年《白銀帝國》的導演，她不寫小說當電影導演去了；還有李昂的〈西蓮〉，是鹿城故事之一。

這些作家，除了朱西甯以外，特點是大約都在 20 歲上下，像李昂是我們的末代弟子，16、17 歲開始跟著我們；施叔青那時還是高中生，18 歲，非常年輕的一群，一出手就不凡。很多作家的第一次發表經驗都在這裡，例如三毛〈珍妮的畫像〉，16 歲就投稿到《現代文學》，是我發現她的。她那時有點自閉症，不上學，都在家裡畫畫。畫家顧福生是她的老師，也是我的好朋友。有天，顧福生拿著〈珍妮的畫像〉來給我，說這學生很有文才，但寫的好像有點奇怪，是一篇關於人鬼戀的小說。三毛很害羞，文章刊登出來以後，也不好意思來找我。很多年後，三毛非常有名了，她寫文章談起這初次發表的經驗，具有讓她找到出路的意義，也因此不再自閉了，改變了她的一生。

〈鬼・北風・人〉是王禎和的第一篇小說，他是二年級的學弟，很害羞，在走廊上把小說塞到我手裡，就跑走了。小說寫的是發生在花蓮的姊弟戀故事，講一個少年跟姊姊產生了不倫的戀情，寫得很好，寫出花蓮的味道，文字也獨樹一幟。張愛玲看了這篇小說，大爲欣賞，到台灣來的時候，特別到花蓮找王禎和，住在他家。姑奶奶張愛玲是從不跟別人來往的，但因爲這篇小說而對台灣鄉土大感興趣，另外產生這麼一大段因緣。

其他還有像劉大任的第一篇〈大落袋〉，關於打彈子的小說，也是投稿在《現代文學》。施叔青的第一篇〈壁虎〉，那時候她在念中學，是姚一葦邀到的稿子，當時我在美國看到稿子，覺得很慓悍、很大膽，想不到是高中女生寫的，以爲是男作家寫的，非常吃驚。姚一葦跟我說，施家三姊妹都很有文才。姊姊施淑女、妹妹施淑端（也就是李昂），都在《現代文學》投稿過。還有李黎〈譚教授的一天〉，我知道她在寫我們的一個老師，寫得很像，將老師的心境，描寫得很好。

現在回頭看，處處是驚喜，對台灣文學也可能有些貢獻，一方面是我們介紹了一些西方現代主義文學的作品，雖然當時我們的知識有限，只做了一些翻譯工作，但也產生滿大影響的，譬如譯介了卡夫卡、喬伊斯、福克納等。另一方面是在文學研究，也有中文系像柯慶明等人的參與，開始用現代的眼光切入中國古典文學的研究。現在看來，最有貢獻的，應該還是《現代文學》的創作，包括小說與詩，小說在後 22 期也有一百多篇，合計起來有相當的數量，品質也高。以現在的眼光回頭看，這些小說也還能站得住腳。

譬如陳映真的〈將軍族〉，是一選再選的小說。它就像是台灣現實的寓言，講養女與老兵的故事，等於是本省與外省的最低階層，兩者之間很動人的愛情，甚至是超乎愛情的一種感情，最後幾乎是殉情。我覺得那是寓言式的，本省與外省可以在一起，兩個族群之間的結合。最後陽光照著兩具屍體，不是悲哀的感覺，而是一種提升。這篇小說，現在看來，還特別有意義、特別動人。

許多小說都點到台灣很深刻的地方，例如黃春明〈甘庚伯的黃昏〉，這篇小說是我拉稿的，當時黃春明在《文季》寫了很多很好的小說，像是〈兒子的大玩偶〉、〈鑼〉等。不是我的偏見，據我看，〈甘庚伯的黃昏〉無論在形式上或內容上都是黃春明的傑作。它講出了台灣很傷痛的一段歷史，日據時代，許多台灣子弟被徵兵到南洋，一個被徵兵的子弟，心理上受了傷，回來以後等於是精神分裂，這男孩有一個老農夫父親，非常呵護疼愛他。我覺得，黃春明很擅長寫這種父子之間的動人之情。很多年沒看了，有一段情節還是很鮮明、永遠不會忘記，小說中的兒子裸體就跑出門，父親拿草蓆出去遮掩他的身體，並且帶他回家。小說寫得含蓄，從父子之情傳達出受傷的台灣本身的歷史。

許多投到我們雜誌來的小說，都是很傑出的，像是朱西甯的〈鐵漿〉，我覺得是他最好的短篇小說；還有奚淞〈封神榜裡的哪吒〉，涵義很深、文字詩樣。奚淞後來畫畫去了，成了有名的畫家。寫過〈蟬〉、〈辭鄉〉的林懷民，他也不寫小說，跳舞去了。不再寫小說的人，都曾經在這裡留下美好的作品。

大寫的文學

《現代文學》復刊以後有 22 期，但是因爲社會環境的不同，前 51 期的影響力比較大。當時雜誌較少，加上政治的不開明、社會的保守，文學於焉是我們安身立命的寄託。文學兩字是大寫的，一切在文學兩字之下，都無足輕重。當年我們對文學的追求，比政治、比經濟、比什麼都重要。雜誌每期只有發行一千多本，名與利都談不上，追求的，不過是自我的理想、對人生的看法，每個人心中有話要說，有發自內心的真話要講。

後 22 期，時間來到七〇年代到八〇年代的台灣，許多東西漸漸政治化，我覺得，文學可以批評政治，可以寫政治寓言，譬如歐威爾

（George Orwell）的《一九八四》，文學可以做政治批判；但反過來，文學絕對不容許政治干預。因爲文學必須講真話，作家對自己誠懇，才寫得出好作品。替政治宣傳之類的、謊言的文學，一定不會存在。政治人可能撒謊不自知，可能撒謊還以爲是真理。文學家講的真理，一定是自己沒有任何的目的，是對人生的一種看法。

雖然後 22 期的作品影響力不如前，但仍有很多優秀作家，譬如宋澤萊，也就是廖偉峻，他用這兩個名字在雜誌上寫小說，有趣的是，他換了名字也改了文風。在座的李渝，她《溫州街的故事》，可能把台灣知識界的心情、苦惱、寂寞縮影在溫州街那裡。一系列的溫州街故事非常感人，那年代知識分子的苦惱，說不出的、難以言傳的寂寞，被李渝寫進來。

所以《現代文學》拉長來看，對於六〇年代就意義非凡了。當時中國正開始文化大革命，甚至從 1949 開始，到七〇年代後期改革開放以後，中國的六〇年代幾乎是一個空白，有一些樣板文學、政治宣言而已，談不上文學價值，在往後的文學史上可能也沒有很高的地位。如是看來，《現代文學》剛好可以補充上那樣的空白。

從這意義上看，可能我們的數量不夠多，分量不夠重，視野不夠寬大，但將《現代文學》其中的詩、小說、散文串起，也相當可觀，有許多的創新。也不同於五四時代，五四時代比較浪漫，白話文剛開始，還不夠成熟，所以在文字上在視野上，《現代文學》雜誌都有所超越，有新的方向。

六〇年代的台灣文學成就也不是憑空而來的，像是五〇年代後期的《自由中國》、《文學雜誌》、《文星》、《現代詩》，也已鋪陳了新的文學方向。可能剛好到我們戰後這一代，人才比較多了，相較之下作品也豐富。當然六〇年代還有文學副刊，我只是就《現代文學》雜誌來談作品與影響而已。那是一個值得懷念的年代，文學是我們的追求，即使我們各人有不同的心路歷程，不同的方向。

黃春明：台語文書寫與教育的商榷

◎張俐璇記錄整理

百年台灣話

中華民國建國元年的時候，台灣是日據時代的大正一年，當時候唱的歌，或是廟宇的對聯，都是四個字或七個字的，有過去古老的詩詞形式在裡面，所以有人說我們是詩的民族，不一定要懂文字才會寫詩，平常的說話語言、成語、諺語、俗諺，都有詩的形式在裡面。當時用漢字寫作，但是不像我們今天用北京話、國語或是普通話在念讀，而是用閩南的方言朗誦。

閩南語有讀音和語音的不同，像是唐詩「春眠不覺曉」以及數字的念法，都不一樣。從音韻方面來講，閩南的音韻還比北京話更工整，因爲閩南地區沒有受到五胡亂華邊疆民族的影響，在音韻上，跟客家話一樣，比北京話豐富。例如，北京話是陰陽上去，閩南語則有「君滾棍骨，群滾郡滑」八聲，而客家話又比閩南語多一音。

日本人統治台灣以後，作家開始以日文寫作。殖民統治初期，台灣雖然有武裝的鬥爭，但日本人的武裝比較現代化，台灣的反抗都被弭平了。接下來就是文化上的治理，在這裡，政治上的一邊一國先不談，文化上，台灣和中國的同文關係，是無法切割的，例如一樣有包粽子、划龍舟的文化，是無法用政治、嘴巴切割開來的。而語言是文化的一個大單元，我們可以穿西裝、吃西餐，但要改變語言不容易，因此日本人在台灣極力推行「國語」政策，就從這根源開始。

日本殖民韓國以及在中國東北建立的僞滿州國，都沒有這麼堅持執行國語政策，何以在台灣特別堅持呢？因爲日本沒有資源，資源在南洋，有森林、金屬礦物、石油等，所以將台灣視爲南進基地，伸手過去拿那些資源就很方便。職是之故，在太平洋戰爭開始之後，作爲基地的台灣，得有堅定的文化認同，因此要徹底地皇民化，方能成爲穩當的南進跳板。在這樣的狀況下，當時的作家不可能用自己的語言，而是以日文寫作。當時，即使像我爺爺什麼都不懂，也要學日文。我就跟著爺爺去學日本話，回家再教他一遍。

國民政府來台後，台灣再次成爲基地，反共的基地。反共大陸、消滅萬惡共匪、保密防諜，都是那個年代的關鍵話語。甚至在演講的最後，幾乎都以「小心匪諜就在你身邊」作結。威權的戒嚴時代，要求反共抗俄，俄國的作品，或是沒到台灣的大陸作家作品，都成爲禁書。而本省作家，因爲沒有共產黨經驗，因此寫不出反共、水深火熱等的情節。此外是語言的問題，這時候開始又要學「國語」。爸爸那一代的國語是日本話，到了這一代，變成是北京話。

我求學的頭兩年還在日治時期，在學校講方言會掌嘴巴。說方言的學生太多，讓老師疲於懲罰，於是，老師讓學生面對面，排成兩排，你掌我，我掌你。學生彼此都打得很輕，做做樣子，虛應故事。

然而，講我們的母語，是那麼大的罪過嗎？當國民政府到台灣來，也一模一樣，特別是對本省人講國語要求得很嚴格。

「吼，黃春明，你講方言，我要報告老師了。」我小時候也被同學糾正過。我雖然很緊張，但是靈機一動，就跟他說：「你也講方言！」「哪有？」「你也說吼啦！」

當時的懲罰很多，譬如在講方言的學生臉上，用粉筆畫圈圈，回家才可以洗掉；有的罰錢；有的掛上「我不說方言」的牌子。漫長的戒嚴時代，講方言變成如是矛盾的對立與緊張。來台灣開墾的祖先的語言，例如閩南語、客家話，還有更早在地的原住民語言，這些台灣話都不能使用，一定要講國語。

但是語言的腔調一定有地方的色彩，所謂的 local color。因爲我們不是在北京生活成長，因此很難有捲舌的兒化音，於是乎，本省人就常被嘲笑是「台灣國語」，這也可以說是一種「雜種」。

台灣文化有「混血」的性格，就像我們爲什麼只有唐山的爺爺，沒有唐山的奶奶？唐山就是中國，因爲到台灣開墾的人，不會把家中的女性帶來，通常要等到生活安定，再把家中妻小接來。但是離鄉開墾的，往往是單身漢，所以這些從唐山來的爺爺，就和台灣當地的平埔族通婚。譬如，看我的捲髮就知道，是混血的，漢人的頭髮是不捲的。許多東西是雜種的好，舉凡現在吃的芭樂、鳳梨、牛肉，都是混種的，因此美味。文化就是這樣生成的。

於是台灣的歷史有這樣的軌跡：日本人來要講日本話，要改姓改名；國民政府來了，祖先教我們的、生活中的語言又不能使用了；1987年解嚴，台灣意識抬頭，台灣歷史、台灣地理等本土教育重新被重視，迴異於過去只熟悉中國歷史與中國地理。先認識家人、鄰居、出生的村子、外頭的城市，先認識自己的國家才認識其他的國家，這才應當是認識世界的方式。

解嚴以後，閩南語的言說不再是禁忌，部分特別強調認同台灣的意識形態，開始訴諸閩南語書寫形式的表現，進而產生以北京話寫作的質疑。小說家宋澤萊很早就有以台語寫作的嘗試，但是後來似乎沒有繼續。因爲作者寫得辛苦，讀者也讀得辛苦。

箇中的問題在於，方言是一鄉一腔的，農業社會的生活形態，很少到外地去，與外界的互通很少，地方特色因而顯著。現行的國語，也是到了民國 17 年才統一的。中國因爲幅員廣大，五十幾個種族裡頭的語言又各異。中國國語的選擇，曾考慮過，以廣東省中山縣翠亨村的地方語言作爲國語，以資紀念國父孫中山的革命。後來經過專家學者建議，國民大會選擇北京話，因爲只有平上去入四個聲，不會增加孩童的學習困難。

去年，黃大魚兒童劇團到高雄六龜災區演出，我注意到當地有閩南人、有客家人，還有原住民。充盈在生活中的這些語言，學生在教室裡以拼音學習，另外再加上英文，語言科目繁多。重視本土教育是良善的，但是語言尚未統一，學校卻已有課本供師生教讀。我和小說家李昂說的都是閩南語，但我說的是漳州話，李昂說的是泉州話，彼此就很有差異性。

語言應當是從生活經驗中學習。譬如奶奶看到小孫子跌倒，會說「哎呀，你跌倒了，不要哭，是地板壞。哎呀，好可憐，跌倒了。」重複地提到「跌倒」，小孫子因此知道什麼是「跌倒」，而不是從「ㄉㄧㄝˊ跌，ㄉㄠˇ倒」這樣學來的。而現在本土的語言、文字尚未統一，師資也缺乏，在標準字也沒有的情況下，推動台語文字化，就是把應當在生活中學習的語言，拿到課堂中教習。

混血語言的力量

解嚴以來，就有要求本土語言書寫形式的聲音出現，但是，語言文字化需要時間的累積。以俄國文學爲例， 從普希金（Aleksandr Pushkin, 1799～1837）寫農民文學，到百年之後，才有俄國革命、舊有的東西才被推翻，我們不應操之過急。獲得 2010 年諾貝爾文學獎的祕魯作家尤薩（Mario Vargas Llosa, 1936～），是以西班牙文寫作，但不會有人說他的作品和塞萬提斯（Miguel de Cervantes Saavedra, 1547～1616）的《唐吉訶德》一樣是西班牙文學。1967 年，馬奎斯（Gabriel Garcia Marquez, 1927～）的《百年孤寂》出版，1982 年獲得諾貝爾文學獎，作爲哥倫比亞人的馬奎斯，以西班牙文寫作，也不會被歸類爲西班牙文學。

中南美洲有六個諾貝爾文學獎得主，都是如此這般以外來語言寫作。在 15 世紀末，哥倫布發現新大陸、引起西葡興趣以前的中南美洲，是馬雅帝國，有文字也有文明。尤薩並沒有要求回到馬雅語言的使用。美國獨立之後，也沒有放棄英文。作家是那麼地渺小，當族群遭受這樣的命運，外來的力量改變了一切。

無論歷史走過、文化破壞，有些東西仍舊會在當地的語彙裡被保留下來。以宜蘭爲例，有句俗語叫「蕃仔加郚」，字面意思是被蕃人殺了，指很倒楣的事情。在場如果有原住民朋友，還請見諒，畢竟這是以前留下來的例子。俗語的由來，是在清治時期，參與林爽文事件以後的散兵，被吳沙帶往宜蘭開發。以前的開發，是武力的衝突與占領，並不是所謂的「有朋自遠方來，不亦樂乎。」相較於原住民族有獵首的文化，漢族是全屍的觀念，因此遇到被獵首，無全屍的，就覺得很倒楣。死亡已經是很哀傷的事了，連頭都還找不到，所以是很倒楣的事。譬如我摸摸口袋，發現錢包掉了，就會加上一句「蕃仔加郚」。我的語言原鄉宜蘭，保有這樣的辭彙，一句辭彙，什麼年代、歷史都在裡頭了。

以前，我聽過爺爺說「年輕的時候，被狗欺負得要命」，當時納悶，爲何養那麼多狗？實際上，宜蘭人以「四腳仔」，也就是狗，指稱日本人。日本人對台灣的既得利益者是親善的、講規矩，而漢人講人情，所以在三字經裡，媽媽是可以罵的，譬如「他媽的」，就是跟女性長輩牽扯關係，或許我們會問，人家的姊姊妹妹都很漂亮，爲什麼要找人家的媽媽？因爲如是的粗話，間接罵對方是兒子，是小輩，但還是人。

我並不是反對台語文的書寫，而是還需要時間。恰如同中南美洲將西班牙文在地化，現在台灣的報紙標題也會使用「白目」、「凸槌」、「強強滾」、「嗆聲」等語彙，都是閩南語在國語中演化的表現。語言文字不是短時間內可以更易的，但文化是有生命的，它會慢慢地改變。

從生活中學習

我也不是秉持過去封建時代的觀念，把文字看得高、語言看得低；而是我們書寫文字的經驗很短，使用語言的經驗很長。譬如現在所使用的漢字，從甲骨文算起，大約三千年。40 年前，台灣從農業結構到工業社會以後，文字才真正的普遍起來，比中國更加普遍。職是之故，我們的語言，從農牧開始，都是用嘴巴講，並不是依靠文字，而是從生活裡生產、得到智慧。

以農業生活爲例，種稻的技術很複雜，複雜的技術性就是知識。瓜果有瓜果的知識，但有知識就能用嗎？現在看來是，因爲知識會經過考試檢驗。但勞動生活的知識，必須變成行爲。〈農村曲〉的歌詞，就寫得很好，很有詩意：「透早就出門，天色漸漸光，受苦無人問，行到田中央，行到田中央，爲著顧三頓，顧三頓，毋驚田水冷酸酸。」第三節更可愛，寫農民邊彎著腰幹活，邊跟稻子對話：「希望好年冬，稻仔快快大，快快大，阮的生活著快活。」歌詞充分描寫，有生產的知識與行爲、生產的體力、責任感以及精神習慣。就像鄧小平說的：「實踐是檢驗真理的唯一方法」。講這個可能要被罵是共產黨，但人家的話對就是對，不對就是不對。

從農牧時代開始的文明，是文字給我們的嗎？文字是紀錄，沒有文字的時候，我們用語言敘述，敘述生活的經驗與智慧，文明在幾千年間因此建立起來，大自然界的演化，都會隨著體內的遺傳因子以及大環境而改變，然而言語是體外的遺傳因子，它使我們人類演化得更快。我們的語言也一直在變化，例如，年輕人說「你很機車耶」、「好吃到不行」，北京人是不會明白箇中含義的，而這，就是我們的語言。又譬如，當女生說「你好討厭」。「討厭」在字典裡的解釋是嫌棄；但當女生對著男生說這句話邊跺腳時，哎呀，那就是最愛了。

1976年，我曾經應台灣同鄉會之邀到美國。那一次演講原先預定使用閩南語，但當天出席的，除了台灣本省人，還有國民黨的子弟、中國大陸的朋友。我先問有沒有人聽不懂閩南話？我認爲，即便是一個人不懂，也要尊重。所以後來我用國語、普通話演講，堅持講大家聽得懂的話。那天邀請人跟我說，我到美國是他邀請的，應當給他面子。我說，面子放在台灣，沒有帶來。

同鄉會中，有負責閩南語教學的老師。我曾經問他，爲什麼要教小美國人講閩南話？不應該讓小孩子爲難。畢竟在美國出生的小孩，自然是美國籍，在學校所使用的也是英文。那位老師跟我說，這樣以後長大，才會愛台灣。但是，當年將台灣出賣給日本、帶領日本人進城的，也是閩南語的使用者。所以講閩南語和愛台灣不是等號的關係。

語言是生活教育，是從生活中學習的。譬如小 ABC，就會試著將所學到的閩南語和英語衍生融合，譬如告訴父親「我在放屎 ing」，是正在進行式的敘述；或者，當接到簡先生來電，「簡」姓在閩南語中與「幹」音同，因此小 ABC 轉述給父親時，成了「Mr. Fuck 有找」。

寫小說的時候，語言也是可以調度使用的。國語可以做敘述，遇到對話則再做修飾，譬如台灣很多鄉下人說「恁爸不怕」，四川也有個詞彙是「你老子」，老子跟恁爸是一樣的，就可以替換使用。又像是我們常說的「頂呱呱」，其實是廣東話。也因此，台灣應該是語言最蓬勃的地方，全中國各地方各種語言的使用者都來到了台灣，所以台灣應該是果汁機，各種水果都可以放進去，不一定要純種才是好的，綜合果汁最營養了。

李喬：小說形式的追求

◎張俐璇記錄整理

我今年預計了三個專題演講稿，第一個專題談「感動」，第二個就是今天「小說形式的追求」，第三個會談的是「後設小說理論與實務」。

對我來說，在將近五十年的寫作時間裡，我一直在做小說形式層面的追求，因爲生命的定見與視界的發展有一定的限制，但是形式的無限變化，可以依靠個人的努力與奇思異想，而有不同的面貌。就小說創作而言，以西方文學理論來說，現在有反形式、反典律、回到民間主題的訴求，這個層面，關係到的是後現代、解構等理論，箇中有西方思想史、社會史的脈絡。台灣的社會、思想演變還沒到那裡，就跟著人家反對形式，這是不對的。我會先談一些概念，接下來再說說我怎麼做。我很清楚地知道，我的形式追求如果個別地看是失敗的，但天生平庸的我，寧願是不完整地求新，因爲我認爲，形式是內容的一種創新。

小說的形式與內容研究

西方文學研究中的類型觀念是重視形式的，例如詩、小說、戲劇三類，散文則較不受重視。小說形式的分類則有很多的變化，以長短來說，就是短篇小說和長篇小說，中篇小說是後來的發展。還有一種大長篇，就是法文的 roman-fleuve，葉石濤譯爲「大河小說」。日本有大河劇，但沒有大河小說。再來是依據敘事結構的分類，有三大類，一是順序式的、倒敘式的、插敘式的這些傳統的敘事結構；二是佛洛伊德（Freud）以後出現的意識流的小說；三是後設小說形式，這個是在我寫《小說入門》的年代，還沒有出現的。

在形式與內容方面，關係很抽象，例如前一場演講，黃春明把襯衫脫了，汗衫露出來了，這是內容；還沒講演的時候，穿著襯衫、西裝筆挺，這是形式。只講內容不會包裝的話是否可以？內容沒有形式不可能讓人知解的。這是形式與質料的問題，也就是 form 與 matter 的研究，專業用語是希臘文的 eidos 與 hyle。衣服脫光了還有肉體的形式，不然怎麼知道是黃春明呢？所以被人認知存在，必須依靠形式。形式是內容的呈現，在西方哲學中有一個講法，形式和內容是一體的，這是在台灣哲學辭典中所沒有的。

小說的內容所表達的方式，要讓人知解與感動，必須採用適當的形式。小說家平路有一段話很好：「小說藝術乃內容與形式的二重奏，能夠找到一個最巧妙的形式，表達想要表達的內容，因此我相信一個好的小說，通常是形式與內容對仗到一個完美的境地。」所謂小說的內容，包括主題、故事情節和人物三者。對於近十年來台灣的文學研究，我有一個感覺，小說作爲文學研究的材料，卻看不到主題、人物、結構與想像。作爲一個寫作者而不是理論家，我認爲還是應該回到文學的本身，例如類型、形式與內容的討論。

小說的形式部分，則可以細分爲：敘事結構、敘事觀點、語言、語言結構、主題結構、後設（meta）的形式、象徵（symbol）創造技巧，以及節奏、調子、色彩、氣氛等。首先，是敘事結構，小說的基本概念包含人物、情節，以及情節所呈現的主題，所以敘事結構就是如何安排人物與情節、情節與主題的關係，例如前行提及的順序、倒敘、插敘、意識流，以及方興未艾的後設小說形式。第二是敘事觀點，敘事觀點是小說的身分證。散文中的敘事者，無論用你我他進行，都是如假包換的作者；小說中的你我他，則是作者創造出來的鏡頭，譬如想一窺女孩子的裙下風光，會拿相機去看，這鏡頭就是敘事觀點。敘事觀點的研究，是最重要的。

第三是語言，玩弄語言和結構主義的文本（text）自我繁殖是不一樣的，台灣有玩弄文字的趨向，我點到爲止。第四，語言結構，小說裡面的語言是多音交響的，譬如我罵人的時候，河洛話就出現了，比客家話還順當。現在的文學研究發現，小說語言表現的本身，就能呈現出主題，所以語言在文學中不只是工具，還是小說的主體，可表現出結構。美國小說家約翰・史坦貝克（John Steinbeck, 1902～1968）的《人鼠之間》（Of Mice and Men），寫美國經濟大恐慌時期，有兩個流浪漢喬治與倫尼，倫尼力大無窮，很喜歡觸摸軟軟的東西，譬如兔子，但糟糕的是，他一碰，兔子就被捏死了。有天，倫尼擁抱一個可愛的小女孩時，這一抱不小心把她的脊椎骨捏碎了。兩個流浪漢開始奔跑逃亡，想找到一個沒有這些混亂的桃花源。整篇小說就是這兩個流浪漢的對話，空洞、絕望，小說語言本身就表現出那個時代的無奈感。

第五是主題結構，以長篇小說來說，是許多的小主題、中主題，累積變成大主題的結構性過程，例如大家耳熟能詳的《查特萊夫人的情人》（Lady Chatterley's Lover），透過康妮和丈夫查特萊以及情人梅勒斯是兩個小主題，每一條線共同形成總主題——詮釋愛是什麼。小說主題是內容，小說主題的結構是形式語言。第六是 meta 的形式，一般的講法就是南美洲的魔幻寫實，還有美國 1960、70 年代的反寫實，多被認爲是後設小說；真正後設小說（metafiction）概念的形成，是在索緒爾（Saussure）的新語言學理論發展以後。簡單來說，就是指小說的主題，是不斷用語言共同創造出來的，箇中還有西方哲學的發展脈絡。

第七是象徵（symbol）的創造技巧，這也是很大的題目， 跟象徵相關的就是隱喻（metaphor）與意象（image）。前面說過，人物演出情節，情節呈現主題。用語言表現，最先出現的就是一片意象，譬如「枯藤、老樹、昏鴉，小橋、流水、人家，古道、西風、瘦馬，夕陽西下，斷腸人在天涯。」讀完只剩下斷腸人，枯藤、老樹都不見了。

最好的小說，是讀完文字會不見的，所以文字是不能玩的。隱喻高的就是象徵，寫小說如果創造出了象徵就很開心，我的短篇小說有兩百多篇，創造出象徵的沒有十篇，這是不容易。第八是綜合性的，包括節奏、調子、色彩、氣氛，這些攸關作品的結構感。

我的形式追求例說

以短篇小說為例，我在〈飄然曠野〉寫一個女孩的母親重病，隨時會斷氣，她心裡掙扎著要不要出去約會，因為情人要和她談訂婚的事。於是她在母女親情與戀人愛情之間猶豫徘徊。我用意識流的方法寫，沒有時間地點與結構。因為意識流的概念是這樣的——人類的意識，在記憶中是沒有時間、空間與結構的，而是扭曲在一起的。

在〈我不要〉和〈今天不好玩〉，我在敘事觀點和使用語言之間，做了研究。〈我不要〉這篇有強烈的諷刺，它的敘事觀點是一對小公雞與小母雞，故事寫牠們被抓到城隍廟前砍腦袋，因為台灣人斬雞頭立誓的習慣。小公雞與小母雞是很無辜的，放大來看，台灣社會藍綠陣營對峙，人民就是雞頭。〈今天不好玩〉寫一個找不到路回家的智障者，以約莫十幾歲的智障者作為敘事觀點，敘事內容不能脫離智障者這樣的敘事觀點，所以沒有人稱代名詞與連接詞。當智障者納悶街上的人「忙什麼呢？還不是和我一樣找不到回家的路的——傻瓜。」更說出了人生的恓恓惶惶。

〈寂寞雙簧〉曾經參加台大的徵文比賽，得到佳作，因為有的評審給滿分，有的給零分，零分的理由是受到威廉・福克納（WilliamFaulker）太大的影響。故事寫鄰居離職的酒女，帶著三個女兒，其中一個是 14、15 歲的智障，以及一隻小黑狗。我首先採用流暢的第三人稱，第二段用智障女孩的觀點，第三段則以狗作為敘事觀點。這是模仿《聲音與憤怒》（The Sound and the Fury）分四個角度的敘事方式。

〈孟婆湯〉是寫於解嚴前的一篇抗議小說，它有一個真實的背景，發生在越戰期間的台中，一個吧女和美軍在性交易的過程中死亡，美軍被判刑六個月。我利用十八層地獄的傳說，藉由「孽鏡台」觀看一生的形式，表達憤怒。〈修羅祭〉是借用佛書中六道的觀念，所謂天道、人道、修羅道。修羅道出身的女子特別漂亮，男子則脾氣暴躁。小說寫的是我在教書時候養的流浪狗，性格很烈、時常闖禍。狗後來被鄰居打死了、煮成香肉來還。爲了表達我心裡面的痛，所以小說形式上用祭文，寫下「我」就著 50 度高粱、吃下香肉的情節。

〈婚禮與葬禮〉是沒有人物的小說，前面寫婚禮，用幾點幾分現在的時間寫；後面寫葬禮，用子丑寅卯寫。寫婚禮禮堂、嫁妝多麼氣派；葬禮寫棺材、誦經如何豪華。小說要傳遞的就是人的婚禮與葬禮是重要，但從頭到尾人不見了，是用形式呈現諷刺的主題內容。

〈孽龍記〉以及〈「死胎」與我〉是目前我寫得比較完整的後設小說。〈「死胎」與我〉寫的是關於一胎化的禁忌故事。故事來自一則新聞，江西省有個小女孩六歲的時候，媽媽又懷孕了，爸爸和媽媽合力將小女孩推到井裡溺死了。後設小說提供了既批評又反省、諷刺又責備的表達形式。

在長篇小說部分，1974 年我寫了《痛苦的符號》，寫一個人分裂成 A、B 兩型的人格，出版的時候，分別採用不同的字體印刷。《寒夜》三部曲，第一部《寒夜》有民歌的味道，所以比較緩慢抒情、純文學化，例如寫颱風來襲前、入侵時的高潮以及颱風過去，共約兩萬字，是一項對於書寫的自我考驗；第二部《荒村》寫日本殖民時候的農民組合抗日，節奏比較快，並且插入日文的使用；第三部《孤燈》寫南洋戰爭、河洛語多。因此三部曲風格有所差異，語言的使用也不同，我的語言概念是這樣，第一，什麼人說什麼話；第二，作者有權決定用什麼話。

1995 年出版的《埋冤 1947 埋冤》，河洛語的埋冤，意思是台灣，書名也就是台灣 1947 年發生了埋冤的事情，兩個詞的用法是不一樣的，我的小說書名、人物名稱，通常隱含了很多玄機。《埋冤 1947

埋冤》上、下兩冊的敘事風格有所差異，上一冊以冷血的細節寫實，呈現 1947 年的台灣狀況；下一冊則寫災難後的台灣居民，如何走出心中的陰霾，兩冊的敘事節奏也因此而異。

2010 年有三本書出版，首先《格理弗 longstay 台灣》是一權力理論的滑稽化演出，寫三百年前的格理弗，來到 2007、2008 年大選時期的台灣，楊傳廣與紀政都登場了。小說引用了弗朗茲・法農（Frantz Fanon）在《黑皮膚，白面具》以及《大地上的受苦者》中的後殖民概念，藉以批評時政。第二本是《咒之環》，從 19 世紀的械鬥屠殺事件，寫到 2008 年選舉期間的現象。小說分爲上、下兩篇，兩篇又各自再分一、二兩章，在敘事結構方面，連結我自身的神祕經驗書寫。

《V 與身體》是尙未完成的長篇小說，是對小說形式與內容的極限挑戰。我嘗試用三個敘事觀點，寫我和五臟六腑的對話、爭執與矛盾。我也寫過三千行的敘事詩《台灣，我的母親》，作品主要用華語進行，連接詞、人身代名詞、語氣詞的部分，則使用客家話，語氣詞是文章重要的部分，因爲客家話中的語氣詞，光是「哈」就有多種聲調，因此變化多端。

誰來挑戰新形式？

我認爲台灣小說還沒到最高峰，最高峰在各位的身上。小說的主題需要一定的生活歷練，可能要慢慢來；但形式是可以用巧思、怪招創新的，可以「形式無限」濟主題內容之窮。最近我也提倡民間故事的改寫，箇中有無限的機會。例如《西遊記》可以改寫，首先可以把打斷閱讀興致的「詩曰」刪去，其次，這本書沒有受過現代小說的洗禮，所以缺乏內心的描寫，可以寫唐三藏三個徒弟——孫悟空、豬八戒、沙悟淨——糾纏的內心戲，篇幅肯定可以多上一倍。

最後還是要強調的是，講究形式，會使小說更動人，也更爲人所接受。

楊照：在土與洋之間的風景

◎張俐璇記錄整理

開場的時候，我想先談一點題內的題外話，或者說是題外的題內話，意思是說，跟講題沒有直接的關係，但是跟今天的會議是絕對有關係的。

文學史研究的兩個遺憾

這幾年我其實不太參加跟文學史討論有關的研討會，主要是因爲看了一些朋友的文學史論文，讓我感覺到愈來愈疏離，因爲在我心目中的文學史研究，跟現在許多人在寫的文學史題材，不太一樣。在我的認知當中，文學史的題材最重要的核心是作品，接下來是作者。爲什麼會有文學史？很大的意義是因爲我們喜歡作品，希望從作品中挖掘出更大的意義，所以把作品放到文學史的脈絡中，幫助我們在作品當中，讀出更多、更豐富的東西。但是，我現在看到的，讓我很難過，我只能說大概是我過時了。許多文學史的研究者，呈現的是爲文學史而文學史的態度，花很多時間在看別人寫的文學史的論文，卻捨不得花時間談作品。這是一件不可思議的事情。

文學史和其他歷史不一樣，它比較接近藝術史、美術史、音樂史，從來沒有做美術史的不去看畫，或是像做音樂史的不聽音樂，而可以去處理美術史、音樂史的題材。但我看到愈來愈多研究文學史的學生、學者，可以不讀作品就寫文學史，這是件可怕的事情。爲什麼我會知道沒有讀作品呢？例如說，我只要看到在這些文學史的論文裡面，提到朱天心，一定會說「老靈魂」，因爲這是張大春在書序中講到的；提到張大春的論文，就會說「文化頑童」，這是詹宏志給他的。偶爾看到提到我的論文，就會提及我二十幾年前寫的、關於二二八的小說，或者是抄王德威在《暗巷迷夜》書序中寫的、關於歷史敘述的部分。我相信一個人真的去讀過作品之後，不會用這種方式去寫文學史論文，因爲箇中沒有感受，看不見讀者與作品之間的關係。

第二件事情也讓我一直覺得很遺憾的，就是文學史的工作者對於文壇史或者是文壇掌故，愈來愈沒有興趣。我們很少在文學史題材中，看到誰和誰交往、誰影響了誰。從來沒有任何一個作家是孤零零地在寫作，他有他的朋友、他閱讀的對象。文壇史、文壇的交往，爲什麼重要？這樣才能讓我們知道，當時的作家爲什麼會這樣想？爲何他的文學作品會用這種方式來寫？也才會讓我們擺開了、脫離了一些後來加上去的文類的概念、或其他分類的概念，還原到歷史情境上。例如說今天我做的是詩的研究，我就用詩的方式寫文學史的論文，但是我們得記得，詩人不會只跟詩人來往，譬如當年劉國松，這美術史上的人物，當東方、五月畫會正在活躍、做的現代畫受到批評的時候，他們找余光中出來幫忙寫文章，這表示余光中與台灣現代畫運動也有密切的關係。

從《二殘遊記》談起

今天是百年小說研討會，照理說，不會出現楊牧。因爲提到他，我們會說，詩人、散文家，但楊牧也是寫過小說的，可能連楊牧的研究者也沒有發現，楊牧有篇小說，收在劉紹銘的《二殘遊記》裡。《二殘遊記》第二集的第八回，寫二殘，也就是劉紹銘的自況、他的 alter ego。在美國，二殘和他的前未婚妻重逢，前未婚妻過去悔婚嫁給別人，現在離婚了。這個重逢的晚上，他們聊了很多事情。第八回結束在前未婚妻開車送二殘回旅館，二殘充滿蒼涼，頭也不回地走了。第九回，故事回頭了，二殘還在前未婚妻家裡，也是在聊天、喝酒，愈喝愈浪漫，後來兩個人一夜纏綿。跟第八回完全不一樣。這第九回，是楊牧用筆名殘三寫的。這很有趣。楊牧為什麼要這樣對二殘開玩笑？而明明被朋友開了玩笑，劉紹銘在結集成書的時候，還把它收錄在第九回？這裡頭有很多的訊息。

《二殘遊記》的淵源，是模仿《老殘遊記》的。劉紹銘寫小說，也做文學研究。他曾經在香港的雜誌上發表〈十年來的台灣小說（1965～1975）〉一文，其中有一段談到於梨華的小說。於梨華的小說寫的是關於留美中國人的處境，充滿了苦悶，有的人稱之為「留學生文學」。劉紹銘不客氣地說，這種在美華人的苦悶，對兩岸的中國人來說，是自討苦吃、自我選擇流放的結果。所以，劉紹銘對留學生文學嘲諷了一番。

這些嘲諷，絕對是不公平的，因為那個時候，劉紹銘自己正在寫《二殘遊記》，就是在寫留美華人的痛苦。為什麼他要這樣做？因為他不能認同的，其實不是留學生文學或是在美華人的題材，而是心裡頭有更深切的東西，他自己沒辦法處理。這更深切的東西，其實是來自文學史上的壓力，也就是，文學到底可以做什麼？文學不是在宣洩個人痛苦的，小說應該有它更大的代表性，例如代表中國人的苦痛。所以，雖然他忍不住手癢在寫《二殘遊記》，但在他心裡有小說概念上的激動，告訴他這是不可以的、這是遊戲文章，這一點充分地反映在他的書名，來自《老殘遊記》的《二殘遊記》。

《老殘遊記》的形式是土的，是延續著中國的章回小說；但在精神上，它是洋的。梁啟超當時在寫新小說的時候，就曾經提到，過往中國的章回小說，即使有教忠教孝的概念、立場或用意，基本上仍是娛樂的，從說書到閱讀，是可以讓大家享受的。但從梁啟超開始告訴我們，小說不可以這樣，因為小說可以影響很多人，所以小說很明確地有它的社會責任。在劉鶚的《老殘遊記》中，他很清楚地看見這種社會責任，一開始就寫了很大的寓言——有艘船要沉了，船上每個人的種種反映——就是要用小說喚醒大家看清中國的遭遇以及危機，每一個故事都有它社會教育上的意義。因此，表面上看起來，《老殘遊記》是中國章回小說的殿軍，但實質上，從它的用意與精神來看，它是中國洋小說或是西方概念下小說的最早傑作。

接下來的五四時期，之所以提倡白話文，就是爲讓更多人讀得懂。五四時期的白話小說，跟隨的是洋精神，透過中國社會現實所需要、去解釋的西方小說精神，基本上就是寫實主義的精神。寫實主義的精神，被認爲是當時中國小說最需要的形式。還原這個價值觀以後，我們就可以理解，爲什麼五四時期、魯迅開始，

到三〇年代，中國小說何以是如此這般的樣貌。有意思的地方在於，所謂的西洋沒那麼簡單，不同的地方、不同的人，看待西洋的方式是不一樣的。例如說，同一個時期，日本也有土、洋之間的掙扎，但是日本引進的小說原型或者概念，是比中國往前的。中國是回到19世紀西方寫實主義的傳統，作爲自己的認同；日本則有很大一部分是與現代主義銜接，所以發展出私小說的傳統。私小說是藉由小說、藉由文學，解放自己的內在、誠實地面對自我。這和作爲社會教育功能的小說，概念不同，但作爲對抗傳統的根本精神是一致的。

台灣的新文學傳統，雖然有如張我軍等人、接觸過五四運動的潮流，但很大一部分，還是與日本密切相關的。這就產生土、洋之間的曖昧或者掙扎的現象。到東京留學的台灣年輕人，透過日本學習到的西方，是現代主義式的小說。但作爲一個被殖民者而言，私小說的傳統，必然會碰到另外更廣大、更直接的社會苦悶情緒，彼此之間的衝突。所以張我軍爲什麼會在 1921 年開始一連串的撰文，他要提醒的就是，在台灣的年輕人，該學習的，不是轉手日本的西方小說，而是中國轉手的西方小說。它們訴諸的都是西方小說的權威，但兩者是截然不同的。張我軍在意的，跟五四的精神是一樣的，白話文學，用自己的文字、自己的語言，講給更多人聽。

但張我軍沒有意識到的是「台灣情境」的問題，對於中國人來說，五四時期所提倡的白話文，就是平民語言；但五四中國人的平民語言，不必然就是台灣的平民語言。所以 1930 年代，從張我軍到黃得

時，我們看到土跟洋的轉折，這就是第一次的台灣鄉土文學論戰。黃得時的立場，其實只是把張我軍開啓的概念，要求得更加一致，也就是要貫徹如是精神，就必須使用台灣話文。不過在當時的殖民體制下，這次的論戰沒有發揮太大的作用。例如：到了呂赫若這群作家的時候，小說在土、洋之間，做了逆轉，呂赫若寫〈牛車〉，出於社會關懷、描寫台灣鄉土，但使用的語言，卻不是小說人物的語言，而是那一代人必須要接受的日文。

土、洋之間的故事，並沒有隨著日本殖民結束而結束。到了 1950 年代，有了新的變化（twist）。在政治的文藝政策底下，還是西方小說的概念，也就是小說要救國、幫助大家建立反共的信心，或挑起對家鄉的懷念。離亂中的人惶惶不可終日的心情，初時以現代詩的形式展現，在五〇年代後期，有夏濟安扮演重要角色的《文學雜誌》出現。夏濟安所要教的，是他心目中的「正統西方小說」。從《夏濟安日記》可以看見，他在抗戰時期所受到的教育、他懷有的夢想，是要成爲中國人當中、英文作品寫得最好的人。所以他很清楚西方小說的標準，怎麼樣寫才可以被西方社會、讀者所接受。因此他帶著這樣的信念，任教台大外文系期間，十分認真批改學生習作。其中批改最多的就是白先勇的作品，白先勇的第一篇小說〈金大奶奶〉，大約有三分之二，就是夏老師修改的。

透過這樣的方式，西方小說的標準，就灌注到白先勇這輩人的心中。1960 年，《現代文學》創刊後，對於西方的擁抱與認同，更大於《文學雜誌》，因爲台灣跟美國關係的更加緊密，美國文化經由美援、美國新聞處的管道進來，美國化的影響已經是擋不住的。對於西方的追隨，也不像五〇年代受到政局很大的壓抑與管制。《現代文學》因此有喬伊斯、沙特、卡謬等一期又一期的專輯。台灣的小說因而又長出新的東西，箇中學到西方的技法，也感染到存在主義環境下，對於個人內在、生命的意義，與其說是探尋，不如說是無奈的歎息。

所以白先勇《台北人》的概念，這一群老靈魂的描寫，有一部分是西方小說的觀念，表達人生的無奈與歎息，有存在主義裡頭強大的精神與力量。這些西方的概念與標準，創造了六〇年代台灣小說的盛世。

但是對於惶惶終日的捕捉，讀者、作者都感到很大的壓力；所以到了七〇年代，台灣的處境更加地不堪的時候，土與洋再次變化，產生從洋到土的轉移。由 1972 年關傑明、唐文標對現代詩的發難開始，一路延續變成鄉土文學論戰，論戰很複雜，但最根本的精神，在於回到土地上，盡量剝除外來的東西，純粹關注這塊土地以及人民的生活。因爲要求純粹，所以覺得小說不夠用、不夠直接，因而有了報導文學，如此，可以看到最純粹的土地與人民。但是今天回頭看這些報導文學，林清玄、古蒙仁當年的代表作，其實並不純粹，許多不是事實，而是浪漫化的編造，比鄉土小說更加虛構。

所以有很長的一段時間，這種土、洋的猶疑，鐘擺又擺向土的這一邊。但到了八〇年代中、後期，也就是我們這一輩開始學寫小說的時候，我們發現，如果小說一定要用這種方式，去追求最純粹的、去寫最純粹的，放棄了小說虛構的基本空間，那麼我們就失去了小說最大的樂趣。八〇年代，一方面，文革之後的中國大陸、興起的新小說家作品來到台灣；另一方面，馬奎斯和他的《百年孤寂》也進入台灣，年輕一輩的寫作者發現「原來小說可以這樣寫」。於是，土的那一面又被放逐與拋棄，大家開始擁抱魔幻寫實、後設小說等各式各樣的技法。到了 21 世紀，又有了新的變化，是結合某一部分魔幻，但更深入進入鄉土的「新鄉土寫作」在小說中呈現。

在土、洋的鐘擺之前

我講的是一個簡單的骨幹，試圖從中拉出土跟洋之間變化的軸線，說明在百年小說史的變化裡，一直有這個因素在裡頭。這個因素很複雜，譬如什麼叫做「洋」？三〇年代、六〇年代，以及我們 1980 年代這一輩，所看到的西方、所理解的西方，都不是同一回事。作品都稱之爲西方小說，但有很大的不一樣。同樣的，另一方面，無論強調的是鄉土、本土或者是傳統，無論用什麼樣的稱呼，都要回到自身生活的衝動，所選擇要去看、要去強調的東西，也都很不同。

我開頭說「題內的題外話」，其實真的不是題外話。爲什麼要去認知、理解文學史，最後還是要幫助我們，更親近作品，在作品中讀到與我們的生命更有關係的東西。我認爲，我們如果把土、洋的這種猶疑變化，放在心上，多花一點力氣、去追究這些事情在台灣小說中的種種表現，就會發現小說沒有那麼簡單，裡頭藏有許多各式各樣的傳統，以及對於西方的概念，這些東西一直到今天，其實還可以對於我們的現實、我們的生命，說一點話、有一點影響。

座談會

聶華苓與愛荷華國際寫作計畫

主持人：向陽

與談人：聶華苓、Nataša Durovicová、向陽、李瑜、李銳、林懷民、格非、尉天驄、楊青矗、瘂弦、董啟章、管管、蔣韻、鄭愁予、駱以軍

◎馬翊航記錄整理

愛荷華的繁茂枝葉

百年華文小說如大河湧動，黑鉛字與白紙花之後透出的光影，是作家低首而堅毅的永恆身姿。聶華苓女士的小說《桑青與桃紅》，在紀實與虛構的縫隙中，重新解構歷史與家國的大敘述，綻放女性話語的異樣華采，她主編《自由中國》文藝欄時強調文學藝術的審美價值，在受限的高壓政治語境中，為作家開闢了一個精緻而自主的園地。而她與保羅・安格爾（Paul Engle）對愛荷華國際寫作計畫的奉獻，寬容而溫暖的心懷，為來自世界的作家開展了另一扇廣大的窗。他們記得鹿園白雪，記得聶華苓客廳中一盅暖人的酒，那是多音而溫暖的世界。在 5 月 21 日國家圖書館的專題演講，主持人向陽引用聶華苓的名句為她開場：「我是一棵樹。根在中國。幹在台灣。枝葉在愛荷華。」如果她是一棵流浪，蒼勁、美麗而有情的樹，當她又回到了台灣，在記憶的樹蔭裡，她如何回顧過往？

愛荷華城被稱為「生長之地」（a place to grow），土地與人開展出豐饒且精采的畫面。聶華苓與保羅・安格爾所創立主持的愛荷華大學「國際寫作計畫」（International Writing Program），前身是保羅・安格爾自 1943 年開始所主持的愛荷華作家工作坊（Writer's

Workshop），後來兩個計畫各有不同的目標與職掌，作家工作坊提供作家修習藝術學位，而國際寫作計畫則專門邀請不同國家的寫作者，前來愛荷華訪問、寫作與交流。

目前國際寫作計畫的主要負責人之一 Nataša Durovicová 女士表示，聶華苓除了自身的創作在華文世界中，具有重大的影響力，她在中英翻譯上的成就，以及主持國際寫作計畫的貢獻，她在退休後，仍舊持續關心、協助國際寫作計畫的發展，都是有目共睹的。國際寫作計畫從聶華苓與保羅·安格爾開始，就建立起世界性的文學風貌，而至今仍承襲著過往的信念，特別關注政治、語言環境受到封鎖與禁忌的作家，並持續拓展當中。

在資訊膨脹的年代，人與人的情感關係與接觸有了巨大的轉變，因此國際寫作計畫的精神，以及聶華苓所塑造的人格典型也就更為珍貴。

聶華苓的對照記

聶華苓在 1963 年與保羅在台北相識，那是愛荷華所有故事的起點。

記憶是生命的磐石，聶華苓背負了所有的記憶，那是一千張面孔，一千個故事，她卻從不遺忘，用溫熱的手將故事字字鑿進生命的黑土中。聶華苓帶來了許多照片與聽眾分享，她指認著她生命裡那些黯然、歡愉、矛盾、封鎖的複雜片刻，在巨大的幻燈投影之下，她的身體似乎未必嬌小，散發巨大的記憶與能量。「這是我的母親，我要將她放在第一張。」聶華苓在書中形容母親「沉恨細思，含屈卻瀟灑」，同樣堅毅的微笑，同樣曲折的人生，卻成為旅程的起點，一切的故事從上一代開始，那是在她的小說與散文中屢屢現身的溫柔母親。

聶華苓在《三輩子》中，寫到《自由中國》被查禁之後，她在驚懼與無力中與外界隔絕，她形容自己的表情「笑，也是黯然」。在相片中，她看著女兒王曉藍彈著小小的鋼琴，「我希望她的琴聲不要停下來，那是唯一穩定我的力量。」

相片一張張流動，聶華苓的記憶湧動，釋放。「這是臺靜農先生，是他將我從那扇門中帶出來。」

臺靜農先生聘請聶華苓到台灣大學任教，李渝成爲了她的學生，自此開啓了半輩子的文學緣分。聶華苓一一指認著合照中眾人的面孔：「這是殷海光，啊這是雷震，還有毛子水……」「陳映真，你看看多帥，連被關都這麼帥！」「這是王禎和，他那時候已經生病生得很重了，但是他還是要說話，很費力、很費力，但是充滿了感情。」「喔是商禽，商禽到我家炒很辣很辣的辣椒，把 Paul 嗆的給跑出去了……」時間疊合，釋放，在生活的底層，充滿了太多的碰撞與情感，每張照片都充滿了故事。

「就是這艘船，我就是在這艘船上跟 Paul 說要創辦國際寫作計畫的。」

那是一艘小小的白色小船，仍在河上搖曳著，彷彿還能聽見保羅與聶華苓清朗的歡笑。聶華苓在船上對保羅・安格爾說「何不成立一個國際型的寫作計畫呢？」安格爾驚訝的對聶華苓說「Are you crazy？」聶華苓笑著回答「sometimes」。然而這個瘋狂的念頭，竟然改變了來自 120 個國家，一千兩百多位作家的生命。他們從各自的土地前來，而又離去，踏過愛荷華黑色的沃土，河水緩慢地切穿時間，愛荷華的歲月成爲了金色的化石，靜眠在他們的文字裡。

走過三生三世，走過流離與漂泊，聶華苓感受過無窮的溫暖與殘酷，擦身而過的臉孔都成爲銀河星光，聶華苓這次重回台灣，卻感受無比不同。她被愛她的人，與她愛的人包圍，接受了感激與榮譽，讓她無比動容與感恩，但她說：「沒有保羅，我們不可能坐在這裡」。保羅・安格爾在 1991 年離開人世，他的黑色墓碑上銘刻著他的詩「我不能移山，但我能發光。」那是真的，穿越人間的暴力與傷痕，穿越地理與身體，持續散發著和煦的暈輪。

走過愛荷華：愛荷華國際寫作計畫與華文小說家

愛荷華是聯合國教科文組織認定的文學之城（另外兩個分別是澳洲的墨爾本與英國的愛丁堡），而愛荷華創意寫作坊以及國際寫作計畫對華文作家的影響，更是難以言喻的。修完「愛荷華創意寫作坊」兩年學程取得碩士學位的台灣作家包括余光中、歐陽子、白先勇、王文興、葉維廉、林懷民等人，而獲國際寫作計畫邀請的作家更有瘂弦、楊牧、商禽、王禎和等共 32 位，而全世界的華文作家更有近 110 位。5 月 21 日的下午，邀請到了管管、鄭愁予、瘂弦、林懷民、尉天驄、楊青矗、駱以軍、應鳳凰、李渝、李銳、格非、蔣韻、董啓章，再加上主持人向陽以及聶華苓，共 15 位華文作家，環繞著他們口中溫厚而寬容熱情的「聶大姊」，彷彿巨大的星圖。

愛與生活

所有的愛荷華記憶，都從聶華苓開始。

作家們回想起來，雖都是無比微小的瑣事，但那卻是聶華苓的寬容與仁厚堆積起來的沃土。管管回想起他剛到愛荷華之時，因爲美國人飲食習慣不吃內臟、耳朵等部位，因此價錢特別便宜，管管買了一大堆的豬耳朵來烹調家鄉味，也買了許多麵包作主食，但最後麵包卻都放壞了，「有酒，有豬耳朵，誰還吃麵包呢？」

管管最喜歡待在聶華苓大姊的家中品酒論藝，「客廳都是酒啊，滿滿的酒。」而到聶華苓家中的路上有牡丹，花季來時，他總愛問「聶大姊，牡丹花開了沒有啊？」人間與景色之間，聶華苓的聲音與笑容成爲了橋樑。

來到異國，語言與溝通成爲了作家第一道必須跨越的關卡，但作家本擁有無限的創造力與熱情，到最後甚至也不成爲問題。「我們剛到美國，英文不行，我們可以發展超越語言的語言！」尉天驄這麼說。「聶大姊真的是包容，十分寬大，聶大姊用她的溫柔征服了保羅。」

聶華苓聆聽著這群大男孩、大男人的心事，聽著形容誇張的笑話，陪著他們打賭、飲酒「什麼話都可以跟她講，沒有禁忌。」然而在無所禁忌的包容之下，其實是無比細膩的關懷。尉天驄得意地談起自己在愛荷華的拿手菜——紅燒豬腳與蔥油餅，生動地模仿著保羅嚐到蔥油餅時大讚「好吃！」的神采，「聶大姊真的是包容，十分寬大，聶華姊用她的溫柔征服了保羅」。

聶華苓不只有情，在楊青矗的記憶中，她更是有義的女豪傑。1979年美麗島事件爆發，楊青矗與王拓皆身限囹圄，楊青矗說「當年若不是聶大姊一通電話，請陳若曦回台向蔣經國求情，我跟王拓可能性命不保，我們都要感謝她。」文學與政治，不只是意識的角力的勾連，存有無法妥協的抗辯，更有對人性真實的信任。「聶大姊是我的救命恩人啊！」從《自由中國》到《美麗島》，聶華苓並未重演當年胡適對雷震的遺憾與歉疚，她勇敢伸出援手，拉住這個美麗的島嶼。

瘂弦1966年來到愛荷華，彼時保羅與聶華苓尚未結婚，「我見證了他們的愛情」。他看見聶華苓與保羅在大雪紛飛的夜裡，孩子與鹿群都睡去的時候，在小小的車裡談話，取暖。「我都看到了，那是真的陷下去了。」聶華苓與瘂弦呵呵的笑著，歲月彷彿如車越駛越遠，但還留下一點溫度與光線，在白雪的中央。瘂弦的記憶裡，同樣滿溢著那些細瑣而美麗的小事，關於語言，他也有個趣事。當時在愛荷華偶有巡迴出訪的行程，瘂弦與保羅同房，一覺天明，保羅向聶華苓說「這個瘂弦啊，睡覺愛說夢話，平常英文說得一塌糊塗，夢裡說的英文還都正確！」瘂弦說保羅形容「翻譯」這件事，也有他獨特的哲學，「翻譯像女人，美麗就不忠實，忠實就不美麗。」詩人的夢與夢話，大概亦是虛構與現實的反覆翻譯，夢與現實孰者更為正確？然而回憶起愛荷華的景色，瘂弦覺得那更像夢，「一望無際的玉米田，高高低低的，小小的山丘，好像喚起了靈魂的某個部分。」瘂弦笑說「愛荷華是個發情的地方」，寒冬裡，文學散發著無比的熱度，「詩人影響小說家，小說家影響詩人，我們都為文學發情。」

世界與眼界

那不只是文學的起點，愛荷華國際寫作計畫更像是一個具體而微的小世界，哥倫比亞、波蘭、韓國、日本、伊朗、羅馬尼亞、南斯拉夫、奈及利亞、台灣、中國、阿根廷……那是許多國家，或是同一個世界？一個不需要語言，不需要分別的世界。

唯高處可眼亮，林懷民說「我在聶先生的客廳中，接觸到了世界。」那是台灣尚未解嚴的七〇年代，愛荷華的經驗卻替林懷民開了一扇巨大的窗。「你無法想像你能夠跟活生生的『世界』與『人』共處一室，世界突然變得很靠近。」在林懷民回國創立雲門之前，他並沒有任何參與職業舞團的經驗，「我有的只是愛荷華的經驗，那是我一輩子眼睛最大的時候。」裔禽、鄭愁予、水晶，這些他仰慕的作家，都成為了他生活周遭的人物，風範與典型成為了生活的溫度。年紀不過二十出頭的林懷民，成為了眾人眼中的孩子，備受呵護與關愛。「我燒不出菜的時候，是商禽幫我燒的。」所有的情感，似乎都在愛荷華，所有的巨人，從這裡開始萌芽。

李銳與蔣韻夫妻，在 2002 年從中國來到愛荷華，同行的還有詩人西川、雕塑家姜杰、導演孟京輝、編劇廖一梅。「我們這一群人品種特別豐富，聶老師叫我們六人幫。」李銳笑著說，那深刻如刀鋒的眉宇，談起聶華苓的種種，瞬間變得柔和，如愛荷華靜靜的河水。李銳與蔣韻對聶華苓最早的印象都來自於她的重要作品《失去的金鈴子》，書裡的欲望、聲響、濕氣，以及人性的明亮與殘酷，深深震動著他們。人生與書寫相互穿織，「我後來認識了聶老師，才知道，她自己就是一部史詩。」李銳想起當年他以《厚土》得到第 12 屆時報文學獎，擔任評審委員的聶華苓遠從莫斯科的行旅中捎來一張明信片，恭喜李銳獲獎，而李銳還保留著那張明信片，彷彿情感的琥珀。「聶老師家的飯菜永遠是最香的」，每個在聶華苓家長談的時刻，聶華苓總是熱情的留客，她常說「時間還早呢，再多說一會兒吧」，那早已是深深的午夜，聶華苓的情意卻像夜中的暖燈，挽留著那群敏感而執著的人們。「有首歌中說『一條大河波浪寬，風吹稻荷香兩岸』，我覺得聶老師就像一條大河，讓身邊的人都感受她的溫暖」。

蔣韻更認為愛荷華的經驗，帶給她「啓蒙」與「解放」。啓蒙的原始，可以追溯到聶華苓的《失去的金鈴子》，她在八〇年代讀到這本書，在相對封閉的文化環境裡，書中語言的清新、活力，以及文字間透露出的欲望與性感的迷魅，對她當然是一種「啓蒙」，但是她的愛荷華經驗，以及聶華苓的人格與動力，對她更是精神上的高度教養。除了啓蒙，還有「解放」——「這個解放不只是看見美國自由繁華的一面，而是眼界的開展。」拋開既有的價值成規，拋開主義與教條，而美學標準得以重新生長。

「愛荷華對我來說，始終像是個神祕的符號」，董啓章和駱以軍都出生於 1967 年——那正是愛荷華國際寫作班創立的時間。當 2009 年董啓章終於來到愛荷華，愛荷華也成為了他人生的印記，一個神祕的啓動機關。「我覺得那是一個超越歐美、拉丁以及所有國界的角度」，歌德在 19 世紀提出了「世界文學」的概念，但對董啓章與格非來說，愛荷華的經驗，卻讓他們重新理解「世界文學」如何成為可能。「我們想到文學，可能已經不是溝通，而是隔閡，」格非說：「不同文明，不同國族，差異的價值系統，悖反的意識形態，都被詮釋為一種衝突。」然而愛荷華的文學經驗，文化的交流與互動，讓格非時有恍惚之感。「我想那個雄心勃勃的世界文學概念，終究是有可能的，這是國際寫作計畫的最高價值。」

未曾離去的記憶與眾神

唯一並非「愛荷華幫」的李渝，她說「作為一個寫作者，我不是台灣、香港、中國、紐約，不是愛荷華，我是永遠的局外人，但不要為我遺憾難過，局外是冷觀與自主，可以抗爭，可以反叛國族與體制，那正是我所追求的。」李渝與聶華苓的緣分卻更早，李渝是聶華苓台大開授 1961 年散文課，與 1962 年創作班的學生，在記憶中，她永遠記得陽光灑落老師的臉龐，那是文學的烏托邦。在郭松棻離世，李渝陷入生命低潮的時候，也同樣是聶華苓自遠方捎來關心的電話，「撐下去，撐下去，寫，寫，寫！」唯有文字是歸處，而聶華苓持續以人格，不凡的智慧、教育，支撐著李渝，無論世間如此複雜。

純真年代是否已真正遠離？駱以軍在 2007 年抵達愛荷華，雖然對駱以軍來說，那是一個彷彿《紅樓夢》後四十回一般的隱喻，所有的繁華皆已不再，甚且他也已無法住在當年充滿故事與畫面的五月花公寓了。當時生活裡接連而來的低鬱如潮水般將他淹沒，憂鬱情緒不斷湧來。他從禁煙的旅館走出戶外抽煙，秋天野鴨列隊如星座降落，輕艇隊在灰藍的河面操練，美國南方面孔的美麗女孩，場景如此迷魅而魔幻，身體裡面卻有無限的憂傷與時差，聶華苓卻仍然釋放出無限的純真與關愛。聶華苓跑到河邊對失神的駱以軍說：「唉啊！你怎麼一個人在這，他們說你每天都在河邊抽煙，我怕你哪天就真的跳河了。」駱以軍泛淚，看著散發純淨眼神的聶華苓，彷彿時間永遠停滯。「她是永遠那麼易感，彷彿賈母與史湘雲的綜合體，又像是《百年孤寂》中的易嘉蘭，藏著無限的故事。」背負故事與身世的聶華苓，卻從未畏懼，從未頹廢。巨大的人格與靈魂的核心，彷彿迷霧中枯葉焚燒的氣味，難以到達，卻又何其有幸，得以接近，感受。

> 但我又何其有幸，可以有此神祕機緣，在這曾經諸神輝煌的遺跡舊址，像年輕的流浪漢，受到聶老師無有差別的溫暖款待，那使我之後的創作餘生，多了一些什麼，她告訴我，這才是個完整的人，這才是個完整的創作者，我想是一種相信，對人性的相信。不因孤獨而冰冷憤世，不因目睹黑暗而虛無頹廢。

這是駱以軍當天朗讀的文字，小說家最真實的致敬與告白。保羅・安格爾雖然離去，然而他的雄心未曾自人間冷去，大神離去的鹿園，仍留著沉穩的足跡，歡朗的大笑，堅毅如恆星的眼神。

鄭愁予在愛荷華五年，除了取得愛荷華大學的藝術碩士學位，後來也留校擔任東方語文學系的講師，與聶華苓與保羅‧安格爾的交情自是無比深厚，聶華苓與保羅‧安格爾的婚禮上，鄭愁予就是聶華苓的證婚人。保羅‧安格爾逝世之時，鄭愁予立刻飛到美國，送他最後一程，「我一生這樣嚎啕大哭只有兩次，一次是 1981 年回到北平，感覺人事俱非。第二次就是安格爾離去的時候。」鄭愁予曾經寫下〈愛荷華喪禮〉以悼念，重新朗誦此詩的鄭愁予，保羅‧安格爾已離去 20 年，情感卻從未消逝。

埋下千萬畝田疇聚成的一粒種子
其實是埋在我們的心田中
是的「A place to grow」
愛荷華將無盡的生長
在我們筆耕的時候
在我們飲酒澆乾旱的
時候　啊　生長
在與孩子們說詩說愛的時候……

愛荷華是生長之地。生命繼續生長，思念也是。聶華苓的紅樓中，記憶重疊或是定格，林懷民永遠是那個在跫音橋上足跡蹦跳的大男孩，瘂弦與保羅‧安格爾彼此歡笑，交換語言與心，旁邊有大口喝酒吃肉的管管與尉天驄，王安憶與茹智鵑看著秋葉落下，聶華苓微笑看著所有人，說鹿群又來了……愛荷華河靜靜流過，灰藍色的寒冬裡，鹿群低頭覓食，沉思的光景或許不再，但沒有人可以忘卻。聶華苓與保羅‧安格爾的愛荷華，不只是世界文學的龐大圖景，而是最恆久動人的人格與光輝。

時代與書寫

各世代小說家交鋒（一）

主持人：楊澤

與談人：鄭清文、阿來、李昂、巴代

◎許劍橋記錄整理

本次百年小說研討會，安排了兩場「時代與書寫」的座談，希望藉由小說家現身說法，讓創作與時代的關係更深刻的浮顯。第一場的主持人爲《中國時報·人間副刊》副總編輯楊澤，同場邀請到鄭清文、阿來、李昂、巴代四位擔任引言人，參與座談。

以書寫見證時代

主持人楊澤甫登台，即表示這次會議具有相當特別的時間感，包括以「百年小說」命名，就有一種時間的重量；另外，還有小說裡的時間，以及小說家個體的時間，一起流動於會場。他也指出這次列席的引言人各據迥異的發言位置：文壇前輩鄭清文、遠來是客的阿來、女作家李昂、原住民巴代。由於小說是關於他者，所以楊澤點名：起頭就先從異鄉人——來自四川的阿來開始。

阿來：用小說呈現被忽略之處

曾獲茅盾文學獎、目前剛有長篇小說在台灣出版的阿來，娓娓道出自己除了來自中國，他還有另一個身分：藏族人。所以接著他便梗概的介紹了西藏史，並且特別標籤出民國時期。那是因爲西藏原本在喇嘛主政的一千多年時光裡，整個社會像凝止住了，沒有絲毫變化；但 20 世紀初期，隨著英國入侵、中央政權企圖恢復對它的控制，開始出現了複雜的衝突。而這個巨變所開展出的張力，驅使阿來著手進行田野調查，也梳理不同學者對這件事情的解釋。所以他的小說《塵埃落定》，即是寫西藏舊社會的崩解，而另一部《空山》，則在探詢失去了舊制度以後，西藏民族有沒有新的生活的可能？這一路追問的過程，令他體會：「寫作的時候，需要一種旁觀者的清醒、冷靜和獨立」。他說：「譬如西藏問題，因爲有兩股強烈對立的勢力，所以很多時候只能簡單的說『是』或『不是』，所有人都必須挑邊，像打橄欖球一樣。但，小說家有一種權力可以不挑邊，當然也不是裁判，就只是當一名觀眾」、「寫作時，我希望把個人的思考、感受放到小說，那是沒有經過挑邊的，站在一個我自己願意站的位置。……當兩邊都是過於強烈的意識形態，可能有一些東西會被忽略，而小說家有責任跟義務把這個忽略的地方呈現出來」。是故，若有人問阿來「小說是什麼？」他的答案是：「小說是一種尋找可能性的問題。」也就是，他會把生活中可能實現而未曾實現的可能性放入小說中加以呈現，而阿來覺得這個觀點相當適合以西藏作爲場景；因爲西藏在經歷一千多年、差不多是取消任何可能性的時候，反而更需要一種文體來呈現它更多的可能性和選擇。阿來說：「也許這些選擇可能都不成功，但是我願意嘗試。」

鄭清文：以非寫實呈顯事實

接續發表意見的是台灣資深小說家鄭清文，他主要聚焦在台灣小說中的「寫實」問題，而這個討論，他是從觀看歌雅畫作的經驗談起。他指出，繪畫的歷史是由神、宗教，延伸至皇帝、宮廷，而後才是庶民；但歌雅一人在他幾十年的繪畫生命裡便走過上述三個階段，於最後畫出社會底層的生活。鄭清文以爲，歌雅畫風的轉換，其實也意味心境的改變——「他看見更廣闊的世界」、「畫家歌雅發現了真實，所以他把真實給畫出來！」繪畫如此，文學亦然，鄭清文說：「文學家發現真實，也要寫出真實！」他發現，不論日治時期或是戰後的台灣小說，都有一個寫實的傳統，只是戰後因為戒嚴令的緣故，致使許多的真實很難直接用寫實的方法表達出來，「所以，作家有一番掙扎，但也有一番堅持。」他舉李喬的〈孟婆湯〉為例：台灣妓女遭美國大兵性虐待致死，台灣的法院不能法辦美國人，妓女只好向閻羅王告狀，但閻羅王也束手無策，因為陰間也有制外法權。像李喬這樣以非現實的方式來寫現實，有些作家是用寫夢、寫幻想的方式來做為寫實的變奏，至於鄭清文則是以童話這個文體來迂迴，如他的〈松雞王〉、〈精明猴〉都透露出針砭現實的線索。鄭清文最後表示，他極喜歡契訶夫的作品，因為契訶夫是站在弱者的角度寫作；而今日的台灣儘管已是自由社會，禁制也成為過去，要閱讀外國先進作品、吸收新的寫作方法也並非難事，但，仍然有一些社會狀況是需要用弱者的角度去書寫。

李昂：用後悲情找安身立命

第三位發言的是李昂。她分享自 1997 年起，一年之中她經常有長達半年的時間是在國外旅行，卻也在這麼多的出境入境間，逐漸形成了一套看待世界的方式，也就是她所謂的「後悲情時代」。她提到台灣作為開發中國家，始終是被看、是跟隨在西方的主流文學之後；但，經常變動的台灣社會，實際上也給予小說家非常豐富的題材能量，這相較於穩定、先進的第一世界國家，它們的社會反而沒有給創作者太大的衝擊性。是這樣，李昂說：「我覺得我幸運很多」。於是她的「後悲情時代」更明確的意思是指：「也許，我們終於可以擺脫世代加諸於我們的沉重負擔，脫離悲情和創傷，用一個前瞻的觀念，找到新的安身立命的地方」。除此，她也預告她以平埔族為主題的小說《附身》即將出版，這是近來她極為滿意的著作；而繼過去引起騷動的《北港香爐人人插》後，相隔 14 年，她正開始書寫男性版的與政治、性、權力糾纏的小說。她微笑道：「這很過癮吧」、「我不覺得女人是被壓迫、宰制的，看我怎麼寫男人，我自己都拭目以待！」

巴代：用書寫補足族群記憶

再來，是由卑南族的小說家巴代發言。巴代明白表示文學於他是工具：「它除了解決我對文學的幻想、虛榮、情感的需要處理之外，我是把文學當成部落文化歷史語言調查的一環，對我來講，那跟一般論文的表達相同，沒有太多的理想性。不像李昂，我每次看她的書我都想：『如果能像她這樣寫多好啊！』可是我不能，我還有比訴諸個人浪漫情史或對社會批評更重要的事，因爲我的族群就要滅亡了。」巴代意識到自己族裔的歷史猶如站在懸崖之邊，老人不再提起、年輕一輩未曾聽聞，所以他必須透過書寫來抵住遺忘，提供更文學性的東西給一般人，尤其是部落的年輕人去閱讀。基於這樣的信念，他從2006年著手寫長篇小說至今，第五本著作就將完稿，而他已經確立題材和書名的寫作計畫，便有七本之多。他還敘述年輕讀者和他的歷史小說相遇所產生的火花：女學生看完哭了，因她從來不曾看過有人寫她卑南族的故事；或者，有男孩質疑巴代竟將男孩的原生部落寫得如此不堪，所以男孩決定回去寫他部落的故事，而巴代說：「這就對了！你可以想盡辦法用你部落的觀點寫我的部落是如何對你的部落對不起。唯有如此，我們每一族、每一個部落建立各自的觀點時，關於我們族群的記憶才會被喚醒。尤其，當一個族群如果缺乏歷史記憶，這個族群在面對現在的種種問題時會缺乏自信」。爲了跟族群歷史記憶的滅絕賽跑，巴代目前的創作量是一年一本半，平均 30 萬到 40 萬字，而他也期待明年將寫出原住民奇幻小說和讀者見面。

書寫小說的底蘊

在各引言人結束第一階段的表述後，主持人再請四位小說家對前面的發言進行補充。

阿來首先表示自己出生於 1950 年代，因此受教育的時間點是在中國最不正常的 60、70 年代。因此，「文學對我是個拯救。我們從

80年代後，才通過漢語這個工具去吸收全世界的、文學的、思想的成果；而在吸收這些成果的同時，還對過去所受到的教育中那些非人類、不正常的東西，進行自我消毒」、「文學在我的成長中也是一種自我教育，我的教育不是在學校，是在閱讀和文學世界裡。我想在今天這個消費時代，當文學變成一個包含很多娛樂元素的東西時，我還是非常相信：文學具有的審美和對個人教育的意義。」

而李昂延續阿來關於「拯救」的議題，回想多年前當自己突然意識到：我除了會寫作，我什麼都不是！讓她心生：「寫作是一件很恐怖的事」。因爲在她一心一意只想寫作之時，很多人生的事也就註定與她漸行漸遠，例如婚姻、爲人妻爲人母……等。身爲一位頗具爭議性的女作家，她還陳述自己曾經遭受過的輕蔑，但她認爲自己是勇敢的，所以才不曾被擊倒。也是這樣的挫折，令她開始思考：我可以沉浸在我的黑暗中，那麼我是不是也可以找到一點點的光明？李昂回想自己在美國學的戲劇，這時她體會到：在最深沉的悲劇之後都要有一個尾巴上揚的力量。就像伊底帕斯殺了父娶了母，在發現真相將自己的雙眼弄瞎、浪跡天涯之後，伊底帕斯走到了最後一個章節，神在音樂中把他接引到天界去了。李昂接著道：「我發現有一種力量叫『低頭的力量』。只要你肯低頭，你就會找到救贖。」但李昂也明白的講，這個救贖得來不易，像作家宋澤萊就曾對李昂說：「妳的小說怎麼都這麼黑暗？」所以「要黑暗的李昂變成光明的李昂也不是那麼容易」。但李昂覺得：「如果我們走過這樣辛酸的過程，都能企圖在最悲慘中去尋找到一個上揚的力量，我感覺藝術品在某些階段，那些古典的定義、那些救贖的、光明的，仍然是創作裡面很重要的特質。這也是最近如果我一旦心情不好，我會告訴我自己：啊，來到了一個後悲情的時代。」

至於鄭清文則是再次強調「寫實」的重要性。他說：「以前要從寫實走出來，就是藉由夢，像湯瑪斯曼、卡夫卡就是用這種方式。但現在的技巧比過去更好，我要強調的就是這個——用現在的方式寫實又走出寫實，並且增強寫實的效果。」

輪到先前表示寫小說是爲了傳承部落歷史文化的巴代，在最後的發言則展開他柔軟的一面，他說：「我的文學浪漫還是藏在我講的古老故事中。」並且，他也鼓勵有志於從事創作的寫手：「你不必擔心你的資質好不好，因爲有些東西你不做，你永遠不知道自己的狀況是如何。我 2006 年開始寫長篇小說，目前寫了五本、總字數有一百萬。你說好或不好，我覺得挺不錯的；你說藝術成就高或不高，我也覺得還好；你說寫得爛，我看看後面，還有很多人。所以，不要擔心自己的文筆，想寫就趕快拿起筆來吧！」

在巴代鼓舞的話語裡，第一場內容緊湊、豐富的座談，就在滿場熱烈的掌聲之中結束。

時代與書寫
各世代小說家交鋒（二）

主持人：陳芳明

與談人：王聰威、伊格言、吳明益、韓麗珠

◎許劍橋記錄整理

第二場「時代與書寫」座談，由政治大學台文所所長陳芳明擔任主持人，引言人則請來王聰威、伊格言、吳明益和韓麗珠。陳芳明在介紹四位小說家時，點出了這場座談的特色，他說：「『百年小說』如果用文學史看，他們正是百年小說的新世代，所以將他們安排在最後一場，格外有意義。」於是，這場青春正盛的交流，就此展開。

新世代小說家的創作經驗

第一位發言的是《聯合文學》總編輯王聰威。他深深感覺：「對我們這輩寫作者來說，我們已經錯過了最好的黃金時代」。畢竟，相較於過去純文學書籍的銷量，或者得到時報文學獎隔天即揚名立萬的榮景，於今只能追憶。甚至，「比起現在的孩子，我們這一輩可能還更孤單些。」王聰威想起求學過程中能貼近文學的經驗，就僅有參加文藝營這條路徑而已，所以相較於黃金時代的前一輩抑或現在校園文學獎多有作家蒞臨擔綱評審，六年級世代的寫作者可能更孤獨、更沒有指引，完全只能從書本中尋求。「但，這有一個好處」，王聰威接著說：「當我從大學開始寫作時，台灣文學界出現一種現象，那就是各種理論百花齊放，例如國族、後殖民、酷兒……，另外還有卡爾維諾、村上春樹……，讓我一口氣吸收到了許多的養分以及磨練文筆的機會」，而他認爲六年級小說家筆下題材多元、文學技巧成熟，正是得力於當年蓬勃發展的各式理論。但現在關於「理論」，已少有人提起，也不會再以此去衡量一個小說家，或者去框架一個年輕孩子所寫的世界了。

在王聰威的發言結束後，陳芳明說：「所有的文學評價都需要時間的沉澱。十年前你可能不被注意，十年後大家可能開始注意你。我們台灣的現代主義作家在六〇年代開始寫作，他們最好的作品是在七〇年代才出現，可是他們受到國家的承認（如國家文藝獎），大多要到 2000 年後才發生，而時間已過了 50 年。文學不會死，文學永遠活在那個地方，只要它被閱讀，它的生命就會被召喚回來。因此，王聰威覺得是不是他們比較寂寞了點，事實上，每一個時代的作家都很寂寞，他們都是在時光的侵蝕之下，獨自撐起一枝筆，對抗著時間。」至於理論在台灣的熱潮和寂滅，陳芳明借用李昂「後悲情時代」的說法，認為現在是「後大師時代」。他道：「當大師在我們前面，我們絕對找不到自己的影子；可是當大師一個個走了、沒有新的理論出現，我們反而被鬆綁，我們不用根據理論來寫，文學的希望反而是重新再燃燒起來。」

第二位發言的伊格言先回應王聰威，表示自己也有相似的經驗：「我是大一時上梅家玲老師的國文課，才漸漸瞭解什麼是意識流、象徵……。其中現代主義的部分，就是閱讀白先勇、王文興的範文。而那些理論，在白先勇他們於台大外文系創辦《現代文學》的時代，那可能是需要引進、是新的東西；但對我們這一輩來說，台灣的文化場域已經將這些東西給內化了，老師可以教給我們、教給像我這樣一位在大一受到文學啓蒙的文藝青年。而這是我們六年級寫作者得力於前輩的地方，是前輩留給我們的餘韻、贈禮，因為在他們的時代，那還是需要引進、解釋、學習的，但在我們的時代，已經變成『基本配備』。」爾後，伊格言再敘說自己的寫作經驗，他說：「我的人生經驗很奇怪，我原是台北醫學大學醫學系的學生，念到大四時我覺得非常痛苦，因為我對學校、對醫學系的課程非常不適應，而周遭又沒有可以談論文學的朋友，經過一大堆的轉折後，我成爲一名寫作者。這很像馬奎斯《迷宮中的將軍》裡的將軍（玻利瓦爾）說的台詞：『我的一生簡直是鬼使神差』，我自己也有同樣的感覺。我是經過許多莫名其妙的轉折才成爲寫小說的人，這些事情講起來就是鬼使神差、非常奇怪，所以我覺得自己還能對小說這件事做點什麼，才能不負把我推向這個位置的奇怪命運。」至於他如何思索小說還可以有什麼樣的可能呢？伊格言打趣的回答：「其中有一項可能是 Google」、「我去年出版的《噬夢人》，整本書有三十多個非常長的註解，那裡面是許許多多的僞知識，這自然必須歸功於 Google。如果在沒有 Google 的年代，我對那些東西進行周邊研究的時間將會拖得非常長，但有了 Google 之後一切就變得不一樣。這是小說外的現實對我的小說所發生的直接影響，我希望未來還有機會做類似的實驗。」

在伊格言之後，是由東華大學華文文學系副教授、也是小說家的吳明益登場。他首先提及自己會動筆寫小說的一個原因是：「小說創造了一個平行世界，這個世界是多麼的不可思議、那麼真實，好像替代我們過了什麼。」接著，他娓娓道來童年在大甲鎮瀾宮發生的趣事，而那時的光影、聲音於他是歷久彌新，並且，也走進他的小說裡，這時他提出解釋：「我寫小說的第二個理由就是，我是個不擅長道別的人，所以這些東西就留在我身上，逼得我必須用寫小說的方式去跟它道別。」而身爲主流的位置（大學教授），吳明益卻經常想要反叛主流，但於今在所謂的威權多已絕跡之際，他能叛離什麼呢？他說：「有，還有一些文學的主流可以叛離。這麼多年來，我拒絕在文學雜誌和副刊發表文章。」這個拒絕被邀稿的姿態，是因爲吳明益想寫他自己想寫的。但，吳明益也說：「我沒有期待要寫出什麼偉大的東西，套句中國大陸小說家莫言的話：『一隻蠶吐絲，牠怎麼樣也沒想過有一天牠會吐出一條絲綢之路』，我其實只是一隻蠶而已」、「昨天我在看蘇珊・桑塔格的散文集，她的兒子寫的序文真好看。裡面他寫到英國詩人奧登悼念葉慈的一首詩句是：『葉慈死了以後遂變成自己的仰慕者』。我希望有一天我死了以後，我可以變成自己的仰慕者、讀者，因爲那樣的話，我就能重新溫習我活著的時候所想像過的世界，能假裝自己還活著。因爲寫作，使得我不只過了自己的人生，還過了很多我筆下那些活在我平行世界裡的那些人的人生。」

第四位發言的，是來自香港的韓麗珠。她說第一眼看見「時代與書寫」這個座談題目時，她的感覺是：「時代很大，而個人很小」。她說：「我一直不肯定，書寫對我的時代、對我生活的地方，可以產生怎麼樣的影響。我比較肯定的是，在寫作的過程中，可以去尋找那個意義，甚至可以透過書寫去改變那個目的和意義。」因爲她覺得生活充斥著許多「限制」的因素，例如國籍、出生的城市、使用的語言、性別等，「這些都在某種程度上影響我們成爲一個怎麼樣的人，影響我們選擇的題材和寫作的方式」。她並分享自己閱讀台灣和中國作品的感受：「在讀的時候常會有一種陌生感。我在作品中發現：人跟土地有一種密切的聯繫，有一種深厚的歷史感。譬如我常在台灣的作品中看到二二八事件、原住民的歷史，在中國的作品看見文革……，這些事件成爲大家共同的記憶，然後有一部分沉澱爲小說的題材。」至於香港呢？她道：「香港好像不一樣。在香港的小說裡，家園從來不是固定的地方，因爲我們的父母輩，大多是在六〇、七〇年代從中國移民到香港，對他們那一輩來說，內地的生活實在太苦了，所以香港這個城市是避難所、是艱苦生活的出口，但從來不是根源所在。」所以她舉西西的〈浮城誌異〉、也斯的〈找房子的人〉、謝曉虹的〈旅行之家〉爲例，指出：「香港小說中的『家』其實不是固定的地方，它是流動的、是一連串遷移的結果；有時候甚至不是一個具體的所指，它只是個概念、想像，作者甚至要衝破它和打破它。」此外，韓麗珠還提到另一個影響她寫作的因素是語言。她說：「香港的官方語言是『兩文（英文、中文）三語（英語、廣東話、普通話）』」，但日常溝通用的是廣東話，可是奇怪的是，如果要寫出來，我們不會寫廣東話」，是故她覺得無法用文字保留那些最地道、最日常、最有感受力的語言，其實是有許多的缺點；但她也察覺：「有一個優點是，在這種環境下，我寫的不是我想的、或者不是我常用的那種語言，對我自己是一種新的感受。也就是當我寫作、當我思考的時候，我再也不是日常生活裡的那個人，我好像成爲另一個人，我因爲書寫而進入另一個世界」、「當我寫作時，我的腦子是不斷的在進行翻譯，包括現在也是。當不同的語言翻譯時，世界上所有的事物，那個所指、還有一切的意義都是在浮動的狀況。我會覺得好像每件事物都不是固定的，它有不同的可能性」、「我努力去尋找新的語言來代表我想到的東西。那種語言不屬於任何地方、城市、國家，只存在於小說的世界。所以我覺得如果生活給我力量去寫作，那是因爲種種不同的元素，讓人沒辦法去適應現實本身、沒辦法感到真正的安全跟安穩，所以不同的題材就會不斷的被發現」。

目前的寫作計畫

在引言人分享完自己的寫作經驗後，主持人再請四位小說家談論目前的寫作計畫。

因爲作品《複島》、《濱線女兒》受到矚目而被許多研究者歸類爲「新鄉土作家」的王聰威，坦言這個標籤令他感到壓力。雖然如此，但他表示，他仍對家鄉——高雄的書寫，保有非常大的熱情。而他下一本關於高雄的書是寫鹽埕區，於是，從《複島》的旗津、《濱線女兒》的哈瑪星，再到新作品的鹽埕區，恰好符應高雄的發展史。除了過去的事情，另外，他還想寫「現在正在發生的事」。因爲王聰威觀察到目前六年級小說家的作品都離現實有一段距離，所以他想朝這個方向挑戰。

輪到伊格言時，他表示現在仍會做在醫學院讀書的惡夢，而這個遺毒來自於他的上一部作品《噬夢人》。他說《噬夢人》全書 30 萬字，他在書寫前所做的筆記即有八萬字之多。因爲那是推理架構的小說，所以他必須盡量的消除邏輯上的漏洞，讓一切合情合理，所以壓力特別大，也導致他白髮叢生。因此現在的他決定休息一下，寫情節比較淡的東西，所以他開始寫詩。

年初時出版《複眼人》的吳明益，提到自己在新書講座上都各講了一個故事，而回到學校上散文創作課時，每堂課他也都講一個故事，他說如果講到學期末，「一本短篇小說集就將要『講』完了」。所以這次他是逆其道而行，也就是不是以文字先行，而是把自己變成一個說書人，先把故事給說出來然後再寫，這個成果是他預定今年出版的書。另外他的幾本論文集也在籌備當中。

最後一位韓麗珠在出版長篇小說《灰花》、《縫身》後，發現：「我的話越說越長，接下來的寫作計畫也是長篇。」她也透露去年赴美國愛荷華寫作班時曾經寫了一個中篇，但目前收在抽屜裡，還沒有打算要發表。而她寫作都是用手寫，現在的她是在寫一些散文和短篇小說，替下一部長篇做準備。

目前在進行台灣文學史書寫的主持人陳芳明聽畢後言：「因此，在他們要寫出新作品之前，我的文學史要趕快出版，因爲每拖一年我的文學史就必須改寫一次，我再也不要改寫了，今年就要把它完成。」於是，第二場座談就在大家的笑聲和掌聲中，向每一位以筆對抗時間與寂寞的寫作者，獻上溫暖的敬意。

我的小說創作原鄉

小說家對話（一）

主持人：蘇偉貞

與談人：王拓、陳若曦、阿來、林文義

◎高鈺昌記錄整理

小說心靈考——鄉關何處的迷惘與追尋

主持人、亦是作爲小說家的蘇偉貞，與四位小說家王拓、陳若曦、阿來及林文義，進行了一場文學原鄉的深刻談話。會議開始，主持人簡介每位小說家的背景，使在座的聽眾，能在每位小說家原鄉之旅的初踏前，具有一定圖貌輪廓的瞭解。而座談沿途所能觀見的風景，是小說家的原鄉面貌與小說創作之間的關係描繪；以及，「小說」對於小說家而言，到底具有何種意義；除此之外，又是哪些小說的閱讀經驗，豐富了小說家的文學心靈。此些問題的回覆與話語更替交織的風景，皆構成了此次座談的絢爛景致。

王拓：駛返文學的港灣

王拓說，鍾理和《原鄉人》中有一句話，讓他極爲感動：「原鄉人的血，必須流返原鄉，才會停止沸騰。」原鄉可以是文學創作的現場，也可以是作家祖先的故鄉，而王拓就從他的故鄉八斗子說起。

曾被定位爲漁村作家，也曾被界定爲漁民作家，王拓〈吊人樹〉、〈炸〉等作品，都是以他的故鄉八斗子，作爲小說素材的樣本。在他眼裡的八斗子居民，有的迷信，有的悲觀，而他們在大海中拚命地討生活，前途總是感覺茫茫然。不過也正因有如此艱難的環境，八斗子的漁民，歷練出極爲強悍的性格。而受到 1977 年鄉土文學論戰的影響，後來王拓再也無法從事有關教學與寫作的工作，是故王拓轉了人生方向，成爲商場的藥品推銷員。然而這樣的轉折，並未就此澆熄王拓小說書寫的熱情，只是至此王拓的小說視野，已然從基隆漁民的生活面向，轉而關注商場、工人等廣泛底層的生活。因爲在商場中看見了員工如何惡意地遭受老闆的剝削，後來他的小說作品如〈獎金兩千元〉、〈車站〉等，皆是描寫此些底層生活人物的心聲。王拓特別說明了〈車站〉此一短篇小說的故事內容。

故事中的男主角，是資深的工人，卻遭到僱主惡意資遣。受到打擊的男主角，整日借酒澆愁，喝了酒的他，甚而最終拿了老婆辛苦替人洗衣，原本要給幼兒喝奶粉的錢，拿去買了酒。夫婦倆爲此大吵一架，妻子離家出走，卻待在車站內徘徊躊躇，期待家中的丈夫能殷切挽回。兩造雙方的生存矛盾與心理處境，是爲小說聚焦的重點。待在家中的丈夫，自責自己的命運，也自責自己的魯莽衝動，而待在車站的妻子，她的憤怒與她的不忍離去，皆都成爲這些卑微底層人物的具體縮影。這則故事雖短，但如王拓所述，卻是他自己特別喜愛的作品。

爾後離開文學領域的王拓，開始投身在台灣政治的複雜場域，歷經多種政黨職務與行政公教職位的洗禮，看見政治與人性之間的複雜糾葛後，讓王拓的人生歷程，平添更多難言心情的體會。最終，如王拓所說，在七十將屆之際，他以寫小說爲由，辭去政黨的職位，準備用接下來的十年，寫下這些年來所觀見的生命風景。

「有時在當立委的午夜，會倍覺人生似乎是虛度了。」王拓如此感慨。

然而如此的感慨，也成爲了他駛返文學港灣的動力。就在他從事政治服務期間，當他得知他的童書作品，獲得《聯合報》評選爲年度最佳童書時，他說，心情比當選立委還興奮；而另外，當他以爲他的小說已被讀者給遺忘時，

由張曉風選編，九歌出版社出版的《小說教室》，卻選錄了他的

短篇小說作品〈炸〉，這些來自文學界的親切召喚，更是令他雀躍。因爲此書的出版，讓他與九歌發行人蔡文甫，以及其他文學同好再次相聚，而於聚會席間，多位友人鼓勵他重新提筆。正因這樣的鼓勵，讓他在當晚以及之後的多日，於書房的夜間再次走入小說的懷抱，然而作爲他第一位讀者的妻子，在看完了他多年後重新出發的作品，卻給了他這樣無情的評價：「這不像小說啊，我得不到感動。」如此的挫敗，讓王拓當夜在自己的書房裡，與酒共言愁。

分享的最後，王拓爲我們說明《紅樓夢》、《安娜卡列妮娜》與《罪與罰》等小說是他特別喜好的作品。王拓在結束他的分享後，主持人蘇偉貞如此回應：「小說就是小說家永遠的原鄉。」小說永遠不會排拒原鄉人的熱情回眸，在一番持續致志的澆灌後，想必王拓將會爲讀者們帶來更多豐碩的小說果實。

陳若曦：台灣心靈，多地書寫

作家陳若曦回憶，她的第一篇小說，是大學一年級時提筆書寫的。

當時的她以爲，她的原鄉是在中國，即使她從未接觸；當時的她，作品裡頭所歷歷描述的中國白河鎮，是她未曾到過的地方；這樣的她，第一次開始描寫台灣周遭生活的小說，是她在創辦《現代文學》之後，描述一名菜販，與他疑似紅杏出牆妻子的故事。

故事裡，周遭的鄰居街坊皆對妻子議論紛紛，認爲她有了外遇，爲何唯獨丈夫辛莊一聲不吭？作爲一名微薄菜販的男子，陳若曦試圖想像、進入他的內心世界，大病初癒的他，看著妻子梳妝打扮出門，是因爲深愛著妻子，認爲她值得信任，抑或害怕揭穿真相，懼怕自身無法承受如此難堪的事實。如此描寫菜販幽邃心理的小說，得到當時法國文學教授黎烈文的鼓勵，至此陳若曦的小說，開始描繪自身周遭生活的境遇，書寫自身能夠貼近、瞭解的在地生活素材。後來陳若曦去到中國，正值當時中國翻天覆地的文化大革命，陳若曦以小說家的眼光，完成了一連串有關中國 1960 到 1970 年代的故事。爲何中國境內的居民，都沉默地接受這樣歷史的巨變？陳若曦說，她試圖用台灣人的眼光與文化背景，來觀看當時中國社會的變化。

爾後的陳若曦，又輾轉旅居至加拿大與美國舊金山等地，溫和的批判，深刻的期許，她依舊用著自身獨特的文學眼光，看待來自台灣、香港與中國等旅外的華人，如何在異地安身立命的處境。

當時間來到 1995 年，台灣閏八月會滅亡消失，兩岸的戰爭會一觸即發的傳聞，讓身處舊金山的陳若曦感到惶惶。當時的她腦海中想著的是：要死，也得死在台灣啊！因丈夫不願遷居，陳若曦遂一個人毅然奔回台灣。然而旅外世界的沸沸揚揚，並未在台灣掀起太多動盪，陳若曦回來台灣後感到有些詫異，台灣在地居民仍安然若素，跟華人旅外的世界簡直天壤之別。不過也因此，陳若曦從此居住在台灣這塊土地之上，又朝向另一種文學面向的開拓。

有兩種台灣社會獨特的發展現象，最爲回台的陳若曦所注意。一是台灣經濟奇蹟的蓬勃，二是台灣佛教的發展。對於前者，陳若曦回台後加入了荒野保護協會，藉由環保議題的探討，提醒吾人自然與土地的美好。而於後者，陳若曦特別關注台灣的佛教團體慈濟，而她也撰寫了《慧心蓮》、《重返桃花源》等小說，探討台灣特殊的宗教現象，以及台灣佛教的當代發展。她去過佛教的原始聖地西藏兩次，她的觀察認爲，原始佛教的教義與發展仍須與時俱進，教義的原地踏步，亦不見得好。

最後陳若曦如此認爲，作家發自良心的觀察，遠比確鑿認定何處是爲原鄉更爲重要，台灣社會與中國文化的複雜傳承、轉化與演繹，讓何處是原鄉的界定變得模糊浮動，反映自身眼見的現實，寫你深感興趣的，才能寫出好的小說作品。而不管是魯迅的《狂人日記》，或者是巴金的《家》、《春》、《秋》等，這些小說養分的汲取，皆共同影響了陳若曦小說視野的建構。

林文義：遙想文學啟蒙的記憶

際遇如此巧妙，林文義說與他有著深切文學淵源的兩位作家，都在今日的座談現場。

原本就讀初中的他，因在初中的最後一屆留級，便成爲了「國中生」。年輕時的他，並非立志成爲作家，而是夢想成爲一名漫畫家，是故，他曾跟著台灣著名的漫畫家牛哥學過畫畫。

有關文學的記憶，他印象十分深刻的是，國中時，總有一名王紘久老師會在課堂上的最後十分鐘，爲他們補充教課書外的知識。他依稀還記得，這位老師曾對課堂上懵懂的毛頭小子們說：教室後頭懸掛的照片啊，上頭的蔣總統，此人的歷史還有待更多的認定。這位老師即爲王拓，另類教育的展現。雖然王拓只擔任過他三個月的老師，但林文義卻覺得，是他把他帶到文學的世界裡來的。

後來的林文義，漸漸投身政治世界。1980 年代的白天，他是副刊的主編，但在夜晚，他卻是替當時的黨外雜誌，激昂撰稿的理想主義者。他不諱言他曾懷抱過台獨的夢想，而影響他走上政治道路的兩人，一是當時在太平洋岸的陳芳明，另一則是當時身處大西洋岸的郭松棻。後來的他，也曾走到電視政論節目裡頭，爲台灣的政治亂象憤慨發言，他向在座的聽眾感性地說：很抱歉，讓你們看見我在媒體上的面孔了。

台獨的夢可能破碎，但林文義的文學之路，卻未因此中輟，而這與在場的另一位小說家陳若曦，有著密切的關係。他還記得，在當時政治肅殺的年代裡，當時的他跟吳祥輝，都還是高雄的記者，鍾肇政邀請葉石濤北上至北投，與剛剛返台的陳若曦相聚，當時跟隨著一起參加聚會的他，在當時北投山路的迂繞曲折中，

似乎就因此一併通向了小說創作的道路。

林文義謙言：「我知道我的小說並不是在座的小說家中寫得最好的，但我仍舊寫得勤勞」；林文義感性地說，政治的歷程並未讓他感

到後悔，只是徒增了些許遺憾，而這遺憾不會讓他怪罪從事政治的友人，因爲倘若沒有這趟政治旅程的顛躓，他又將如何寫作出攸關政治的文學作品，而他也不會有《革命家的夜間生活》這本小說的誕生了。

阿來：我所看見的西藏

阿來說：「我的寫作很簡單，當我不知道什麼是文學的時候，看見別人在寫，我就跟著寫了起來。」

30 歲是中國小說家阿來，寫作重要的分水嶺。在 30 歲時，他出版了一本短篇小說集，一本新詩集。當他看見自己的作品出版後，卻一點也感覺不到收穫的喜悅，他突地覺得，這兩本作品一點意義也沒有——因爲他看著自己的作品，卻聽不見來自阿來個人呼喊的聲音。

他說有一段時間，中國的文學流行尋根；而有一段時間，小說講求思想上的深邃；而又有另一段時間，小說講求的是要研究民族文化，抒發族群意識。阿來以爲，這些思潮都是對的，但如果只是盲目跟著潮流走，失去了個人的觀感，那麼便一點意義也沒有了。於是乎後來十年，他完完全全放棄了寫作，而也是在這樣放棄的過程中，他逐漸開始思索自己的寫作，到底要朝怎樣的方向走。

個人無疑是活在種族、文化與國家的框架之下，文學也一定會涉及此些面向的討論，但文學鐵定不能只是這些，如果沒有個人生命的體驗，個人的情感衝動與書寫立場，這些東西就稱不上是文學，阿來在放棄的十年間，不斷思索著這些問題。在這段時間裡，阿來參與了一些地方性研究，當全世界都在談論西藏時，其實少有人知道真正的西藏爲何。西藏不是一個完整毫無差異的文化體系，透過內部更多更小文化的融混，它本身文化的差異性以及歷史、種族的形成，都在不斷的發展與變化。大部分關於西藏的書寫，下意識的都是在寫滿足外界想像的西藏，薩依德曾言東方想像，或許有關西藏的書寫，也有著一個「西藏想像」的存在。於是透過此些問題的思索，阿來終於在 40 歲時，又重新提筆寫出自己看見的西藏。而他不只有著西藏在地的視野，同時他也以為，現今所稱的「全球化」，除開有著經濟、政治與文化層面的意涵，實然也包含著美學上的全球化；單是只因描寫西藏此一特殊族群，便能獲得小說美學上的同情，已是不可能的事，於是他期許自己的小說，能夠臻至全球化底下的美學標準，「雖不能至，心嚮往之」，這是他在放棄文學十年後，又再度意欲創造自己的文學，砥礪自己抵達世界文學境地的嚴苛鞭策。

阿來以為，影響自己的小說，有著階段性的不同，隨著生命歷程的轉換，每個生命階段關注的問題不同時，就會有意識地去閱讀不同的書，如此人生可以在不同的階段得到小小的進度，對他而言，好的小說，有影響力的書，便是如此。

尾聲：小說大哉問

座談的最後，蘇偉貞向在座的小說家，提出了有關小說的大哉問：小說創作對你們而言，到底代表著什麼？

王拓如此瀟灑回答，那天夜晚書房裡的酩酊大醉，就代表著小說對於我的意義；而陳若曦說，寫小說就是表達自己對於事物的看法，將自己的經驗與大家分享，期待自己的作品能對社會有著正向的裨益；而林文義如此回應，寫小說是件快樂的事，我的小說《北風之南》，有著大稻埕的特殊記憶，我的《藍眼睛》，寫的是我對於台灣大歷史的想法，而如果回到原鄉此一課題，那麼我想說的是，小說的背景在哪裡，我的人，就會在哪裡；而在最後，阿來沉思言，佛教的輪迴觀，帶有一些快樂色彩，但科學卻將它打破了。我的身上仍舊有著悲觀宿命的質素，透過寫小說，我在每個小說中創造了不同的人生，體驗了不同的人生經驗，小說對我而言是生命經驗的擴展，以此，我可以稍稍緩降我內心裡存在的宿命感。

「我寧願相信一個傻子的話，有時候聰明的人太多了，叫人放心不下。」這是阿來小說《塵埃落定》裡的一句話，蘇偉貞挪用此句，當作此次座談的結尾，以為裡頭的傻子，直可替換為小說家。

小說家原鄉的風景，我們跟著看著、聽著，也似乎能將沿途的景色一一收攏，愉悅地，給安放在心裡頭了。

小說身世

小說家對話（二）

主持人：吳義勤

與談人：林俊頴、凌煙、吳鈞堯、甘耀明

◎高鈺昌記錄整理

小說身世考——自我並不如煙

此場座談，是由中國現代文學館副館長吳義勤主持，並與台灣中生代和新生代的小說家林俊頴、凌煙、吳鈞堯、甘耀明，共同討論小說與個人成長經驗之間的關係；以及除此之外，小說家對於自我身世與身分的探索，又是如何在文字創作的過程中，予以不斷的思考和咀嚼。此兩種有關小說與自我的觀察軸線，是為此次座談的主要重點。

林俊頴：除魅的旅程

林俊頴言，當我們提及小說與身世之間的關係時，我們可能會想到的，是為小說家的個人童年經歷，或者有人曾經說過這樣一種定論，一個文學家在 30 歲前的人生經歷，已決定了往後文學寫作的版圖。而林俊頴更加相信的，是為心理學家榮格的說法。榮格說明個人的意識與心靈，與外在的集體意識和集體象徵之間，有著相互影響、承繼的關係，而林俊頴以為，如果我們用一種意象作為此種關係的隱喻，那麼個人與集體意識，就如同井水、地下水與河流、湖泊之間的彼此滲透。而回到「百年」小說，此一「百年」辭彙的時間橫跨，他的理解，並不是將它視為一種真實的時間，而毋寧是將它視為「歷史」的替代詞，意指的是一種更為長遠的歷史。而說到歷史，它又與現代小說具有何種關係？林俊頴又從張大春，有關為何我們要寫小說、讀小說的看法說起。

張大春以為，在現代的教育體制與社會規範之下，各種知識範疇都已有著明確的位置與功用。歷史學、地理學、社會學、天文學以及各種知識學問，都已有著長遠的積累與定位，而現代社會既已建立了各式各樣的知識系統，為何我們還須要再去寫小說、讀小說？張大春以為，因為小說能提供給我們一種「另類」的知識和思考方式，能夠促發我們產生另類的思考與熱情。林俊頴認可這樣的說法，於是乎當多數人有關歷史的認知與接受，都是隸屬於「成功者」的歷史時，小說便能提供給我們另一種思考世界的蹊徑。而這樣對於小說的理解，恰好與某種有關「現代小說」的內容特質界定，有著相互的對應——現代小說寫的，多是屬於「失敗者的故事」。

而在談及小說家個人身世與小說之間的關係時，林俊頴特別說明，寫作者的身世，不必然是創造小說的唯一條件，而個人的身世背景，亦不等同於家族史書寫的範疇。不過林俊頴卻也這樣以為，小說家 30 歲前的經歷，是爾後小說創作的種籽，將來要長成怎樣的樹，結出怎樣的果實，都是離開家鄉之後的事；他曾寫過有關曾祖父三代歷史的故事，但他澄清，這並不等同於他個人的家族史，因為已消逝的歷史和時光，是絕對無法再次重現的，當小說家回過頭看待過往人物的樣本時，必然是夾帶著現今的眼光、感知和經驗，去重新建構起過往的歷史與時間，這不但是小說書寫的限制，也是他作為一名小說家，個人的限制。

除此他以為，現代小說在書寫身世時，更多的時候，並不是用以重現往日的榮光，反而是為了顯現出一種拆解偶像的過程，而這就如同小說家米蘭昆德拉，曾對「世俗」一詞有過字義起源的考察，他以為世俗指的就是：「把東西搬出神廟之外」，而現代小說在從事的，正好就是這樣卸除神聖事物光環的工作，並以文字充分彰顯出世俗的魅力。

凌煙：那些傳統的，美好的

緣因父母在高雄打拚，凌煙自小便接受外祖父母的照拂，而她深覺與外祖父母在鄉村中的生活經驗，就是她日後走向小說創作最爲重要的根源。

鄉村的時間過得緩慢，日常的生活娛樂並不多，生活在鄉村中，最爲歡樂的時光，便是鄉村廟宇酬神謝會的時刻。凌煙自言，她並不喜歡布袋戲，但卻十分喜歡歌仔戲；同時她也以爲，她人生中所有寶貴習得的人情義理，無不來自歌仔戲的薰陶。

於是成爲作家並不是凌煙從小立定的志願，她從小許下的志向，便是想望成爲歌仔戲班的成員，跟著歌仔戲班，到處遊看外頭的花花世界。她這樣的願望並未得到家人的認可，甚而，還因此鬧過家庭革命；她是一直等到高工畢業後，才偷偷瞞著家人，如願成爲歌仔戲班的一員。

夢想與現實總有著難堪的落差，凌煙後來進入的歌仔戲班，再也不是她幼小在台下看著的，那樣依循傳統的表演。她進入的歌仔戲班是錄音演出，並非現場展現真實唱腔，她進入的歌仔戲班因爲電子花車的興起，以及當時豬哥亮綜藝短劇的流行，迫使她們得在歌仔戲的野台上，跟著跳起俗麗的豔舞，表演起不是屬於歌仔戲傳統戲碼的流行短劇。傳統的歌仔戲逐漸式微，而其讓凌煙心神嚮往的過往堅持，似乎也已漸趨崩毀雲散。

「我的文學 DNA 到底來自何處？」這是並非來自書香世家，周遭皆是務農子弟的凌煙，曾思考過的問題。凌煙以爲，如果真有那麼一些因子是爲作家所獨具，那麼她覺得，她之所以能夠成爲一名作家，或可歸因於她從小對於情感的感受性較爲強烈，又或者，她可能從小便不自覺地，都在用著小說的眼光，來看待農村人物的生活點滴。凌煙說她小時候，很喜歡看白天在工廠上班的姑姑，晚上在家中三姑六婆。她喜歡看她們縫衣服、打毛線，她會靜靜坐在床上，視角由下往上仔細觀看她們講話時的神態。凌煙以為，這大抵就是一種小說眼光的自小養成吧。

除此之外，還有許多的鄉村人物，都是凌煙天性喜好親近與觀察的對象。凌煙記得她的七叔公，平日不會講日文，但在起乩時，卻能說得一口流暢的日語；她記得鄉村許多的平凡人家，在親人舉辦喪事時便會自然唱起哭調仔，並非只有台上的歌仔戲，才有哭調仔的展現。另外她還記得，有一位八十幾歲不識字的老人，腦海裡總能清楚記得許多四句聯；而她總能藉由與許多鄉村老人談話，得到許多值得書寫的小說材料。

凌煙最後言，她曾獲獎的《失聲畫眉》，以及後來的《扮裝畫眉》，與一部現今正在進行書寫的長篇小說，都有著自身鄉土經驗的融入，而她去年得到打狗文學獎的作品《竹雞與阿秋》，裡頭所描寫的流氓竹雞，與妓女阿秋之間互重承諾的鄉土故事，也是意在傳遞傳統價值觀亟需保存的重要性。凌煙似乎如是說：「我想在小說中保留住這些，值得我們不斷保留著的，傳統的美好。」

吳鈞堯：撥見霧裡的真相

吳鈞堯討論的重點，是為聚焦說明歷史到底是如何被遮掩與揭露。他以金門的歷史，以及母親個人在金門的特殊經歷，作為實際討論的範例。

首先是有關日軍曾經占領過金門的歷史，幾乎被台灣與金門的居民給遺忘，實際上於 1937 年，日軍曾掠奪過金門的鋁礦，亦逼迫居民為其建蓋機場。除此之外，日軍曾經為了需要馬匹，以供應福建沿海的戰事，而謊稱金門有流行病的感染，好意商請民眾將馬匹帶至廣場施打疫苗，結果卻將他們的馬匹占為己有，並強行征收三百多名的馬夫，前往福建沿海助其作戰。另外是有關台兒莊事件，日本說要三月亡華的氣燄，被此戰役瓦解，爾後台兒莊的居民，卻忘記此地曾發生過如此重大的歷史事件。另外是有關戰時發生在他母親身上的奇特故事，曾有一名士官長在軍車上向他已婚的母親示愛，母親不從，堅持下車，士官長惱羞成怒，在她背後開槍，母親遭到嚴重槍傷，但他母親在他幼時，卻從未向他提過此事。

而再回到歷史爲何會被遮掩的問題，可知的是，兩岸國共的戰爭，讓金門成爲了反攻復國的重要基地，因被塑造爲反共的前線，庶幾讓金門忘了曾有過抗日的歷史；而吳鈞堯還記得的，是在他國小二年級棒球帽的內沿，曾寫有文天祥的名句：「人生自古誰無死，留取丹心照汗青。」足可反映當時愛國氛圍的充溢。另外是有關他母親對於發生在自己身上的事件，爲何會選擇長時間的沉默與自我遮掩，吳鈞堯以爲，他的母親，是直到晚年學佛後，才逐漸釋懷此事的。後來的她，甚而還能幽默以對地補充細節。例如她當時曾詢問士官長，爲何我皮膚如此黝黑，而你仍舊喜歡我，她記得士官長這樣回答：雖然你生得黑，但卻是長得黑甜黑甜地，十分美麗。歷史到底是如何被遮掩，且又是如何被顯現，吳鈞堯自言，他關注的不是歷史的長度，而是發生在歷史中的事件，到底是經過怎樣的詮釋，而又如何留下來，被隱藏著的真相到底又爲何。

吳鈞堯寫了許多有關金門的小說，但他以爲，他不只是把金門當作一個地方，而也是將它視爲一個人，他要試著去瞭解有關金門被忽略的身世。

他以爲作家如果不去尋找身世，將會不知道自己的未來要朝向哪裡；尋找自我的身世，未必是一種作繭自縛，反而是爲了尋找到真實的自我。最後他以一篇有關台南鄭成功的官方報導，作爲檢視歷史詮釋的文本。吳鈞堯敘述，報導是這樣子說的：「西元 1661 年，鄭成功率領四百多艘台灣船，及兩萬五千多名官兵，登錄台江內海……」可知的是，當時並不可能有台灣船，而所謂的台灣船，到底又是從何而來，這些被隱藏住的歷史細縫，值得吾人思考。

身爲一名小說家，吳鈞堯盡可能地想在歷史撲朔迷離的關係中，撥開層層的迷霧，以尋找到可能的真相；而回應小說百年的命題，轉化孫中山曾說過的名言，最後他這樣總結：「歷史依然被遮掩，同志仍須努力。」

甘耀明：我在我的安靜角落裡

甘耀明敘述他在台中歷經滂沱大雨，但來到台南，卻是眼見豔陽高照的天氣，台灣有著不同世界的質素，台灣，確實是為一個十分混血的地方，平埔族與外來族群紛來沓至，台灣就像是一個交融的調色盤與平台，展現出了特殊的東亞景象。

他以為，若要敘述前世代的作家，與自身寫作態度的不同，甘耀明說，他覺得文學前輩在面對寫作時，毋寧就像是僧侶在虔誠面對自己的信仰，然而他自己，他只覺自己就像名無賴。

台灣過往多數的文學團體，多以新詩作為主要文類，而甘耀明與一群新生代的年輕小說家，曾在台灣組了一個文學團體稱作「文學家8P」，並以小說創造作為號召。此小說團體的成立，遭受了外在毀譽參半的評述，而說到這個團體之所以能成立，是與東海大學《距離》此一文學雜誌的發行，有著密切的關係。

他記得他曾參與書寫、編輯的《距離》雜誌，在當時東海大學的生活圈，以及周遭的獨立書店中，是份能隨手閱讀得到的刊物。而此雜誌的刊行，從最早的月刊形式，逐漸式微轉為雙月刊、季刊、半年刊至年刊，終而停刊。他覺得這份雜誌影響了後來8P的誕生，自己與其他人，都曾在上頭寫過文章。而此小說家團體，是從原來的六人，逐漸擴展為八人，除了曾標新立異地在速食店的餐紙上寫過文章，亦曾在金石堂書店外頭人來人往的玻璃櫥窗內，即席用電腦示範寫作。這個文學團體曾在《中國時報》「百日不斷電」的副刊中，執筆寫過文章，不過卻也創下最多人回信批評的紀錄。他們想要書寫一種「中間文學」，嚴肅文學有著一種難以親近的力量，雖然這種文學亦不是一種大眾文學，但卻試著想要接近大眾；這個文學團體其實產生了許多慘敗的作品，書的銷量亦是極為難堪。

這個團體後來解散了，但甘耀明以爲，這樣文學歷程的顯現，卻也代表了某種六年級與七年級世代文學團體的生活切面。

經常有許多人認爲，現在台灣新生代的小說創作環境並不樂觀，但甘耀明以爲，當他看著這種困境的時候，重新去省思自己寫作的初衷，反而仍舊覺得文學還有著樂觀的前景。在甘耀明看來，小說創作可能是一個最爲安靜、最值得回味的角落，不管處在怎樣喧鬧的環境中，小說永遠都是一個可以安靜下來的地方。

尾聲：叩問小說

座談的尾聲，在座的聽眾提問了兩個問題，而主持人吳義勤也請在座的四位作家，用簡單幾句話，作最後的總結。

聽眾向凌煙提問，爲何她的小說中會不斷關注女同性戀的議題。凌煙回答，其實她在兩篇小說《失聲畫眉》與《扮裝畫眉》中，並不是要特別去處理女同性戀的議題，而是在歌仔戲班中真實存有這樣的現象，她只是如實地呈現出來。除此之外，凌煙最後總結，她的小說自始至終有著鄉土小說的使命感，她所關注的，始終是草根人物的生命處境。現代文化不斷興起，但她始終以爲，傳統老一輩的東西，仍舊有其值得注意的地方，而她寫小說，就是爲了要將這些可貴的資產給保留下來。

另有在場聽眾詢問甘耀明，他的小說《水鬼學校和失去媽媽的水獺》，創作的靈感來自何處？甘耀明表示，這是一篇類童話的小說，也是他研究所的畢業作品，在此作品之前的小說《神祕列車》，讓他有些陷溺在現代主義沉重的實驗氛圍裡，而他這本小說，就是想要寫得不再那麼綁手綁腳。甘耀明說，有陣子他仰望天空，時常想像自己就住在上頭的某個星球上，上頭會不會有一個適合他居住的地方；這個世界時常讓人煩躁，小說就是他的創作，他的安身立命之所，他很高興自己選擇這樣的道路，而他也期望自己能走得更長更遠。

吳鈞堯則簡短地說，曾有前輩詢問他的創作，到底要擁抱故鄉金鬥到什麼時候，而現在他在此聲明，這個時刻應該不會太晚了；至於林俊頴，則用羅馬神話中掌管工藝、智慧和戰爭的女神米娜瓦，她身旁一隻只有在黃昏才會起飛的貓頭鷹，作爲最後的隱喻；他說，這隻貓頭鷹，就代表著我對小說和小說家的看法。

虛構與真實的交融

小說家對話（三）

主持人：賴俊雄

與談人：愛亞、藍博洲、蔡素芬、許正平

◎高鈺昌記錄整理

小說文字考——誠實的弓，說謊的箭

小說家們誠實的弓，說謊的箭，將小說與讀者們射向無盡美好故事的遠方；此場座談，是由成功大學文學院院長賴俊雄擔任主持人，與在座的愛亞、藍博洲、蔡素芬與許正平四位小說家，討論小說家在創作小說時，如何進行書寫材料的蒐羅與整理，而又是如何交融虛構與真實的質素。賴俊雄以法國近代文學理論家德勒茲的話語作爲此座談的開場。德勒茲以爲，所有現實是爲一連串的事件，而事件有在場與不在場之分。在場事件的背後，存有著無盡可能不在場的背後現實，而此些無盡背後的因由，促成了我們現在的在場；而作爲不在場的虛構，實然促成了小說在場的真實與現實。

虛構無罪，真實有理；在場的四位小說家，爲我們現身說法，親身證明。

愛亞：誠懇之心

「寫小說的人，想必經常都被問過，你的故事是真實的嗎？而小說裡的愛情經歷，應該就是你本人的遭遇吧？本來的我，總是會親切回答，但後來的我，實在被問得有些煩了，現在的我只會這樣回答，你要讀，就讀嘛，那來管這麼多，寫得好不好看，寫得如何，這才重

要吧，就請你指教指教。」

「爲何人們總是要這樣不厭其煩地詢問小說家故事的真實性呢？」愛亞笑著這樣說，後來她是這樣想的：「我往自己的臉上拍拍粉，我想，大概是我把虛構的故事給寫得太精采、太真實、太好了，讓人值得相信吧。」

愛亞以爲，好小說的首要條件，是要讓人讀得下去，再怎麼真實或再怎麼虛構的小說，如果不能讓人讀下去，也是枉然；而好小說的第二個條件，就是要讓閱讀的人，能感受到寫作者敘事態度的誠懇，不管是百分百的真實，或者是百分百的虛構，都得讓讀者感受到寫作的誠懇才行。愛亞以馬奎茲的《百年孤寂》爲例，說明馬奎茲小說虛構的魅力，爲小說的敘述語言帶來了無盡的可能；即使我們明明知道那是些魔幻的境遇，但我們仍舊可以感受到他書寫態度的真實與誠懇。愛亞記得《百年孤寂》裡，有著一個美麗且奇異的故事。

有一個纖瘦的美女，腦袋不似一般人，她每天固定的任務，就是負責曬衣服。有一天，她在二樓自顧自地梳頭，街上的人如往常般的，都停下了腳步仰望她。後來開始下雨了，有人大聲叫喚她，請她趕緊去收衣服。收衣服時，突然來了一陣強風，穿著亞麻白衣服的美女緊緊抓著尚未晾好的亞麻白衣物，給吹上了天空。底下的人紛紛叫她趕緊鬆手，我們會接住你，但美女卻始終不肯鬆手。就這樣，美女從白色的圓點，逐漸轉爲黑色的小點，然後逐漸消失在雲端，之後再也沒有人能看得到她，或看過她了。以前寫作教育講究的起承轉合，被這位毫無下落的美女給打破了，愛亞說，原來除了魔幻寫實之外，馬奎茲還教了我們有關寫作的更多東西。

虛構，應該是鼓勵寫小說的人，繼續寫下去的強烈動能，如果小說就跟人生、現實的處境沒兩樣，朝著同樣平板的步伐前進，那麼小說就一點趣味也沒有了。愛亞說，現在當別人再問我真實與虛構的分野時，我總是會告訴他們，我的散文百分百是真的，但我的小說是假的。小說作者常常像是自個兒的神，小說最爲可愛、最爲迷人的地方，就在於虛構的力量。但小說也不能完全是造假的，小說的背景得是真的，一個寫小說的人如果沒有歷史觀，又如何能完成一部小說呢？寫《曾經》的她，是一天到晚在當時的中央圖書館裡待著的，她的夫婿曾問她，為何小說不能在家寫？愛亞回答他說，我只是往圖書館裡找資料，沒在那裡寫作啊。

最後愛亞為我們這樣總結，寫小說的人，故事背景的歷史、地理資料絕對不能弄錯，如此再加上一顆誠懇的心，那麼寫小說，便會一點問題也沒有了。

藍博洲：信仰的旅程

藍博洲以為，每個小說家的文學成長、文學的認識與主張都不同，後來他之所以沒有得到太多文學獎，大抵是跟他自身的成長經歷有關。他分享了他在東華大學擔任駐校作家的經歷，有兩件事，讓他特別印象深刻。一是有學生在課堂上當眾挑戰藍博洲的權威，質問他為何不在創作課上，教導他們文學創作的技巧，而藍博洲的回應是，我恰恰不教你任何的文學技巧，而我也沒辦法教你。另一則是他在創作課上教授陳映真的〈鈴鐺花〉，卻發覺新世代的學生，完全不知道這篇小說到底在講什麼，從中得不到任何感動，而這與藍博洲的閱讀經驗是截然相反的，因為藍博洲在讀這本書時，有著所處的世界完全被翻轉過來的深刻感觸。藉由這樣的駐校經驗，藍博洲頓時發覺，這個世代的閱讀感受與審美價值，已然完全改易。

對於小說認識的不同，會影響每個人的寫作方向，然而虛構與真實之間的權衡，卻是每位小說家都會面臨到的課題，藍博洲自言，他也無法完全解決。他說，他現在正在處理一些有關 1949 年白色恐怖的相關素材，但裡頭實在有著太多紀實的部分，讓他虛構的技巧無法加以支撐。後來談到報導文學對他的影響，他年輕時缺乏人世經驗，直到後來走向報導文學，對他的小說創作有著極大的助益，但同時，也對他產生了一定的制約，這樣的經驗對他在思想與內容的探索上，有著極大的幫助，但對於虛構的小說技巧與寫作習慣而言，卻反而成爲了他的一種窒礙。

藍博洲以爲，即便是虛構的東西，還是要在一定的事實基礎，以及對於社會理解的基礎之上發展，這樣虛構的部分才有辦法成立，倘若失去這樣的基礎，虛構的東西將無法成爲讓人信服的文學作品。

「我 15 歲開始讀書，之前完全不知道文學是什麼。」藍博洲說，他是因爲生命裡開始遭遇到一些挫折，才開始閱讀文學作品和小說，而他讀書的主要養分來源，是爲趕上了當時台灣存在主義的末班車，而存在主義的命題，成爲了他思想上長期以來的困擾。

人活著的意義到底爲何，相關問題的探尋與哲學信仰的深思，讓他在大學時代，對於現世的追求變得虛無且消極；藍博洲以爲，當時唯一能夠安慰他、溫暖他，能夠解決他的困境的，就是讀小說。當他讀著德國赫曼赫塞的小說時，發覺在地球遙遠另一端的人是如此的接近他，甚至他所讀的版本，是經過日文轉譯過後的中文翻譯小說，他仍舊覺得赫塞寫到了他內心裡的核心人生問題。他開始覺得，我就是要寫這樣的小說，他希望他的作品，以後也能夠安慰正在精神受苦、正在徬徨的人。

然而從 15 歲一直到大學四年級，他卻從未寫過一篇小說，即使大學時代他是文學社的社長，到處舉辦文學相關的演講，他也始終未曾動筆。直到大四的某日，他對於大學的體制，以及受到存在主義的影響，深覺人生似乎已經走到了末路，就將要以自戕結束生命時，他才開始提筆寫了第一篇小說。花了一夜的時間，將曾經與朋友騎單車環島的旅程，和自身面臨的人生困擾作相互的交融，他將作品投到《中外文學》，獲得刊登，才發覺小說的創作並沒有自身所想像的那樣困難。

後來他開始了文學創作的旅程，而爲了想要安全退伍，他參加了文學獎，獲獎之後，周遭的朋友開始告訴他，不要再參加文學獎了，小說寫作的目的，不是爲了要得獎。而他也是這樣以爲，藍博洲覺得，寫小說是爲了要解決自身面對每個時代的問題。最後他分享，當他在創作小說《藤纏樹》時，紀實跟虛構的問題不斷困擾著他，而除開此問題，白色恐怖議題的與時代格格不入，亦是他所遭遇的困境。曾有人告訴他，何不直接撰寫歷史就好了？而藍博洲的回應是，這個時代與社會，如果只是純然的寫歷史，那麼再也沒有人會去注意你在說的是什麼了。

蔡素芬：藝術的踐履

蔡素芬回應了先前兩位小說家的看法，認爲愛亞請讀者們不要再問故事是真是假，而藍博洲在紀實與虛構之間的難以折衝，這些都是她認爲小說家必然存在的問題。面對小說書寫的素材，作爲事實的部分要有多少，而虛構的成分又要有哪些，在理性與感性之間的調配比例，始終是小說家永難完整釐清的工作。蔡素芬以爲，寫作似乎是有基因的，小說家常把一些問題一直擱在心中，等到有足夠的時間，或者足夠的閱讀之後，就會提筆去寫。有些人沒有讀過太多的書便能寫小說，而有些人則要讀了很多的書之後，才有辦法提筆寫作，端看每位書寫者情況與境遇的不同。

小說的創作是來自真實的基礎，然後用想像力加以延伸，蔡素芬以自身的創作經驗表示，小說對於小說家而言，好像就是一種命定，一樁自然而然的事情。不過她年輕時的志願，是想成爲一名畫家，然後慢慢寫著寫著，便踏上了小說家之途，並發覺自己愈來愈渺小，而寫小說，也似乎愈來愈困難。

小說創作之所以逐漸變得困難的原因，蔡素芬自稱，是因爲逐漸把寫小說當作一種藝術創作的行爲來看待。凡是藝術，必然牽涉至藝術家心態與精神上的不同，當小說家獲得一個故事的原型時，他就要開始去嚴肅思考，如何賦予這個故事充分的意義。

因爲工作的關係，曾有一段時間，蔡素芬深覺看書似乎只成爲了一種必要的功課，在那段日子裡，看書再也無法讓她獲得任何感動，直到後來她讀到了某篇作品，它強烈撞擊了她的心靈，她才又開始感覺到書中文字的意義，感受到文學帶給讀者們的豐富價值。後來自己對於文學創作不再那麼焦急了，蔡素芬說，從事小說便是在從事藝術創作，不管讀的人有多少，她的小說只要有讀者跟創作者之間的心靈交流，便已足矣。

小說的本質本來便是虛構，喜歡讀小說的人，應該不是只爲了陷在文字的迷宮裡、推敲故事的謎底，而感受到閱讀的樂趣；蔡素芬再次重申，現在的她，是把小說當作有著豐富意義的藝術品，即使故事的片段是爲描述一個臉盆無端飛起，這樣的片段，也必然在故事中有其代表的意義。選定一個人生方向，朝小說家的方向單純地往前走，然後簡單地生活著，生活縱然簡單，但小說不簡單，小說的意義與目的不只在虛構一個幻想的世界，而是要藉由這個世界，處理自身雀躍、自身關懷著的生命經驗與議題，然後能撞擊到某些人的心靈，她如此期望自己，能把小說創作當作持續一生的志業。

許正平：帶我到他方

相較於前面三位文學前輩，宛如寫出一篇篇好小說般的談話，許正平謙言，他只是一名後輩，站在新世代的立足點上，來探論小說真實與虛構的問題。

散文是許正平開始的寫作起點，而後來他之所以轉往小說創作，是因爲感覺到散文類的不足，及其所必須承載的諸多包袱。散文貼近真實，這似乎就像是作者跟讀者之間的長期默契，一種自然而然的規約與約定俗成，許多時候，散文依舊有其美學與意識形態的包袱，得銜命去記載真實。

許正平說明，台灣近來的散文創作，有著與小說文類交混，漸趨走向虛構的書寫態勢，但他卻以爲，許多的虛構散文容易走向失敗，除開同志等題材的虛構散文較爲成功之外，有太多虛構的散文，只是徒增了寫作倫理上的困擾。這是他後來開始創作小說的原因，許正平自覺，在小說之中，他可以廣泛吸納到更多人性內裡的聲音，在小說之中，可以攫取到更多人性異質、真實的維度，藉由小說的創作，可以更直接詰問對於存在本身的疑惑，更能窺見複雜的情感面向和對人生歷程的多方觀察。小說似乎被賦予了這樣至高無上的權力，得以更從容不迫地使用虛構，並藉由虛構的無限可能，以表達人性的無限深邃，帶向人生更遠的他方。以自身的作品爲例，許正平自言，他的小說創作相較於散文，似乎更能充分開拓出文學書寫中暴戾、情色、黑暗的人性部分。

然而真實，又是如何點滴累積成小說創作的組構元素，許正平分享了他有關小說創作的準備功夫。他的許多小說，是描寫他所居台南小鎮的人事物，那些他從小到大，極爲熟稔的周遭生活，如何從繁華走向沒落，然後對照著自身於青春時期亟欲尋找人生出路的心情，以看待、交融外在社會環境的變遷。而在小說《少女之夜》中，因爲其中有著學運的描寫，是故對於這部分的刻畫有著較多的資料考察，更多歷史知識、背景的吸收；另外，如果小說設定的背景，是爲台北的城市空間，那麼便需要一些實地走覽的氛圍體驗，在小說〈地下道〉中，描寫的是一個在台北的流浪漢，與殘疾女人之間的愛情故事，而這樣的小說創作，便須仰賴他在台北西門町、公館等地街道漫步的實際經驗，光是白紙黑字的資料，是絕對不夠的，他必須不斷地回返台北加以觀察，不斷地去體驗台北地景所帶來的深刻感受，感受台北所展現的特殊現代感。再怎樣虛構的小說，都還是存在著對於現實的特定考察。

許正平最後這樣總結，小說所展現的真實，需要蘊涵有獨特的地方感以及個人感，小說必須具備有此兩種重要的特質，否則將難以突顯出小說書寫的特色，甚而如果缺乏此些作品特質，那麼就連小說所欲表達的普遍人性，也是難以充分展現出來了。

附　錄

秒速五小時
百年小說研討會台北場側記

◎盛浩偉記錄整理

由行政院文化建設委員會指導，趨勢教育基金會統籌，國家圖書館、國立台灣文學館、財團法人台灣文學發展基金會合辦，台灣大學文學院、成功大學文學院、聯經出版事業公司協辦，文訊雜誌社執行的「百年小說研討會」，台北場於民國 100 年 5 月 21、22 日，假國家圖書館國際會議廳舉行。研討會的議程安排，首日主題爲「百年小說史論」，以歷史爲軸線，分期斷代，一一勾勒台灣小說的發展；次日主題則是「百年小說類型論」，用類型作爲切入觀點，補充敘述主線以外更繁盛的風景。藉由這兩天討論裡與會學者和各代作家的觀察報告與意見交流，期望能激盪出台灣小說未來的更多可能。

一百年，世界能有怎樣的改變？自上個世紀八〇年代末解嚴以降，台灣小說宛如宇宙大爆炸，百花繚亂，眾聲喧嘩；再往前回溯，實可發現台灣小說發展一直以來皆非獨脈單傳，在主流外的各種聲音亦不曾缺席，替文學史增添豐沛的生命力。然而如今，小說的世界，是變得更喧囂，還是更孤寂？放回全世界的脈絡，中華民國一百年處在西元世紀新舊交替之際，千禧之後已度過十年光陰，在這些年歲裡呈顯的局面，能讓我們歡欣預言新的開始即將到來，還是不得不悲觀承認一切正走向終結？無論如何，站在這樣特殊的時刻，我們不妨歸回起點再次展開旅程，從各方面省視探尋，或許可以發現更令人驚喜的契機。

旅程之初——開幕式

「百年小說研討會」首日，場外天氣晴朗和煦，場內氣象也同樣朝氣勃發，達到了座無虛席的盛況。在如此熱烈的氛圍裡，開幕式便在開了序幕。

文建員會副主委李仁芳首先描述了兩岸三地的出版概況，其中，台灣的出版力相當強大，且由各項指標看來，台灣的文學無論從質從量評估都已達到相當高的水準。趨勢教育基金會執行長陳怡蓁則娓娓道來此次盛會的來龍去脈，原來這一系列活動的始點，是源起於向聶華苓女士致敬的紀錄片，而後因緣際會擴大成現在「百年小說研討會」的面貌。國家圖書館館長曾淑賢則補充，爲了倡導閱讀風氣，除此次座談外，國家圖書館還策畫中文小說閱讀月，亦聯合全國各級圖書館，舉辦了各種講座、作家展等，冀望能點燃社會對文學的熱情之火。最後由台灣文學發展基金會董事長王榮文替開幕式作結。王榮文向女性、向聶華苓女士致敬，此外，亦期許台灣能在出版事業的地位上成爲重鎮。

復返起點——第一場：台灣小說史的混種起源

整場研討會在王德威的專題演講後開始。演講中，王德威藉由回顧和爬梳，描摹了「百年小說」的輪廓，替整場會議開啓各面向議題。於是，我們也可以由此進一步思考「百年」的畫界，應由何處始、至何處止？而「小說」，又該是誰的小說？延續上述問題，第一場會議的主持人林載爵（聯經出版公司發行人兼總編輯）表示此場次恰可與之呼應，進行更深刻的思索。

第一篇是呂正惠（淡江大學中文系教授）的論文〈現代中國新小說的誕生〉，探究 1910 至 1930 年代的中國現代小說的形成與其背後的意識。他指出西方小說偏重個人主義的描寫，其根源在於中產階級的興起，但中國現代小說發展的根源，則是救國。呂教授觀察老舍、魯迅、茅盾等人的作品，藉由歸納和與西方比較，發現了西方小說多描寫個人的奮鬥或未知世界的冒險，反映了西方強權掠奪殖民的歷史，而中國以至於第三世界的文學則是在被掠奪、被殖民的背景下，尋找國家存續的可能，也因此呈現了某種共相。討論人倪偉（上海復旦大學中文系副教授）補充，除了政治關懷外，亦可討論中國自身的文化和文學傳統。他指出西方小說的個人是欲望主體，小說由此出發觀看世界，而有敘述觀點、視覺性描寫等特性；但中國除了缺乏現實層面上的條件，在傳統文化上亦追求節制欲望，故此種資產階級個人便在中國缺席，亦對現代小說的形式產生了影響，造成其重敘述、輕描寫、強調故事時間性等特點，反映中國文化對世界之理解與西方的差異。

許俊雅（台灣師範大學國文系教授）的論文〈日治時期台灣小說的生成與發展〉考證台灣「小說」概念的形成，將焦點放在日治時期台灣的漢文通俗小說，認爲過往的研究較側重來自日本漢文小說的影響，然而事實上被引進的中國小說數量遠超過日本漢文小說，但因未交代出處、作者，小說內容又時常加以隱瞞或修改，難究其來源，造成學界忽略台灣傳統文人對中國小說受容的脈絡。此論文除對此問題做了詳實的再考察與整理，在論文後半也梳理嚴肅小說的源流，最後亦省視日治時期的社會背景和各種思想，分析其與文學的交互影響，非常細膩地刻畫了日治時期台灣小說的發展面貌。討論人朱惠足（中興大學台灣文學與跨國文化所副教授）認爲許俊雅的論文具有跨時空、跨文化、跨文類的宏觀視野，以及提出跨文化流動與東亞論等兩種空間詮釋架構，超越過往殖民／被殖民、外來／本土、傳統／現代等既有的二元對立概念，更深入理解了日治時期的殖民地處境及文化。藉由許教授論文的考察和分析，發掘了台灣小說的混種起源，也相當程度預示了後殖民時代和全球化情境底下的文化拼貼狀態。

發表與評論皆結束後，由發表人回應。呂正惠表示，雖然我們學習的是西方小說，但骨子裡還是不脫中國小說，因此致使他想以此爲主題進行思索。許俊雅則表示，朱惠足另外點出的台灣海洋位置，雖然她在論文中未以此深論，但她也注意到王韜作品裡的海洋文學意識。

最後的問題討論時間，王德威首先提問 1937 年後阿Q之弟（徐坤泉）《可愛的仇人》一類作品和 1920 至 1930 年代中國小說可能的關聯。許俊雅回答，在她的觀察裡，三〇年代之前台灣小說對中國小說的改寫、轉載和學習大約晚了十年，但三〇年代之後則相當即時，其創作題材和轉載作品的語境皆與台灣的脈絡相近。最後則是主持人林載爵向朱惠足提問，若以呂正惠的見解，中國小說的興起是源於啓蒙救國，則 1920 年代台灣小說的興起，是否是以反殖民爲根源。朱惠足回答中台兩者有相似之處，但當時台灣的創作似已欲跨越國家，直接訴諸世界主義的想像。呂正惠補充，他認爲日治時代小說的整體關懷則是思索台灣的未來。

過彎和震盪——第二場：從 1940 到 1970 年代

第二場會議的兩篇論文討論的範圍分別是四〇到五〇年代，以及六〇到七〇年代。主持人李瑞騰（台灣文學館館長、中央大學中文系教授）簡單介紹發表人和特約討論人後，便立刻進入發表。第一篇論文〈轉折與再轉折的文學年代（1940～50）——台灣當代小說傳統的形構〉，由清華大學台灣文學所副教授陳建忠發表，欲提出較具整體性的新框架，以理解此年代內的小說形構的台灣小說新傳統。此新傳統裡主要包含後殖民主體和流亡主體，兩者於 50 年代匯流，而因爲兩者皆位居邊緣，以其傷痕作爲資產，可轉換成對更廣大弱勢族群的正義感與包容心，賦予此新傳統意義。由此，一方面可使文學史更符合台灣歷史發展的軌跡，另一方面亦可避免從與國家意識形態合謀的角度理解所造成的褊狹。本論文由台灣大學台文所所長梅家玲作特約討論人。梅家玲希望能補充此「轉折再轉折的年代」框架底下更多幽微的轉折與可能，例如由女性作家作品或通俗文學出發，觀察雅俗互動情況，以期更深化、細緻化此段文學史。除此之外，若不以台灣爲邊界縮限，而是以台灣爲中心擴大範圍，觀察同時代中國、日本等地，或添入香港與台灣的文學、南來文人與台灣文學界的互動，發掘華文圈內各地文學史發展的交錯、流動和影響，最後再回饋自我，或許能更具開拓性。

接著由彭瑞金（靜宜大學台文系教授兼系主任）發表〈鄉土文學不是一種主義〉。此文要旨精簡，主在澄清 1965 年由葉石濤首先提出的「鄉土文學」概念，並非主義或規範，更無意對立「鄉土」與「現代」。彭瑞金後援引許多葉石濤的評論文章等作為佐證，也提出其文章內隱藏著對反共文學、《現代文學》等的對話空間。在彭瑞金的發言之後，緊接著便由中國社會科學院文學所研究員黎湘萍評論。他指出此文價值在具有反省精神，以鄉土文學為關節點，連接起戰後因外在新格局而被忽略的左翼批判性文學路線。但黎湘萍也指出，六〇年代「鄉土文學」概念的定義確實較廣，不過 1977 年葉石濤在〈台灣鄉土文學史導論〉中的「鄉土文學」概念已添進「台灣意識」使其清晰化，致使概念的外緣和內涵都產生了變化，才引來陳映真的質疑，也讓葉石濤在更之後的《台灣文學史綱》裡又做了調整。

發表結束，陳建忠首先回應，他是以新的大角度來觀察，也感謝梅家玲補充此一大框架底下遺漏的細節，使之更豐富。彭瑞金則在感謝評論之餘，說明了黎湘萍於評論時提到黃石輝於《伍人報》發表的〈怎樣不提倡鄉土文學〉，其原稿剪報確實是以中文書寫，且不論使用中文與否，文章的對話對象仍是官方文學。

加速的年代——第三場：女性言情與戒／解嚴

在短暫小憩後，第三場會議在高柏園（淡江大學中文系教授兼行政副校長）的主持下展開。第一篇論文為〈感性書寫的極致：瓊瑤與三毛〉，從六〇到八〇年代女性小說的興起談論到瓊瑤與三毛的意義，發表人為林芳玫（台灣師範大學台文系教授）。她介紹了言情小說的發展原以男性作家為先驅，而後轉變為「女性寫給女性看」的模式，在此極富意義的轉變中，尤以瓊瑤與三毛為主。前者的「純愛書寫」標誌了女性羅曼史的成熟，而林芳玫對後者的作品則以視之為小說的閱讀策略進行詮釋，由虛構的層次理解其藝術結構，挖掘其內涵。討論人楊照（作家，現任《新新聞週報》副社長及電台節目主持人）的見解則與本篇論文迴異。他首先在言情小說的傳統中補充張愛玲作為濫觴，其次重新整理瓊瑤及三毛的意義：瓊瑤創造出一種模式和語言，教導彼時女性面對內在情感的方式；而三毛則在瓊瑤的基礎上給予女性們真實的故事，證明瓊瑤的模式可以落實。楊照認為，兩者同樣在女性的情感教育裡扮演重要角色，因此若不顧普遍讀者的閱讀方式，逕自將三毛作品視為虛構，對言情小說整體的理解上恐會有缺失。

接著由張恆豪（文學研究者）發表〈解嚴前後的台灣小說——一個文學現象的觀察〉，但他表示因宥限於篇幅，論文有多處不足，故口頭報告將以論文未提到的部分為主。張恆豪以自身的經驗和觀察出發，詳細描述了彼時時代的境況和軼事，論及陳映真、白先勇、郭松棻、舞鶴等作家。他更認為，在鄉土文學論戰之後，八〇年代初鄉土文學陣營內部的論戰雖以文學為名，實是對台灣統獨的爭辯；更甚，90年代以後的後現代、後殖民等概念，仍是以新的包裝進行對統獨的爭辯。討論人蕭義玲（中正大學中文系教授）則針對論文本身討論其書寫方式。她認為論文的問題框架大小應再思考，或許能縮限研究的年代範疇以聚焦。此外，問題框架中對「戒嚴箝制文學」的描述，除了政治禁令的強迫面，更應該重視在文化層次的說服面。而本文似重視與日治時期文學傳統的接續，但論述稍嫌不足。最後，蕭義玲也以較積極樂觀的看法面對文中提到「文學是否成為小眾」之問題，更期待張恆豪以曾為出版人的經驗對此問題作更深入的分析。

發表人回應時間，林芳玫表明自己是站在後結構主義文學理論的立場詮釋三毛在敘事學上的成就；她也指出瓊瑤的讀者群幾乎全為女性，但三毛的讀者群除了女性，亦有朱西甯、白先勇等男性，故不能僅視三毛作品為女性的情感教育，或許亦提供了七〇年代氛圍裡「慈善型的中華文化沙文主義」形象。而張恆豪則藉此時間，補充了三〇年代台灣文學傳統被禁絕的狀況。

狂飆的盡頭與盡頭之後——第四場：1990 年代以後

研討會首日的最後一場討論會，由吳義勤（中國現代文學館常務副館長）主持，他表示從早上至此，已自文學史的討論，逐漸跨入文學現場的觀察。首先是石曉楓（台灣師範大學國文系副教授）發表〈多元身分的流動與重構——1990 年代台灣小說發展面貌〉，試圖將九〇年代小說發展放回整體文學脈絡裡，探討延續自八〇年代的女作家小說和政治小說如何轉變，以及描述在此時代增加的本土文學、原住民文學、眷村及客家文學等與多元身分重構相關的小說面貌。最後石曉楓提出理論主導創作的囿限、頹廢美學的興起、九〇年代後家族史小說湧現及「後鄉土」背後自由與身分虛無的辯證等幾點檢討及觀察，給予往後思考的方向。本論文的討論人由郝譽翔（作家，中正大學台文所教授）擔任。她覺得此文全面地回顧了九〇年代小說，但在行文架構上或可再商議，例如原住民文學中漢人書寫的部分僅羅列書目，又如在同一節內兼論眷村及客家文學等，這些都可再擴充細節和內涵。郝譽翔也回應此文最後的檢討，例如重理論的傾向、頹廢美學的自毀是否走入內向的死胡同等，她認爲這些對文學的正、負面影響都值得再深入探討，而提出這些問題也正是本篇論文最大的價值所在。

最後一篇論文是周芬伶（東海大學中文系教授）的〈後退與拾遺——小說世紀初探〉，探討 21 世紀之後台灣小說的發展。但她首先便承認討論的年代範圍涉及「在此時論此刻」的矛盾，故頗有艱難之處，僅能拋出觀察想法以冀交流。周芬伶從短篇小說式微、大河歷史小說回魂的情形切入，又從自身站在文學現場、接觸文學「現役」的經驗，談論各年級作家世代交替的議題，也認爲新生代作家的出現或可填補台灣文學較缺乏的青春文學。周芬伶最後樂觀表示，雖然文明倒退的聲音不絕於耳，但她寧可相信這只是衝刺前的預備姿勢，未來仍然可期。而討論人許琇禎（台北市立教育大學中文系教授）則認為新世紀後出現的多部長篇不應歸類為歷史小說，其對家族史、國族史的建構是因後現代思維中以話語形構世界的理念所致。就許琇禎的觀察，她認為新世代作家對文字符號的興趣遠不及於對文字符號所建構的文化的興趣，重視感官而非文字本身的渲染力，其作品視野雖遼闊，但非深度。於是，她整理新世紀台灣小說的侷限，一是受制於本土性的絕對書寫，二是走入炫人耳目的輕質化趨向。

接著是回應時間，周芬伶首先表明自己和許琇禎的觀點和美學判斷多有不同，也重申「在此時論此刻」的困難，或許得過幾年再回顧評論較為適恰。石曉楓則回應郝譽翔對其論文架構的建議，表示論文第一部分著重八〇年代到九〇年代的延續與變形，第二部分則是描述九〇年代後的轉向。而她也補充文學發展仍是現在進行式，論文的結論僅是提醒幾個面向，並非如此悲觀。

沿途風景之一——對談：影視・女性・都市空間

研討會次日，在王文興的專題演講「魯迅《古小說鉤沉》的啓示」後，便緊鑼密鼓地開始了第一場對談。此場次對談由柯慶明（台灣大學中文系教授兼文學院副院長）主持，而第一個主題〈小說改編影視〉由林文淇（中央大學文學院副院長及視覺文化研究中心主任）發表引言。林文淇回顧了台灣小說改編成電影的歷史，又從產業面分析此舉發生的條件和背景，也提醒小說改編成電影之間有許多轉換的必要。他最後更疾呼台灣電影若想繼續發展，應該要多設立電影研究的專門，而中文系、台文所也應朝此方向努力。主持人柯慶明率先對此回應，他表示過去曾向台大校方提出此腹案，卻受到校方阻擋；而如今可能漸見契機，雖尚未成氣候，但仍在持續努力。緊接著便由小野（作家）對主題發表看法。他以親身實地的經驗，回顧過去小說改編電影的工作過程以及社會背景，也提到此事難一概而論，有如楊德昌自身創作力豐沛而難以改編他人作品，也有如侯孝賢和朱天文合作無間的情形。小野亦警示道，「電影若不成工業，便難和小說相遇。」

進入第二個主題〈台灣張派小說〉前，主持人柯慶明認爲，此主題和前一主題的內在關聯，乃在於張愛玲自身編過劇本，而張派小說改編成電影之例又不少。接著由莊宜文（中央大學中文系助理教授）發表引言，她從三三青年的事蹟切入，描述台灣張派作家的形成和其特殊的背景，及在胡蘭成的影響下，產生了中港台兩岸三地的張派作家怎樣的共相與殊相。此主題對談人爲本身也被歸類爲張派作家的蘇偉貞（成功大學中文系副教授）。她先勾勒了香港女性書寫的特質與時代背景，其後又細細描述了台灣女性書寫的歷史和意義，接著又探討張愛玲被引進台灣的契機，及其對女性自覺或女性議題造成的影響。

第三個主題〈都市、空間、小說創作〉由郭強生（作家，東華大學英創系副教授）發表引言。他以小說創作者及評論者的立場出發，比較國內外的作品，發現台灣近期的城市書寫偏重於空間的「再現」而非「再創」。他認爲，都市文學的核心仍是鄉愁，作品不能只描摹視覺所見，要從文學的視角和想像出發才能攫取都市的本質，進而折射出都市人身在其中的真相。對談人阮慶岳（元智大學藝術與設計系副教授兼系主任）本身學歷背景是建築，而建築與文學的交集便是城市，城市是現代的原鄉，也是現代性問題的具體展現。阮慶岳比較歷來文學家對城市的看法，認爲文學家應在城市／鄉村的對抗與流轉中勇於表達看法，而他自己則持樂觀態度，希望在城市中找到原鄉歸屬點。

柯慶明總結這場對談，提示這三個主題其實都是現代文明帶來的因素：攝影技術影響人類對事物的裡解；新社會形態影響兩性，尤其女性的看法和感覺；以及都市的興起。最後由六位講者自由發言，首先林文淇提到了近期有以電影小說爲主的文學獎，他認爲立意好，但做法可能有誤，因爲沒有所謂的「電影小說」，只要好的電影人從任何作品中看到微光，便可以化之爲影像光芒。小野以此文學獎的評審身分回應，此獎項除了徵求適合拍電影的小說，更重要的是台灣小說需要更廣泛的題材。他同意文學創作可以滋養電影，但其間尚待轉換。接著是莊宜文回應，她認爲台灣張派作家應仍以女性爲主，學習但未成風格的不該納入；而蘇偉貞認爲台灣張派作家是以理性而哀矜的態度面對張愛玲，但莊宜文認爲是感性的認同。蘇偉貞則談到了張愛玲的晚期及近期出版作品，由薩依德論晚期風格的角度切入，認爲張愛玲的這批作品正符合薩依德所論「晚期經驗涉及刻意不具建設性的『逆行的創作』」和新語言、新語法。郭強生感覺六〇年代以後的台北書寫多描摹都市面貌，可能是因爲已受到影像的制約所致；而他也回應自己被列爲張派作家一事，可能是因當時讀物貧乏，故張愛玲成爲唯一影響，但他對此事則不表態也不否認。最後由阮慶岳回應，他重申現代的新挑戰是城市能否成爲家，能否在此找到救贖。

沿途風景之二——對談：家國與政治

第二場次的對談由陳萬益（清華大學台灣文學所教授兼所長）主持。陳萬益點明此場次主題之一是政治小說，延續上一場座談中小野曾提及的電檢制度，過去文學也有類似的檢查制度，可省思歷史上對創作的束縛。而「政治小說」的名詞雖始於 1980 年代，但台灣文學之父賴和卻早已藉由創作介入現實。

首先發表引言的是楊翠（東華大學華文系副教授），主題是〈裂變的地圖——百年小說中的家／國敘事〉。她由兩方面切入觀察，一是百年間家國地圖的裂變，二是在裂變的廢墟裡小說家如何進入並建構。她認爲小說家無論有意識或無意識，必定受家國裂變影響，進而思索自身的定位與和世界的關聯。她由個人探討至家，再由家至國，發覺其中的諸多主題與認同問題和思考。本主題的對談人鍾文音（作家）則主要討論女性與家國的關係。她分享自己的寫作心路歷程，從不想認識家鄉到書寫自己，又從書寫母親到書寫母土，書寫家族史和家國以建構身世。最後她又以旅行經驗思考何「台灣」和「文學」，如何再面對自我，走入世界。鍾文音也說道：「作家的論述就是作品，更詳細更深刻的思考和描寫都在作品裡了。」

第二個主題是〈研究的想像：政治小說類型芻議〉，由靜宜大學台灣文學系副教授藍建春發表引言。他從「政治小說作爲一種類型」爲切入點，開始思考政治小說所呈現之議題的廣度，也從各種議題之間的距離所形成的張力中，發現政治小說其實有著難以被輕易理解的複雜性。但「政治小說」所關注的權力關係、資源分配、歷史傷痕等面向，也使得其本身有著理當無窮無盡的創作實踐和研究可能。討論人張啓疆（作家）也同樣認爲政治小說有明顯特徵卻又模糊性格、界分不易，舉凡狹義上對抗特定威權，至廣義的生活皆政治，其題材的複雜亦造成了論述的困難。其後他由八〇年代的典型政治小說爲中心，觀察其前後時代中政治小說的差異和流變，但他也觀察到新世紀後的政治小說似已逐漸偃息，因而擔心「無能爲力之未來」的逼近。

沿途風景之三——對談：原住民・馬華・同志

下午，在經過陳思和的專題演講「兩個新世紀的科幻小說」論及兩岸文學作品中的科幻類型後，研討會的對談部分也即將進入最後一場。本場次由國立台北藝術大學教授邱坤良主持，討論的主題雖皆位居邊緣，卻是台灣文學中不可或缺的重要類型。

第一位引言人董恕明（台東大學華語文系助理教授）以〈在輕與重之間——台灣當代原住民作家漢語小說概觀〉爲題，提綱挈領地點出了當代原住民小說的典型與非典型面向，同時呈現出一般作家作品中的生活、感情與想像之於原住民文學，仍是遙不可及的稀有品，因爲對原住民來說還有更多關乎存在本身的巨大問題，尚無暇觸及生活，「多讀原住民的作品，便可更知道這個世界的重量；只要多一個人閱讀，這場演講就有了意義」，董恕明如是說。而討論人瓦歷斯・諾幹（作家，台中自由國小教師）則認爲目前原住民文學展露了多樣性，各族也漸有原住民女性書寫，已可開始好好建構原住民的台灣文學史；但他同時也提醒原住民文學可能面臨的困境，好比近期作品雖多通過國藝會補助，卻不見於一般雜誌副刊，又或者近幾年對原住民文學的研究遞減，可能是因爲創作者的量未必增加，亦可能因「原住民文學」的既有概念造成創作的侷限。他相信，「好的作品是不以身分定論的。」

其次由高嘉謙（台灣大學中文系助理教授）發表引言〈馬華小說與台灣文學〉，說明在台馬華文學的生成脈絡，及其如何藉由結社、文學獎機制或其他出版管道進入台灣文學的譜系，形成「附生」或「依存」的特殊形態；而在此形態下，馬華作家又分別有著特殊的作品風貌和關懷主題，以其獨具的經驗、題材、敘事技法等開啓了台灣文學的繁複景觀和諸多可能，更成爲華文文學的流動與遷徙的策略性意義。討論人黃錦樹（暨南大學中文系教授）則由歷史和意識型態切入。在台馬華文學衍生自以民族共同體想像爲基本號召的僑教政策，先天上與中國文化想像有親緣性，卻與台灣本土情感相對疏遠；解嚴後民國與本土台灣產生斷裂，造成馬華作家則成了本土台灣的他者，其困境和轉變亦反映在作品上。回顧研討會「百年」的意義，指涉的究竟是「台灣百年」抑或「民國百年」？ 而馬華文學對台灣百年的意義又爲何？他點明，馬華文學只是爲了在台灣文學中找到論述空間的學術建構，而「對我們而言，歷史還沒有開始。」

最後是紀大偉（政治大學台文所助理教授）發表〈台灣同志小說觀察〉，但他開玩笑地直接放棄了引言稿中對同志文學的介紹，而改從前面對談的主題中，由其類型先鋒性與邊緣性的重疊去思考文學的邊界與主流，因爲研究者勢必要想像更新更多元的研究課題，才能替日趨飽和的同志文學研究注入活力。他也同樣對「百年」抱有疑問，更表示與其將眼界侷限，莫如思考「『東亞』的百年」，展開跨類型與跨國界對話，以換取更多可能。討論人陳雪（作家）則主要反省同志文學的分類。她討論了自己的作品與同志的關聯、作家身分和作品之間的必然性，更拋出「在我百年之後的同志小說是什麼」的疑問。

她表示純文學、嚴肅文學本身就是小眾，而九〇年代時同志的主題雖然曾在其中掀起浪潮，「但是浪潮之後，或許可以更親近小說創作的核心。」

主持人邱坤良提醒，在會議場內雖然討論熱烈，但回到社會以後，這些邊緣的主題面對的社會壓力不盡相同，仍有待推廣與關注。接著的提問時間，問題主要有二，一是「通婚混血後原住民的身分模糊，則原住民文學如何識別」。對此，瓦歷斯・諾幹回答，創作是尋求自身的族群認同，雖然族群可能會消失，但是創作不會消失改變；問題二則是針對陳雪的意見提問：「若是去除類型的標籤，則同志如何進行身分認同」。關於此點，紀大偉也談到人類對認同政治有所依賴，以及由於區分的本能，會使得標籤難以祛除，至少短期內不會改變。

歸抵現在，面向未來——閉幕式

在經過兩場各世代小說家交鋒的座談以及陳芳明的專題演講後，「百年小說研討會」終於邁入尾聲。閉幕式裡，封德屏除感謝所有與會人士，也替會議論文及引言的篇幅限制致歉，這是因會議時間等現實因素所囿的不得已之舉，而重要的是在此次會議的嘗試裡激盪出火花。陳怡蓁則表示趨勢教育基金會的網站上有研討會的影音檔案，期待能將文學資產保留於網路，將討論延續，才是成果所在。最後由柯慶明總結，他說道，這百年內，文明基礎經歷全面動搖，而人類經驗駁雜，無法掌握一個明確的意義；而百年小說最重要的，則是試圖在重塑重要經驗的同時，掌握人類生存的意義。他向這些偉大的心靈致上敬意，也期待下一個百年盛世的到來。

若把歷史換算成距離，兩天之內要走完百年，平均每秒得要以大約五小時的速度疾行。在疾行間，沿途雖已經過了無比繁盛飽滿的風景，亦不免模糊或尚有闕漏。然而，如此一來，不也正顯示了台灣小說的資產之豐沛無盡，更反面映證了文學領域的無邊無界和無限可能？無論得失或缺憾，經歷這趟旅程，我們終能胸懷這歷史寶藏，將視線拋向更遙遠的未來，繼續踏出腳步，因為時間只會往前走，而文學也只能繼續往前走。

5月21日議程表

時間	議程／出席者		
9：00～9：10	【開幕式】文訊雜誌社社長　封德屏　主持 趨勢教育基金會文化長　陳怡蓁 國家圖書館館長　曾淑賢		
9：10～9：50	【專題演講】王德威：喧嘩與孤寂——小說百年的省思		
時間	**內容**	**發表**	**論評**
9：55～10：55 主持人：林載爵	現代中國新小說的誕生	呂正惠	倪　偉
	日治時期台灣小說的生成與發展	許俊雅	朱惠足
11：00～12：00 主持人：李瑞騰	轉折與再轉折的文學年代（1940～50）：台灣當代小說傳統的形構	陳建忠	梅家玲
	鄉土文學不是一種主義	彭瑞金	黎湘萍
13：00～14：00 主持人：高柏園	感性書寫的極致：瓊瑤與三毛	林芳玫	楊　照
	解嚴前後的台灣小說——一個文學現象的觀察	張恆豪	蕭義玲
14：05～15：05 主持人：吳義勤	多元身分的流動與重構——1990年代台灣小說發展面貌	石曉楓	郝譽翔
	後退與拾遺——小說世紀初	周芬伶	許琇禎
15：05～15：15	茶敘		
15：15～15：45	【專題演講】聶華苓、 Nataša Durovicová：愛荷華國際寫作計畫的過去、現在與未來		
15：45～15：50	聶華苓贈書儀式		
15：50～18：00 主持人：向陽	【座談】愛荷華國際寫作計畫與華文小說家 尉天驄、瘂弦、李銳、李渝、格非、蔣韻、駱以軍、董啟章		

5月22日議程表

<table>
<tr><th>時間</th><th colspan="2">議程／出席者</th></tr>
<tr><td>9：00～9：30</td><td colspan="2">【專題演講】王文興：魯迅《古小說鉤沉》的啓示</td></tr>
<tr><th>時間</th><th>議題</th><th>講者</th></tr>
<tr><td rowspan="3">9：40～11：10
主持人：柯慶明</td><td>小說改編影視</td><td>林文淇 VS 小　野</td></tr>
<tr><td>台灣張派小說</td><td>莊宜文 VS 蘇偉貞</td></tr>
<tr><td>城市、空間、小說創作</td><td>郭強生 VS 阮慶岳</td></tr>
<tr><td rowspan="2">11：15～12：15
主持人：陳萬益</td><td>裂變的地圖——百年小說中的家／國敘事</td><td>楊　翠 VS 鍾文音</td></tr>
<tr><td>研究的想像：政治小說類型芻議</td><td>藍建春 VS 張啓疆</td></tr>
<tr><td>13：00～13：30</td><td colspan="2">【專題演講】陳思和：兩個新世紀的科幻小說</td></tr>
<tr><td rowspan="3">13：30～15：00
主持人：邱坤良</td><td>在輕與重之間——台灣當代原住民作家漢語小說概觀</td><td>董恕明 VS 瓦歷斯・諾幹</td></tr>
<tr><td>馬華小說與台灣文學</td><td>高嘉謙 VS 黃錦樹</td></tr>
<tr><td>台灣同志小說觀察</td><td>紀大偉 VS 陳雪</td></tr>
<tr><td>15：00～15：10</td><td colspan="2">茶　敘</td></tr>
<tr><td>15：10～16：10
主持人：楊　澤</td><td colspan="2">【座談】時代與書寫 1——各世代小說家交鋒
鄭清文、阿　來、李　昂、巴　代</td></tr>
<tr><td>16：10～17：10
主持人：陳芳明</td><td colspan="2">【座談】時代與書寫 2——各世代小說家交鋒
王聰威、吳明益、韓麗珠、伊格言</td></tr>
<tr><td>17：10～17：40</td><td colspan="2">【專題演講】陳芳明：小說的百年盛世</td></tr>
<tr><td>17：40～</td><td colspan="2">閉 幕 式</td></tr>
</table>

5月23日議程表

時間	內容	講者
16：30～17：30	【專題演講】從《現代文學》的小說談起	白先勇

5月24日議程表

<table>
<tr><th colspan="2">時間</th><th>內容</th></tr>
<tr><td colspan="2">8：50～9：00</td><td>開 幕 式</td></tr>
<tr><td>9：00～10：00</td><td rowspan="2">主持人：李瑞騰</td><td>【專題演講】黃春明：台語文書寫與教育的商榷</td></tr>
<tr><td>10：00～11：00</td><td>【專題演講】李　喬：小說形式的追求</td></tr>
<tr><td colspan="2">11：00～12：10
主持人：蘇偉貞</td><td>【座談】小說家對話1——我的小說創作原鄉
王　拓、陳若曦、阿　來、林文義</td></tr>
<tr><td colspan="2">13：00～14：10
主持人：吳義勤</td><td>【座談】小說家對話2——小說身世
林俊穎、凌　煙、吳鈞堯、甘耀明</td></tr>
<tr><td colspan="2">14：20～15：30
主持人：賴俊雄</td><td>【座談】小說家對話3——虛構與真實的交融
愛　亞、藍博洲、蔡素芬、許正平</td></tr>
<tr><td colspan="2">15：30～15：40</td><td>茶 敘</td></tr>
<tr><td colspan="2">15：40～16：20
主持人:陳昌明</td><td>【專題演講】楊　照：在土與洋之間的風景</td></tr>
<tr><td colspan="2">16：20～16：50</td><td>閉 幕 式</td></tr>
</table>

與會者簡介（依場次序）

◆專題演講

王德威 美國威斯康辛大學麥迪遜校區比較文學博士。現任美國哈佛大學東亞語言及文明系 Edward C. Henderson 講座教授、中央研究院院士。曾獲五四文學評論獎、國家文藝獎。著有論述《從劉鶚到王禎和》、《眾聲喧嘩：三○年代與八○年代的中國小說》、《閱讀當代小說：台灣、大陸、香港、海外》、《小說中國：晚清到當代的中文小說》、《被壓抑的現代性，晚清小說新論》、《後遺民寫作》等。

聶華苓 1925 年出生湖北，1948 年畢業於國立中央大學外文系，1949 年從大陸台灣即任《自由中國半月刊》文藝編輯，後並任編輯委員。1962 至 1964 年於國立台灣大學和東海大學教小說創作。至 1964 年 已出版小說和翻譯著作等共 7 本，應邀為美國愛荷華大學「作家工作坊」駐校作家。1965 年入修「作家工作坊」，1966 年獲文學藝術碩士。1967 年和美國詩人安格爾（Paul Engle）共同創辦愛荷華大學國際寫作計畫（IWP），每年邀請世界各地區作家到愛荷華數月，進行寫作與討論。1971 年聶華苓與安格爾結婚，兩人主持 IWP 二十一年後於 1988 年退休，兩人獲得美國全國州長「美國文學藝術貢獻獎」，截至當時已有七百多位作家從世界各地區參加愛荷華大學國際寫作計畫，至今則有一百多位來自台灣、大陸、香港的華文作家參與其中。1991 年安格爾去世，2008 年聶華苓獲馬英久總統授勳，以及馬來西亞花蹤世界華文文學大獎，並獲選列入「愛荷華州婦女名人堂」，為亞洲婦女列入該堂第一人，同年，愛荷華被聯合國教科文組織命名為「文化城」。 聶華苓至今已出版 23 本書，包括小說、散文、翻譯和文學評論等，2011 年在國家圖書館、中山堂展出。

Nataša Durovicová 生於捷克，14 歲隨家赴瑞典，在瑞典獲戲劇電影學士，後赴美加州聖塔巴布拉（Santa Barbara）大學獲英文碩士。多年以來寫作與電影相關的論文，從事翻譯教學以及翻譯工作。現為「國際寫作計畫」編輯。

王文興 台灣大學外文系畢業，美國愛荷華大學「國際作家工作坊」文學創作碩士。1965 年開始任教台灣大學外文系，現已退休。2007 年獲台灣大學榮譽文學博士學位，2009 年獲國家文藝獎，2011 年獲法國藝術暨文學騎士勳章。著有小說《家變》、《背海的人》、《十五篇小說》等。

陳思和 復旦大學中文系畢業。曾任復旦大學人文學院副院長，現任復旦大學教授兼中文系主任、中國現代文學學會副會長、中國文藝學學會副會長、中國當代文學學會副會長、中國作家協會全委會委員、上海作家協會副主席等職。著有論著《人格的發展——巴金傳》、《中國當代文學關鍵詞十講》、《中國新文學整體觀》、主编《中國當代文學史教程》等。

陳芳明 台灣大學歷史所碩士。現任政治大學台灣文學研究所教授。著有散文集《掌中地圖》、《時間長巷》，傳記《謝雪紅評傳》，論述《探索台灣史觀》、《殖民地台灣：左翼政治運動史論》、《後殖民台灣：文學史論及其周邊》、《殖民地摩登：現代性與台灣史觀》、《孤夜讀書》、《台灣新文學史》等。

白先勇 台灣大學外文系畢業，美國愛荷華大學「國際作家工作坊」文學創作碩士。大學時期和王文興、歐陽子、陳若曦等創辦《現代文學》，後來又創辦晨鐘出版社，近年來投入崑曲的改編與演出工作。曾獲國家文藝獎。著有論述《白先勇說崑曲》，散文《驀然回首》、《第六隻手指》、《樹猶如此》，小說《台北人》、《寂寞的十七歲》、《孽子》、《紐約客》等。

黃春明 省立屏東師範學院畢業。曾任電台記者、節目主持人、老師、廣告企畫總監、蘭陽戲劇團藝術總監，並編製兒童電視及紀錄片。創設黃大魚兒童劇團及宜蘭人的文學雜誌《九彎十八拐》雙月刊。曾獲吳三連文學獎、台灣文學獎、中國文藝協會文藝獎章、國家文藝獎等、行政院文化獎。著有散文《等待一朵花的名字》、《毛毛有話》、文學漫畫《王善壽與牛進》，小說《兒子的大玩偶》、《鑼》、《莎喲娜啦・再見》、《青番公的故事》、《看海的日子》等。

李　喬 本名李能棋。新竹師範學校畢業，高考及格。任教於中小學及苗栗農工職校達 28 年之久。曾任《臺灣文藝》主編，1996 年擔任台灣師範大學駐校作家，後陸續任淡水工商管理學院台灣文學系兼任副教授、台灣筆會會長。曾獲台灣文學獎、吳三連文藝獎、吳濁流文學特別獎等。著有論述《台灣人的醜陋面》、《台灣運動的文化困局與轉機》，詩集《臺灣，我的母親》，小說「寒夜三部曲」、《結義西來庵：噍吧哖事件》與《埋冤・一九四七・埋冤》等。

楊　照 本名李明駿，美國哈佛大學史學博士候選人。現任《新新聞周報》副社長、電台主持人。曾獲賴和文學獎、吳三連文學獎、吳濁流文學獎、洪醒夫小說獎、聯合報文學獎、中國文藝獎章等。著有論述《異議筆記》、《痞子島嶼荒謬紀事》、《知識分子的炫麗黃昏》，散文《迷路的詩》、《場邊楊照》、《為了詩》，小說《蓮花落》、《暗巷迷夜》、《星星的末裔》等。

◆論文發表人

呂正惠　東吳大學中文系博士。曾任清華大學中文系教授，現任淡江大學中文系教授。著有論述《小說與社會》、《抒情傳統與政治現實》、《戰後台灣文學經驗》、《殖民地的傷痕——台灣文學問題》等，主編《台灣新文學思潮史綱》（與趙遐秋合編）。

許俊雅　台灣師範大學國文系博士。曾任教育部重編國語辭典、國文課綱、國文教科書編撰委員、台北縣志藝文志撰述委員等。現任台灣師範大學國文系教授。曾獲全國學生文學獎、巫永福評論獎、傑出台灣文獻保存獎等。著有《台灣文學散論》、《日據時期台灣小說研究》、《文學看台灣——見樹又見林》、《瀛海探珠—走向台灣古典文學》，編選《梁啓超與林獻堂往來書札》、《翁鬧作品選集》、《王昶雄全集》、《無語的春天——二二八小說選》等書。

陳建忠　清華大學文學博士。現任清華大學台灣文學所副教授。曾獲府城文學獎、竹塹文學獎、第一屆全國大專學生文學獎、中央日報文學獎、巫永福文學評論獎等。著有論述《書寫台灣・台灣書寫：賴和的文學與思想研究》、《日據時期台灣作家論：現代性、本土性、殖民性》以及《被詛咒的文學：戰後初期（1945～1949）台灣文學論集》。

彭瑞金　出身新竹北埔客家庄農家，現爲靜宜大學台灣文學系專任教授，並任台灣筆會理事長；爲多產的評論家，其研究與評論獲獎無數，近五年則有台北市西區扶輪社所頒之台灣文化獎、教育部文藝創作獎、行政院客家委員會頒發客家貢獻獎、及高雄市政府頒發之高雄市文藝獎等殊榮。

林芳玫　美國賓夕法尼亞大學社會學博士。現任台灣師範大學台灣語文學系教授兼系主任。曾獲《聯合報》年度十大好書，新聞局金鼎獎雜誌類最佳專欄寫作獎。著有論述《解讀瓊瑤愛情王國》、《女性與媒體再現》，散文《權力與美麗》、《跨界之旅》等。

張恆豪 文學研究者。著述結集有《覺醒的島國——日治時期台灣文學論集》、《認識七等生》、《台灣作家全集》之日據時期《賴和集》、《楊逵集》、《呂赫若集》、《龍瑛宗集》、《張文環集》等十冊。

石曉楓 台灣師範大學國文系博士。曾任台北市忠孝國中教師。現任台灣師範大學國文系副教授。曾獲全國大專學生文學獎、梁實秋文學獎、教育部文藝創作獎、華航旅行文學獎。著有論述《兩岸小說中的少年家變》、《白馬湖畔的輝光》，散文《臨界之旅》。

周芬伶 東海大學中文系碩士。曾任《台灣日報》編輯，現為東海大學中文系教授。曾獲中山文藝散文獎、中國文藝協會文藝獎章、吳魯芹散文獎、吳濁流小說獎。著有論述《聖與魔——臺灣戰後小說的心靈圖像（1945～2006）》、《探索西遊記與鏡花緣》，散文《閣樓上的女子》、《豔遇才子書》，小說《藍裙子上的星星》、《世界是薔薇的》，傳記《憤怒的白鴿》、《孔雀藍調》等三十餘本。

林文淇 美國紐約州立大學石溪分校比較文學博士。現任中央大學文學院副院長與視覺文化研究中心主任，並擔任《電影欣賞學刊》與《放映週報》主編。著有電影論述《華語電影中的國家寓言與國族認同》，影評集《我和電影一國》，編有《台灣電影的聲音》、《觀展看影：華文地區視覺文化研究》、《生命的影像：台灣紀錄片的七堂課》等。

莊宜文 東吳大學文學博士。現任教於中央大學中國文學系。著有《張愛玲的文學投影——台、港、滬三地張派小說研究》（學位論文），發表〈城市與性別的雙重鏡像——關錦鵬懷舊電影與原文本的參差對位〉、〈文字留白，影像召喚——論關錦鵬

《紅玫瑰．白玫瑰》、李安《色．戒》和張愛玲原文本的多重互涉〉等多篇論文。與李瑞騰編著《琦君書信集》。

郭強生 美國紐約大學（NYU）戲劇博士，現任東華大學英美語文學系專任教授。曾獲時報文學獎戲劇首獎、文建會劇本創作首獎等。著有論述《在文學徬徨的年代》，散文集《就是捨不得》、《書生》、《我是我自己的新郎》，小說集《夜行之子》等，以及劇場編導作品《非關男女》、《慾可慾非常慾》。近年作品多次入選《年度散文選》與《年度小說選》，並主編《99年小說選》，台灣海洋書寫文集《作家與海》等。

楊　翠 台灣大學歷史系博士。曾任《台灣文藝》執行主編，中興大學台灣文學研究所副教授。現任東華大學華文文學系副教授。著有散文集《最初的晚霞》、論述《日據時期台灣婦與解放運動——以《台灣民報》爲分析場域(1920～1932》、《鄉土與記憶——七〇年代以來台灣女性小說的時間意識與空間語境》、《再現台灣——台灣婦女運動》、《再現台灣——台灣農民組合》等。

藍建春 清華大學中文系博士。現任靜宜大學台灣文學系副教授。博士論文爲《「台灣文學」敘述的演變歷程：民族計畫與歷史條件》，另有編著《親近台灣文學：歷史、作家、故事》，著有〈類型、文選與典律生成：台灣自然寫作的個案研究〉、〈文學史與賴和：以台灣新／現代文學史之父的論述爲例〉等。

董恕明 東海大學中文所博士。現任台東大學華語文學系副教授。著有詩集《紀念品》，博士論文〈邊緣主體的建構——台灣當代原住民文學研究〉，單篇散文及詩作收錄於孫大川主編《台灣原住民族漢語文學選集》。

高嘉謙 政治大學中國文學博士，現任台灣大學中文系助理教授。主要研究領域爲中國近現代文學及馬華文學。期刊與專書論文包括〈帝國、斯文、風土：論駐新使節左秉隆、黃遵憲與馬華文學〉（2010）、〈帝國意識與康有爲的南洋漢詩〉（2010）、〈城市華人與歷史時間：梁文福與謝裕民的新加坡圖像〉（2010）、〈殖民與遺民的對視：洪棄生與王松的棄地書寫〉（2007）、〈歷史與敘事：論黃錦樹的寓言書寫〉（2006）等。

紀大偉 美國加州大學洛杉磯分校比較文學博士。曾任美國康乃迪克大學外語系駐校助理教授。現任政治大學台灣文學研究所助理教授。曾獲全國學生文學獎、中央日報文學獎、幼獅文藝科幻小說獎、聯合報文學獎、華航旅行文學獎等。著有論述《晚安巴比倫：網路世代的性欲、異議與政治閱讀》，小說《感官世界》、《膜》、《戀物癖》。

◆評論、回應

倪　偉 華東師範大學中文系博士。現任教於上海復旦大學中國語言文學系。著有專論《「民族」想像與國家統制——1928～1948年南京政府的文藝政策及文學運動》，單篇論文〈作爲視野與方法的文化研究〉（2002）、〈農村社會變革的隱痛——論張煒早期小說〉（2005）、〈近年來大陸知識生產的幾個問題〉（2007）等論文。

朱惠足 日本名古屋大學社會資訊研究所博士。現任中興大學台灣文學與跨國文化研究所副教授。著有論述《現代的移植與翻譯：日治時期台灣小說的後殖民思考》，並有“Fictionalizing Indigenous Mourning: Taiwanese Funerals Under Japanese Imperialization”、〈帝國下的漢人家族再現——滿洲國與殖民地台灣〉、〈做爲交界場域的「現代性」——往返於沖繩八重山諸島與殖民地台灣之間〉等論文。

梅家玲 台灣大學中文研究所博士。現任台灣大學台灣文學研究所教授、中國文學系暨研究所教授。曾獲哈佛燕京學社及傅爾布萊特獎助赴美國哈佛大學研究，並先後擔任捷克查理大學、中國清華大學、德國海德堡大學客座教授。著有《性別，還是家國？——五〇與八、九〇年代台灣小說論》、《漢魏六朝文學新論》、《世說新語的語言與敘事》等。

黎湘萍 中國社會科學院文學博士。現任中國社會科學院文學研究所研究員。著有論述《台灣的憂鬱：論陳映真的寫作與台灣的文學精神》、《文藝美學原理》、《台灣地區文學透視》、《文學台灣：台灣知識者的文學敘事與理論想像》等。

蕭義玲 台灣師範大學文學博士，現任中正大學中文系教授。著有《台灣當代小說的世紀末圖象研究：以解嚴後十年（1987～1997）爲觀察對象》，〈一個知識論述的省察——對台灣當代「自然寫作」定義與論述之反思〉與《七等生及其作品研究：藝術・家園・自我認同》。

郝譽翔 台灣大學中文系博士。曾任東華大學中文系副教授，現任中正大學台灣文學研究所教授。曾獲聯合文學小說新人獎、時報文學獎、台北文學獎、優良電影劇本獎等。著有論述《民間目連戲中庶民文化之探討》、《情慾世紀末》，散文《衣櫃裡的祕密旅行》、《一瞬之夢》、《溫泉洗去我們的憂傷》，小說《洗》、《逆旅》、《初戀安妮》、《那年夏天最寧靜的海》等。

許琇禎 台灣師範大學國文研究所博士。現任台北市立教育大學中國語文學系教授。曾獲時報文學獎短篇小說獎、聯合報文學獎小說獎、聯合文學小說新人獎、教育部文藝創作獎散文獎等。著有論述《台灣當代小說縱論：解嚴前後（1977～1997）》、《沈雁冰及其文學研究》、《朱自清及其散文》。

小　野 本名李遠。台灣師範大學生物系畢業。曾任中央電影公司企畫組組長、企畫部副理，中華電視公司總經理。現專事寫作。曾獲中國文藝協會小說創作獎章、聯合報小說獎首獎、金馬獎最佳原著劇本獎、亞太影展最佳編劇獎。著有詩集《始祖鳥》，散文《阿米巴與翡翠蛙》、《可愛的女人》、《雜貨商的女兒》，小說《蛹之生》、《黑皮與白牙》、《春天底下三條蟲》、《魔神摸頭》等八十餘本。

蘇偉貞 香港大學中文所碩、博士，曾任聯合報副刊及「讀書人周報」主編。現任成功大學中文系專任副教授。著有小說集《紅顏已老》、《離開同方》、《沉默之島》、《時光隊伍》等；散文集《單人旅行》、《租書店的女兒》等；論文集出版有《孤島張愛玲——追蹤張愛玲香港時期小說》、《描紅——台灣張派作家世代論》。曾獲國軍文藝金像獎、聯合報中篇小說獎、中華日報小說獎、中央日報小說獎、時報百萬小說評審獎、台南府城文學貢獻獎等。

阮慶岳 美國賓夕法尼亞大學建築所碩士。現任元智大學藝術與設計學系副教授、系主任兼所長，曾策劃多次建築展覽。獲中央日報文學獎、台灣文學獎、巫永福文學獎、台北文學獎文學年金等。著有論述《出櫃空間》、《以建築為名》，散文《一人漂流》、《開門見山色》，小說《曾滿足》、《重見白橋》、《林秀子一家》、《秀雲》、《愛是無名山》等。

鍾文音 淡江大傳系畢，曾赴紐約習畫，現專事寫作。曾獲得聯合報與時報等十多項全國重要文學獎，2005 年吳三連文學獎與雲林文化獎等。著有散文集《情人的城市》、《昨日重現》、《中途情書》、《三城三戀》等，短篇小說集《一天兩個人》、《過去》，長篇小說《女島紀行》、《愛別離》、《慈悲情人》、《在河左岸》，2011 年甫出齊了台灣島嶼三部曲《豔歌行》、《短歌行》、《傷歌行》，獲得開卷十大中文好書及台北十書等。長篇小說《女島紀行》已出版英文版，《豔歌行》和《短歌行》也將陸續出版英文版與日文版。

張啟疆 台灣大學商學系畢業，曾任《自立早報》、《自由時報》主編，中國青年寫作協會副理事長，現專事寫作。曾獲聯合報小說獎、梁實秋文學獎、時報文學獎等。著有小說《俄羅斯娃娃》、《消失的□□》、《小說、小說家和他的太太》；《選戰極短篇》、《阿拉伯——台灣第一部樂透小說》、《哈囉！總統先生》等。

瓦歷斯・諾幹 漢名吳俊傑，1961 年生於台灣台中，泰雅族北勢群。省立台中師範專科學校畢業。曾創辦《獵人文化》雜誌，成立「台灣原住民人文研究中心」。現為台中自由國小教師。曾獲時報文學報導文學類首獎及詩類推薦獎、聯合文學小說新人獎、台北文學獎散文首獎，陳秀喜詩獎等。著有散文《永遠的部落》、《想念族人》、《番人之眼》，詩集《泰雅孩子・台灣心》、《山是一座學校》、《伊能再踏查：記憶部落族群的泰雅詩篇》等。

黃錦樹 台灣大學中文系畢業，清華大學中文所博士，現任暨南大學中文系教授。曾獲大馬鄉青小說獎、時報文學獎、聯合文學新人獎、聯合報文學獎、世界華文成長小說獎、洪醒夫小說獎等。著有小說《夢與豬與黎明》、《烏暗暝》、《由島至島——刻背》、《土與火》，論述《馬華文學與中國性》、《謊言與真理的技藝》、《文與魂與體》等。

陳　雪 生於台中，1993 年中央大學中文系畢業。著有短篇小說集《惡女書》、《蝴蝶》、《鬼手》、《她睡著時他最愛她》；長篇小說《惡魔的女兒》、《愛情酒店》、《橋上的孩子》、《陳春天》、《無人知曉的我》、《附魔者》，及散文《天使熱愛的生活》、《人妻日記》。《橋上的孩子》獲 2004 年中國時報開卷十大好書獎，《附魔者》入圍 2009 年台灣文學獎長篇小說金典獎以及 2010 年台北國際書展大獎小說類年度之書。曾獲得財團法人國家文化藝術基金會寫作計畫補助。

◆座談會與談人

尉天驄 政治大學中文系畢業。曾任《筆匯》月刊、《文學季刊》、《文季》季刊、《中國論壇》主編。現爲政治大學中文系榮譽教授。曾獲巫永福文學獎。著有論述《文學札記》、《荆棘中的探索》，散文《天窗集》、《眾神》，小說《到梵林墩去的人》等。

瘂　弦 本名王慶麟，美國威斯康辛大學東亞研究所碩士。1966年應邀赴美國愛荷華大學國際作家工作坊訪問兩年，曾任《幼獅文藝》主編，幼獅文化公司、華欣文化中心總編輯，《聯合報》副刊主編、《聯合報》副總編輯兼副刊組主任，《聯合文學》社長，《創世紀》詩雜誌發行人。曾獲中華文藝獎長詩獎、藍星詩獎、十大傑出青年金手獎、教育部金鼎獎副刊編輯獎、五四獎文學編輯獎等。著有詩集《瘂弦詩集》、《瘂弦自選集》、《弦外之音》，論述《中國新詩研究》、《聚繖花序》、《記哈客詩想》等。

李　銳 遼寧大學中文系函授部畢業。曾任《山西文學》編輯部主任、副主編，山西作協副主席。曾獲法國政府頒發藝術與文學騎士勛章、全國優秀短篇小說獎、時報文學獎文學推薦獎、香港公開大學榮譽文學博士。著有小說《紅房子》、《厚土》、《舊址》、《銀城故事》、《無風之樹》、《萬里無雲》、《太平風物》，作品先後被翻譯成瑞典文、英文、法文、日文、德文、荷文等多種語言。

李　渝 台大外文系畢業，美國伯克利加州大學中國藝術史碩士、博士，現任教美國紐約大學東亞研究系。著有小說集《溫州街的故事》、《應答的鄉岸》、《夏日踟躇》、《賢明時代》，長篇小說《金絲猿的故事》，藝術評論《族群意識與卓越風格》、《行動中的藝術家》，畫家評傳《任伯年——清末的市民畫家》；譯有《現代畫是什麼》、《中國繪畫史》等。甫出版的《拾花入夢紀——李渝讀紅樓夢》爲其古典小說研究著作。

格　非　本名劉勇。華東師範大學中文系畢業。現任北京清華大學中文系教授。格非是大陸先鋒派代表作家之一，與余華、蘇童並稱爲「先鋒派三駕馬車」，擅長藉歷史事件及氛圍，在小說裡重新鋪展敘事，說故事的手法看似忠於歷史，嚴謹的態度，摻雜新的元素，讓小說有了懸疑，讓歷史有了另一番風貌。著有中篇小說《褐色鳥群》、《迷舟》，長篇小說《敵人》、《邊緣》、《欲望的旗幟》。

蔣　韻　畢業於太原師範專科學校中文系，現爲中國作協會員、山西省作協主席團委員、太原市文聯主席、一級作家。曾獲魯迅文學獎、《上海文學》優秀作品獎，《中國作家》大紅鷹優秀作品獎等，亦有作品被翻譯爲英、法等文字在海外發表、出版。主要作品有：長篇小說《櫟樹的囚徒》、《紅殤》、《閃爍在你的枝頭》，以及小說集《完美的旅行》、《上世紀的愛情》、《想像一個歌手》，和散文隨筆集《春天看羅丹》等。

駱以軍　國立藝術學院戲劇研究所畢業，曾參加愛荷華大學國際作家工作坊，曾任出版社編輯，並爲台北大學駐校作家、2011年香港浸會大學駐校作家。曾獲聯合文學小說新人獎、時報文學獎、台北文學獎、台灣文學長篇小說金典獎、金鼎獎、亞洲週刊年度好書等。著有詩集《駱以軍詩集》，散文《我愛羅》；小說《紅字團》、《月球姓氏》、《遣悲懷》、《西夏旅館》、《經濟大蕭條時期的夢遊街》等，《西夏旅館》獲香港紅樓夢文學獎。

董啟章　香港大學比較文學系碩士，曾任中學教師。曾獲聯合文學小說新人獎、第一屆香港藝術發展局文學新秀獎、紅樓夢獎評審團獎、「2008 香港藝術發展獎」年度最佳藝術家獎等。現專事寫作，亦於香港中文大學兼職教學。著有小說《安卓珍尼》、《雙身》、《體育時期》、《天工開物・栩栩如真》、《時間繁史・啞瓷之光》、《物種源始・貝貝重生之學習年代》等。

鄭清文 台灣大學商學系畢業。曾任職於華南商業銀行，現已退休。曾獲台灣文學獎、吳三連文學獎、時報文學獎、國家文藝獎、桐山環太平洋書卷獎等，2003 年獲世界華文文學終身成就獎。著有論述《台灣文學的基點》、《小國家大文學》，小說《簸箕谷》、《峽地》、《報馬仔》、《丘蟻一族》等，兒童文學《燕心果》、《沙灘上的琴聲》、《天燈・母親》等四十餘本。

阿　來 藏族人。馬爾康師範學校畢業。曾任中學教師，《草地》編輯，《科幻世界》、《飛》主編。現任四川省作協主席。曾獲茅盾文學獎。著有詩集《棱磨河》，散文《大地的階梯》、《就這樣日益在豐盈》，小說《舊年的血跡》、《月光下的銀匠》、《塵埃落定》、《空山》、《格薩爾王》等。

李　昂 本名施淑端。美國奧勒崗州立大學戲劇碩士。曾任教於中國文化大學中文系文藝組。現專事寫作。曾獲時報文學獎、聯合報文學獎、賴和文學獎、法國藝術及文學騎士勳章等。著有散文《愛吃鬼的華麗冒險》、《漂流之旅》、《貓咪與情人》，小說《人間世》、《殺夫》、《花季》、《北港香爐人人插》、《自傳的小說》、《花季》、《迷園》、《看得見的鬼》、《鴛鴦春膳》、《七世姻緣之台灣／中國情人》等。

巴　代 漢名林二郎，1962 年生，卑南族大巴六九部落（台東縣卑南鄉泰安村）人。台南大學台灣文化研究所畢業，曾任台南大學軍訓教官、大學兼任講師。現爲部落文史志工、專職寫作。曾獲原住民文學獎、金鼎獎最佳著作人獎、台灣文學長篇小說金典獎。著有短篇小說集《薑路》，研究論文集《Daramaw：卑南族大巴六九部落之巫覡文化》，長篇小說《笛鸛》、《斯卡羅人》、《走過》、《馬鐵路》。

王聰威 現任聯合文學總編輯。1972 年生，台大哲學系、台大藝術史研究所。曾任台灣明報周刊副總編輯、marie claire 執行副總編輯、FHM 副總編輯。曾獲巫永福文學大獎、中時開卷好書獎、台灣文學獎金典獎入圍、宗教文學獎、台灣文學獎、打狗文學獎、棒球小說獎等。著有《戀人曾經飛過》、《濱線女兒——哈瑪星思戀起》、《複島》、《稍縱即逝的印象》、《中山北路行七擺》、《台北不在場證明事件簿》等。

吳明益 現任東華大學華文文學系副教授。曾兩度獲中國時報「開卷」年度十大好書，並獲亞洲週刊年度十大中文小說、金石堂年度最有影響力的書、聯合報小說大獎等等。著有短篇小說集《本日公休》、《虎爺》、《天橋上的魔術師》，長篇小說《睡眠的航線》、《複眼人》，散文集《迷蝶誌》、《蝶道》、《家離水邊那麼近》。論文集《以書寫解放自然》，並編有《台灣自然寫作選》。

韓麗珠 曾獲香港中文文學雙年獎、聯合文學小說新人獎中篇小說首獎、十大好書中文創作獎、年度中文十大小說等。著有小說《輸水管森林》、《寧靜的獸》、《灰花》、《縫身》、《風箏家族》。

伊格言 本名鄭千慈。淡江大學中文系碩士。現專事寫作。曾獲聯合文學小說新人獎、中央日報文學獎評論獎、全國大專文學獎，並入圍首屆曼氏亞洲文學獎、歐康納國際短篇小說獎等。著有小說《甕中人》、《噬夢人》。

王　拓 本名王紘久。政治大學中文系碩士。曾任政治大學、光武工專講師，1980 年因美麗島事件被捕入獄，出獄後任《文季》雜誌編輯、《人間》雜誌社社長。曾任國民大會代表、立法委員、行政院文建會主任委員、民主進步黨祕書長。著有論述《街巷鼓聲》、《民眾的眼睛》、《黨外的聲音》，小說《金水嬸》、《望君早歸》、《台北，台北！》、《牛肚港的故事》，兒童故事《咕咕精與小老頭》、《小豆子歷險記》等。

陳若曦 本名陳秀美。美國馬里蘭州約翰霍普金斯大學碩士。曾創組

「海外華文女作家協會」，並任首任會長。回台灣定居後，曾任中國婦女寫作協會理事長。曾獲美國圖書館協會頒贈書卷獎、中山文藝獎、吳三連獎、吳濁流文學獎等。著有散文《文革雜憶》、《柏克萊郵簡》、《我們那一代台大人》，小說《尹縣長》、《貴州女人》，傳記《堅持・無悔——陳若曦七十自述》。

林文義 1953 年生於台灣台北市，主修大眾傳播。曾任出版社、雜誌社總編輯、報社記者、《自立晚報》副刊主編、國會辦公室主任、廣播、電視節目主持人、時政評論員，現專事寫作。18 歲初旅文學，散文行世 30 年後潛心小說，53 歲習詩。住有散文集《迷走尋路》、《邊境之書》、《幸福在他方》等三十多冊，小說集《藍眼睛》、《革命家的夜生活》、《北風之南》等六冊，詩集《旅人與戀人》，主編《九十六年散文選》。

林俊頴 美國紐約州市立大學皇后學院大眾傳播碩士。曾任職報社、電視台、廣告公司。曾獲全國學生文學獎。著有小說《大暑》、《是誰在唱歌》、《焚燒創世紀》、《夏夜微笑》、《鏡花園》、《玫瑰阿修羅》、《善女人》。

凌　煙 本名莊淑楨。高雄高工畢業，後進入歌仔戲班，現專事寫作。曾獲自立報系百萬小說獎、中國文藝協會文藝獎章、高雄市文藝獎、高雄市打狗文學獎。著有散文《幸福田園》；小說《失聲畫眉》、《寄生奇緣》、《蓮花化身》、《養蘭女子》、《柴頭新娘》、《竹雞與阿秋》等。

吳鈞堯 現任《幼獅文藝》主編，小說獲《時報》、《聯合報》等小說獎，散文獲梁實秋、台北文學獎、教育部等散文獎，2005 年獲頒五四文藝獎章，著有《金門》、《如果我在那裡》、《荒言》，學術論文《金門現代文學發展之研究》等。金門歷史小說《火殤世紀》獲 2011 年台北國際書展小說類十大好書，簡體字出版正與北京商務洽談中，師範大學張瓊惠教授撰

〈想像的社群——論吳鈞堯《火殤世紀》〉，於 2011 年第 34 屆比較文學研討會發表。

甘耀明 東華大學創作與英語文學所碩士。曾任小劇場工作者、記者、中學教師，現專事寫作。曾獲聯合報文學獎短篇小說獎、寶島文學獎、台灣文學獎、林榮三文學獎、吳濁流文學獎等。著有散文《沒有圍牆的學校》，小說《神祕列車》、《水鬼學校和失去媽媽的水獺》、《殺鬼》、《葬禮上的故事》。

愛　亞 本名李丌，成長於台灣新竹，目前定居台北市。國立台灣藝術專科學校廣播電視科畢業。曾任視聽公司企劃、報紙兒童版策劃、雜誌副總編輯、出版社總編輯，並製作主持廣播電台文學節目。著作及編書數十種，代表作品爲《愛亞極短篇》及長篇小說《曾經》，《曾經》曾改編成連續劇，也曾榮獲聯合報網路票選「最愛一百小說大選」。2009 年獲吳魯芹散文獎之終身成就肯定。目前專事寫作，並闢有「愛亞小坊」工作室，帶領讀書會及指導寫作班。

藍博洲 輔仁大學法文系畢業。曾任職《人間》雜誌、TVBS《台灣思想起》製作人等，現擔任東華大學駐校作家。曾獲時報文學獎、洪醒夫小說獎、台北文學獎等。著有短篇小說集《旅行者》，長篇小說《一個青年小說家的誕生》、《藤纏樹》，報導文學《幌馬車之歌》、《消失在歷史迷霧中的作家身影》、《紅色客家人》、《老紅帽》、《尋找祖國三千里》等。

蔡素芬 淡江大學中文系畢業，美國德州大學聖安東尼奧雙語言文化研究所進修。曾任《自由時報》撰述委員及副刊主編，現爲影藝中心副主任、林榮三文化公益基金會執行長。曾獲全國學生文學獎、中央日報文學獎、聯合文學小說新人獎、聯合報文學獎、中興文藝獎章、南瀛文學獎等。著有小說《鹽田兒女》、《橄欖樹》、《姐妹書》、《台北車站》、《燭光盛宴》等。

許正平 現就讀清華大學中文所博士班，並兼任清華大學與世新大學講師。曾任《誠品好讀》編輯。曾獲時報文學獎小說獎、聯合報文學獎散文獎、台灣文學獎劇本獎、聯合文學小說新人獎、台北文學獎、全國學生文學獎等。著有散文《煙火旅館》、小說《少女之夜》，劇本《愛情生活》，另為電影《穿牆人》小說改編，電影《盛夏光年》原著編劇。

◆主持人

林載爵 現任聯經出版公司發行人兼總編輯。東海大學歷史研究所碩士、英國劍橋大學博士班。著有《譚嗣同》、《台灣文學的兩種精神》、《東海大學校史——1955～1980》等。

李瑞騰 中國文化大學中文研究所博士。曾任《文訊》雜誌總編輯、中國古典文學研究會秘書長、中央大學文學院院長，現任國立台灣文學館館長、中央大學中文系教授。著有《台灣文學風貌》、《文學的出路》、《老殘夢與愛：《老殘遊記》的意象研究》、《新詩學》，散文集《有風就要停》，詩集《在中央》等。

高柏園 中國文化大學哲學系博士。曾任中國文化大學哲學系副教授，淡江大學中文系教授兼系主任、文學院院長，《鵝湖》月刊社長兼主編。現任淡江大學中國文學學系教授兼行政副校長。著有《禪學與中國佛學》、《少年老子》、《法家的管理哲學》等。

吳義勤 蘇州大學中文系博士。現任中國現代文學館常務副館長、《中國現代文學研究叢刊》主編，兼任中國小說學會副會長、中國當代文學研究會副會長、中國博物館協會文學專業委員會主任。曾任山東省作家協會副主席、山東省文化建設重點研究基地首席專家、山東省泰山學者特聘教授。著有《自由與局限：中國當代新生代小說家論》、《中國新時期文學的文化反思》、《中國當代新潮小說論》、《長篇小說與藝術問題》、《彼岸的誘惑》等。

向　陽　本名林淇瀁，美國愛荷華大學 International Writing Program（國際寫作計畫）邀訪作家，政治大學新聞系博士。現任台北教育大學台灣文化所副教授。曾獲吳濁流新詩獎、國家文藝獎、玉山文學獎文學貢獻獎、台灣文學獎新詩金典獎、教育部「推展本土語言傑出貢獻獎」等。著有學術論著《書寫與拼圖：台灣文學傳播現象研究》及詩集《亂》等。

柯慶明　台灣大學中國文學系畢業，美國哈佛大學燕京學社研究員。現任台灣大學新百家學堂執行長；中國文學系・台灣文學研究所兼任教授。著有散文集《靜思手札》、《昔往的光輝》，評論《一些文學觀點及其考察》、《境界的再生》、《現代中國文學批評述論》等。

陳萬益　台灣大學文學博士，曾任清華大學台灣文學研究所教授。研究領域橫跨日治時期台灣小說、現代散文與現當代文學。著有《於無聲處聽驚雷——台灣文學論集》、《台灣文學論說與記憶》等，編有《張文環全集》、《龍瑛宗全集》、《呂赫若日記》等。

邱坤良　國立台北藝術大學教授。曾任國立藝術學院戲劇系主任、國立台北藝術大學校長、國立中正文化中心（國家戲劇院、音樂廳）董事長、文建會主委、早稻田大學訪問教授。主要著作包括《馬路・游擊》、《南方澳大戲院興亡史》、《移動觀點》、《跳舞男女》、《陳澄三與拱樂社——台灣戲劇史的一個研究個案》、《台灣劇場與文化變遷》、《日治時期台灣戲劇之研究》，以及編導作品《一官風波》、《紅旗・白旗・阿罩霧》等。

楊　澤　本名楊憲卿。美國普林斯頓大學東亞研究博士。曾任《中外文學》執行編輯，並任教於美國布朗大學、國立台北藝術大學劇研所。現任龍應台文化基金會董事長。著有詩集：《薔薇學派的誕生》、《彷彿在君父的城邦》、《人生不值得活的》，編有《魯迅小說集》、《魯迅散文獎》、《七〇年代理想繼續燃燒》、《狂飆八〇：記錄一個集體發聲的年代》、《又見觀音：台北山水詩選》等。

賴俊雄　英國諾丁漢大學批判理論與英國文學博士。現任成功大學外國語文學系教授、兼任文學院院長。研究專長為西方當代哲學、當代英文文學與〈反〉全球化研究。著有 *Re-Writing Women: Multi-Ethnic Others in Contemporary Novels*、*Deconstructing Boundaries: Critical Essays on Contemporary Theory*、《晚期解構主義》，編有《列維納斯與文學》、《生命哲學與文學》等。

陳昌明　台灣大學中國文學系博士。現任成功大學中國文學系教授。著有論述《沈迷與超越——六朝文學之「感官」辯證》、《編織意義的網路》、《緣情文學觀》。

◆出席貴賓

王曉藍　生於台灣，14 歲隨母親聶華林到愛荷華。專長為現代舞，曾任教於愛荷華大學、加洲大學洛杉機分校、康涅狄格學院並任該學院舞蹈系主任。多年來從事中美文化交流，現專注於寫作，並已發表十幾篇論舞蹈和文化的文章，刊登在大陸的舞蹈雜誌和藝術報刊上。

百年小說研討會
大會組織表

執 行 長：封德屏

執行秘書：杜秀卿　邱怡瑄　王為萱

工作小組：吳穎萍　廖于慧　李文媛　游文宓　詹宇霈　黃違婷

　　　　　陳怡璇　王雅嫺

攝　　影：李昌元

指導單位：行政院文化建設委員會

統籌單位：財團法人趨勢教育基金會

合辦單位：國家圖書館

　　　　　國立台灣文學館

　　　　　財團法人台灣文學發展基金會

協辦單位：國立台灣大學文學院

　　　　　國立成功大學文學院

　　　　　聯經出版公司

執行單位：文訊雜誌社

國家圖書館出版品預行編目資料

百年小說研討會論文集 / 封德屏總編輯. --
初版. -- 臺北市 : 文訊雜誌社, 2012.10
面 ; 公分. (文訊叢刊 ; 35)
ISBN 978-986-6102-17-2 (平裝)

1.臺灣小說 2.文學評論 3.文集

863.27 101020800

文訊叢刊 35

百年小說研討會論文集

總 編 輯／ 封德屏
執行編輯／ 邱怡瑄 王爲萱
封面設計／ 翁翁・不倒翁視覺創意
發 行／ 財團法人台灣文學發展基金會
出 版 者／ 文訊雜誌社
地址：10048 台北市中山南路 11 號 6 樓
電話：02-23433142 傳真：02-23946103
郵政劃撥：12106756 文訊雜誌社
Email：wenhsun7@ms19.hinet.net
印 製／ 松霖彩色印刷事業有限公司
初 版／ 2012 年 10 月

定價 350 元
ISBN 978-986-6102-17-2